KB092634

문예신서
299

앙드레 말로의 문학 세계

동·서 정신의 대화

김웅권 지음

東文選

앙드레 말로의 문학 세계

동·서 정신의 대화

차 례

제III부 동양의 3부작

서 문

본서는 필자가 그동안 한국학술진흥재단의 지원을 받아 5년 동안
(선도 연구원 과제 2년, 그리고 연구 교수 과제 3년)[1] 연구한 결과들을
종합하여 내놓게 된 것이다. 이 연구와 책의 출간이 모두 이 재단의 지
원 덕분이었음을 알리며, 재단과 대한민국에 깊은 감사를 드린다. 사
실 필자는 말로 문학의 해석과 이해에 획기적 전기가 되리라 확신했
던 이 연구를 할 수 있는 여건을 전혀 갖추지 못했었다. 그리하여 연
구 주제에 대한 영감과 아이디어는 몇 년 동안이나 필자의 머릿속에
잠자고 있었다. 만약 한국학술진흥재단의 개혁 프로그램이 없었다면
영영 사장되고 말았을지 모른다. 필자는 아마 다른 연구자들이 언젠
가는 발굴하여 결과를 내놓을 것이라 생각했다. 그러나 긍정적 의미
에서 운명적으로 이 작업은 필자에게 돌아왔고, 말로 문학은 새로운
탄생과 더불어 전혀 새로운 차원에서 인식될 수 있는 계기가 마련되
었다고 본다. 그것이 이 저서와 더불어 프랑스 문학사와 세계 문학사
에 새로운 위상을 확보해 독보적 경지를 획득하게 된다면 오직 재단

---

1) 연구 교수 과세는 현재노 신행중이며 금년 8월에 끝나게 되어 있다. 본서에는
제III부 제1장에서 《정복자》를 다루면서 밝히고 있듯이 아직 학술지에 발표되지 않
은 내용도 담았다.

과 대한민국의 덕분임을 다시 한번 강조하고자 한다.

운명은 늘 양면성을 띠고 다가온다. 그것은 어둠과 빛의 신비로운 조화 같은 모습으로 접근한다. 어둠은 빛의 존재에 대한 인식과 추구의 근거이다. 그리하여 미래 역시 양면적 지평으로 열려지며, 어느쪽이 우리를 기다릴지는 신비에 싸여 있다. 필자도 운명이 어디로 이끌지 생각하면서 일을 진행해 온 것이 아니다. 다만 기회가 주어졌기에 반드시 작업을 마무리해 정리하고 다음 행로를 간다는 자세로 임했을 뿐이다. 그러다 보니 운명은 다시 필자를 부른 것 같다. 앙드레 말로가 초대 프랑스 문화부장관을 지냈고, 더욱이 동양에 대한 각별한 관심을 보였던 작가였기에 말로 국제학술대회를 서울에서 개최하자는 제안이 프랑스 문화부 쪽으로부터 필자에게 왔다. 그러나 필자는 그런 일을 추진할 수 있는 위치에 전혀 있지 않았기 때문에 이 제안을 받아들일 수 없었다. 우여곡절 끝에 한불문화교류협회를 통해 일이 추진되었고, 필자는 학자로서 필요한 도움을 주고 발표를 하게 되어 있다. 운명은 필자의 연구가 마무리되는 시점과 말로 국제학술대회의 서울 개최 시점(5월 27일부터 6월 2일까지)을 일치시켜 놓았다. 그리하여 이 연구 결과를 책으로 내놓음과 동시에 본 학술대회에서 발표할 수 있는 기회를 얻게 되었다. 이와 같은 일치는 한 작가와 한 학자의 만남이 낳은 예기치 않은 운명일 터이다. 그러기에 필자는 이번 학술대회 주제를 〈앙드레 말로, 동양 — '정신의 다른 극점'〉이라 잡으면서 감회가 남달랐다. 프랑스의 해체철학과 동양 사상이 조우하여 특별한 울림이 생성되는 시점에서 동양에 남다른 애착과 시선을 지녔던 프랑스의 지성 말로를 새롭게 조명하는 국제학술대회를 개최하게 된 것은 뜻깊은 일이라 생각한다.

본서가 동·서양을 무대로 지구촌적 차원에서 폭넓게 자신의 문학과 예술 세계를 펼쳐 왔던 말로의 소설들을 다소라도 새롭게 읽을 수 있는 계기를 마련해 준다면 필자에게는 더할 수 없는 보람일 것이다. 필자의 연구는 기존의 연구들과는 전혀 다른 지평으로 나아갔기 때문에 그동안 다루어진 수많은 연구 과제들이 새롭게 접근될 수 있는 장을 열어 놓고 있다. 그렇기 때문에 많은 착상들이 떠올랐지만 본서에서도 검토되지 않은 주제들이 많이 있다. 또 검토되었다 하더라도 보다 깊이 있게 천착해야 할 테마들도 있다. 앞으로 이런 것들을 연구하는 데 평생을 바칠 수 있는 또 다른 기회가 주어진다면 고독을 먹고 살아야 하는 학자의 본분을 충실히 지키면서 운명을 개척할 것이다. 그렇지 않다면 운명은 다른 곳으로 안내하리라.

필자가 어려운 여건을 견디면서 상당한 세월을 함께해 온 동문선에서 이 졸저를 시기에 맞추어 우선적으로 출간해 주었다. 《말로와 소설의 상징시학》에 이어 두번째이다. 신성대 사장님과 편집진에 깊은 감사를 드리며 출판사의 새로운 도약을 기원한다.

제 I 부
말로 문학의 배경

제1장
근대의 '지적 하부 구조'

> "인간이 자신 안에 간직하고 있는 영원한
> 동양 앞에서 이성의 도래는 올림포스 산의 신
> 들에 대한 숭배만큼이나 기괴하게 된다."
>
> 앙드레 말로, 《교수대와 생쥐들》[1]

제사(題詞)를 간단하게 풀어 보면 동양, 곧 동양적 정신은 인간 속
에 간직된 영원한 무엇이다. 서구의 모체인 이 동양적 영혼 앞에서,
이성은 그리스에서 태동되었다가 기독교 중세의 잠복기를 거쳐 고전
주의 시대부터 어둠을 비추는 횃불로서 도래한다. 이러한 도래는 올

---

1) 이 책의 흥미로운 제목은 말로가 1974년 말년의 여인 루이즈 드 빌모랭과 일
본을 여행할 때 비행기 안에 있는 삽화 안내책자에 실린 전설에서 얻었다고 한다.
그 내용을 보면 황제에 의해 교수형을 선고받은 위대한 화가는 두 엄지발가락으로
만 몸을 지탱하도록 되어 있고, 피곤하여 발바닥이 모래밭에 닿을 경우 바닥이 꺼
지면서 교살되게 되어 있다. 화가는 발가락 하나로 지탱하면서 다른 하나로는 모래
위에 생쥐들을 그린다. 생쥐들이 너무도 실물같이 그려져 그것들이 살아 움직이면
서 그의 몸을 타고 올라와 밧줄을 끊어 먹어 버린다. 그는 자유로운 몸이 되어 생쥐
들을 데리고 떠난다. 이 전설은 운명과 싸워 이기는 예술의 위대함을 담아내고 있
다. 말로는 '예술은 반(反)운명(un antidestin)'이라고 말하였다.

림포스의 신들에 대한 숭배만큼이나 놀랍고 이상야릇하게 된다. 그러니까 이성은 신들과 맞먹는 힘으로 신격화되어 여신으로서 절대적 위상을 확보하게 된다. 이 제사가 지닌 중요성을 이제부터 앙드레 말로의 문학 세계와 관련시켜 전개해 보자.

1. 신과 인간의 죽음 — 역사

앙드레 말로가 태어난 해는 격동의 20세기가 열리는 1901년이다. 그가 세기의 중심에 선 신화적 인물이 되고, 세계 문학과 예술에 큰 족적을 남기게 된 것은 20세기가 몰고 온 정신적 해체와 방황에 선구적으로 대처한 이른바 '행동적 지성인'이었기 때문이다. 20세기의 역사적 대사건으로 서구 문명에 대한 총체적 반성을 야기한 것은 제1차 세계대전이다. 전쟁은 말로가 14세 때 발발하여 18세 때 종료된다. 그는 장 라쿠튀르와의 대담에서 이렇게 말했다. "20세 때 우리와 우리의 스승들을 구별지었던 것은 역사의 존재였습니다. 그들이 20세 때는 아무 일도 일어나지 않았습니다. 우리는 죽임을 당하면서 시작되었습니다. 우리는 역사가 탱크처럼 들판을 휩쓸고 지나가는 것을 목도한 세대입니다……."[2] 그러니까 말로는 감수성이 가장 예민한 시기인 청소년기에 전쟁의 참혹함과 비극을 경험한 세대에 속하며, 이 역사적 재앙으로 표출된 '서양의 위기'와 '파산'에 극도로 민감하게 반응하면서 기존의 가치 질서와 철저하게 단절을 시도하는 신

---

2) J. Lacouture, *Une vie dans le siècle*, Seuil, 1973, p.9; 김화영 역, 《앙드레 말로, 20세기의 신화적 일생》, 현대문학, 1995, p.11.

세대이기도 하다. 따라서 이와 같은 위기를 자초한 근대의 정신적 방향을 검토하는 일은 말로의 문학과 예술을 이해하는 데 도움을 줄 것이다.

프랑스의 철학자 미셸 푸코는 19세기 이후 20세기 중반까지 서양 세계를 움직이면서 떠받친 '에피스테메' 즉 '지적 하부 구조'를 역사[3]라고 진단했다. 그리고 그는 이 역사와 더불어 이를 지탱하고 있던 인간, 곧 '주체-인간'이 소멸했다고 단언하였다. 그러나 사실 근대로만 국한해서 본다면 푸코의 주장은 전혀 새로운 게 아니다. 주지하다시피 19세기는 '역사의 세기'였고, 역사라는 거대 담론에서 주체로서의 인간은 중심적 위치를 점유했다. 제1,2차 세계대전은 이런 역사철학과 밀접한 함수 관계를 지니고 있다. 니체는 19세기 이후로 역사라는 에피스테메가 서구 문명을 움직이는 인식론적 기제라는 사실──예컨대 연속적 보편사관을 주장한 헤겔의 역사철학과 마르크스의 역사적 종말론을 상기하자──을 통찰하고 그 위험을 직감하였다. 그리하여 그는 20세기를 '전쟁의 세기'로 예언한 바 있다. 마르크스의 낙관론은 빗나갔고, 니체의 비극적인 직관적 예언은 그대로 들어맞았다.

---

3) 미셸 푸코는 《말과 사물 Les mots et les choses》(Gallimard, 1966)에서 르네상스 시대(16세기)부터 고전주의 시대(17-18세기)를 거쳐 근대(19-20세기 중반)까지, 각각의 시대를 지배하는 에피스테메를 '유사성' '표상' '역사'라고 주장한다. 그에 따르면 20세기 후반에 가서야 새로운 에피스테메가 나타난다는 것인데, 그는 그것을 명시하지 않고 정신분석학·민족학·언어학이 그것을 선도하고 있다고 말하면서 이 학문들을 고찰하고 있다. 바슐라르와 캉길렘의 영향을 받아 그가 내세우는 에피스테메들 사이의 단절과 불연속성은, 헤겔의 연속적 보편사관을 비판하고 불연속적 역사관을 주장해 충격을 준 슈펭글러가 《서양의 몰락》(박광순 역, 1995, 범우사)에서 다루는 문명들 사이의 불연속성과 단절을 서구 역사 내부로 옮겨 놓은 인상을 준다. 이런 단절에 대한 비판은 J. G. 메르키오르, 이종인 역, 《푸코》, 시공사, 1998, p.88 이하 참고. 푸코의 '에피스테메'는 토마스 쿤의 '패러다임,' 무르디외의 '아비투스'라는 개념들과 접근시켜 보면 흥미있다 할 것이다. 여기서 필자는 말로와 관련해서 특히 근대의 에피스테메만을 문제삼고자 한다.

푸코는 니체가 선언한 '신의 죽음'과 관련해 '신의 살해자'는 바로 이 역사의 환상에 사로잡혔던 '주체-인간'이라고 말한다.[4]

그런데 앙드레 말로는 푸코보다 거의 반세기 이상 앞서 1926년에 내놓은 동·서양의 문명비평서 《서양의 유혹》에서 이 '인간의 죽음'을 이렇게 선언하고 있다.

"당신들에게 절대적 현실은 신이었고, 그 다음에는 인간이었습니다. 그러나 신에 이어서 **인간은 죽었습니다**. 그리하여 당신들은 그가 남긴 이상한 유산을 맡길 수 있는 자를 불안하게 찾고 있습니다. 제가 보기에는 절제 있는 허무주의들을 위한 당신들의 조그만 구조적 에세이들이 보다 오래 살아남을 것 같군요."[5]

이 인용문에서 25세의 청년 작가 말로의 뛰어난 선구적 직관은 시대를 앞서가는 예술가의 전형을 보여주고 있다. 신을 죽이면서 영원에 대한 목마름을 무의식 깊숙이 내몰아 버리고, 신과 영원을 역사로 대체하여 인류 모험의 의미를 밝히려 했던 인간의 반항적 초상, 말로는 그것을 《알튼부르그의 호두나무》에서 발테르라는 인물을 통해 구현시킨다.

"여러분, 감히 말하자면 과거의 가장 먼 시대의 끝자락에서 나타나

---

4) M. Foucault, *Ibid.*, p.396.

5) A. Malraux, *La Tentation de l'Occident, in Œuvres complètes*, vol. I, Gallimard, 〈Bibliothèque de la Pléiade〉, 1989, p.100. 강조는 작가가 한 것임. 이 에세이는 중국을 여행하는 프랑스 청년 아데(A. D.)와 유럽을 여행하는 중국 청년 링(Ling)이 서신을 교환하면서 서로의 문명을 비판하고 있으나, 궁극적으로는 서구의 위기 앞에 아시아가 내놓는 '동양의 제안들'을 담아내고 있다.

는 왕들이 천체들에 예속되어 있었듯이, 우리가 실제로 예속되어 있는 명백한 것이 있습니다……. 그것이 없다면 조국에 대한 관념도, 인종에 대한 관념도, 사회 계급에 대한 관념도 현재와 같지 않을 것입니다. 우리는 종교 문명들이 신들의 품안에서 살았듯이 그 속에서 살고 있습니다. 그것이 없다면 우리——나는 단지 우리라고 말합니다——가운데 어느 누구도 사유할 수 없을 것입니다. 그것은 우리 자신의 영역으로 바로 역사입니다."[6]

여기서 발테르는 제1차 세계대전 이전까지 이른바 '황금 시대'를 살면서 19세기 이후의 헤겔적 연속주의 발전사관에 사로잡혀 있는 전형적 인물이다. 텍스트에서 '우리'는 물론 서구 지식인들이다. 역사는 종교들과 그것들이 구상해 낸 심원한 인간 개념들을 밀어내고, 합리적 지식들로 무장한 채 인류 모험의 총체성과 통일성을 드러내는 사유틀로 부상하여 전쟁이 발발할 때까지 지배 계급과 지식인들의 비전에서 중심축으로 자리잡고 있다. 따라서 역사의 주체를 선점하겠다는 민족간의, 인간들간의 전쟁은 피할 수 없는 귀결이다.

2. 천상에서 지상으로 — 이성, 자아, 개인

그렇다면 신마저 살해한 이 주체-인간은 19세기에 갑자기 나타난 것인가? 이 인간은 신을 버렸기 때문에 당연히 내세도 등진 인간이

---

6) A. Malraux, Les Noyers de l'Altenburg, Editions du haut pays, 1943, *in* Œuvres *complètes*, vol. II, Gallimard, 〈Bibliothèque de la Pléiade〉, p.687. 이 소설에 대한 해석은 뒤에 가서 다루겠다.

다. 신에 의한 내세 중심적 섭리사관에서 현세 중심적 발전사관으로의 본격적 이동은 18세기에 이루어진다. 계몽사상가 볼테르의 시 〈르몽댕〉에 나오는 "행복은 내가 있는 곳에 있다"라는 구절은 이와 같은 이동을 단적으로 표현하고 있다. 그러니까 천상, 곧 내세의 행복이 지상의 행복으로 대체되는 시점은 탈종교화와 발전사관이 고개를 드는 시점과 일치한다. 말로 역시 예술평론서 《침묵의 소리》에서 18세기에 "영원성이 세계로부터 물러났고" 역사가 그 자리를 차지하기 시작했다고 말하면서 "서양에서 사라지기 시작한 것은 절대이다"[7]라고 표명하고 있다. 이미 여기서 니체가 선언한 '신의 죽음'은 예견된 것이다.

그러나 보다 근원적으로 보면, 이러한 인간 중심의 현세적 세계관[8]은 '근세 철학의 아버지'인 데카르트의 사상 속에 그 씨앗을 잉태하고 있다. "나는 생각한다. 그러므로 나는 존재한다"는 코기토와 함께 합리주의, 곧 이성의 시대를 연 데카르트는 이미 주체로서 인간을 선언하고 있으며, 인간 중심적 역사관의 길을 열어 놓고 있다. 그렇기 때문에 파스칼은 "데카르트가 될 수만 있다면 자신의 철학 속에 신 없이 지내려고 했다"고 비판하면서 "그를 용서할 수 없다"[9]고 말했던 것이다. 신이 나를 창조했기 때문에 내가 존재하는 것이 아니라, 내가 생각하기 때문에 존재한다는 충격적 발상은 이성의 신격화를 여

---

7) A. Malraux, Les Voix du silence, Gallimard, 〈La Gallerie de la Pléiade〉, 1951, p.470-480.

8) 인간 중심적 세계관은 사실 서양 사상의 뿌리를 이룬다 할 것이다. 기독교의 신은 자신의 이미지에 따라 인간을 창조한 것이 아니라 인간이 자신의 이미지에 따라 신을 인격화한 것이다. 그리스 신화에 나오는 신들도 인간이 자신의 욕망들을 불멸화시켜 만든 인격신들이다. 다만 신을 인정한 인간 중심이냐, 아니면 신을 배제한 인간 중심이냐가 갈림길을 나타낸다.

9) 파스칼, 홍문순 역, 《팡세》, 삼성출판사, 세계사상전집 18, 1976, p.38.

는 단초가 된 것이다.

그러니까 주체-인간과 이성의 신격화는 동시에 얼굴을 드러낸 셈
이다. 이성을 통해 모든 것이 조정되고 해결될 수 있다는 절대적 믿
음은 종교를 통한 승화와 억압을 밀어냄과 더불어 광기를 포함하는
비이성을 이성의 대립항으로 설정함으로써 동일한 억압 체계를 가동
시킨다.[10]

이성의 횃불을 든 이 인간은 다른 한편으로 자아 중심주의와 개인
주의로 자신의 면모를 드러낸다. 물론 자족적·자율적 자아와 개인
의 위상은 기독교에 뿌리내리고 있다 할 것이다. 말로는 《서양의 유
혹》에서 링이 아데에게 보낸 편지를 통해 이렇게 말하고 있다.

"제가 보기에 기독교는 개인이 자기 자신에 대해 지니는 의식을 형
성시킨 모든 느낌들이 비롯되는 유파라고 생각됩니다."[11]

기독교에서 "개인적 영혼은 신과의 부자적(父子的) 관계로부터 영
원한 가치를 부여받으며, 동시에 이러한 관계 속에서 인간적인 형제
애가 확립된다."[12] 이 종교에서 인간의 개별성은 불변하고 절대적이
며 보편적이다. 키에르케고르의 '신 앞에 선 단독자'라는 표현은 이

---

10) 푸코가 《광기의 역사》에서 지적했듯이 이성/비이성의 대립 구도는 기독교의
선/악의 대립 구도와 같은 서구의 이분법적 사유 구조를 그대로 유지하고 있으며,
첨예한 양극적 패러다임을 구성해 갈등을 증폭시키면서 의미 생성을 강력히 낳게
만든다. 이에 관한 연구는 프레데릭 그로, 김웅권 역, 《푸코와 광기》, 동문선, 2005.
여기서 패러다임은 바르트가 사용한 의미로 갈등과 의미를 창출하는 '잠재적 두 항
의 대립'을 나타낸다.(《중립》, 동문선 2004, p.36)

11) A. Malraux, *La Tentation de l'Occident, op. cit.*, p.25.

12) Louis Dumont, *Essai sur l'individualisme, une perspective anthropologique sur
l'idéologie moderne*, Seuil, 1983, p.37.

를 잘 웅변해 준다. 물론 이러한 개인주의는 계보학적으로 더 거슬러 올라가면 헬레니즘 시대에 알렉산더 대왕의 원정에 따라 인도 금욕주의자들의 사상이 유입되는 현상과 맞닿아 있다.[13] 왜냐하면 그리스 사상이 인간 중심적이라 할지라도 인간은 폴리스 안에서 '사회적 동물'로 인식됨으로써 집단과 대립되는 개인으로서의 가치는 부각되지 않았기 때문이다. 그러나 기독교가 국가 종교로 인정되고 정착됨에 따라 개인주의는 기독교 공동체 내에서 수면 아래로 가라앉게 되었고, 폭발적 잠재성을 띠게 되었다. 그리하여 비록 이 종교가 신에 대한 각자의 보편적 개별성에 토대하고 있지만, 고딕 시대가 도래할 때까지 "개인은 은밀하게만 찬양되었다."[14] 신과의 일체감은 그리스도 안에서 집단적이고 형제애적인 성격의 교회 공동체를 통해서만 실현되었던 것이다.

그러나 십자군 전쟁의 결과로 교회의 지배력이 다소 약화되는 시점인 고딕 시대부터 중세와 봉건 제도의 해체가 가동됨과 더불어 교회의 지도를 통한 구원은 고독하고 개인적인 구원의 추구에 자리를 내주기 시작하고, 의식의 자유가 서서히 나타나게 된다. 뿐만 아니라 고딕 시대에는 그리스도의 대속(代贖)의 개념이 적극적으로 수용되고, 이를 통한 구원의 길이 열림으로써 신의 품안에서 자아의 무한한 가능성이 현세에서 실현될 수 있는 지평도 나타나게 된다.[15] 그러니까 고

---

13) 인도의 신비주의자들은 인간 집단과 인간사에 대해 일정한 거리를 두고 독립적인 개인으로서 자기 존재의 구원을 중시했다. 그들의 영향으로 개인주의는 플라톤과 아리스토텔레스 이후에 에피쿠로스학파의 쾌락주의·견유주의·스토아철학 등을 중심으로 출현하였다. 이에 대해서는 Louis Dumont, ibid., p.35 이하 참조. 이와 같은 철학들의 개인주의적 분위기가 없었더라면 개인적 구원을 중시하는 원시 기독교는 정착될 수 없었을 것이라는 주장도 납득할 만하다.

14) André Malraux, Le Surnaturel, Gallimard, coll. 〈La Gallerie de la Pléiade〉, 1977, p.262.

딕 시대는 르네상스를 여는 출발점이고, 기독교 교리에 내재되었지만 억압되었던 자아와 개인의 해방을 촉발시키는 전환점이다.[16] 결국 교회의 지배력 약화와 개인의 자유 신장은 평행선을 그으며 같이 가게 되고, 교회의 매개 없이 보편적 이성의 빛을 통해 접근할 수 있는《성서》만으로도 구원이 가능하다는 종교적 개인주의가 나타난다.[17] 이와 더불어 탈종교적인 세속화와 무신론적 개인주의가 이성에 대한 신뢰 속에서 태동된다.

그러나 전체적으로 볼 때 데카르트가 이성의 절대적 가치를 내세우면서 '의식철학'을 확립하는 17세기까지는 유럽 사회가 교회의 영향력으로부터 벗어나지 못한다. 그렇기 때문에 종교와 결별한 주체-인간이 이성의 횃불을 치켜들고 개인과 자아의 신장을 외치면서 역사 발전의 전면에 등장하기 시작하는 시점은 18세기 이후이다. 이 세기에 종교적 정신은 망각의 심연 속에 묻히기 시작한다. 머시아 엘리아데는 원죄에 의한 타락을 '첫번째 타락'이라 한다면, '두번째 타락'은 18세기에 "종교성이 무의식의 심층 속에 떨어져 (…) 망각된 것

---

15) 예술적 관점에서 중세는 보통 로마네스크 양식 시대와 고딕 양식 시대로 구분된다. 두 시대는 십자가의 수난에서 그리스도 양쪽에 있는 회개하지 않은 도둑과 회개한 도둑의 상징성으로 연결된다. 로마네스크 양식은 십자가의 이원적 의미 가운데 죄가 부각된 내세 중심적인 어둡고 고통스러운 측면에 기울어져 있다. 반면에 고딕 양식은 대속을 통한 구원의 성취와 연결되어 현세 긍정적 세계관으로의 이동을 보여주고 있다. 신학적으로 볼 때 이와 같은 두 측면은 플라톤을 이어받은 아우구스티누스와 아리스토텔레스를 이어받은 토마스 아퀴나스에 의해 대변된다. 고딕 시대의 인간관, 다시 말해 원죄로부터 해방되어 무한을 향해 열린 자아에 토대한 인간관은 뒷날에 말로의 특별한 관심을 끌게 된다. 이 점은 나중에 다시 다룰 것이다.

16) 여기서부터 기독교 문명은 금욕의 세월을 어느 정도 마감하고 내세보다는 현세로 밧향을 돌린다. 아울러 그것은 슈펭글러가《서양의 몰락》에서 규정한 '파우스트적 영혼'을 드러내면서 세계 정복의 꿈을 향한 궤도에 신입한나.

17) 이는 루터나 칼뱅과 같은 종교 개혁 주창자들의 신학 속에 그대로 반영되어 있다.

이다"[18]라 설파하고 있다.

3. 이성의 환상

그렇다면 과연 주체-인간이 신격화시킨 이성은 개인과 자아를 통제할 수 있는 절대적 실체인가? 빙산에 비유하면 무의식을 포함한 비이성적 세계는 바다의 수면 아래에 있는 부분이고, 이성은 수면 위에 떠 있는 부분이라 할 것이다. 그러나 빙산의 일각에 불과한 이성은 종교를 대신할 만큼 통합적 조정 능력을 결코 지니지 못한다. 그렇지 않다면 제1차 세계대전은 일어나지 않았을 테니까 말이다. 이미 파스칼은 데카르트의 이성철학을 경고하여 "바람에 따라 나부끼고, 어느곳으로나 휘청거리는 가소로운 이성"이라고 말하였다. 이성은 '알고자 하는 리비도(libido sciendi)'를 포함해 갖가지 욕망들을 합리화시키는 도구적 성격이 강하다는 것을 나타내는 명구가 아닐 수 없다. 그것은 내가 무엇을 욕망하느냐에 따라 다양한 형태와 빛깔로 분화되면서 이 욕망을 정당화시키는 데 사용되는 것이다. 극단적 예를 하나 들자면, 내가 어떤 여인에 대해 에로틱한 욕망을 품을 때 이 욕망을 달성시켜 주는 방법을 찾는 데 사용되는 것도 이성이다. 이때 그것은 에로틱한 이성으로 나타난다. 그것이 경제적으로 사용되면 경제적 이성, 학문적으로 사용되면 학문적 이성(cf. '순수 이성'), 도덕적으로 사용되면 도덕적 이성(cf. '실천 이성')이 나타난다. 아마 우리는 도둑이 사용하는 이성을 '절도적 이성,' 악마 같은 사람이 사용하는 이성을

---

18) Mircea Eliade, *Le Sacré et le profane*, Gallimard, coll. Idées, n° 76, 1957, 181.

'악마적 이성'이라 부를 수 있을 것이다. 다양한 욕망들이 결국은 힘을 추구한다고 할 때 이성은 '힘에의 의지'에 봉사하는 수단이라는 점을 니체는 이미 꿰뚫고 있었다.[19] 뿐만 아니라 이성은 시·공간 속에 처한 나의 실존적 인간 조건을 결코 규명해 줄 수 없다. 제1차 세계대전 이후로 무의식과 비이성을 다루는 정신분석학의 점차적 부상은 이성에 대한 맹목적 신뢰가 환상이었음을 잘 말해 주고 있다. 한편 개인과 자아의 숭배가 낳은 결과는 타자와 단절된 채 갈등하는 고립된 나이고, 통일성이 상실되어 분열된 내면의 부조리한 자화상이다. 말로는 《서양의 유혹》과 같은 시기에 발표한 〈유럽 청년으로부터〉에서 이렇게 선언하고 있다. "자기 자신의 세계를 받아들임으로써 자기 탐구를 극도로 밀고 가는 것은 부조리로 향하는 것이다."[20]

결론적으로 말해 기독교에서 태어났지만 그것과의 단절로 나아간 주체-인간이 이성에 대한 맹신을 토대로 추구한 개인과 자아의 개화, 나아가 역사라는 에피스테메의 창조와 구현이 파국으로 끝났음을 알 수 있다.[21] 말로는 《서양의 유혹》을 출간한 후 《문학 소식》지에 실은 〈앙드레 말로와 동양〉이라는 글에서 "이 인간과 자아는 우리가 원하든 원치 않든 이제 우리의 관심을 더 이상 끌지 못한다"고 못박고, "자아의 고양에 의해 정당화되는 그 모든 제설(諸說)들 및 개인주

---

19) 반면에 인류가 가장 고귀한 가치들로 내세우는 선·사랑·형제애 등은 부정적 요소들인 악·증오·폭력 등과 함께 비이성의 영역에 속한다. 프랑스의 국기인 3색기는 자유·평등·형제애(박애)를 상징한다. 여기서 자유와 평등은 이성적 방법들, 다시 말해 제도적 장치들을 동원해 쟁취될 수 있다. 반면에 비이성적 영역에 속하는 형제애는 그런 방법으로 얻어질 수 없다. 그러나 이 형제애가 제대로 발휘되며 자유와 정의는 저절로 실현될 수 있다. 그렇기 때문에 혁명에서 가장 중요한 가치는 형제애로 나타난다.

20) André Malraux, *D'une jeunesse européenne*, in *Ecrits*, 〈Les Cahiers verts〉 n° 70, Grasset, 1927. 강조는 작가가 한 것임.

의의 파산을 선언한다."[22] 자신을 낳아 준 종교를 버리고 신을 살해한 이 인간은 이렇게 해서 종말을 고하게 된다. 말로는 이제 새로운 인간 개념을 찾아 순례의 여정을 떠나게 되는 것이다.

---

21) 슈펭글러는 《서양의 몰락》에서 이와 같은 파국이 기독교 문명의 쇠퇴를 나타내며, 그것의 종말을 예고한다고 진단하고 있다. 그러니까 그는 신을 살해하고 역사에 사로잡힌 주체-인간의 죽음까지를 모두 기독교 문명의 생성과 소멸의 과정 속에 포함시키고 있는 것이다. 슈펭글러의 영향을 받아 폴 발레리 역시 1919년에 발표한 〈정신의 위기〉라는 글에서 이렇게 말하고 있다. "문명들, 우리 다른 사람들, 우리 역시 이제 죽음을 면치 못하리라는 것을 알고 있다. (⋯) 우리는 하나의 문명이 하나의 생명체처럼 동일한 허약성을 지니고 있음을 느끼고 있다." In *Variété 1 et 2*, Idées/Gallimard, n° 394, 1978, p.13-14.

22) A. Malraux, 〈André Malraux et l'Orient〉, in *Les Nouvelles littéraires*, cité dans 〈Appendice〉 de *La Tentation de l'Occient, op. cit.*, p.114. 강조는 작가가 한 것임. 들뢰즈는 이 '인간의 죽음'을 '자아의 소멸'로 해석하고 있는데, 이 역시 젊은 예술가 말로의 비전을 벗어나지 못하고 있다. 들뢰즈, 권영숙·조형근 역, 《들뢰즈의 푸코》, 새길, p.199; 이진경, 《노마디즘 2》, 휴머니스트, 2001, p.730에서 재인용. 기존 세계와의 단절과 새로운 세계의 탐구에서 항상 예술가들이 전위적 역할을 한다는 점은 새삼스러운 게 아니다. 특히 20세기 초엽에서 제2차 세계대전 사이에 펼쳐진 다양한 예술 운동들에 대해 "위험을 무릅쓰고 이론적·철학적 해석을 감행한 미학자들은 드물다. 현대적 예술에 대한 최초 이론들은 1960년대에 와서야 비로소 정연하고 체계적인 방식으로 개발되었다." 마르크 지므네즈, 김웅권 역, 《미학이란 무엇인가》, 동문선, 2003, p.11-12.

제2장

죽음과 허무

"세계에 대한 총체적 의식은 죽음이다."
앙드레 말로, 《서양의 유혹》

1. 소멸의 숙명

앞서 필자가 지적했듯이, 슈펭글러는 《서양의 몰락》에서 '파우스트적 영혼'을 지닌 기독교 문명의 쇠퇴를 진단하고 그 종말을 예언하고 있다. 또한 우리는 시인 발레리 역시 이로부터 충격을 받아 죽음에 사로잡혀 있음을 보았다. 뿐만 아니라 이성에 대한 환상을 품었던 주체-인간 및 에피스테메로서의 역사가 소멸하는 전환점이 기독교 문명의 몰락과 맞물려 있음도 알게 되었다. 그러나 여기서 혼동해서는 안 될 것이 바로 이 문명의 퇴락이 서양의 종말은 아니라는 점이다. 만물이 생성·소멸하듯이, 다른 문명이 새로이 생성될 수 있기 때문이다. 유교 문명이 몰락했다고 해서 중국이 멸망하는 것이 아닌 것과 같은 이치이다. 그럼에도 불구하고 슈펭글러의 책 제목 사체가 주는 비극적 울림 때문에 서구 지성계가 충격에 휩싸였던 것이다. 다른 방향으로 나아갔지만 앙드레 말로도 예외는 아니었다. 이 독일 역사철학자의 코페르니쿠스적 비전이 그에게 얼마나 충격적으로 다가왔는지는 장 라쿠튀르와의 인터뷰가 증언하고 있다.

"나에게 그(슈펭글러)는 제1의 적이 될 정도로 엄청나게 중요했으며, 나는 그에 대항해서 나의 사상을 구축했습니다……. 나에게 모든 것은 변모라는 그 주제 속에 있습니다. 그러나 슈펭글러에게는 그것이 존재하지 않습니다."[1]

말로가 구축하게 되는 사상의 핵심인 '변모의 이론'은 나중에 다루기로 하겠다.[2] 어쨌든 생성된 것은 반드시 소멸한다는 숙명의 원리가 문명에도 적용된다는 사실이 역사적으로 검증된다는 점은 젊은 말로로 하여금 "죽음은 세계에 대한 총체적 의식이다"[3]라고 표명하지 않을 수 없게 만든다. 또한 그는 이렇게 외치고 있다. "신을 파괴하기 위해, 그리고 신을 파괴한 후 유럽 정신은 인간에게 대립할 수 있는 모든 것을 절멸시켰다. 노력의 종착점에 도달했을 때 그것이 발견하는 것은 정부(情婦)의 시신 앞에 있는 랑세처럼 죽음뿐이다."[4] 이처럼 '세계의 영혼'으로서 죽음의 강박관념은 제1차 세계대전 직후 유럽을 뒤덮고 있는 비관적 분위기와 더불어 청년 말로의 내면에 깊숙

---

1) André Malraux—Fondation Maeght, Catalogue de l'exposition Maeght, Imprimerie Arte, Adrein Maeght, 1973, p.159에서 재인용.
2) 우선 간단하게 언급하면, 이 변모의 이론은 세계를 끊임없이 변화로 보는 동양 사상으로부터 영감을 받아 구축한 것으로 알려지고 있다. 그것은 슈펭글러의 종말론도, 헤겔식의 연속적 보편사관도 거부하는 역사관을 담고 있다. 예컨대 서구 문명은 그리스 문명으로부터 기독교 문명으로 변모해 왔다는 것이다. 그리고 그것은 또 다른 문명으로의 변모를 기다리고 있다.
3) La Tentation de l'Occident, op. cit., p.100.

이 자리잡고 있다.[5] 시간의 전능한 파괴력 앞에서 문명마저 소멸의 숙명을 벗어나지 못할진대, 세계와 인간에 대한 '실존적' 허무감이 그의 사유에 침윤된다는 것은 너무도 당연하다. 앞으로 보겠지만, 특히 첫번째 소설 《정복자》와 두번째 소설 《왕도》에서 허무 의식은 동양 사상 속에 융해되어 독특한 빛깔을 드러낸다.

2. 타나토스의 그림자

그에게 죽음이라는 테마는 서구 기독교 문명과 역사에 대한 위기 의식을 반영하는 이와 같은 시대적 · 지적 상황 및 배경과 밀접하게 연결되어 있을 뿐 아니라, 그의 개인적 가족사와도 뗄 수 없는 관계를 맺고 있다. 우선 포스트모더니즘이란 용어를 최초로 사용한 프랑수아 리오타르가 말로의 문학 세계를 새로운 각도에서 조명하기 위해 정신분석학적 메스를 가한 어린 시절이 있다. 그는 2세(정확히 18개월)의 앙드레 말로가 어머니 베르트 옆에서 생후 3개월도 안 되어 죽

---

4) *Ibid.*, p.110. 랑세(Armand Jean Le Bouthillier de Rancé 1626-1700)는 프랑스의 수도사로서 한때 세속적인 화려한 성직자 생활을 하였다가 속세를 떠나 트라피스트수도회에 들어가 개혁을 단행했다. 샤토브리앙의 소설 《랑세의 일생》(1844)에 따르면, 랑세는 사교계를 드나들 때 염문을 뿌리고 다니는 몽바종(Montbazon) 공작부인을 정부로 삼았다. 그런데 그가 부인이 죽었다는 소식을 듣고 그녀의 아파트에 도착했을 때 관 옆에는 그녀의 목이 잘린 채 떨어져 있었다. 관의 치수가 잘못되어 머리만큼의 길이가 짧았는데 새로 관을 맞추지 않고 머리를 자른 것이다. 시트로 대충 감싼 머리가 관 위에서 떨어져 바닥을 피로 물들이고 있었다.

5) 말로는 《서양의 유혹》을 그의 나이 25세 때인 1926년에 출간하지만, 사실 죽음의 강박관념은 보다 앞서 그가 20세 때 내놓은 《종이달 *Lunes en papier*)에서부터 죽음의 죽음에 대한 아이러니의 형태로 강력하게 자리잡고 있다. In *Œuvres complètes*, vol. I, op. cit.

은 동생 페르낭 말로의 공동묘지 매장 현장을 목격함으로써, 이것이 말로의 문학에 깊은 흔적을 남겨 놓았다고 주장한다. 그에 따르면 프로이트의 "원초적 장면"[6]과 비견되는 이 가정적(假定的) 장면은 말로의 무의식에 깊이 새겨져 그의 문학에 중요한 역할을 했다는 것이다. 그리하여 그는 소설가의 두번째 작품 《왕도》를 해석하는 데 이 장면을 끌어들이고 있다.[7] 그의 일방적·자의적 해석이 설득력이 없다는 것은 별도로 하고,[8] 일단 죽음과의 이 최초 만남이 작가의 무의식적 심층에 각인되었으리라는 점은 인정하자.

다음으로 죽음과 관련해 앙드레가 받았을 두번째 충격은, 그의 나이 8세 때 할아버지 알퐁스 말로(당시 68세)가 머리를 도끼로 쳐 의문의 자살을 한 사건이다. 그동안 연구자들은 바이킹의 후예였던 할아버지에 대한 이 기억을 앙드레와 죽음과의 최초 만남으로 간주했다. 말로도 이 사건을 다소 변형시켜 《왕도》《알튼부르그의 호두나무》《반회고록》에서 에피소드로 활용함으로써 그것이 자신에게 깊은 자국을 남겼음을 드러내고 있다.

가족사의 다른 비극적 일들은 말로가 작가로서 위상을 이미 확보한 이후에 일어난다. 아버지 페르디낭 말로의 자살(1930), 어머니 베르트의 사망(1932), 말로의 두번째 여인 조제트 클로티스의 사고사(달리는 기차 아래로 미끄러져 두 다리가 절단되는 사고로 사망함, 1944), 둘째 이복동생 클로드의 죽음(레지스탕스 운동중에 체포되어 처형당함,

---

6) 프로이트는 유아가 최초로 '외상적 체험'으로 목격하는 부모의 성행위 장면을 '원초적 장면'이라 부른다.
7) 장 프랑수아 리오타르, 이인철 역, 《앙드레 말로》, 책세상, 2001, p.12-13, 143-145, 323-324, 331 참조.
8) 그의 주장에 대한 비판은 필자의 졸저, 《말로와 소설의 상징시학》(부제: '왕도 새로 읽기'), 동문선, 2004, p.23-31 참조.

1944), 첫째 이복동생 롤랑의 죽음(레지스탕스 운동중에 체포되어 강제수용소에서 사망함, 1945), 20세 및 17세 된 두 아들 피에르 고티에와 뱅상의 죽음(자동차 사고로 사망함, 1961) 등이 환기될 수 있다. 타나토스의 그림자가 짙게 드리워진 이와 같은 가족적 비운이 말로의 문학에 어떤 식으로든 연결되어 있으리라는 추정은 가능하며, 그가 죽음에 대한 명상을 하는 데에도 적지않은 영향을 미쳤으리라 생각할 수 있다.

그러나 할아버지의 경우를 제외하면, 이런 개인적 비극들이 그의 문학에서 직접적 소재로 사용되는 예는 없다. 그는 그것들을 '보잘것없는 작은 비밀 더미'로 치부하고 승화시켜 인간과 인류의 보편적 차원에서 죽음과 운명에 대해 성찰한다. 그렇기 때문에 그는 사적인 개인사는 모두 제외한 《반회고록》을 집필했던 것이다.

다른 한편으로 말로가 직접 참여한 스페인 내전과 제2차 세계대전은 제1차 세계대전과 더불어 삶과 죽음, 생성과 소멸을 문명적 차원에서 사색하게 해주는 또 다른 계기들을 마련해 주며, 그의 문학 속에서 중요한 소재들로 나타난다.

이상과 같이 볼 때, 공동체적 운명과 개인적 운명의 두 방향에서 죽음은 말로 문학을 탄생시키는 데 주요한 요소로 작동하고 있으며, 당연히 허무를 수반하고 반추케 하는 테마로 나타난다. 하지만 역설적으로 그것은 삶의 가치를 일깨워 주고 운명과의 싸움을 지탱해 주면서 강력한 의미 생산을 낳는 하나의 패러다임적 축을 형성한다. 바르트는 패러다임을 의미를 생성시키는 "잠재적인 두 항의 대립"[9]이라

---

9) 롤랑 바르트, 《중립》, 동문선, 2004, p.36. 바르트는 이런 대립적 패러다임을 좌절시키는 것을 '중립'이라 부른다.

규정한다. 예컨대 악과 불행이 없다면 선과 행복이라는 의미가 생성되지 않는다는 것이다. 그러니까 선/악, 행/불행은 갈등과 의미를 낳는 패러다임이다. 가난을 모르면 부가 무엇인지 알 수 없는 것도 마찬가지이다. 또 늙음이 있음으로써 청춘이 빛난다. 요컨대 죽음이 있음으로써 삶의 인식이 가능하고, 운명으로서의 죽음에 맞서는 가치의 추구가 가능한 것이다. 죽음에 대한 강박관념이 강하면 강할수록 삶과 영원에 대한 욕망 또한 강렬하다. 말로의 경우는 이와 같은 죽음 의식을 토대로 자신의 구도적(求道的) 세계를 펼쳐내게 된다.

제3장

동양: '정신의 다른 극점'
— 《서양의 유혹》

"심층적 성격에서 내가 받은 최초의
영향은 아시아 세계의 영향, 다시 말
해 혁명 세계의 영향보다 무한히 더
큰 다른 문명의 영향이었다."

앙드레 말로, 한 대담

1. 맥락

앙드레 말로가 언제부터 어떤 계기에 의해 동양에 관심을 갖게 되
었는지는 정확히 알 수 없다. 어쨌거나 그가 제1차 세계대전 직후인
1919년(18세)부터 파리의 기메박물관(동양 예술품이 주종을 이룸)과 루
브르박물관을 드나들며 아시아 문화에 대한 흥미를 느끼기 시작했다
는 추정이 일반적이다.[1] 하지만 그가 동양에 관한 첫번째 저서인 《서
양의 유혹》의 말미에 '1921-1925년'이라는 기간을 명시하고 있는
바, 아시아의 유혹이 최소한 1921년으로 거슬러 올라간다는 것은 분

명하다. 이런 유혹의 결과로 그는 1923년에 옛 크메르 왕국의 수도인 앙코르와트와 메남 강 하구를 잇는 '왕성의 길'에서 도굴의 성격을 띤 고고학적 모험을 시도하고, 이 모험의 연장선에서 1925년까지 사이 공에서 반식민지 투쟁을 벌인다.[2] 이 시기에 그는 중국 혁명과 간접적 관계를 맺으면서 중국 문화에 대한 보다 깊은 이해를 하게 된다.

그러니까 동양에 대한 최초 관심에서부터 이와 같은 모험 및 투쟁의 시기까지 그가 펼쳐낸 사색의 결정물로 나온 것이 동·서양의 문명비평서인《서양의 유혹》이다. 이 서간체 에세이는 중국을 여행하는 프랑스 청년 아데(A. D.)와 유럽을 여행하는 링(Ling)이 서신을 교환하면서 서로의 문명을 비판적으로 조명하는 내용을 담고 있는데, 말로 문학의 전환점으로 매우 중요한 역할을 하고 있다. 왜냐하면 이 책에서부터 그는 초기의 초현실주의적 경향과 거리를 두고 새로운 모색을 시도하고 있기 때문이다. 뿐만 아니라 이 저서는 향후 그가 내놓게 되는 소설들, 특히 아시아의 3부작——《정복자》《왕도》《인간의 조건》——과 밀접한 연관을 지니는 프로그램적 작품이다. 그 속에서 동양은 본격적으로 탐구되기 시작함으로써 그의 문학 세계에서 '정신의 다른 극점'으로 자리잡게 되는 계기가 마련된다.

우선 책의 제목부터가 양면적 의미를 담고 있다. 그것은 한편으로 서양이 동양을 유혹한다고 읽을 수도 있고, 다른 한편으로 동양이 서양을 유혹한다고 읽을 수도 있다. 말로는《문학 소식》지에 기고한〈앙드레 말로와 동양〉이라는 글에서 이 제목을 중국어로 번역한 뒤 다시 프랑스어로 번역하면 '동양의 제안들'이 될 수 있다고 말하고 있다.[3]

---

1) '플레야드판'《말로 전집 Œuvres complètes》제1권에 '작가 연보'를 작성한 프랑수아 트레쿠르 역시 이런 견해를 수용하고 있다. op. cit.,〈Chronologie〉, p.19.
2) 이에 대해서는 본서의 말미에 실린 '작가 연보'를 참조 바람.

그러니까 서양의 입장에 선 말로는 이 작품을 통해 동양이 인간과 세계에 관해 서양에 제안하는 정신적 형태들을 숙고해 보라고 권유하고 있다.

그는 제1차 세계대전으로 드러난 '서양의 위기'와 '파산' 앞에서 탈주와 극복을 모색하고 있다. 당시의 지성계는 오스발트 슈펭글러의 《서양의 몰락》[4]과 폴 발레리의 〈정신의 위기〉가 상징적으로 나타내듯이, 서구 문명이 종말을 고하리라는 전조적 먹구름에 직면하여 이른바 '오리엔탈리즘' 혹은 '동양의 부름'이라는 이름으로 동양에의 관심이 고조되고 있었다. 특히 이러한 움직임의 바람은 패전국인 독일로부터 프랑스어와 프랑스에서 그리스-기독교 문명을 방어하려는 지식인들과, 동양을 통해 서구의 한계를 극복하려는 지식인들 사이의 치열한 논쟁이 전개되었으며, 그 중심에 말로 역시 자리잡고 있었다. 반(反)볼셰비키 전선과 반(反)아시아주의의 선봉에 선 앙리 마시스는 《서양의 방어》라는 저서를 기획하여 그 첫 장(章)을 문예지에 연재하였다. 이에 대한 말로의 반격은 《서양의 유혹》이라는 제목에 그대로 반영되었다. 원래 그는 이 작품의 제목을 그냥 '유혹(Tentation)'이라 붙이려고 했으나 마시스의 책 때문에 제목을 바꾸었다 한다.

동·서양의 충돌이라는 이와 같은 갈등적인 지적 분위기 속에서 출간된 이 서간체 에세이에서 젊은 말로는 앞서 제1장에서 보았듯이, 탈

---

3) *Op. cit.*, p.113.
4) 앞서 다룬 슈펭글러의 역사관을 부연 설명하면, 문명들은 독자적·자율적 영혼을 가진 각각의 문화가 남긴 산물들이고 문명들간에는 단절과 불연속성이 존재한다. 예컨대 그리스 문명은 '예술적 영혼,' 아랍 문명은 '마법적 영혼,' 기독교 문명은 '파우스트적 영혼'을 지녔다는 것이다. 서구 기독교 문명은 과거의 다른 모든 문명들이 그랬듯이 탄생→유년기→청년기→성숙기→노년기→죽음이리는 과정을 거치게 되는데, 이제 늙어서 죽음을 눈앞에 두고 있다는 것이다. 제1차 세계대전은 이런 죽음을 앞둔 병적 징후라는 것이다.

㈜주체·탈자아·탈개인주의를 표방하면서 기존의 정신적 질서 및 가치 체계와의 총체적 단절을 외치고 있다. 그러면서 그는 이렇게 분명히 하고 있다. "우리의 문명은 모든 유혹은 지식으로 변화되어야 한다는 훌륭하면서도 어쩌면 치명적인 법칙을 지니고 있다."[5] 이러한 명시적 언급은 〈앙드레 말로와 동양〉에서 반복된다. "우리의 정신이 지닌 가장 강력한 법칙들 가운데 하나는 정복된 유혹들이 우리의 정신 속에서 지식으로 변모된다는 것이다."[6] 그러니까 말로에게 동양의 유혹, 다시 말해 '동양의 제안들'은 우선적으로 지식의 차원에서 정복의 대상이 되고 있는 것이다. 여기서 지식은 문학적·예술적 차원을 포괄하는 개념이다. 문학 작품인 《서양의 유혹》이 이미 이와 같은 정복을 시작하고 있기 때문이다.

2. 유혹의 정복

이제 말로가 이 작품에서 동양의 유혹을 어떻게 지식으로 정복하고 있는지 몇 개의 예를 들어 보자. 그는 프랑스 청년 아데가 만난 군자적 이상형의 중국인 왕로흐의 입을 통해 유교의 위기를 이렇게 해석하고 있다.

"신들에도 인간들에도 의지하지 않고 살아가는 데 성공한 하나의 체계, 인간의 체계들 가운데 가장 위대한 체계의 파괴와 박살입니다. (…)

---

5) *Op. cit.*, p.109.
6) *Op. cit.*, p.114.

중국은 폐허가 된 건물처럼 흔들리고 있습니다. (…) 유교가 산산조각이 나면 이 나라는 무너질 것입니다. 저 모든 사람들은 유교에 의지하고 있습니다. 유교는 그들의 감성, 그들의 사상, 그리고 그들의 의지를 만들어 주었습니다. 그것은 그들에게 그들 인종의 의미를 부여해 주었습니다. 그것은 그들의 행복이 지닌 얼굴을 만들어 주었습니다……. (…) 저들이 2천5백 년 동안 추구한 게 무엇입니까? 인간에 의한 세계와의 완전한 동화입니다. 왜냐하면 그들은 자신들이 세계에 대한 파편적 의식이기를 원했기에, 그들의 삶은 이 세계의 서서한 포획이었기 때문입니다. 그들이 추구한 완벽은 그들이 의식했던 힘들과의 합일이었습니다.”[7]

물론 이 텍스트는 서양과의 문명 충돌 속에서 위기에 처한 유교 문명을 중국인을 통해 자가 진단하도록 하고 있다. 뿐만 아니라 인간을 세계와 자연의 일부로서 파편적 존재로 보는 유교와 노장 사상의 공통적인 측면도 나타나고 있다. 여기서 독자가 오해해서는 안 되는 점은 서양과 마찬가지로 중국이 위기에 처해 있지만 양쪽이 다른 입장에 있다는 것이다. 서양은 ‘정복자’의 위치에 있지만 제1차 세계대전으로 정신적 공허의 위기를 맞고 있으며, 패자인 동양은 서양의 물리적 힘의 비밀 앞에 혼란의 위기를 맞고 있다. 따라서 중국이 ‘무정부적 상태’와 유교의 위기를 겪고 있지만, 말로는 서구의 가치 체계 붕괴 앞에서 동양 사상에 대해 지적 탐구를 하고 있는 것이다. 두번째로 그가 노장 사상을 지식으로 정복하는 예를 보자.

---

7) *Op. cit.*, p.102.

"세계는 존재하는 모든 사물들에 침투하는 두 리듬의 대립이 낳은 결과입니다. 그것들의 절대적 균형은 무(無)라 할 것입니다. 모든 창조는 이 균형이 깨어짐으로써 비롯되며, 차이에 불과할 수밖에 없습니다. 이 두 리듬은 그것들이 남성과 여성의 대립에서부터 항구성과 변화라는 관념들의 대립에 이르기까지 대립을 인간적으로 표현하는 데 소용된다는 점에서만 현실성을 지닙니다. (…) 노장 사상가들의 학설은 당신네 사상가들이 당신들에게 구축물들을 제안하듯이, 그들에게 리듬들을 제안합니다. 그것이 그들에게 가르치는 것은 형태들 속에서 하찮은 사물들, 어제 생겨났다가 이미 거의 죽어 버린 사물들, 나이를 모르는 강 속에 계속적으로 흐르는 물결과 유사한 그런 사물들만을 보라는 것입니다. 그리고 특별한 호흡법과 때로는 거울의 관조는 흔히 매우 긴 시간이 지나면 그들로 하여금 외부 세계에 대한 의식을 잃게 해주고, 그들의 감성에 극도의 강렬함을 줍니다. 명상의 출발점이었던 관조에서 빠져나온 이미지들은 소멸합니다. 그들은 자신 안에서 리듬들에 대한 관념만을 만나며, 이 관념에 강력한 열광이 연결됩니다. 관념과 열광은 결합되어 모든 의식이 상실될 때까지 상승하며, 이와 같은 상실 속에서 원리와의 합일이 이루어집니다. 왜냐하면 리듬들의 통일성은 이 원리 속에서만 되찾아지기 때문입니다."[8]

도가(道家)의 명상 수련법까지 언급되고 있는 이 인용문을 노자의 《도덕경》이나 장자의 책과 연결시키는 것은 어렵지 않다. 예컨대 이 텍스트의 처음에 나오는 '두 리듬'을 음과 양으로 바꾸고, 무극과 태극을 생각하면서 도입부를 《도덕경》 제1, 2장과[9] 함께 읽어보면 충분

---

8) *Ibid.*, p.97.

하다. 두 리듬은 유(有)와 무(無), 삶과 죽음, 정신과 물질, 선과 악,
행복과 불행, 남성과 여성, 나와 타자, 미와 추 등 모든 이원적 현상
을 '차연적' '상관적' 관계[10]를 통해 생성시키는 두 개의 기(氣)이다.[11]
뿐만 아니라 인용문에는 탈주체와 탈자아를 구현하면서 음양의 통일
적 우주 원리, 곧 도(道)와의 합일을 지향하는 노장 사상의 핵심이 담
겨 있다. 이런 맥락에서 중국 청년 링은 "하나의 세련된 문명이 지닌
최고의 아름다움은 자아의 주의 깊은 비(非)개발이다"[12]라고 말하고
있다. 또 같은 연장선상에서 도교의 성의 신비주의나 탄트라의 에로
티시즘이 소화되는 대목을 보자.

"모든 에로틱한 놀이는 거기에 있습니다. 즉 자기 자신이자 **상대방**
이 된다는 것입니다. 자신의 고유한 느낌들을 체험하고, 파트너의 느
낌들을 상상한다는 것입니다."[13]

---

9) 김형효, 《사유하는 도덕경》, 소나무, 2004.
10) '차연적'이라는 말은 하이데거와 데리다의 '차연(unter-schied/différance)'에서
나온 것이다. 차연은 '차이가 나다'와 '연기하다'를 합친 것의 명사형이다. 그것은
차이가 나는 대립적인 쌍형어에서 하나가 없어지면 다른 하나의 인식 근거를 상실
하는 놀이를 함축하고 있다. 예를 들어 선과 악의 경우, 악이 없으면 선의 인식이
불가능하며, 선은 차이의 악을 통해서만 존재 의미를 획득하기 때문에 악 속에 그
것의 존재 근거가 연기되어 있다. 내가 선의 의미를 생각하는 순간, 차이가 나며 연
기되어 있는 악의 상대적 의미가 나의 정신 속에서 작용한다. 그 반대도 마찬가지
이다. 그러니까 선과 악은 상대를 늘 그림자처럼 동반하며, 각각의 개념은 두 요소
를 동시에 '상관적으로' 끌어들이고 있다. 생성의 존재계에서는 악의 제거 자체가
불가능한 것이다. 제거하면 선 자체가 성립하지 않기 때문이다. 이에 대해서는 김
형효, 《사유하는 도덕경》, *Ibid.*, p.47 이하 및 김형효, 《노장 사상의 해체적 독법》,
청계, 1999, p.30 이하 참조.
11) 장자, 《잡편》, 〈직양〉 In 장기근 · 이식호 역, 《노자 · 장자》, *op. cit.*, p.467 참조.
12) *La Tentation de l'Occident, op. cit.*, p.84.
13) *Ibid.*, p.82.

음과 양, 여성성과 남성성의 신비주의적 합일을 통해 우주의 궁극적 원리와 하나가 된다는 교리는 도교와 탄트라에 공통적으로 나타난다. 이 교리는 여성성을 격하시키고 억압하여 사랑과 성(性)에 대한 수많은 담론을 폭발시키고 정신분석학을 낳게 만든 장본인인 기독교와는 너무도 멀리 떨어져 있다. 그것은 《왕도》라는 소설에서 불교와 결합되어 있지만 문화적 정체가 코드화된 채 에로티시즘이라는 중요한 테마 속에 융해되어 있으며, 《인간의 조건》에서까지 새로운 빛깔로 채색되어 고도한 독서놀이를 유도하고 있다. 이 점은 나중에 다시 언급하겠다. 하나만 더 예를 들어 보자. 말로가 불교의 윤회 관념을 나름대로 해석하고 있는 부분은 흥미롭다.

"물론 윤회라는 해묵은 관념은 책임의 관념이 서양인의 감성을 빚어 냈듯이 아시아인의 감성을 빚어냈습니다. (…) 당신들이 당신들의 사유를 분명하게 표현하기 위해 윤회에서 중요하게 언급하지 않을 수 없는 것은 하나의 유일한 영혼이 거쳐 가는 계속적이고 상이한 육체적 거처들입니다. 이러한 구분은 우리에게 아무것도 표현하지 않습니다. 왜냐하면 우리는 당신들이 '영혼'이라 부르는 것에 당신들이 부여하는 항구성의 성격을 받아들일 수 없기 때문입니다. 여러 개의 인격체들을 하나하나 차례로 소유할 수 없습니다. (…) 하나의 영혼이 취하는 계속적인 형태들 사이의 관계는 구름과 구름의 비가 자라게 하는 나무들이 맺는 관계 이외의 다른 것이 아닙니다. (…) 윤회라는 이 관념을 유럽의 언어로 한정하기는 어렵습니다. 최소한 제가 말할 수 있는 것은 '너는 자칼로 다시 태어날 것이다'라는 번역문이 '네가 죽을 때 너의 행위들로부터 자칼이 태어날 것이다'라고 번역된다면 더 나을 것이라는 점입니다. 왜냐하면 여기서 중요한 것은 자칼이 자기가 전생에 인간이었다는 것을 알지 못하기 때문입니다."[14]

불교의 교리에 따르면, 인간이 죽어 동물로 태어나는 경우는 극히 드물다고 한다. 여기서 말로는 서양인들이 윤회를 이해하기 위해 기독교적 '영혼'의 개념을 도입하는 것을 경계하고 있음을 알 수 있다. 그런 개념은 불교에서 존재하지 않기 때문이다. 자아와 연결된 독립적이고 불변하는 개체적 영혼 자체가 부인된다. 인간과 자칼 사이의 윤회의 예는 극단적이기는 하지만 청년 말로의 지적 통찰을 잘 드러내고 있다. 이 윤회의 문제는 《정복자》에서 중국 청년 테러리스트 홍(Hong)을 통해 다루어지고 있다. 그러나 그가 서양과의 충돌로 윤회관을 버림으로써 현실에 대한 그의 비극적 감정은 증폭된다. 한편 《왕도》의 페르캉은 윤회를 넘어서 해탈로 향하고 있고, 《인간의 조건》에서 혁명 세력의 주요 인물들인 기요 · 첸 · 카토프 역시 죽음을 넘어 니르바나를 지향함으로써 윤회로부터 벗어나는 길을 택하고 있다. 이 점은 앞으로 보다 구체적으로 다루어질 것이다. 말로는 후에 《반회고록》에서 윤회를 기독교의 '부활' 개념과 접근시켜 명상을 하게 된다.

이상과 같이 《서양의 유혹》은 '동양의 제안들'을 지적인 차원에서 정복함으로써 인간 개념에 대한 새로운 모색을 시도하고 있다. 동 · 서양이 충돌하여 인류 역사상 최초로 지구촌 통합 문명이 탄생하고 있는 상황에서 젊은 말로는 지구촌적 차원에서 동양에 대한 탐구의 여정을 떠나고 있다. 그렇기 때문에 아데는 링에게 이렇게 표명하고 있다. "이 세기초에 프랑스에 침투하고 있는 것은 더 이상 유럽도 과

---

14) *Ibid.*, p.94.

거도 아닙니다. 그것은 세계의 모든 현재와 모든 과거이고, 살아 있거나 죽은 형태들과 명상들의 축적된 봉헌물들입니다……. 친구여, 이처럼 시작되고 있는 혼란한 광경은 서양의 유혹들 가운데 하나입니다."[15] 여기서 서양의 유혹들은 당연히 서양이 받고 있는 유혹들을 의미하며, 작품에서는 동양의 정신 형태들로 나타나고 있다.

3. 불연속성의 모색과 소설의 전단계

《서양의 유혹》은 말로의 문체가 지닌 특징이자 통일성의 윤곽을 최초로 드러내는 작품이다. 흔히 말로의 문학에서 불연속성(la discontinuité) 혹은 불연속적 사유가 중요하게 거론된다. 앙리 고다르는 "앙드레 말로의 사유만큼 불연속적인 사유는 없다"고 말하면서 "생략(…)은 그의 스타일에서 가장 일반적인 문채(文彩)이다"라고 규정하고 있다.[16] 그의 소설을 처음 읽는 독자는 줄거리를 파악하는 데에도 상당한 노력을 기울여야 한다. 그만큼 그것은 전통적인 서사 기법을 파괴하는 불연속성을 강도 높게 활용하여 독자의 노력과 참여를 유도하고 있다. 뿐만 아니라 그것은 인물들의 담화나 묘사에도 코드화된 불연속성을 밀도 있게 도입하여 파편화된 단상들을 흩뿌려 놓고 있다. 그래서 말로 소설을 규정하는 것 가운데 '파편의 미학'이란 말까지 나오고 있다. 그런데 이와 같은 불연속성이 《서양의 유혹》에서부터 시작되고 있다. 편지의 내용들은 서간문이 지닌 형식 및 한계와 맞

---

15) *Ibid.*, p.92.
16) H. Godard, *L'autre face de la littérature*, Gallimard, 1990, p.15-16.

물려 파편적 단상들을 압축하여 불연속적으로 쏟아내고 있다. 이것 자체가 '모델이 없는' 새로움이다. 보통 서간체 양식에서는 이런 측면이 나타나지 않기 때문이다. 이와 같은 단상들은 세부적 추론이나 전개 없이, 혹은 결론을 제대로 내리지 않고 생략을 통해 펼쳐짐으로써 글쓰기의 '현대성'을 보여주면서 독자의 사유를 적극적으로 끌어들이고 있다. 철학적 성찰과 시적 감성이 어우러진 울림들이 스타카토로 낯설게 다가온다. 따라서 그만큼 독자의 입지는 넓어지고, 생각할 거리는 풍부하게 제공된다. 작품의 단상들을 연결해 주는 유일한 끈은 서간문 형식이다.

전체적 구성을 보면 첫번째 편지는 아데가, 두번째부터 일곱번째까지 6통을 링이, 여덟번째는 아데가, 아홉번째부터 열한번째까지 3통을 링이 쓰고 있다. 그 이후 열두번째부터 열여덟번째까지는 아데와 링이 계속적으로 교환하고 있다. 따라서 열두번째부터 본격적이고 규칙적인 서신 교환이 이루어지고 있는데, 그 이전을 제1부라 한다면 여기서부터를 제2부라 할 수 있다. 전체 편지 수는 18통인데, 그 가운데 12통이 링의 편지이고 6통이 아데의 편지이다. 그러니까 3분의 2를 링이, 3분의 1을 아데가 쓰고 있음으로써 불균형이 나타나고 있다. 이러한 측면은 이 작품이 병든 동·서양 두 문화의 대립을 부각시키고 있는 듯하지만, 본질적으로는 작가가 〈앙드레 말로와 동양〉에서 언급하고 있듯이 '동양의 제안들'을 담아내고 있다는 점과 일치한다. 그것은 어쩌면 당연하다 할 것이다. 왜냐하면 서양의 작가인 말로의 입장에서 볼 때 문제는 서구의 위기에 직면하여 동양으로부터 무엇을 기대할 수 있는 것인가이기 때문이다. 동양의 문제는 동양인들이 풀어야 할 과제인 것이다. 그리고 특이한 점은 첫번째 편지에서 수신자가 링으로 되어 있지 않고, 수신자 자체가 없다는 것이다.

그것은 이탈을 의미하며, 서간 형식의 구조 자체를 부분적으로 파괴하고 있다. 아데는 아시아로 배를 타고 여행하는 중에 선상에서 시적 편린들을 단속적으로 펼쳐내고 있다. 그러니까 이 편지에서 아데는 아시아의 몽상적 풍경과 이 대륙에서 백인들의 역사적 모험을 뒤섞어 상상의 나래를 펴면서 미지의 세계에 자신을 개방해 놓고 기대감을 표출하고 있다. 아데는 링뿐만 아니라 아시아 대륙 전체에 외치고 있는 것이다. 일단 서양을 비판하는 아시아인의 시선과 사상에 자리를 비워 놓겠다는 입장이다. 그렇기 때문에 링의 열한번째 편지까지 한번의 단절을 빼고 연속적으로 나타나고 있다. 이 단절도 아데가 동양 정신을 비판하는 것이 아니라 서양 정신에 대한 링의 이해를 돕도록 보충 설명하는 편지이다.

《서양의 유혹》은 '서간체 소설' '철학적 소설' '소설적 에세이' 혹은 '에세이적 소설'로 규정되기도 한다. 왜 이런 규정이 내려지는가? 편지들 속에 소설의 서사적 요소들, 왕로흐 같은 인물의 설정과 묘사가 나타나기 때문이다. 왕로흐는 《정복자》의 창다이라는 인물에 그대로 반영되어 있다. 뿐만 아니라 앞서 보았듯이 '스냅 사진' 같은 정신의 파편들이 드러내는 불연속성은 소설들 속에서 지속적으로 활용된다. 그러니까 《서양의 유혹》은 소설로 가는 과정에서 과도적 단계로 나타나면서 불연속성이라는 '현대성'을 모색한 특이한 형태의 작품인 셈이다.

독자는 이 작품을 주의 깊게 읽지 않으면 함정에 빠질 수 있다. 링이 서양에서 얻고자 하는 것은 정신적인 것이 아니라 서양이 동양을 정복하게 만든 물리적 힘의 비밀이다. 반면에 아데가 동양을 통해 모색하고자 하는 것은 서양에 결핍된 정신적인 것, '새로운 인간 개념'이다. 그런데 아데는 문화들이 지닌 임의성을 자각하고 부조리를 느끼면서 동양 사상에 경도되는 것을 거부한다. 또 그의 탈자아적 방향에서 보면 당연한 것이지만, 그는 기독교와 같은 과거의 서양 정신으로 회귀하는 것도 거부하는 것으로 나타난다. 그렇다면 그는 어떤 입장에 있는가? 앞서 밝혔듯이 동양의 유혹을 지식으로 정복하는 것, 다시 말해 동양 사상을 지적·예술적 차원에서 탐구하고 명상하는 것이다. 신봉이나 배척은 그 다음에 생각할 문제이다. 말로가 이 작품 이후에 내놓게 되는 소설들, 특히 아시아의 3부작에 대한 그동안의 연구가 드러낸 한계는 부분적으로 이와 같은 입장에 대한 냉철한 인식 부족에 기인한다 할 것이다.

앞으로 보겠지만, 말로는 인류의 정신적 문제를 편협한 서구 중심적 차원, 데리다의 용어를 빌리면 "인종(민족) 중심주의"[17]를 벗어나 지구촌적 차원에서 성찰하며 동양 사상에 대한 지속적 탐구와 관심을 나타냈다. 그가 위대한 것은 그 어떤 서구 작가보다도 선구적으로 지구촌적 전망에서 동·서양의 깊은 대화를 통해 새로운 미래의 지평을 열고자 치열한 삶을 살았고, 자신의 구도적(求道的) 열정을 뛰어난 독창적 문학 작품으로 남겨 놓았다는 점이라 생각된다. 그는 인류 역사상 20세기에 최초로 탄생한 지구촌 문명을 '불가지론적 문명' 혹은 '탐구 문명'이라 규정했다. 그는 결국 신비주의적 색채가 강한 불가지론자로 남았지만, 이 문명이 당면한 정신적 해체와 방황을 극복하고자 동·서양을 넘나들며 제3의 빛을 모색하는 탐구적 순례를 평생 동안 계속했다. 이와 같은 순례의 여정을 떠나는 출발점에 《서양의 유혹》이 청년 작가 말로의 지적 초상을 담아내면서 자리잡고 있다.

---

17) 자크 데리다, 김웅권 역, 《그라마톨로지에 대하여 *De la grammatologie*》, 동문선, 2004, p.14.

제 II 부
새로운 소설미학

제1장
불연속성의 미학과 코드화

"연속성이 근대성의 특징이라면, 불연
속성은 현대성의 특징을 이룬다."

본문에서

1. 문제 의식

필자는 앞에서 말로가 《서양의 유혹》에서 동양의 정신을 지식으로
정복하기 시작하고 있음을 몇 가지 예를 들어 설명했다. 그러면서 이
책과 아시아의 3부작과의 관계를 아주 간단하게 언급하고 지나갔다.
이제 이 문제를 본격적으로 다루어 보자. 그동안의 연구는 이 관계를
제대로 파헤치지 못하고 아시아의 유혹을 지식으로 정복하는 작업이
마치 이 에세이에서 갑자기 끝나 버린 것처럼 3부작을 서구적 관점
에서만 해석해 왔다. 그런데 과연 시작에 불과한 동양 사상의 정복은
이 서간체 작품에서 진정 끝나고 마는 것인가? 연구자들은 이 점에
대해서 많은 문제점들을 느꼈어야 할 터이지만 그냥 넘어가고 말았
다. 그들은 《서양의 유혹》과 광동 혁명을 배경으로 한 첫 소설 《정복

자)와의 관계에서조차 피상적인 접근에 머물고 말았다. 에세이를 조금만 꼼꼼히 읽는다면 '정복'의 의미가 무엇인지 알 수 있기 때문에 '정복자'라는 제목의 소설을 읽는 데 고심하여야 했다. 두 작품이 연속성을 띠고 있음은 분명한데, 그것들을 이어주는 심층적 연결고리가 겉으로 잘 나타나지 않고 있음을 해석상의 난제로 생각하고 이것을 풀려고 노력하였어야 했다. 그러나 이런 노력은 이루어지지 않았다. 결국 말로 전문가들에게 아시아는 실존적 운명을 구현하는 무대 정도에 불과하고, 혁명을 강렬하게 성공적으로 이끄는 주인공은 아시아의 변화를 주도하는 유럽 정복자들의 초상을 대변하는 인물로 나타날 뿐이었다.[1]

바로 이런 해석 때문에 훗날에 말로는 이렇게 언급하지 않을 수 없었던 것이리라. "심층적 성격에서 내가 받은 최초의 영향은 아시아 세계의 영향, 다시 말해 혁명 세계의 영향보다 무한히 더 큰 다른 문명의 영향이었다."[2] 뿐만 아니라 그는 동양이 자신에게 '정신의 다른 극점'을 형성했다고 술회한 바 있다.[3] 하나만 더 예를 든다면, 그는 인도가 "자신의 젊은 날의 가장 복잡하고 가장 심원한 만남들 가운데 하나"[4]라고 밝히고 있다. 그러니까 그에게 혁명보다 훨씬 중요한 것은 아시아의 정신 형태들이었던 것이다. 더욱이 소설의 시기가 끝나면서 나오기 시작하는 말로의 에세이 《반회고록》에서 동양은 서양과

1) 1989년에 나온 갈리마르사의 '플레야드판' 전집에서 《정복자》의 〈해제〉를 쓴 미셸 오트랑까지 이런 입장을 취하고 있다. Michel Autrand, 〈Notice〉, sur Les Con-quérants, in Œuvres complètes, vol I, op. cit., p.995 참조.

2) 1969년 5월 유고슬라비아 라디오-텔레비전과 벨그라드 주간지 《닌 Nin》과의 대담, in Cahier de l'Herne André Malraux, Edition de l'Herne, 1982, p.19.

3) Roger Stéphane, André Malraux, entretiens et précisions, Gallimard, 1984, p.19.

4) A. Malraux, Antimémoires, in Œuvres complètes, vol. III, Gallimard, 〈Biblio-thèque de la Pléiade〉, 1996, p.216.

직접적인 대화를 하며 원숙한 명상의 대상이 되고 있다. 그러니까 《서양의 유혹》과 《반회고록》은 동·서양의 대화를 동일하게 시도하고 있다. 그렇다면 소설 시기는 단절의 시기인가? 단절이라면 동·서양을 양대 축으로 자신의 문학을 펼쳐냈다는 말로의 암시와 전적으로 모순되지 않은가! 대체 말로가 말하는 동양과의 그토록 심원한 정신적 만남은 어디에 있는가? 연구자들은 자신들의 연구와 말로의 회고적·암시적 표명 사이의 이런 간극이 어디서 오는지 심각하게 고민하였어야 했을 것이다. 하지만 이런 고민 역시 나타나지 않았다.

이런 괴리를 극복하기 위해서, 다시 말해 《서양의 유혹》과 아시아의 3부작을 연속성과 새로운 전개로 읽어내기 위해서는 말로의 소설 시학에 대한 철저한 연구가 필요했다. 소설들 속에 산재한 수많은 코드화된 담화들에 대한 진지한 검토와 이 코드화를 풀어 주는 열쇠, 즉 말라르메의 시학을 소설의 차원에서 극단적으로 밀고간 '상징시학'의 발굴이 이루어져야 했다. 뿐만 아니라 《서양의 유혹》에서도 나타나듯이, 작가의 감성을 통해 새롭게 파편적으로 표현된 언어에 대한 고찰도 이루어져야 했다. 필자는 그동안 소설 텍스트를 완벽하게 코드화시킨 이 독창적 상징시학의 도출과 언어의 연구를 통해 새로운 해석을 시도해 왔다. 이와 같은 해석은 《서양의 유혹》에서 서양의 힘이 정신적 개방성과 자유를 통해 동양의 유혹을 지식으로 정복하는 데 있다는 아데의 주장과 일치한다.

앞에서 필자는 말로가 이 철학적 에세이에서 자신의 스타일 가운데 가장 큰 특징인 불연속성을 처음 선보이고 있음을 지적했다. 물론 그것은 소설에서 전개되는 차원과는 다르다. 그것을 통해 전개되는 단상들은 독립적으로 기능하면서 전체적으로 유기적인 의미망을 형성하지만, 이 불연속적 단상들의 사상적 혹은 문화적 정체성이 코드화되어 있는 것은 아니다. 예컨대 노장 사상이 언급되면서도 그것의 정체성이 숨겨져 있고, 그것이 지니는 고유한 언어가 새로운 해석적 언어로 완벽하게 바뀌어 표현됨으로써 그것에 대한 전문가가 아닌 독자는 정체성을 포착할 수 없는 일이 벌어지지 않는다. 다만 독자는 파편적이고 압축적인 단상들에 나타나는 깊이, 전개 혹은 해석의 문제 등을 제기할 수 있을 것이다.

그러나 말로의 소설에서 불연속성은 전혀 다른 양상을 드러낸다. 그것은 문화적 코드를 감춘 채 인물들의 비전을 받쳐 주면서 텍스트의 심층적 의미 작용을 열어 주는 극히 중요한 장치로 기능한다. 그것은 서사 차원과 담화 및 묘사 차원으로 구분될 수 있는데, 전자는 독자가 쉽게 알아볼 수 있지만, 후자는 주의를 기울이지 않으면 간과되지 않을 뿐 아니라 코드화되어 있기 때문에 그 자체로는 해독이 불가능하다. 독자의 적극적 참여를 통해서 후자의 차원이 해독될 때 전자의 진정한 의미 구조가 모습을 드러낸다. 그러니까 후자를 어떻게 풀어내느냐에 따라 전자의 해석이 결정되는 것이다. 그러나 그동안 후자는 거의 접근이 안 되었을 뿐 아니라 설령 접근되었다 할지라도 그것의 문화적 코드가 밝혀지지 않아 전자가 자의적으로 해석되었고, 텍스트의 의미망 역시 구멍이 뚫리고 뒤틀린 모습을 드러냈다. 그렇다면 이 두 차원의 불연속성을 어디서부터 접근해야 하는가? 바로 여기서 상징시학의 다른 기법들, 즉 환기 · 암시 · 상징 · 유추가 그것을 풀어 주는 길잡이 노릇을 하게 된다. 이 기법들에 대해서는 조금 뒤에 다시 다루기로 하고, '불연속성의 미학' 이라는 말이 일반화될 정도까지 중요한 불연속성의 개념에 대해 좀더 생각해 보자.

2. 불연속성과 현대성

필자는 앞서 푸코가 말한 근대의 '지적 하부 구조'인 에피스테메로서의 '역사'를 문제삼을 때, 서구 역사 내에서 에피스테메들 사이에 단절과 불연속성이 존재한다는 그의 주장도 함께 소개했다. 뿐만 아니라 말로에게 제1의 적이 된 슈펭글러가 문명들 사이의 단절을 주장한 역사관 역시 불연속적임을 보았다. 철학적으로 볼 때 불연속적 사유는 데카르트 이후 헤겔에서 정점을 이룬 주체 중심의 연속적 역사나 진보, 혹은 계보 등 목적론적 '초자아'를 거부하고 믿지 않는 사유이다. 물론 어떤 의미에서 이러한 연속성의 기원은 기독교의 섭리 사관으로 거슬러 올라간다. 그러니까 연속성이 근대성의 특징을 이룬다면 불연속성은 현대성의 특징을 이룬다 할 것이다. 그러니까 그것은 인간과 세계에 대한 근대의 인식론적 틀을 총체적으로 뒤집는 핵심어이다.

문학적으로 볼 때 불연속성은 위와 같은 사상도 상당히 반영한다. 소설의 전통적 서사 기법이 연속성에 토대하고 있지만, 이 연속성이 환상이라는 사실이 드러났기 때문에 불연속적 서사 구조가 나타나게 된 것은 당연하다. 소설이라는 픽션 속에 나타나는 연속적 이야기는 현실의 삶과는 동떨어진 것이다. 이것은 하루의 일과를 생각해 보면 즉각 알 수 있다. 우리의 통일성과 연속성을 이루어 주는 것은 육체이지 사유와 행동의 세계는 아니다. 예를 하나 들어 보자. 나는 창밖으로 푸른 하늘을 보자 외출하고 싶다는 마음이 든다. 갑자기 배가 아파 곧바로 화장실에 가서 변기에 앉는다. 옆에 있는 잡지에서 글과 미녀를 바라보며 과거의 여인을 떠올리고 상상과 몽상에 잠긴다. 잡지의 글과 미녀, 과거의 여인, 상상과 몽상은 뒤섞인다. 일어나 손을 씻으면서 거울을 보다가 내가 이렇게 늙었나 한탄한다. 화장실 밖에서 아이가 오줌이 마렵다고 급한 소리를 하는 바람에 정신을 차리고 나온다. 소파에 널브러져 있는 동화책들을 치운다. 전화벨이 울려 받으니 부동산 업자의 마케팅이다. 이런 식으로 하루는 계속된다. 이와 같은 일련의 사유와 행동은 단속적 파편들로 서로 연결이 전혀 안 되는 불연속성을 이룬다. 그것들을 화자의 개입이나 설명을 배제한 채 정교하게 시학적으로 처리해 이야기하면, 읽기 어려운 한 편의 '누보 로망'이 탄생할 수 있다. 그런데 전통적 소설에서는 이야기가 하나의 큰 주제를 중심으로 화자를 통해서 인과 관계에 따라 주체적으로 구성되기 때문에 마치 삶이 연속적인 과정인 것처럼 착각을 불러일으킨다. 물론 여기에는 일루저니즘과 사실주의의 복잡한 문제가 결부되어 있다. 오늘날 플로베르의 문학이 현실의 모방이나 재현이라고 생각하는 사람은 아무도 없다.

어쨌거나 불연속성은 이런 연속성을 파괴한다. 그것은 여러 가지 세부적 기법들에 의해 표현된다. 이야기의 직선적 시간성, 곧 선조성의 파괴와 순환, 영화와 관련된 몽타주 기법, 파편화 · 해체 · 생략 · 단절 · 병치 등 많은 명칭들이 그것과 연결되어 있다. 이러한 불연속성 때문에 작품의 의미는 저자에 의해 주어지는 게 아니다. 그것은 사물들 상호간의 관계를 통해 암시되고 환기될 뿐이며, 이 때문에 그것의 '흔들림'이나 다층적 읽기가 나타나고 독자의 적극적 참여와 노력이 요청된다. 물론 불연속성을 어떻게 활용하고 그 속에 무엇을 담아내느냐는 작가마다 전혀 다르다. 어쨌든 불연속성이 현대 문학을 특징짓는 문채(文綵, figure)이며, 그것의 미학은 "근대 서구 사회의 전반적 해체를 나타내는 훌륭한 예술적 표현으로 아방가르드들에 의해 채택된"[5] 것임에 틀림없다.

《정복자》를 필두로 말로의 소설이 이 미학의 선봉에 서 있다는 점
은 잘 알려져 있다. 앞으로 보겠지만, 그는 그 어떤 소설가보다도 불
연속성을 정교하게 구상해 코드화한 작가이다. 그 자신이 그것에 대
해 관심을 어떻게 표명했던가를 잠시 돌아보자. 《말로, 문학이론가》
라는 중요한 책을 내놓은 장 클로드 라라는 1930년대에 말로가 '생
략(ellipse)'의 기법에 대해 나타낸 관심을 앙드레 지드의 《새로운 양
식》과 관련해 검토하고 있다. 그에 따르면 소설가는 이 작품에 대한
비평에서 '몽타주'와 생략을 같은 것으로 간주하고 "모든 예술은 생
략의 체계에 기초한다"[6]라고 주장한다. 라라는 "모든 몽타주는 하나
의 생략이다"[7]라고 부연 설명한다. 그는 말로를 이렇게 대변한다. "그
러니까 《새로운 양식》이 일기 형식을 벗어나고 있다면, 작품이 그 나
름의 몽타주를 통해서 그것에 고유한 의미를 구축하고 있기 때문이
다. 이 의미는 저자에 의해 주어지는 것이 아니라 다만 '암시된다.'
포즈너가 이미 분석한 것은 이와 같은 새로운 독서 계약에 대한 호소
이다. 따라서 예술가의 의지는 기껏해야 몇몇 장소들, 몇몇 푯말들을
밝혀 주는 데 만족하는 안내자의 의지이다. 이것들 사이에서 그는 현
실의 모호한 밀림에 독자를 내맡긴다. (…) 몽타주 문학은 이야기를
파편화시키고 해체시킴으로써 의미의 억제를 체계화할 뿐이다."[8]

---

5) M. T. Freitas, 〈Une écriture de la modernité〉 in André Malraux, *Les Noyers de l'Altenburg, La Condition humaine*, études réunies et présentées par C. Moatti, *Roman 20-50*(Lille), n° 19, 1995, p.76.

6) Préface de Malraux, André Viollis, *Indochine SOS*, 1935, in J.-C. Larrat, *Malraux, Théoricien de la littérature*, PUF, 1996. p.281에서 재인용.

7) J.-C. Larrat, *ibid.*, p.278.

8) *Ibid.*, p.282.

뒤에 검토하겠지만, 라라가 불연속성과 암시를 언급하면서 말라르메에 생각이 미치지 못한 것은 참으로 애석하다. 그에 따르면 생략과 몽타주를 통한 이 불연속성의 미학이 말로의 소설에도 그대로 나타나며, 그것을 가장 잘 드러내 주는 작품이 《희망》이라는 것이다. 그러나 그는 이 불연속성이 어떤 의미 구조를 드러내는지 밝히지 않고 있다. 주지하다시피 이 소설은 불연속성을 외양적으로 가장 잘 보여 주는 서사 구조를 드러내고 있지만, 이것의 의미 작용은 전혀 다른 접근을 기다리고 있음을 라라는 놓치고 있다.

제2장
소설의 상징시학

> "나는 낭만주의에 대한 반작용,
> 즉 상징주의를 계승하고 있다."
> 앙드레 말로, 한 대담

1. 새로운 '담론성'의 창시자, 말라르메

이제 불연속성으로 엮어진 텍스트의 코드화된 의미망에 접근하게 해주는 '소설의 상징시학'을 검토해 보자.[1] 앞에서도 밝혔듯이, 불투명하고 난해한 채로 해석을 기다리고 있는 불연속성은 그 자체만으로는 해독이 불가능하다. 그것은 다른 장치들과의 '상관적' '차연적' 관계 속에서만 의미 작용의 연쇄고리 속에 진입한다. 이 장치들은 환기·암시·상징·유추이다. 여기서 우리는 말라르메를 생각해야 한다. 불연속성만을 이야기한다면 굳이 이 시인을 끌어들일 필요가 없

---

1) 이 장은 특히 필자의 졸저, 《말로와 소설의 상징시학》, *op. cit.*, p.35 이하에서 다룬 내용을 반복하여 제시하겠다.

다. 왜냐하면 그것은 낭만주의까지 거슬러 올라가나, 19세기 말경부터 예술 전반에 나타나는 현상이기 때문이다. 필자가 말라르메를 원용하는 것은 그가 불연속성과 이 기법들을 하나로 묶어 하나의 체계적 시학을 최초로 확립했고, 이 시학으로부터 말로가 소설적 차원에서 자신만의 상징시학을 개척해 냈기 때문이다.

롤랑 바르트는 말라르메를 현대 문학의 선구자로 규정하면서 이렇게 말하고 있다. "말라르메 이후 우리 프랑스인들은 아무것도 창안해 내지 못했으며, 다만 말라르메를 반복할 뿐입니다. 우리가 반복하는 것이 그래도 말라르메라는 사실은 얼마나 다행스러운 일인지요! 말라르메 이후 위대한 돌연변이적 텍스트는 프랑스 문학 안에 존재하지 않습니다."[2] 그러면서 그는 푸코처럼 말라르메를 마르크스 및 프로이트와 함께 새로운 '담론성의 창시자들'로 간주하고 있으며, 영문학에서 말라르메에 버금가는 인물로 조이스를 인정한다.[3]

그러니까 말라르메의 시세계는 그 자신 이후 현대까지 모든 문학의 원형이라는 논리가 성립한다. 특히 그것은 20세기 후반에 그토록 위세를 떨쳤던 구조주의자들의 주장, 예컨대 문학의 자율성, 구조화된 텍스트, "언어의 존재,"[4] 저자의 죽음, 담화의 불연속성, 독자의 부상 등 이른바 '글쓰기의 현대성'을 모두 담아내고 있는 셈이다. 또 말라르메는 이미 '불연속성의 사유'를 실천한 위대한 아방가르드인

---

2) 스티븐 히스와의 대담, 〈A conversation with Roland Barthes〉, in *Signes of the Times*, 김희영 옮김, 《텍스트의 즐거움》, 롤랑 바르트 전집 12, 동문선, 1997, p.164에서 재인용.

3) 같은 책, 같은 곳. 푸코가 말라르메와 니체를 나란히 놓는다는 점을 감안할 때 아마 여기에 니체를 덧붙여야 할 것이다.

4) 푸코가 《말과 사물》에서 작가의 죽음과 함께 언급하는 개념으로서 스스로 자기 자신을 구성하는 언어를 말한다. 이와 더불어 그는 이 언어에 의해 형성된 담화를 '반담화(contre-discours)'라 부른다.

것이다.

' 그런데 여기서 필자는 이런 질문을 제기해 보고자 한다. 만약 말라르메가 자신의 시학과 언어관을 서한이나 글을 통해 피력하지 않고 전적으로 침묵했다면, 그의 시세계가 어떻게 해석되어 왔을까? 과연 그것이 지금과 같이 이해될 수 있을까? 아니면 그것의 해석을 둘러싸고 아직도 논쟁이 벌어지고 있을까? 말라르메 연구의 대가인 리샤르로부터[5] 푸코나 바르트에 이르기까지 이 시인을 언급할 때면, 그의 시학과 언어관이 빠짐없이 등장한다. 정신분석학으로 기울어진 크리스테바까지 말라르메의 시를 분석할 때 이것들을 끌어들이고 있다.[6] 하지만 이것들이 저자에 의해 이미 제시되어 있지 않았다면, 이것들과 동일한 시학과 언어관이 발굴되어 지금처럼 빛을 발하고 있을까? 아니면 아직 발견되지 못한 상태에서 상형 문자처럼 해독이 계속되고 있을까?

그렇다면 바르트가 구체적으로 설명하지 않았지만 그의 뛰어난 통찰을 바꾸어 표현하면 현대 문학의 모든 것은 말라르메로 통한다는 명제가 성립하며, 소설의 경우도 여기서 예외가 될 수 없다. 현대 소설의 모든 기법들이 이미 말라르메의 시학 속에 그 씨앗을 잉태하고

---

5) J.-P. Richard, *L'Univers imaginaire de Mallarmé*, Edition du Seuil, 1961. 푸코는 《말과 사물》에서 리샤르의 연구를 토대로 말라르메를 분석하고 있다.

6) 김인환, 〈시적 언어의 형식과 그 해석―J. 크리스테바의 말라르메 '산문' 분석을 중심으로―〉, 《불어불문학연구》 제32집, 한국불어불문학회, 1996, 41-79쪽 참조. 김붕구는 《보들레르―평전·미학과 시세계》의 보유에서 말라르메의 '유추의 시학'을 소개하면서 자신의 시학을 언급한 이 시인의 여러 편지들을 인용하고 있다.(문학과지성사, 1977, 438-441쪽 참조) 또한 최석 역시 《말라르메, 시와 무의 극한에서》(서울대학교출판부, 1997)라는 저서에서 말라르메의 여러 서한들과 글들을 인용하면서 시인의 미학을 설명하고 있다. 뿐만 아니라 김기봉 역시 《프랑스 상징주의와 시인들》에서 말라르메의 상징 이론을 설명하면서 그의 서한을 인용하고 있다.(앞의 책, 152-153쪽 참조)

있다는 말이 된다. 독자를 시창작에 참여시키려는 말라르메의 의도는 너무도 잘 알려져 있다. 따라서 현대 문학에서 중요하게 거론되는 독자의 몫은 바로 그의 시학으로 거슬러 올라가는 것이다.

사르트르는 《문학이란 무엇인가》에서 "읽기란 인도된 창조이다"라고 규정하면서 작가는 인도의 "몇몇 푯말을 세워 놓는 것에 불과하다"[7]고 말하고 독자의 창조적 자유를 강조한다. 전체적으로 보면 사르트르는 말라르메의 입장을 다르게 표현한 것에 지나지 않는다. 하나만 더 예를 들면 뒤라스의 소설시학 역시 말라르메로 거슬러 올라감을 쉽게 알 수 있다. 그녀의 "독자는 작가가 여기저기 흩뿌려 놓은 표지들을 주의 깊게 따라가고 남겨진 침묵과 여백을 통해 숨겨진 현실을 감지할 수 있을 따름이다. (…) 작가는 직접적인 태도 표명 대신 암시와 함축에 의해서 직접 말하지 않으면서도 교묘하게 드러내는 방식을 사용한다. (…) 뒤라스의 글쓰기는 사물을 직접 명명함으로써 친숙함이라는 장막 뒤로 사라지게 하고 마는 용이성을 목표로 하지 않는다. 독자는 표면에 드러난 의미로부터 거리를 취하고 늘 깨어서 숨겨진 심층의 의미를 탐색해야 하며, 은유가 그 열쇠이다."[8]

이제 바르트가 왜 말라르메 이후의 문학은 "말라르메를 반복할 뿐이다"라고 단언했는지 이해가 되는 것이다. 말라르메의 상징주의 시학은 너무도 보편화되어 있어 이제 어떤 작가의 텍스트를 연구할 때 언급조차 되지 않는 정도가 되었다. 그것은 바르트가 마르크스와 프로이트의 예를 들어 설명했던, '매우 강력한 담론적 체계'로서의 '이데올로기권(idéosphère)'을 형성하여 문학 장에 굳어져 부지불식간에

---

7) 정명환 옮김, 《문학이란 무엇인가》, 민음사. 1998, 66쪽.
8) 은희경, 《은유, 그 형식과 의미 작용. 마그리트 뒤라스 소설을 중심으로》, 서울대학교출판부, 2000년, 3쪽.

유통되는 "자동적 산물이고 독립적 에너지원"으로 기능한다.[9]

2. 상징시학의 원리와 비평과의 거리

이제 말로와 말라르메의 관계를 다시 생각해 보자. 앞서 인용한 장클로드 라라는 우선 푸코와 바르트를 따라 말라르메와 발레리를 언급하면서, 단번에 말라르메를 20세기 이후 문학 담론의 '새로운 시대'를 열어 놓은 창조자로 간주하고, 상징주의에 관한 젊은 말로의 입장에 초점을 맞추고 있다. 그러니까 문학의 자율성과 문학성은 말로에게도 초미의 관심사였다는 것이다. 그러나 그는 입체파 시와 상징주의에 관한 20대 말로의 여러 글들을 검토하면서 상징주의와 이 작가의 관계를 이렇게 설정한다. "발레리가 말라르메에게 귀중한 테마, 즉 시적 언어의 자기 목적성(autotélisme)이란 테마를 상징주의로부터 받아들인 반면에, 말로는 플로베르적인 예술가, 반항적 시인의 사회적 소외라는 주제에 보다 민감했다."[10]

앞서 보았듯이 라라는 말로가 생략이나 몽타주 기법을 통해 불연속성의 미학을 구축하고 있음을 지적하지만, 이것을 말라르메의 시학과 전혀 접근시키지 못하고 있다. 그는 현대 비평을 선도한 블랑쇼·푸코·바르트 등의 문학 담론 속에서 절대적 위치를 차지하는 말라르메나 프루스트를 언급하며, 문학적 '에피스테메의 대전복'을 이렇게 정리한다. "분명히 말해, 문학 텍스트는 그 자체 안에 그것의 정당

---

9) Roland Barthes, *Le Neutre, op. cit.*, p.122 이하 참조.
10) *Ibid.*, p.14.

화를 간직하고 있는 텍스트라는 점이 오늘날 인정되고 있는 것 같다."[11] 텍스트에 대한 이같은 관점은 과연 말로의 소설에 적용될 수 없는 것인가? 필자는 라라의 연구가 세 가지 문제점이 있다고 생각한다. 첫번째 그것은 생략이나 몽타주를 통한 불연속성의 미학이 상징주의 시학으로 거슬러 올라간다는 점에 전혀 생각이 미치지 못하고 있다. 이러한 한계는 문학 담론성의 새로운 창시자로서의 말라르메에 대한 바르트의 통찰을 제대로 인식하지 못하고 있음을 드러낸다. 두번째로 라라의 분석은 비평가로서 말로와 소설가로서 말로를 구분하지 않고 혼동하고 있다. 말로는 사실 다른 작가들에 대해 많은 글을 썼지만, 정작 자신의 소설미학을 드러내는 글이나 언급은 거의 하지 않았으며, 몇몇 연구자들의 질문들에 대해 그들의 의도에 맞추어 대답했을 뿐이다. 여기에는 예술가로서 말로의 전략이 숨어 있다. 라라는 상징주의에 대해 말로가 쓴 비평들을 분석하면서 하나의 귀중한 자료를 놓치고 있다. 그가 비록 1920-1951년 사이에 씌어진 글들을 중심으로 검토하고 있지만, 때때로 말로의 사후 작품인 《불안정인 인간과 문학》[12]까지 다루고 있다는 점을 감안할 때, 이 자료에 대한 그의 침묵은 놀라운 일이다. 아마 그 이유는 상징주의 시인들에 대한 말로의 비평을 토대로 한 자신의 해석과 이 자료 사이에 모순이 있기 때문이 아닌가 생각된다. 이 자료는 1973년에 이루어진 기 쉬아레스와의 대담 속에 나타난다. 말로는 보들레르·랭보 등을 언급하며 이렇게 표명한다. "위대한 낭만주의 작가들 사이에는 상당히 유사한 무엇이 있습니다. 그러나 이상한 일이지만 나는 낭만주의에 대한 반

---

11) *Ibid.*, p.6.
12) 이 에세이는 말로가 타계한 1년 뒤인 1977년에 갈리마르사에서 나왔다.

작용, 즉 상징주의를 계승하고 있습니다."[13] 이 표명은 말로의 비평 활동과 소설 창작 사이에는 어떤 간극이 존재했다는 사실을 시사한다. 마지막으로 라라는 말로의 소설 세계를 깊이 있게, 그리고 새롭게 천착하지 않고 말로의 문학관을 정립해 내고 있다. 아마 그가 그렇게 했더라면 이 문학관은 다르게 나타났을 것이다.

그러니까 여기서 필자는 말라르메와 말로가 그들의 시학을 드러내는 데 전혀 다른 입장을 취했다고 생각한다. 말라르메는 자신의 시학을 서한이나 글을 통해 드러냄으로써 독자를 오히려 적극적으로 인도했다고 할 것이다. 이것은 다소 그의 문학관과 모순된다. 왜냐하면 시, 즉 텍스트는 그 자체 속에 그것의 정당화를 간직하고 있는데, 구태여 그런 서한이나 글을 통해 시학의 문을 여는 열쇠를 독자에게 줄 필요가 없기 때문이다. 말라르메는 문학의 자율성과 문학성은 텍스트 자체 속에 내재해 있으며 저자는 소멸한다고 말하면서도, 시의 해독 방법을 다 알려 주고 말았다. 그럼에도 그의 시세계가 여전히 난해하지만 말이다. 반면에 말로는 다양한 비평 활동을 전개했음에도 불구하고 정작 자신의 소설 해독에 대해서는 전략적으로 침묵했던 것이다. 그가 자신의 시학의 문을 여는 단 하나의 유일한 열쇠를 묻어 둔 곳은 작품의 내부이며, 독자로 하여금 그것을 찾아내도록 해놓았다. 따라서 말로는 말라르메보다 자신의 상징시학에 훨씬 더 충실하고 있다 할 것이다.

그렇다면 말로가 개척한 소설의 상징시학을 밝혀내 그의 소설을 해독해 내는 과업은 절대적으로 독자의 몫이다. 필자가 보기에 그것은 이중으로 어려움을 주고 있다. 첫번째 어려움은 시와 소설의 차이에

---

13) Guy Suarès, *op. cit.*, p.37.

서 비롯되는 것이다. 말로는 상징주의 시학을 소설적으로 완벽하게 재창조함으로써 시와는 다른 읽기 작업을 요구하고 있다. 그렇기 때문에 말라르메가 현대 문학에서 치지하는 비중이 그렇게 크고, 따라서 웬만한 비평가나 문학연구가라면 그의 시를 모르는 자가 없는데도 불구하고, 또 그의 상징주의 시학이 이미 확고한 '보편성'을 획득했는데도, 말로의 상징시학을 발굴해 내지 못했던 것이다. 이런 연유로 말로는 《반회고록》에서 의미심장하게 이렇게 말했다고 생각된다. "언제나 나는 후대에 나의 작품을 읽게 될 사람들을 위해 글을 쓴다고 생각한다."[14] 두번째 어려움은 말라르메와는 달리 말로가 어떠한 비평이나 글에서도 구체적인 열쇠를 제시하지 않았다는 점에 기인한다. 이런 사정 때문에 그의 상징시학은 지금까지 언급조차 되지 않았던 것이다. 이런 차원에서 필자는 말라르메가 시 밖에서 자신의 시학을 밝히지 않았다면 그의 시가 어떻게 읽혀졌을까?라는 의문을 제기했던 것이다.

3. 기법

이제 상징시학의 기법들을 간단하게 설명하고 넘어가자. 불연속성은 앞서 다루었기 때문에 먼저 환기(évocation)를 검토해 보자. 보들레르의 시학을 계승한 말라르메의 시학에서 환기는 대상을 직접적으로

---

14) *Antimémoires*, in *Œuvres compmètes*, vol. III, Gallimard, 〈Bibliothèque de la Pléiade〉, 1996, p.11. 필자는 이 언급 속에 두 가지 의미가 암시되어 있다고 생각한다. 즉 말로는 한편으로 자신의 소설 속에 내재된 상징시학이 언젠가 발굴되리라는 것을 내다보고 있으며, 다른 한편으로 이러한 발굴을 통해서 소설이 또 다른 차원에서 읽혀지고 평가되기를 바란다는 것이다.

드러내거나 '명명' 하는 대신에 그것을 은밀하게 조금씩 불러일으키는 기법을 말한다. 따라서 독자는 환기된 '사물들의 상호 관계' 의 해독을 통해 텍스트의 의미망에 다가가도록 해야 한다. 말라르메가 한 대담에서 환기 및 암시와 관련해 언급한 내용을 보자. "한 대상을 명명하는 것은 시를 읽는 기쁨의 4분의 3을 말살하는 것입니다. 시의 기쁨은 조금씩 알아내는 데 있습니다——대상을 암시할 것, 여기에 꿈이 있어요. 그것은 상징을 구성하는 그 비의(秘義, mystère)의 완전한 구사입니다. 즉 한 대상을 조금씩 환기하여 한 영혼의 상태를 드러내 보이는 것, 혹은 거꾸로 한 대상을 택하고 거기서 일련의 암호 해독에 의하여 영혼의 상태를 끌어내는 것입니다."[15] 그러니까 환기는 대상에 대해 반복적으로 주의를 불러일으켜 분위기를 잡아 주는 기법이라 규정할 수 있다. 그것은 텍스트 해석에 있어서 최초의 단초이며, 윤곽의 아주 '은밀한 노출선' 라 할 수 있다.

다음으로 암시(la suggestion)는 주지하다시피 직접적으로 말하고자 하는 대상이나 의미를 직접 표현하거나 지시하지 않고 넌지시 일깨우는 것이다. 물론 암시에도 그 내용을 쉽게 포착하기 쉬운 암시가 있고, 포착하기가 어려운 암시가 있을 수 있다. 말로의 경우는 후자에 속한다. 뿐만 아니라 암시는 환기와 동시적으로 나타날 수 있다. 어떤 대상의 환기는 암시로도 기능한다는 것이다. 따라서 둘 사이의 구분은 모호하며, 중첩되어 있다고 말할 수 있다.

세번째로 상징(le symbole)은 굳이 설명이 필요없다. 다만 상징과 관련해 주의를 기울여야 할 것은 그것이 '다의성' 과 '암시성,' 나아가 '환기성' 에까지 연결되어 있다는 점이다. 특히 그것이 텍스트 내에서

---

15) 김붕구, *op. cit.*, 439쪽에서 재인용.

지니는 여러 의미들 가운데 어떤 것을 선택하느냐는 환기와 암시를 통해 드러난 대체적 의미망에 따라 결정된다.

네번째로 유추는 텍스트의 의미를 창출시키는 과정에서 불연속성에서 상징까지 모든 기법들과 맞물려 있다.[16] 여기서는 말로가 말라르메의 상징시학을 계승하고 있다는 점을 고려해 뛰어난 유추의 시인인 말라르메의 경우를 보자. 그에게 "유추는 로고스와 잠재적인 의식에까지 작용하는 사고의 구조이자 말이나 글로 표현되는 현상으로까지 나타난다. (…) 우리의 이성이 미지와 기지라고 구분해 놓은 경계를 넘나들며, 즉각적인 인식이 놓치는 부분까지 도달하는 것이 말라르메의 유추이다."[17] 그러니까 말라르메에게 유추는 로고스의 세계와 미토스의 세계를 자유자재로 넘나들고 결합하면서 사물들의 예기치 않은 의미적 관계망을 짜는 시적 재능이다. 감추어진 이 관계망을 해독하여 드러내는 것은 독자의 몫이다. 또 상징주의의 기원인 보들레르로 거슬러 올라가 《상응》이라는 시를 보면, 상응은 곧 유추라는 논리가 성립할 정도로 우주가 거대한 하나의 '사원'으로 구축되고 있다.[18] 유추의 검토는 말로의 경우 자신의 상징시학에 대해 한마디

---

16) 유추(anaalogie)는 언어학적·철학적·문학적·과학적 정의와 유용성을 지니고 있다. 이에 대해서는 말라르메의 시 《유추의 정령 Le Démon de l'anaalogie》을 분석한 최윤경의 논문 〈말라르메와 유추〉, 《프랑스학 연구》, 2003년 여름, 233-236쪽 참조. 최윤경은 과학적 정의를 검토하지 않고 있으나 과학에서도 유추는 중요한 도구로 활용된다. 그것은 바슐라르에 따르면 "다양한 것을 환원시키는 첫번째 요소"로서 "다양한 대상들 사이의 관계를 확립함으로써 그것들의 다양성 속에 질서를 부여해 준다." Isabelle Stengers et Bernadette Bensaude-Vincent, *100 mots pour commencer à penser les sicences*, Les Empêcheurs de penser en rond, 2003, p.13.

17) 최윤경, *ibid.*, p.235.

18) 보들레의의 '상응'과 '우주적 유추'에 대해선 박기현, 〈낭만주의 상상력 연구─코울리지와 보들레르─〉, 《불어불문학연구》, 2003년 겨울 제1권, p.178-185 참조.

도 언급하지 않았기 때문에, 그가 하나의 상징적 건축물로 구축한 텍스트의 관계망을 역추적하는 추론 작업이 될 것이다. 사실 다른 기법들이 정교해지면 정교해질수록 '유추의 정령'은 소설 해석에 결정적 역할을 하게 된다. 그렇기 때문에 그만큼 유추적 사유의 깊이를 요구하게 된다. 문학 작품이 결국은 하나의 '은유'라는 점을 고려할 때,[19] 유추는 넓은 의미에서 보면 텍스트 해석에 있어서 자연스럽게 작동되는 사고라 할 것이다.

요컨대 독자가 책을 읽는 입장에서 기법들을 작동시키는 순서를 보면 유추의 힘을 지속적으로 발휘하는 가운데 우선 환기와 암시를 통해 해석의 대체적 방향을 잡는다. 다음으로 상징들을 풀어내고, 세번째로 코드화된 불연속성을 해독하며, 마지막으로 전체적 의미망과 구조를 드러내는 작업을 한다. 이렇게 볼 때 상징시학은 하나의 외적 미학이 되고, 이 상징시학을 통해 드러나는 구축물은 외적 미학을 구성하게 된다.

---

19) 폴 리쾨르는 《해석 이론》에서 은유가 '축소시킨 한 편의 시'라는 먼로 비어즐리의 언급을 인용하면서 이렇게 말하고 있다. "은유에서 문자적 의미와 비유적 의미 사이의 관계는 문학 작품의 총체적 특징이라 할 수 있는 의미 작용들의 복합적인 상호 작용을 하나의 단일한 문장 속에 축약한 것과 유사하다." 김윤성·조현범 역, 서광사, 1994, p.88-89.

제 Ⅲ 부
동양의 3부작

제1장
《정복자》와 노장 사상[1]

> "그대들은 지구 전체의 유산을 물려받은 최초
> 의 세대이다. (…) 유산은 언제나 하나의 변모이
> 다. (…) 오직 상속 계승자에게서만 변모가 이루
> 어지며, 이 변모로부터 생명이 태어난다."
>
> 《정복자》의 〈후기〉

1. 연구 동향

《정복자》는 말로의 첫 소설이자 아시아의 3부작 가운데 첫 작품이
다. 그것이 문학계에 일으킨 반향은 작가의 전설적·신화적 모험과
투쟁[2]에 힘입은 측면도 있지만, 그것을 다루지 않은 문예지가 거의
없을 정도였으며,[3] 이로 인해 소설가는 프랑스 문단에 단번에 "새로

---

1) 《정복자》에 대한 이 장(章)은 필자가 2002년 한국학술진흥재단연구지원 과제
〈앙드레 말로, 절대의 추구 또는 제3의 길—서양의 3부작과 《정복자》를 중심으로
—〉(KRF-2002-075-A00075)의 세부 과제로 연구한 내용을 논문으로 발표하기 전
에 먼저 싣게 됨을 밝혀둔다.

운 인간"[4]으로 자리매김되었다. 그러니까 그것은 말로가 20세기 역사의 소용돌이 한가운데 위치한 '세기적 인물'로 위상을 확보하는 데 하나의 전기가 되는 작품인 셈이다.

그러나 이 소설에 대한 그동안의 해석은 중국 배경의 진정한 의미, 동·서양의 충돌이 빚어내는 지적 복잡성과 울림을 깊이 있게 천착하지 않은 채 서구적 관점에서 일방적으로 이루어져 왔다. 우선 프랑스 《현대 문학》지 '앙드레 말로 시리즈' 6호 및 7호가 《정복자》에 전적으로 할애되어 있지만, 모든 글들이 동양의 문제를 전혀 검토하지 않고 그런 관점을 취하고 있다.[5] 물론 이런 입장은 이미 중요한 연구자들이 채택한 실존주의적 혹은 마르크스주의적 접근과 맥을 같이하고 있다.[6]

한편 최근에 말로에 관한 활발한 저술 활동을 펴고 있는 장 클로드 라라는 《정복자》의 가린이 "마르크스 이데올로기를 표방하는 것이 전혀 아니며, 그의 철학적 준거는 다분히 소렐의 무정부주의 쪽에서 찾아야 한다"[7]고 말하거나, 심지어 중국인 창다이가 "로맹 롤랑이나 앙리 바르뷔스 같은 유럽인 모델들에서 영감을 받아"[8] 창조된 인물이

---

2) 말로가 중국 혁명에 참여했다는 전설과 신화는 장 라쿠튀르의 《앙드레 말로, 세기 속의 삶 André Malraux, une vie dans le siècle》(Gallimard, 1973, 특히 p.112-129 참조)이 나올 때까지는 그대로 살아 있었다.

3) 이에 대해서는 J. Jurt, 〈L'accueil des Conquérants par la critique littéraire en 1928〉, in André Malraux 〈Les Conquérants〉 1. critique du roman, n° 6 de 〈la Série d'A. Malraux〉 de La Revue des lettres modernes, 1985, p.11-39 참조.

4) Drieu La Rochelle, Malraux, 〈l'homme nouveau〉, in La Nouvelle Revue française, décembre 1930, cité dans Les critiques de notre temps et A. Malraux, Editions Garnier Frères, 1970, p.48-50.

5) André Malraux 〈Les Conquérants〉 1. critique du roman, op. cit. 및 André Malraux 〈Les Conquérants〉 2. mythe, politique et histoire, n° 7 de 〈la Série d'André Malraux〉 de La Revue des lettres modernes, Minard, 1987. 참조.

라고 단정하고 있다. 그러니까 라라 역시 동양의 문제와 관련해 기존 연구들의 큰 틀에서 전혀 벗어나지 못하고 있다.

또 포스트모던 철학자 장 프랑수아 리오타르는 말로 작품에 정신 분석학적 메스를 가한 저서에서 소설가와 아시아아의 관계에 대해 이렇게 부정적으로 단언하고 있다. "그의 정열은 당시에 신화적 아시아였다. (…) 그의 도덕에 대해 말하자면, 다음과 같은 세 가지 금언으로 요약된다. 모든 가치는 헛된 것이다. 욕망만이 절대적이다. 그것을 양보 없이 달성하라." 그러면서 그는 가린의 인생관을 끌어들인다. "나는 내 인생에 흥미가 없네. 그건 분명하고, 명확하며 명백하네. 나는 (…) 어떤 형태의 힘을 원하네. 나는 그것을 획득하게 될 걸세, 아니면 할 수 없는 일이지."[9] 리오타르가 볼 때 가린에게 아시아는 욕망이나 니체적 힘에의 의지를 달성할 수 있는 무대 정도밖에 되지 않고 있다.

이상과 같은 전반적 연구 동향은 앞서 보았듯이, 말로가 말년에 술

---

6) 실존주의적 접근의 대표적 예를 든다면, 피치 B. T. Fitch의 〈Splendeurs et misères du 'monstre incomparable' — les deux univers romanesque d'A. Malraux〉, in *Le Sentiment d'étrangeté chez Malraux, Sartre, Camus et S. de Beauvoir*, Minard, 1964, p.17-92. 피치는 서양에서 자아의 위기와 관련해 말로의 소설 세계를 연구하면서 《인간의 조건》에서 기요의 비전의 열쇠를 쥐고 있는 '비교할 수 없는 괴물'(*La Condition humaine, in Œuvres complètes*, vol. I, 〈Bibliothèque de la Pléiade〉, 1989, p.548)이라는 표현을 중심으로 《왕도》《모멸의 시대》를 한쪽에, 《정복자》《인간의 조건》《희망》을 다른 한쪽에 놓음으로써 소설 세계를 양분하고 있다. 마르크스적 접근의 예를 든다면, 골드만(L. Goldmann)의 *Pour une sociologie du roman*, Gallimard, 1964. 주지하다시피 골드만은 아시아의 3부작에 나오는 인물들이 사회 집단, 혹은 혁명 집단과의 관계에서 정도의 차이는 있지만 모두 "문제적 인물들"(p.195)이라 규정하고 있으며, 유럽의 3부작 첫 작품인 《모멸의 시대》에서부터 이런 갈등이 사라진다고 주장한다.

7) J.-C. Larrat, *Les romans d'André Malraux*, PUF, 1996, p.57.

8) J.-C. Larrat, *André Malraux*, Librairie Générale Française, 2001, p.52.

9) 리오타르, 이인철 역, 앞의 책, p.208. 번역을 다소 수정했음.

회한 암시적 언급들과 뛰어넘을 수 없는 괴리를 나타낸다. 이제 필자는 《정복자》가 노장 사상을 "탐구" "변모" "부활" "정복"[10]하고 있음을 밝혀 보고자 한다. 필자는 이 소설을 상징시학의 검토를 통해 새롭게 조명하고, 필자가 열어 놓은 전체적 해석 체계 속에 자리매김하고자 한다. 말로의 소설 세계는 동양의 3부작과 서양의 3부작으로 '기호학적' 대칭 구도를 형성하고 있다. 그리하여 전자에서는 동양 정신의 뿌리가, 후자에서는 서양 정신의 뿌리가 모험·혁명·전쟁의 실존적 색채로 포장되어 지하수처럼 흐르고 있다. 이러한 소설적 구도는 말로가 '불가지론적 문명'으로 규정한 지구촌 문명의 종교적 해체와 방황 앞에서 제3의 길을 모색하는 정신적 순례의 과정을 담아내고 있다. 《정복자》는 동·서양을 넘나드는 이와 같은 지적 모험에서 중국 사상을 소설적으로 형상화한 첫 소설이다.

2. 불연속성의 창조

클로드 에드몽드 마니는 《정복자》가 "오랫동안 아방가르드 작품으로 여겨지고 있다"고 지적하면서, 이 소설에 나타난 전통적 이야기의

---

10) 필자가 보기에 이 용어들은 말로의 문학과 예술을 이해하는 데 핵심적이다. 하지만 이상한 일이지만, 최근 말로의 예술과 예술관에 대해 특별한 관심을 기울이는 장 피에르 자라데는 이 용어들을 비켜가고 있다. J.-P. Zarader, *Malraux ou la pensée de l'art*, Ellipses, 1998, 그리고 〈Les mots de l'art, petit vocabulaire malrucien〉, in *La Revue des lettres modernes*, n° 10 de 〈la Série d'André Malraux〉, *André Malraux, Réflexions sur les arts plastiques*, Minard, 1999, p.11-29 참조. 말로의 소설 소계에서 예술의 테마를 다루는 파스칼 사부랭 역시 마찬가지이다. P. Sabourin, *La réfléxtion sur l'art d'A. Malraux*, Kilincksieck, 1972. 사부랭뿐만 아니라 정작 이 용어들이 어떻게 소설들에 적용되는지는 연구된 바가 없다.

'해체'와 '불연속성'에 대해 이렇게 말하고 있다. "이 책과 더불어 문학에 대한 하나의 혁명적 발상이 진정으로 시작되고 있다. 문학은 이제 더 이상 순수한 소비가 아니라, 작가와 독자가 함께하는 생산을 통해 협동 같은 것을 실현한다고 생각된다. 왜냐하면 독자는 연장과 재구성의 노력을 통해 작품 창조에 기여하도록 요청받고 있기 때문이다."[11] 여기서 마니는 너무도 유명한 말라르메의 의도, 즉 독자를 시창작에 참여시키려는 의도를 상기시켰어야 하지 않을까? 어쨌든 그가 '불연속주의'를 중심으로 펼쳐내는 압축된 글은 구체성은 결여되어 있지만, 향후 말로의 소설시학에 관한 대부분의 연구 결과를 요약하고 있다 할 터이다.

그러나 반복해서 강조하지만, 말로 소설에서 불연속성은 이야기의 서사적 차원과 인물의 담화적 차원으로 구성되어 있으며, 두 차원이 분리되고 있지만 불가분의 관계에 있다. 그동안의 다른 연구들은 서사적 차원만을 다룸으로써 두 차원을 유기적 의미망으로 연결시키지 못한 아쉬움을 남겼다. 피상적으로 보면 서사적 차원이 담화적 차원보다 중요하다. 그러나 후자가 해독되어야만 전자의 연속성이 복원된다는 점에서 두 차원의 우열을 논한다는 것은 어려운 일이다. 또 불연속성의 담화적 차원은 상징시학의 다른 기법들, 예컨대 암시와 환기에 대한 유추적 사유가 적절하게 가동될 때 텍스트의 연쇄적 의미 작용에 무리 없이 진입할 수 있다.

이와 같은 점들을 고려하여 서사적 차원은 배제하고 코드화된 담화들에 나타나는 불연속성의 사례 몇 가지를 검토해 보자. 먼저 제1부

---

11) C.-E. Magny, 〈Malraux le fascinateur〉, *Esprit*, Octobre 1948, cité dans *Les Critiques de notre temps*…, *op. cit.*, p.113.

마지막 부분을 보면 화자가 홍콩에서 캉통으로 배를 타고 가면서 가린의 편지들과 영국 경찰청 정보들을 번갈아 제시하는 부분이 있다.

"(…) 나는 내 일생 동안 언제나 내 옆에서 사회 질서를 다시 만나리라는 것과, 내 존재의 모든 것을 포기하지 않고는 이 사회 질서를 받아들일 수 없으리라는 것을 알고 있네."

그리고 얼마 안 가서[이런 내용의 편지를 받았다]. "다른 모든 정열들보다 더 심원한 정열이 있네. 이 정열로 보면 정복해야 할 대상들은 더 이상 아무것도 아니네. 완전히 절망적인 정열이네. ─ 힘의 가장 강력한 버팀대들 가운데 하나이지."

1914년 8월 프랑스 군대의 외인부대에 파견되었다가 1915년말에 탈영함.(*C*, p.154[12])

이 텍스트를 보면 가린이 말하는 '절망적 정열'과 관련된 내용이 앞뒤로 의미적 불연속성을 드러내면서 나타나고 있다. 독자는 이 정열이 구체적으로 무엇에 대한 것인지 알 수가 없다. 그것의 의미는 가린의 전체적 비전 속에서 이해되어야 하겠지만 상징시학의 다른 장치들이 검토될 때 유추될 수 있을 것이다. 그러니까 그것은 코드화되어 있는 셈이다. 다음의 예를 들면 제3부에서 가린이 의사 미로프의 왕진을 받은 후 화자에게 자신을 토로하는 부분에서 나온다.

"사실 나는 놀이꾼이야. (…) 요즘음은 지난날보다 더 큰 놀이를 하고 있지. (…) 하지만 항상 같은 놀이이지. 나는 놀이를 잘 알고 있어.

---

12) C는 *Les Conquérants*(in *Œuvres complètes* vol. *op. cit.*)의 약자임.

나의 삶에는 내가 빠져나오지 못하는 어떤 리듬, 말하자면 어떤 개인적 숙명이 있네. 나는 그것에 힘을 주는 모든 것에 집착하지……(내가 또한 배운 것은 삶이란 아무 가치가 없지만 삶만큼 가치 있는 것은 아무것도 없다는 것이네). 며칠 전부터 난 극히 중요한 무언가를 잊은 것 같고 다른 무엇이 준비되고 있다는 느낌이 드네……."(p.250)

이 인용문이 파편화된 단편적 단상들을 나열하고 있어 이것들 사이에 불연속성이 표출되고 있음은 어렵지 않게 포착할 수 있다. 게다가 생략 부호가 세 번 나오고 있다. 여기서 특히 우리에게 관심이 있는 것은 가린을 사로잡고 있는 '개인적 숙명'의 정체가 무엇이냐 하는 점이다. 첫번째 예의 '절망적 정열'과 더불어 그것은 가린의 비전에서 핵심적 요소이다. 그러나 그것 역시 암시나 환기 같은 장치들의 고찰을 통해서 밝혀질 수 있을 것이다. 마지막으로 하나만 더 예를 들어 보자. 그것은 치명적인 병을 안고 가린이 떠날 준비를 하면서 화자와 나누는 대화의 한 대목이다.

"세계의 허무에 대한 확신, 강박관념 없이는 힘도 없고 **진정한 삶**[13] 조차도 없네……."

나는 이런 관념에 그의 삶의 의미 자체가 결부되어 있음을 알고 있다. (…) 그는 적처럼 나의 대답을 기다리고 있다.

"자네가 말하는 것은 아마 진실이겠지. 그러나 자네가 그걸 말하는 방식은 그것을 거짓으로, 절대적으로 거짓으로 만드는 데 충분해. 만약 그 진정한 삶이…… 다른 삶(l'autre)과 대조된다면, 그건 그런 식이

---

13) 강조는 작가가 한 것임.

아니야, 욕망과 원한에 가득한 그런 방식이 아니지!

― 어떤 원한 말인가?

― 자네 뒤에 있는, 힘의 증거들을 자신 뒤에 가지고 있는 사람을 묶어 놓아야 할 이유가 여기에 있네, 이유가……."(p.259)

여기서 무엇보다도 우리가 주목하는 것은 부정관사가 아니라 정관사가 붙은 '다른 삶'이다. 그것은 '허무'를 전제한 '진정한 삶'과 대조되지만 설명되지 않음으로써 코드화된 암호처럼 나타나며, 텍스트의 의미 작용에 불연속적 균열을 낳고 있다. 그것이 문제의 '진정한 삶'과 같은 종류의 이런저런 종류의 삶이 아닌 것은 분명하다. 왜냐하면 그것에 정관사가 '흔적'처럼 붙어 있기 때문이다. 따라서 우리는 그것이 절대성을 속성으로 하는 삶이라 유추해 볼 수 있다. 화자가 갑자기 대조하는 이와 같은 두 개의 삶에 가린이 이의를 제기하지 않는다는 점을 고려할 때, 그가 이런 이분법적 구도를 받아들인다는 것도 유추된다. 그가 지상에서 선택한 삶은 비극적 허무가 전제된 강렬한 상대적 삶이며, 이와 대척점에 있는 것이 절대적인 다른 삶이다. 그렇다면 그가 믿는 어떤 절대가 있다는 것인가? 그는 "무신론자"(p.154)로 규정되어 있다. 이처럼 난해한 해석상의 문제를 해결하는 일은 앞에서 제시한 두 개의 예와 맞물려 있다. 이제 이런 불연속적 얽힘들을 풀어내기 위해서 다른 장치들을 조명해 보자.

3. 암시와 환기의 변형: 두 개의 계층적 중국 사상

앞으로 보겠지만, 《정복자》를 제외한 다른 소설들에는 고도로 정교하게 배치된 암시-환기들이 풍부하게 내재되어 있기 때문에 이것들을 실마리로 해서 코드화된 텍스트들의 의미망을 도출하는 작업을 진행할 수 있다. 그러나 《정복자》는 전혀 다른 양상을 나타내고 있다. 우선 그런 암시나 환기들이 거의 없어 찾아내기가 쉽지 않다는 것이다. 특히 뒤에 검토되겠지만 결정판이 나오기 전에 있었던 것들도 삭제된 경우가 많다. 따라서 중국 사상, 즉 유가와 도가의 사상이 어떻게 인물들의 비전 속에 투영되어 있는지 다소 변형된 기법들의 분석을 통해 드러내 보고자 한다.

1) 언어

우선 창다이(Tcheng-daï)에게 나타나는 유교 사상을 검토해 보자. 이 사상의 핵심적 개념들은 프랑스어로 번역되어 표현되어 있다. 그러나 번역과 관련된 어떠한 언급도 나타나지 않으며, 유교(le confucianisme)가 직접적으로 이야기되는 경우도 없다. 기껏해야 중국 "인종이 지닌 자질들(les qualités)"(p.175) 정도가 언급된다. 이런 맥락에서 "수많은 늙은 중국 문관들"(p.167)의 전형처럼 묘사되는 창다이는 "정의(la justice)에 사로잡힌" 채 "그것만을 생각하는"(p.174) 인물로 그려진다. 더불어 "정의의 감정은 중국에서 언제나 매우 강력했다"(p.175)는 설명이 뒤따른다. 그렇다면 la justice는 유교의 인의(仁義) 가운데 '의'를 프랑스어로 번역한 것이라는 유추가 가능하다. 이를 뒷받침해 주는 근거를 우리는 말로가 쓴 여러 단편적인 원고들에서 확실하게 발견할 수 있다. 소설의 도입부에 해당하는 육필 원고는 7개의 상이한 단편들로 이루어졌는데, 첫번째 단편은 〈폴리오 1에서23(les folios 1 à 23)〉으로 구성되어 있다.[14] 이 가운데 '폴리오 22'에서 제라르가 화자에게 중국 민중에 대해 설명하는 부분을 보자.

"그들의 욕망은 극도로 혼란스럽네. '공화국'은 '정의'와 같은 무엇이 되고 있는 중이야. '정의'는 유교 교육을 받은 모든 사람들에게 가장 강력하게 영향을 미치는 낱말이지……."[15]

이 인용문을 보면 유교의 의에 해당하는 것이 프랑스어로 정의라는 것을 쉽게 도출해 낼 수 있다. 그러나 유교에 대해 이와 같이 직접적으로 언급된 부분은 결정판에서 모두 삭제되거나 수정됨으로써 작품이 난해하게 코드화되고 있다. 또 다른 예를 하나 들어 보면, 소설이 출간된 후 《비퓌르》지 4호에 실린 미간된 단편에는 유교 사상과 관련된 암시적 내용이 담겨 있다.

"나는 그들(중국인들)을 고무시키는 감정들에 모든 힘을 부여하는 것에 그치는 거야. (…) 아무튼 우리가 도착하기 전부터 존재했던 일관성 없는 관념들에 우리가 형태와 힘을 부여했다는 것은 변함없어. 오늘날 이 관념들은 그것들의 존재만으로도 중국인들이 지닌 에너지들의 선별을 준비하고 있네."[16]

---

14) M. Autrand, 〈Note sur le texte〉, in *Œuvres complètes*, vol. I, *op. cit.*, p.1011 참조.

15) 〈Premier début〉, *Ibid.*, p.1022. 이와 관련해 〈폴리오 144-148〉을 보면 "정의의 감정은 중국인들의 감정들 가운데 가장 강한 것"으로 표현되고 있으며, 창다이는 "혁명과 연결된 예전의 중국"을 나타내고 있는 것으로 묘사되고 있다. p.1030. 'la justice'가 '의'을 번역한 것이라는 사실은 너무도 명백하다.

16) 〈Appendice〉, in *Ibid.*, p.301.

가린이 화자에게 제공하는 이 분석에서 중요한 것은 그와 같은 서구의 모험적 혁명가들이 도착하기 전부터 존재했던 '관념들'이다. 중국 민중 속에 자리잡고 있는 막연한 관념들은 유교적 관념들일 수밖에 없다는 것은 너무도 당연하다. 그러니까 가린이 혁명을 이끌어 간 방법은 마르크스주의의 선전이 아니라 민중 속에 무의식적으로 체화된 전통적인 도덕적 개념들에, 혹은 부르디외의 용어를 빌리면 '아비투스'에 새로운 '형태'와 '힘'을 부여하는 것이었음을 알 수 있다.

다른 한편으로 우리는 '의(le yi)'와 'la justice'와의 대응을 《공자와 중국 인본주의》[17]에서 찾을 수 있다. 이 책에서 저자는 의가 흔히 단순하게 프랑스어로 la justice로 번역되기도 한다고 지적한 뒤, "인간 상호간의 관계 체계 내에서 인(le yen)의 배분적 정의"[18]를 나타낸다고 해석하고 있다. 그러니까 창다이는 유교의 인의에서 의의 수호자처럼 행동하고 있는 것이다.[19] 이와 더불어 그는 "자비(la charité)"(p.174) 곧 인[20]의 실천자이자 극히 "정중한(courtois)"(p.174) 즉 예(禮)를 갖춘 전형적 군자의 상을 드러내고 있다.[21] 뿐만 아니라 그의 수신(修身)은 "자기 자신에 대한 인간의 승리를 요구하는 행동"(p.174)에서 표현되며, 그의 "사심 없음(le désintéressement)"(p.174)은 의와 상반되는 이

---

17) Pierre Do-Dinh, *Confucius et l'humanisme chinois*, Seuil, 〈Maîtres spirituels〉 14, 1987.

18) *Ibid.*, p.101.

19) 이 점은 창다이 자신이 프랑스어로 "la Chine de justice"(p.187) 곧 '의의 중국'을 언급함으로써 확인된다.

20) 인이 프랑스어에서 때로는 la charité로 번역될 수 있다는 것에 대해선 *Ibid.*, 98 참조. 창다이의 인은 '유대(solidarité)의 감정'으로 해석됨으로써 '연민'을 의미하는 기독교의 사비와 집근되면서도 다르다는 것이 소설 속에서 지적되고 있다 (p.174)

21) 군자(le kiun-tseu)는 프랑스어로 l'être noble로 번역되고 있다. *Ibid.*, p.91. 창다이가 "noble figure de victime"(p.175)로 묘사되고 있음에 주목하자. 그러니까 그는 자신을 '희생'시켜 의를 이루고자 하는 군자상을 구현하고 있는 셈이다.

(利; l'intérêt)의 배척을 나타낸다.[22] 그가 가톨릭 "신부들"(p.172)한테 교육을 받은 적이 있지만,[23] 그는 자신을 "무신론자이거나 무신론자라고 생각한다."(p.173) 이 점은 서양적 입장에서 볼 때 유교가 근본적으로 무신론적 사상이라는 것을 상기하면 문제가 없다.[24]

따라서 창다이의 사상적 기반은 번역된 언어 표현 속에 암시되어 있는 셈이다. 그렇다면 유가적 "이상주의자"인 그를 "증오"(p.211)하는 중국 청년 홍은 유교를 혐오하는 "무정부주의자"(p.212)이다. 그러니까 테러리즘을 통한 그의 반항은 역설적으로 유교의 이상주의를 반영하고 있는 것이다. 그렇다고 그가 어떤 특별한 서양 사상에 경도되어 있는 것은 아니다. 그가 받아들인 것은 기독교의 잔재인 "죽음의 발견"(p.211) 즉 "유일한 삶"(p.214)이다. 그는 이를 바탕으로 창다이가 구현하고 있는 유교의 당위적 · 유위적(有僞的) 가치들을 철저하게 부정하고 파괴하고 있다. 그러나 '의(義)'는 막연하지만 민중의 의식 속에 깊이 뿌리박혀 혁명을 조직하는 데 중요한 역할을 한다는 점을 잊어서는 안 된다.

2) 정보의 출처와 수렴점—유교의 정복

이제 가린의 경우를 보자. 그는 창다이나 홍과는 다른 입장에 있

---

22) 《논어》의 〈이인(里仁)〉편을 보면 공자는 "군자는 의에 밝고, 소인은 이익에 밝다"라고 말하고 있다. 이기석 · 한백우 역해, 홍신문화사, 1983, p.70.

23) 그가 서양으로부터 받아들인 것은 서양에 힘을 가져다 준 기술과 방법 같은 것임을 상기하자.(p.172)

24) 《서양의 유혹》에서 프랑스 청년 아데(A.D.)에게 보낸 편지에서 중국 청년 링(Ling)은 "유교, 특히 그것의 도덕은 어떤 종교에 의지하지도, 그것을 추종하지도 않고 발전되었습니다"라고 말하고 있다. *La Tentation de l'Occident*, in *Œuvres complètes* vol. I, *op. cit.*, p.106.

다. 후자들은 중국인이기 때문에 그들이 수호하려 하거나 파괴하고자 하는 도덕적 가치들의 정체를 유추하는 작업은 프랑스어 번역의 문제만 해결하면 어렵지 않게 진행될 수 있다. 그러나 전자의 사유와 비전에 동양적 사상이 어떻게 투영되어 있는가는 밝혀내는 일에 그의 국적은 도움이 되지 않는다.

이런 측면을 전제로 하고 우선 주목해야 할 점은 중국에 관한 가린의 지식이다. 이와 관련해 우리가 알 수 있는 것은 그가 "중국어를 공부했다"(p.157)는 정보, 그리고 이에 따라 "시원찮은 중국어로 소리를 지르고"(p.196) 중국어로 쓰인 "메모"를 "대강 이해하는 것 같다"(p.198)는 등의 암시적·환기적 내용이다. 그렇다면 가린은 중국어를 공부할 때 중국 사상과 문화에 대한 독서를 같이했다는 추정을 해볼 수 있지 않겠는가?

여기서 독자는 중국의 현재 상황, 사상과 문화, 그리고 창다이와 홍에 대한 파편화된 불연속적 정보들이 어디서 발원하여 최종적으로 어디로 수렴하는지 상기해야 한다. 먼저 화자를 생각해 보자. 가린의 뒤를 이어 활동하게 될 그는 이미 어린 시절에 하이퐁에서 자라면서 캉통 출신의 보모로부터 캉통어를 배웠다.(p.156) 그의 중국어 통역이나 번역(p.198)을 통해 우리가 유추해 낼 수 있는 것은 그가 중국어에 대한 공부를 가린보다 많이 했으며, 중국에 대한 경험의 차원이 아니라 지식의 차원에서 볼 때 최소한 주인공의 수준에 도달했으리라는 점이다. 이와 같은 화자가 제라르 → 뫼니에 → 클라인을 통해 중국과 중국인들의 현재 상황에 대해 얻게 되는 점진적 정보들은 궁극적으로 가린의 두뇌로 수렴되어 검증된다. 다시 말하면 가린은 지식과 경험의 차원에서 중국에 대한 총체적 정보의 수렴점이 되고 있다. 사실 우리가 앞서 다룬 창다이와 홍의 유교 의식, 나아가 중국 민중의 유교적 정신도 가린의 의식의 창에 반영된 내용에 대한 유추적 분석을 통해 도출된 것이다.[25] 요컨대 가린에 대한 정보, 그와 화자와의 대화, 혹은 그와 창다이나 홍과의 대화를 통해 도출되는 중국 관련 지식들[26]은 그를 중국 전문가로 규정하지 않을 수 없게 만든다.

그렇다면 그는 이미 지식의 차원에서, 그리고 동시에 제한적이지만 어느 정도 체험의 차원에서 유교를 '정복'하고 있다고 말할 수 있을 것이다. 이 점은 그가 혁명의 집단적 운동과 강렬한 일체감을 느끼고자 한다는 사실에 의해 뒷받침된다. 특히 〈베리에르 원고〉 가운데 하나의 단편에 나타나는 가린의 언급은 이와 같은 해석을 견고하게 해준다. "내 연설의 마지막은 (…) 언제나 내 안에서…… 이상한 감정을 불러일으키네. 나를 둘러싸고 있는 그 비인격적인 열광은 (…) 나를 흥분케 하고, (…) 나로 하여금 집단적인 삶을 살게 하며 나를 해방시키지."[27] 유교의 아비투스가 체화된 민중의 혁명적 열광과 하나가 되어 해방감을 맛본다는 것은 체험적 차원에서 유교를 정복하는 과정을 함축한다 할 것이다. 물론 이러한 정복은 제한적이다. 왜냐하면 한편으로 가린과 군자상의 표본인 창다이와의 관계가 시사하듯이 그것이 때때로 선악, 곧 도덕을 초월하는 그의 행동, 어느 측면에서는 니체적이라 할 그런 행동과 결합되어 있기 때문이다. 다른 한편으로 이 정복은 유교의 덕목들 가운데 의(義)에 집중되어 있으며, 궁극적으로

---

25) 가린이 선전부장으로서 펼치는 '민족주의적 선전'이 '보로딘의 선전'에 비해 "놀라울 정도로 격렬하게, 모호하고 심층적인——그리고 예기치 않은——방식으로 그들(노동자들과 농민들)에게 영향을 미쳤다"(p.123)는 점도 중국에 대한 이와 같은 깊은 이해를 떠나서는 생각할 수 없을 것이다.

26) p.141-142, 156-158, 166-167, 170-176, 180, 184-188, 196, 198, 201-202, 205-208, 210-212, 236-238 참조.

27) M. Autrand, 〈Notes et variantes〉, in Œuvres complètes vol. I, op. cit., p.1084.

는 의에 대한 민중의 막연한 감정을 토대로 한 혁명 운동이 노장 사상의 관점에서 세계의 생성·변화·흐름의 거대한 물결 속에 흡수되기 때문이다. 이 점은 앞으로 밝혀질 것이다.

3) 《서양의 유혹》과 암시로서 상호 텍스트―노장 사상의 정복

이제 가린의 비전에서 보다 심층적인 본질로 접근해 보자. 장 클로드 라라는 가린이 "자신의 문명과 돌이킬 수 없는 결별"[28]을 했다고 주장하지만, 앞서 보았듯이 그를 소렐과 철학적으로 접근시킴으로써 모순을 드러내고 있다. 그가 그런 주장에 이어 관심을 기울여야 할 대상은 소렐이 아니라 혁명의 배경이 되는 중국 사상이 아니겠는가? 가린이 서양 문명-문화와 단절을 드러낸다면 이런 관심은 필연적 귀결이 되어야 할 것이다. 사실 소렐의 《폭력론》[29]은 혁명의 방법론적 도구를 제공하는 것에 불과하지, 가린의 의식에 자리잡은 심층적 비전을 설명해 줄 수 있는 게 아니다.[30]

앞에서 우리가 밝혔던 유교의 정복이 주인공에게 하나의 차원을 형성한다면, 이 차원을 넘어서는 또 다른 정복이 그의 비전 속에 자리잡고 있다. 그것은 다름 아닌 도가 사상의 정복이다. 소설에서 이 사상과 가린의 의식을 접근시키게 해주는 **직접적인** 암시적·환기적

---

28) J.-C. Larrat, *Les Romans d'A. Malraux, op. cit.*, p.57.

29) G. Sorel, *Réflexions sur la violence*, Edition Marcel Rivière et Cie, 1950. 특히 연속적인 총파업과 관련해서는 Chapitres IV-V, p.141-227 참조.

30) A. Goldberger는 이미 《정복자》를 소렐적 관점에서 접근해 이렇게 단정하고 있다. "소렐이 설파하는 끝없는 총파업은 강둥의 총파업에서 구체화되는데, 말로는 이것을 《정복자》의 미학적·상징적 뼈대로 사용하고 있다." *Vision of new hero*, M. J. Minard, 1966, p.172.

장치들은 나타나지 않는다. 다만 우리가 이미 검토했듯이, 그가 중국 문화에 대한 전문적 식견을 지니고 있다는 점을 고려할 때, 유교와 더불어 중국 사상의 핵심을 이루는 노장 사상이 그의 지적 풍경에서 벗어나 있을 가능성은 없을 것이라고 유추해 볼 수 있다.

그렇다면 왜 이런 부재 현상이 나타나는 것인가? 바로 여기에 《정복자》가 《서양의 유혹》과 맺고 있는 불가분의 관계가 놓여 있다. 두 작품을 꼼꼼히 읽어보면 그것들 사이의 연속성은 너무도 뚜렷하게 드러난다. 앞서 유교와 관련해 우리가 다룬 창다이와 홍의 세계도 이미 이 서간체의 '소설적' 에세이에서 그 대체적 윤곽을 드러내고 있다. 창다이처럼 "해골"[31] 같은 모습이지만 군자상을 완벽하게 구현하는 늙은 중국인 왕로흐(Wang-Loh)는 프랑스 청년 아데(A. D.)에게 "유교가 산산조각이 나면 이 나라는 무너질 것입니다"[32]라고 단언하면서 유교의 붕괴에 대한 극단적 염려를 드러냄으로써 이 교학(敎學)이 무너지는 데 대한 비극적 감정을 나타내고 있다. 다른 한편으로 홍과 관련해서 보면 《서양의 유혹》에서 중국 청년 링(Ling)은 중국 청년들의 "파괴와 무정부 상태에 대한 이상한 취향"을 지적하면서, "그들에게 정의가 아니라 복수를 외치러 오는 지도자를 호기심을 가지고 기다린다"[33]고 말하고 있다.[34] 그러니까 링의 편지 속에 묘사되고 있는 중국 청년들의 경향은 홍을 이미 예고하고 있는 셈이다. 물론 소설에서 홍의 출신 성분을 빈곤 계층으로 설정한 것이 다소의 거리를 드러

---

31) *La Tentation de l'Occident, op. cit.*, p.101.
32) *Ibid.*, p.102.
33) *Ibid.*, p.107.
34) 뿐만 아니라 홍에게서 행동이 봉사하는 "증오"(p.212)라는 중심적 감정 역시 링의 언급 속에 나타난다. "오직 증오의 이름으로 죽음을 거는 것을 받아들게 될 사람들의 행동은 어떤 것이 될 것인가?" *Ibid.*, p.107.

내고 있지만 말이다.

이제 가린으로 되돌아가 보자. 우선 그의 혁명관을 살펴보자. "나의 행동은 그것의 결과로부터 시작해 행동이 아닌 모든 것에 대해 나를 무기력하게 만드네. 내가 그토록 쉽게 혁명에 연결된 것은 그것의 결과가 멀고 언제나 변화의 상태에 있기 때문이지."(C, p.250) 여기서 가린에게 행동과 혁명의 결과는 별 중요성이 없다. 그는 목적론을 지닌 기독교적·헤겔적 혹은 마르크스적 역사관을 신봉하는 게 전혀 아니다.[35] 그는 연속적 혹은 발전적 역사관으로 인간을 옥죄는 일직선적 의미 지향의 주체와는 거리가 멀다. 그가 원하는 것은 끊임없이 변화하는 혁명, 곧 세계의 항구적 변화에 동참하는 행동이다. 그런데 《서양의 유혹》에서 링은 아데에게 "항구적인 변화의 상태에 있는 세계"를 상기시키면서 "삶은 가능성들의 무한한 영역"[36]이라고 규정한다. 그리고 그는 이렇게 말한다. "우리는 이 세계를 그것의 리듬들에 따라 포착하고자 합니다. 세계를 안다는 것은 그것의 체계를 만드는 것이 아니라 (…) 그것에 대한 강렬한 의식을 지니는 것입니다."[37]

이어서 링은 노장 사상에 따라 세계를 '두 리듬'을 통해 설명한다.

"세계는 존재하는 모든 사물들에 침투하는 두 리듬의 대립이 낳은

---

35) 이 점은 화자의 다음과 같은 설명에 의해서도 뒷받침된다. "그가 믿는 것은 에너지뿐이다. 그는 반(反)마르크스주의자는 아니다. 그러나 그에게 마르크시즘은 '과학적 사회주의'가 전혀 아니다. 그것은 노동자들의 정열을 조직하는 방법이고, 노동자들 가운데 선봉대를 모집하는 방법이다."(C, p.255) 여기서 주목되는 것은 세계의 흐름으로서 '에너지'인데 '기(氣)'가 '에너지(l'energie)'로 흔히 번역된다는 점을 상기할 때 가린은 기의 흐름, 곧 음기와 양기의 결합으로 변화하는 세계만을 믿는나는 말이 될 것이다.

36) Op. cit., p.95-96.

37) Ibid., p.96.

결과입니다. 그것들의 절대적 균형은 무(無)라 할 것입니다. 모든 창조는 이 균형이 깨어짐으로써 비롯되며, 차이에 불과할 수밖에 없습니다. 이 두 리듬은 그것들이 남성과 여성의 대립에서부터 항구성과 변화라는 관념들의 대립에 이르기까지 대립을 인간적으로 표현하는 데 소용된다는 점에서만 현실성을 지닙니다."[38]

《도덕경》 제1장과 여타 도(道)에 관한 장들(4, 21, 25, 37, 40장 등)을 읽어보면 이 텍스트는 노장 사상의 핵심을 담아내고 있음을 알 수 있다.[39] 그러니까 두 리듬, 혹은 음양은 세계와 인간사의 "상관적(per-tinente)" 혹은 "차연적(differantielle)"[40] 이원성을 설명하는 근본적 개념으로 설정되어 있다. 노장 사상은 이 두 리듬의 작용으로 이루어지는

---

38) *Ibid.*, p.97.

39) 《도덕경》에서 일반적으로 가장 중요하다고 생각되는 제1장에 대한 해석은 근래에 다양하게 이루어지고 있다. 특히 쟁점이 되는 것은 '무'와 '유'의 해석이다. 필자가 보기에 그것은 세 개의 방향으로 정리될 수 있을 것 같다. 가장 일반적인 것은 무가 유를 앞선다고 보고 둘을 '체(體)'와 '용(用)'으로 규정하는 해석이다. 이에 대해서는 장기근·이석호 역, 《노자·장자》, 삼성출판사, 1990, p.31-34. 다음으로 김형효가 데리다의 개념들을 도입하여 읽는 독창적 해석이다. 그는 무와 유를 동시적으로 이미 존재하는 것으로 간주하면서 전자를 후자의 '탈근거'로 간주하고 있다. 이에 대해서는 김형효, 《노장 사상의 해체적 독법》, 청계, 1999, p.20-63. 마지막으로 이경숙이 김용옥의 《노자와 21세기》(통나무, 1999)를 비판하여 내놓은 《노자를 웃긴 남자》(자인, 2000)와 《도덕경》(명상, 2004)이다. 그녀는 무와 유의 문제를 언어의 문제로 단순화시켜 해석하고 있다. 둘은 같은 것인데 언어로 명명되지 않을 때의 무가 언어로 명명될 때 유가 된다는 것이다. 프랑스어로 번역된 '플레야드판'에서는 첫번째의 일반적 해석을 따르고 있다. *Philosophes taoïstes*, Gallimard, 1967, p.3 및 Liou Kia-Hway의 〈Notes〉 p.632 참조. 말로는 여기서 일반적 해석을 따르고 있음을 알 수 있다.

40) 김형효는 인간의 근본적 사유 방식을 인과적 사유와 상관적 혹은 차연적 사유로 나누고, 공자·소크라테스·유대교(기독교)는 전자에, 노자·석가·헤라클레이토스·파르메니데스·하이데거가 후자에 속한다고 본다. 《사유하는 도덕경》, *op. cit.*, p.26-30.

끝없이 변화하는 세계의 강렬한 의식 혹은 그것과의 합일을 지향하고 있으며, 이와 같은 작용 자체가 낳는 "리듬들을 제안하고 있다."[41] 따라서 가린의 비전이 이 사상에 맥이 닿아 있음을 알 수 있다. 특히 그의 혁명관은 우리가 앞서 '불연속성'을 다루면서 제시한 두번째 예에서 문제의 '개인적 숙명'과 바로 연결되어 있다. 여기서 이 '숙명'은 '어떤 리듬'을 재표현한 것임을 주목하자. 노장의 '무위(無爲)' 사상은 인위적·당위적이 아닌 자연적 행동, 즉 세계와 자신 안에서 음양의 작용에 따른 자연발생적 리듬을 좇으라고 권유하고 있다. 그렇다면 가린이 숙명적으로 좇아야 하는 리듬은 자연적, 즉 '무위적' 리듬이라 할 것이다. '숙명'은 인위적으로 혹은 당위적으로 어떻게 할 수 있는 대상이 아니기 때문이다. 그렇게 행동할 수밖에 없도록 만드는 자신 안의 리듬을 따라가는 것, 이것이 숙명이고 바로 무위적 행동이다. 이렇게 해서 우리는 문제의 불연속적 표현을 해독한 셈이다. 그리고 여기에 가린이 자신을 규정하는 '놀이꾼(joueur)'의 진정한 의미가 있다. 그는 일회성의 도박꾼이 아니라 세계의 생성 변전에 숙명적으로 참여하며 유희를 하는 놀이꾼인 것이다. 이제 가린이 혁명관을 언급하기 전에 자신의 행동관의 일단을 드러내는 대목을 보자.

"내 행동이 나로부터 떨어져 나갈 때, 내가 행동과 분리될 때, 빠져 나가는 것은 또한 피야……."(C, p.250)

세계/혁명[42]의 변화하는 리듬을 자신 안의 자연발생적 리듬과 강렬하게 결합하는 것이 가린의 행동이고, 이 행동이 사라질 때 그의 존

---

41) *La Tentation de l'Occident, op. cit.*, p.97.

재 자체가 사라진다는 것을 이 문장은 표현하고 있다. 그러니까 그의 행동은 정신과 육체, 곧 혼백이 하나가 되어 세계의 자연적 생성, 도의 흐름과의 융합을 지향하고 있다. 여기 《서양의 유혹》에서 프랑스 청년 아데가 중국에서 2년을 보내고 링에게 소회를 밝히는 대목을 보자.

"내가 중국을 관찰한 지 2년이 되었습니다. 중국이 나의 내부에서 우선적으로 변모시킨 것은 인간에 대한 서양적 관념입니다. 이제 나는 인간을 그의 강렬함과 독립해서 생각할 수 없습니다."[43]

이 텍스트는 중국 청년 링이 노장 사상에 대해 설명하는 편지에 대한 아데의 답장 속에 들어 있다. 그러니까 아데가 중국을 통해 획득한 것은 인간에 대한 새로운 관념인데, 다름 아닌 '강렬함'과 결합된 인간이다. 세계와 분리되고 파편화된 분열적 자아가 아니라 세계와 강렬하게 결합된 인간 말이다. 《정복자》의 가린은 세계/혁명과 일체가 됨으로써 해체적인 자아를 극복하는 바로 이러한 '강렬함'의 인간을 구현하고 있다.

그렇다면 가린은 자아에 관심이 없는가? 그는 중국으로 떠나기 전 마르세유에서 화자와 나눈 대화에서 이렇게 단언하고 있다. "나는 나의 삶에 관심이 없네. 그건 확실하고 분명하며 단호한 거야. 난 말야──알겠나?──어떤 형태의 힘을 원하네. 나는 그것을 획득하거나

---

42) 중국 혁명은 세계적 성격을 띠고 있음을 상기하자. 인물들의 국제적 구성도 이를 뒷받침하고 있다. 《인간의 조건》에서도 상하이 혁명은 중국과 "서양의 운명"(p.626) 곧 "세계의 운명"(p.592) 자체와 연결되어 있다. *La Condition humaine, in Oeuvres complètes*, vol. I, *op. cit.*

43) *Op. cit.*, p.99.

그렇지 못할 걸세. (…) 실패한다면 난 거기서나 다른 곳에서 다시 시작할 걸세."(C, p.159) 이 언급은 그가 자신의 개인적 삶, 나만의 삶, 나의 본질에 의거한 '자가성(自家性)'의 세계를 거부하고 있음을 보여주고 있다. 특히 그것이 중국으로 떠나는 시점에서 표현되고 있다는 점은 암시적이며 의미심장하다. 이미 그는 동양으로 들뢰즈적 '탈주선'을 그으면서 동양의 탈자아적 사상, 다시 말해 주체 중심적 존재론을 해체하는 철학에서 자신의 비전을 만나고 있는 셈이다. 그가 혁명 속에, 곧 세계의 항구적 변화 속에 자아를 소멸시키는 '탈자적 행위'는 세계의 생성을 표출하는 기(氣)(énergie)의 운동과 리듬이 자신 안에 자리잡도록 자기를 비운다는 것을 전제한다. 나의 고유성과 자가성을 지키고자 한다면 가린이 체현하고자 하는 생성의 철학, 곧 도가의 철학은 다가올 수 없다.[44] 바로 여기서 마르크시즘적 혁명과 노장 사상이 교차하고, 그것들에 니체적 '힘에의 의지'가 결부될 수 있다. 마르크시즘은 자아를 중시하는 개인주의와 대립한다는 점에서 가린의 도가적 비전과 모순되지 않으며, 둘은 일정 단계까지 양립하며 함께 갈 수 있는 것이다. 해체철학의 선구자인 니체의 철학이 생성을 긍정하고 선악을 넘어선 자연적 힘의 놀이를 표방하는 것이라는 점을 상기할 때 가린의 비전이 니체적으로 어느 정도 해석될 수 있음은 충분히 이해될 수 있다. 뿐만 아니라 헤라클레이토스에 맥이 닿아 있는 니체의 사상이 노장 사상과 접근된다는 점은 이미 알려져

---

44) 김형효는 데리다의 해체철학과 노장 사상을 접근시킨 흥미있는 저서에서 장자의 〈소요유〉를 '탈자적 운동'으로 규정하고, 공자를 끌어들인 〈인간세〉의 '심재(心齋)'를 '탈자적 자기 망각'으로 설명하면서 이렇게 말하고 있다. "기로써 듣는 것은 자기를 지우고, 즉 자기의 고유성을 없애고, 이른바 사기를 우수의 기운동이 대기하는 빈터로서 만드는 자가성의 부정을 의미한다."《노장 사상의 해체적 독법》, op. cit., p.303.

있다.[45] 그러나 텍스트의 직물적 구조는 이런 니체적 해석에 한계를
설정한다. 가린이 원하는 '힘의 형태'는 자신의 숙명적 리듬과 생성
의 거대한 흐름이 하나가 되게 해주는 매개체로서의 힘이다. 그러니
까 그는 세계의 운명이 바뀌는 대변화와 합일토록 그 중심에 자리잡
게 해주는 힘을 찾고 있다. 이것이 어떤 의미에서 '최고의 개인주의,'
개체와 자아가 소멸하는 역설적인 도가적 개인주의인 것이다. '천상
천하유아독존'의 절대적 경지가 부처만이 도달할 수 있는 절대적 개
인주의로 규정될 수 있듯이 말이다.

이제 가린의 비전에서 무(無)와 유(有)의 상생적 '차연 관계'를 보
여주는 중요한 대목을 보자. 가린은 죽음을 눈앞에 두고 무의 세계로
돌아가야 할 상황에 처해 있다.

부조리한 세계에 살던가, 다른 세계에 살던가…… "세계의 허무에 대
한 확신, 강박관념이 없이는 힘도 없고 **진정한 삶**[46]조차도 없네……."
나는 이런 관념에 그의 삶의 의미 자체가 결부되어 있음을 알고 있
다. 그리고 부조리의 이와 같은 심원한 감각으로부터 그가 자신의 힘
을 끌어내고 있다는 것도. 세계가 부조리하지 않다면 그의 모든 삶은
공허한 몸짓들로 흩어져 버린다. 그를 근본적으로 열광시키는 이 본질
적인 허무가 아니라 어떤 절망적인 허무를 근거로 해서 non de cette
vanité essentielle qui, au fond, l'exalte, mais d'une vanité désespérée. (C,
p.259)

---

45) 예컨대 김형효는 장자의 《내편》, 〈응왕제〉에서 나타나는 '유심어담(游心於
淡)' '합기어막(合氣於漠)'을 들뢰즈의 니체 해석을 끌어들이면서 '힘에의 의지'와
접근시키고 있다. *op. cit.*, p.247.
46) 강조는 작가가 한 것임.

이 인용문에서 '부조리'라는 테마는 조금 후에 다루기로 하고, 먼저 '세계의 허무'와 '진정한 삶'과의 관계를 살펴보기로 하자. 허무로 번역된 'la vanité'는 무(le néant)와 허(le vide)를 함축하는 낱말이다. 세계가 소멸/죽음을 통해 공의 무로 복귀한다는 믿음은 이미 노장 사상의 핵심을 담아내고 있다.[47] 그리고 '진정한 삶'은 유(有)의 세계에 속한다. 그런데 삶의 가치와 진실과 힘, 다시 말해 유의 세계가 참된 현실로 존재케 하는 근거가 무로 설정되어 있다. 그러니까 무가 없다면 유는 존재 근거를 상실하는 것이다. 그렇기 때문에 텍스트에서 '이 근본적인 허무'로 재표현된 무는 가린을 '열광시키고 있다.' 비어 있는 공과 허의 세계가 없이 유로 꽉 차 있다면 유 자체가 인식될 수 없으며, 죽음이 없고 삶만 있다면 삶이 무엇인지 알 수 없다. 유와 삶은 무와 죽음 없이 결코 홀로 독립적으로 존재할 수 없다. 무에서 유가 나오고, 유는 무로 돌아가며 서로의 존재 근거를 제공한다. 따라서 "유와 무는 상생한다."[48] 이것이 바로 데리다식으로 표현하면 무와 유의 '차연적' 관계이고, 불교적으로 보면 '의타기적 연기'의 그물이며, 플라톤적으로 말하면 '코라'와 '파르마콘'의 관계이다.[49] 이와 같은 도가적 관념을 토대로 가린이 '삶의 의미'를 구축하고 있다면, 그의 삶은 역설적으로 죽음에 의해 강렬하게 지탱되고 있다. 바로 이와 같은 이중성을 나타내는 것이 "삶이란 아무 가치가 없지만 삶만큼 가치 있는 것은 아무것도 없다"(C, p.250)는 가린의 언급이다.

---

47) 이 점은 예컨대 《도덕경》 16장에 잘 나타나 있다. 김형효, 《노장 사상의 해체적 독법》, *op. cit.*, p.147 이하 참조. 《서양의 유혹》에서 링은 아데에게 "세계에 대한 총체적 의식은 죽음이다"라고 말하고 있다. *Op cit.*, p.100.
48) 《도덕경》 제2장, in 김형효, *ibid*, p.31.
49) 김형효, *ibid.*, p.30-31 참조.

그렇다면 왜 가린은 세계, 곧 무를 근거로 하는 유의 세계가 '부조리' 하다고 인식하고 있는가? 그는 무와 유의 상생적 관계로 엮어진 생성의 존재계 자체가 심층적으로 부조리하다고 느끼고 있다. 노장 사상에서 언어적 인식을 초월하는 도의 '불가결성' 은 '부조리(l'ab-surdité)' 로 해석될 수 있다. 프랑스어에서 형용사 Absurde의 사전적 의미는 "논리와 이성에, 상식이 기대하는 것에 반대된다"이다. 장자의 《내편》〈제물론〉[50]에서 개진되는 도는 이성적 인식의 한계를 넘어선 부조리한 것으로 표현될 수 있다. 그러니까 인용문의 마지막을 풀어 보면, 무와 유의 '현묘' 한 부조리가 없다면 가린의 삶은 "이 본질적인 허무가 아니라 어떤 절망적인 허무를 근거로" 사라질 것이다로 이해된다. 바꾸어 말하면 무와 유의 부조리가 있음으로써 그의 삶은 이 무를 근거로 해서 소멸한다는 말이다. 그렇지 않을 경우 그것은 또 다른 '어떤 절망적인 허무' 의 원리에 따라 '공허한 몸짓들' 로 소멸할 것이다. 여기서 두 개의 허무 가운데 하나는 '본질적(essentielle)' 인 것으로, 다시 말해 '절대적으로 필요한' 것으로, 다른 하나는 '절망적' 인 것으로 규정되어 있다. 노장 사상에서 무가 유의 존재 근거라는 점을 상기할 때, 노장의 전자가 비극적이지만 긍정적 허무라 한다면 후자는 부정적 허무이다. 《정복자》에서 부조리라는 큰 테마는 이처럼 노장 사상과 결합되어 전혀 다른 울림을 획득하므로 별도로 다루어져야 할 것인 바, 여기서는 이 정도로 하고 넘어가겠다.[51]

이제 불연속성을 다룰 때 제시한 세번째 예에서 '진정한 삶' 과 대조되는 코드화된 '다른 삶' 을 해독할 때가 된 것 같다. 위에서 도가

---

50) 특히 "대저 큰 도는 명칭으로 나타낼 수 없고"에서부터 "그 유래하는 까닭을 모른다. 이런 경지를 일컬어 보광이라 한다"까지 참조. 김형효, *ibid.*, p.314.

적으로 해석된 삶, 다시 말해 부조리한 유무(有無)의 차연적 관계를 토대로 한 삶은 화자에 의해 "진리"(C, p.259)로 받아들여지고 있다. 그런데 그는 이것과 대조되는 절대적 다른 삶을 말하고 있다. 그렇다면 그것은 무 속에 내재된 삶을 의미할 수밖에 없다. 유는 무로 돌아가고 무는 유를 낳으면서 둘이 서로 의존하는 의타기적 관계, 즉 '불일이불이(不一而不二)의 묶음'을 생각할 때, 무 속에 유가 있고 유 속에 무가 있음은 자연적 논리이다. 그러니까 무 속에 해탈한 삶, 불교적으로 말하면 열반을 '다른 삶'이라 표현하고 있다고 보아야 할 것이다. 다시 말하면 그것은 유 속에 '현시'된 삶과 대비되는 것으로, 무 속에 '은적'한 삶을 말한다.[52] 이와 관련해 결정판에서 생략된 중요한 암시 하나를 제시하면, 가린의 집 "끽연실에 불상의 머리"가 놓여 있고, 그가 "지나가면서 습관적으로 그것을 애무한다"는 것이다.[53] 불교와 노장 사상의 유사성은 너무도 잘 알려져 있어 새삼 언급할 필요도 없다. 그렇다면 가린의 비전이 불교적으로도 접근될 수 있는 가

---

51) 부조리를 '신 없는 원죄'로 규정한 카뮈(Le Mythe de Sisyphe, Gallimard, 1942, p.62)와 말로의 관계에 대해 장 사로키는 《정복자》가 니체주의의 '중계자 역할'을 했다 하면서 "카뮈에게 '부조리의 심원한 감각'을, '힘들지만 우정어린 심각성'을, 그리고 저력과 용기를 가르쳐 주었다"고 지적하고 있다. 장 사로키, 〈철학자 카뮈〉, in 김화영 편, 《카뮈》, 문학과지성사, 1983, p.99에서 재인용. 이러한 해석은 소설의 코드화된 텍스트를 풀어내지 못하고 일방적으로 서구적 관점에 선 결과이다. 부조리에 대한 가린의 인식은 다양하게 나타나지만, 최후에는 노장 사상의 불가지론으로 수렴되도록 코드화되어 있는 것이다.

52) 이 두 개의 삶은 《왕도》에서 페르캉이 죽어가면서 대비시키는 두 개의 삶과 접근된다. "삶은 저기 대지마저도 그 속에 사라져 버리는 저 눈부신 빛 속에 있었다. 다른 삶은 망치로 두드리는 듯이 쑤시는 그의 혈맥 속에 있었다." La Voie royale, in Œuvres complètes vol. I, op. cit., p.504. 여기서 '다른 삶'은 가린의 경우 '진정한 삶'으로, '저 눈부신 빛 속에 있는 삶'은 '다른 삶'으로 표현이 바뀌어 있다. 가린과는 달리 페르캉은 유 속의 삶을 초월하여 무 속의 삶, 곧 열반으로 가고자 한다. 이에 관한 자세한 해석은 김웅권, 《말로와 소설의 상징시학》, op. cit., p.214-215 참조.

능성이 있다는 것인가? 물론이다. 하지만 앞으로 더 보겠지만 여러 다른 자료들을 종합할 때 그것의 바탕은 불교가 아니라 노장 사상이라 해야 할 것이다. 가린의 집에 배치된 불상은 두 사상의 유사성을 통한 암시로 작용할 수 있었을 텐데 생략된 것이라 하겠다.

이제 가린의 선악관과 도덕관을 보자. 그가 다분히 선악을 넘어서 있고 탈도덕적이라는 사실은 그의 비전을 노장 사상과 더욱 접근시킨다. 중국으로 떠나기 전에 화자가 기독교 신앙이 없는 것에 대해 묻자 그는 이렇게 대답한다.

"우선 내가 야비한 짓(bassesses)이라고 부르는 것들이 나를 모멸하지 않기 때문이지. 그것들은 인간에 속한 것이야. 나는 겨울의 추위처럼 그것들을 받아들이네. 나는 그것들을 어떤 법칙에 종속시키고 싶지 않네. 그리고 나는 또 다른 이유로 나쁜 선교사가 되었을 걸세. 즉 내가 인간들을 좋아하지 않는다는 걸세. 나는 불쌍한 사람들, 민중, 요컨대 내가 싸우러 가는 명분을 준 사람들조차도 좋아하지 않아. (…) 나는 그들을 선택하지만, 그 이유는 다만 그들이 패배자들이기 때문이야." (C, p.158)

이 텍스트는 가린이 기독교적 선악관을 벗어나 있음을 분명히 보여주고 있다. 그는 악(le mal)이나 악덕(le vice)이라는 낱말을 사용하지 않고 있다. 그는 '야비함'이 인간 속에 내재되어 있지만, 그것이

---

53) 〈Notes et variantes〉, p.241 주석 a 및 p.244 주석 a 참조, op. cit., p.1078, 1079. 말로는 1927년 N. R. F.지에 기고한 폴 모랑의 《살아 있는 붓다 Le Bouddha vivant》에 대한 서평에서 이렇게 말하고 있다. "나는 그룹들의 집단적 삶이 이 책에서 만큼 강렬한 책을 별로 알지 못한다." Michel Autrand, 〈Notice〉 sur les Conquérants, op. cit., p.993에서 재인용.

그를 모욕하거나 분노하게 만드는 것이 아니다. 그는 그것을 '겨울의 추위'와 같은 것으로 인식하고 있다. 그러니까 그는 그것을 한파 정도로 생각하고 있음으로써 고귀함과 대비시키고 있는 것이다. 비루한 행동을 인식하기 위해서는 고귀한 행동이 있어야 하고, 또 그 반대도 성립한다. 그러니까 그는 인간의 양면적 측면들을 상관적 관계로 파악하고 있는 셈이다. 그는 선악을 이분법적·절대적 대립 관계로 보는 기독교적 사유로부터 벗어나 있기 때문에 선교사가 될 수 없는 것이다. 그리고 그는 인간들, 따라서 인위적인 것을 좋아하지 않고 가난한 사람들도 좋아하지 않는다. 이 점은 기독교와 배치되고 중생을 불쌍히 여겨 구제하고자 하는 불교와도 배치된다. 불교에서 자비, 곧 마이트라 카루나(maitra-karuna)는 이중적 의미가 있다. 마이트라는 즐거움을 주는 것이고, 카루나는 고통을 없애 주는 것이다. 따라서 가린의 행동은 보살행이 아니다. 그렇다면 그것은 노장 사상으로 귀결된다. 《도덕경》 제5장을 보면, "천지가 불인(不仁)하므로 만물로 추구를 삼았다"[54]는 구절이 나온다. 도가의 도는 유가의 인이나 기독교의 사랑, 불교의 자비를 넘어서 몰인정하고 초도덕적이며 '반휴머니즘적'이다. 이것이 자연의 법이다. 가린은 당위적 도덕을 거부하고, 불인의 자연적 입장에 있다. 그가 '패배자들' 편에 서서 혁명에 참여하는 것은 세계의 변화하는 흐름이 그쪽으로부터 오고, '탈자적'·집단적 교감의 거대한 리듬 속에 잠길 수 있기 때문이다. 이런 입장은 일정 부분 도덕적 양심을 초월해 있다. "나의 힘은 나의 직접적인 이익과는 다른 것에 대한 봉사에 도덕적인 거리낌을 전혀 개입시키지 않

---

54) "성인도 불인하므로 백성을 추구로 삼았다." 김형효, 《사유하는 도덕경》, *op. cit.*, p.98.

은 데서 비롯되네……."(*C*, p.161) 사적인 이해 관계를 떠나 세계의 무위적 생성에 봉사하는 데 초도덕적으로 참여하는 것, 이것이 바로 가린의 자세이다.[55]

이와 같은 사유의 연장선에서 인간의 어두운 측면, 다시 말해 성과 폭력과 잔혹성이 공모하는 부정적 속성은 기독교에서처럼 절대적으로 단죄되어 완전히 사라져야 할 대상으로 지목되지 않고 내 안에 있는 존재의 다른 얼굴처럼 제시된다. 황제와 눈먼 포로들에 대한 에피소드(p.245), 결혼한 여자로 위장한 병사를 집단적으로 강간하는 내용의 일화(p.249), 잔인하게 고문받고 죽은 클라인의 이미지(p.242), 레닌의 비극적 죽음(p.245-246)은 가린이 낙태 사건으로 받은 재판(p.249)과 함께 그의 병(p.244)과 연결되어 있다. 우선 그의 병은 말로가 푸코에 앞서 진단한 '주체-인간'의 죽음, 다시 말해 '에피스테메'로서 '역사'의 연속성에 사로잡혔던 자아 중심적 인간의 죽음과 결부된 부르주아 문명의 종말론적 병이라는 상징성을 띠고 있다. 다른 한편으로 그것은 도(道)에서 유무(有無)의 양면성과 '상생성(서로 공생함),' 그리고 유의 세계에서 선(善)/불선(不善), 고(高)/저(底)(고귀함/저열함), 미(美)/추(醜), 전(前)/후(後), 빛/어둠 등의 '상관적 차연'과 관련된다.[56] 생성의 존재계, 곧 유(有)의 세계에 존재하는 모든 것은 소멸의 숙명성을 통해 무(無)로 복귀하고, 무는 유의 인식 근거가 된다. 앞서 가린의 '허무'를 다룰 때 지적했듯이, 삶은 죽음을 그림자로서 동반할 때 참된 가치를 획득한다. 선과 고귀함의 양은 반드시

---

55) 이런 태도는 예컨대 그가 혁명에 참여하면서 선전부의 재정적 어려움을 타개하기 위해 '비밀 경찰'을 통해 여러 초도덕적 조치들을 취한 데에서도 잘 나타난다. (p.159-160)

56) 김형효, 《사유하는 도덕경》, *op. cit.*, p.58-72 참조.

음으로서 불선과 야비함을 수반하고 함께 동거한다. 양면성의 '이중 긍정'이 노장 사상의 근본에 자리잡고 있다. 그렇다면 가린의 병은 죽음, 곧 무 쪽에 위치하고, 그것과 관련되어 상기되는 일화들과 이미지들은 불선과 저열함 쪽에 위치한다. 그런데 이것들이 없으면 삶 · 선 · 고귀함의 인식론적 · 도덕적 이해가 불가능하다. 따라서 그것들은 절대적으로는 단죄될 수 없는 '긍정성'을 띠고 있고, 바로 여기에 선/악의 기독교적 이분법, 나아가 이성/비이성의 근대적 이분법으로는 이해할 수 없는 인간 조건의 어려움이 있다.[57] 이런 이유 때문에 병[58] 과 더불어 가린의 의식에 비치는 어두운 측면들은 무조건적으로 고발되지 않고 '기이한' 요소들처럼 제시되고 있다 할 것이다.

마지막으로 가린의 국가관과 사회관을 검토해 보자.

 "이 사회를 변화시킨다는 것은 나의 관심 밖이네. 나에게 타격을 가하는 것은 사회에 정의가 부재하다는 것이 아니라 보다 심원한 무엇이고, 어떤 사회가 되었든 사회적 형태에 동의할 수 없다는 그 불가능성이야. 나는 무신론자이듯이 비(非)사회적이네. 그것도 같은 방식으로. 내가 연구하는 사람이라면 그 모든 것은 아무런 중요성이 없을 걸세.

---

57) 푸코의 《광기의 역사》는 이런 이분법적 · 대립적 사고가 기독교에서 근대까지 계속되고 있음을 잘 보여주고 있다.

58) 물론 이 병은 유(有) 못지않게 무(無), 즉 공의 세계를 중시하는 아시아와 하나가 되어 있음도 놓쳐서는 안 된다. 그렇기 때문에 그가 입원한 병원의 바깥 풍경은 소멸의 해체적 분위기를 형상화하고 있다.(C, p.220) 뿐만 아니라 가린이 병원에서 죽음을 통한 '허무'를 생각할 때 떠오르는 기억, 즉 1919년 크리스마스 저녁에 카잔에서 신들마저도 장작더미 위에 불태워져 소멸하는 광경은(p.221-223) 이런 아시아적인 절대적 무와 연결되어 있다. 불교와 마찬가지로 도가의 사상은 그런 신들까지 포함해 존재하는 모든 것들은 무 속으로 사라지면서 생성과 소멸을 반복한다는 것을 주장하고, 궁극적으로는 기독교적 절대신을 부인하는 무신론적 사상임을 상기하자.

그러나 나는 일생 동안 내 곁에 사회적 질서를 다시 만날 것이고, 나의 존재 전부를 포기하지 않고는 그것을 결코 받아들일 수 없으리라는 것을 알고 있네."(C, p.154)

가린은 사회를 인위적으로, 다시 말해 유위적으로 변화시킨다는 것에는 관심도 없고, 사회라는 형태 자체를 부정적으로 보고 있다. 노자는 누구인가? "무한대의 루소(Rousseau à la puissance n)이다. 그는 다림줄·직각자·직조, 그러니까 (법률적·도덕적·미학적) 모든 인간적 질서를 증오한다."[59] 여기서 '인간적'이라는 말은 인위적, 곧 '유위적'이라는 것을 말한다. 노자는 자연과 대립되는 인위적 사회를 원천적으로 부정하고, 반전통적·반사회적·반국가적 입장을 취하고 있다. 그가 이상적으로 원하는 것은 인위적 통치가 없고 지도자가 없는 것 같은 "소국(小國)"[60]이다. 절대자유주의와 무정부주의가 그의 이상이다. 따라서 가린의 '비사회적(asocial)' 성격은 도가의 사상과 완전하게 합치한다.[61] 그는 자신의 "개인적 숙명" 곧 자연적 "리듬"(C, p.250)으로서 에너지인 '자신의 존재 전부'와 인위적 사회를 대립시키고 있다. 이런 해석의 연장선에서 마르크시즘에 대한 그의 비판과 함께 언급되는 '에너지'는 매우 중대한 암시를 하고 있다.

"가린은 에너지(l'énergie)만을 믿는다. 그는 반마르크스주의자는 아니지만, 마르크시즘은 그에게 '과학적 사회주의'가 전혀 아니다. 그것

---

59) Etiemble, 〈Notice〉 sur Tao-tö King, in Philosophes taöistes, op. cit., p.629.
60) 《도덕경》 제17장 및 80장, in 김형효, 《사유하는 도덕경》, op. cit., p.172, 518.
61) 이와 관련해 소설에서 그가 국가의 체계가 잡히는 시점에서 사라진다는 것은 그의 비전의 관점에서 볼 때 당연한 귀결이다.

은 노동자들의 정열을 조직하는 방법이다."(p.255)

'L'énergie'는 도가의 사상에서 기(氣)를 번역한 것이다. 《도덕경》 제 10장의 "전기치유(專氣致柔) 능영아호(能嬰兒乎): 기를 상화시켜 부드러움의 극치에 이르러서 어린아이처럼 될 수 있겠는가?"[62]가 프랑스어로 번역된 것을 보자. "En concentrant ton énergie et en atteignant à la souplesse, peux-tu devenir un nouveau-né?"[63] 또 장자의 《잡편》에서 〈칙양〉을 보면 "음양자기지대자야(陰陽者氣之大者也): 음양이란 기운이 큰 것이네"[64]라는 표현이 나오는데, 프랑스어 번역을 보면 "Le yin et le yang indiquent les plus grands énergies qui soient"[65]로 되어 있다. 그러니까 음양에서부터 모든 기가 énergie로 표현되고 있다. 장자의 철학을 해설한 리우 기아 훼(Liou Kia-Hway)는 이렇게 말하고 있다. "장자는 우리에게 몽상가이자 운명론자처럼 보인다. 한편으로 그는 절대적 자유의 존재를 인정하고, 이 자유를 통해서 성인은 온갖 형태들로 우주적 기(l'énergie cosmique)를 자기 마음대로 소유한다. 다른 한편으로 그는 운명의 존재를 인정하고, 이 운명 앞에서 성인은 반항하지 않고 굴복할 수밖에 없다."[66] 이 인용문은 노장 사상의 이상이 인간세를 넘어서 우주적 기의 흐름과 자유로이 교감하며 하나가 되는 것임을 강조하면서도 숙명론을 받아들이고 있음을 지적하고 있다. 노자와 장자가 자연에 거스르지 않는 숙명론자임은 말할 필요도

---

62) 김형효, 《사유하는 도덕경》, op. cit., p.128.
63) Lao-tseu, Tao-tö King, in Philosophes taöistes, op. cit., p.12.
64) 장자, 《잡편》, in 장기근 · 이석호 역, 《노자 · 장자》, op. cit., p.467.
65) Tchouang-tseu, L'Œuvre complète, 〈XXV Tsö-Yang〉 in Philosophes taöistes, op. cit., p.292.
66) 〈Notice〉 sur Tchouang-tseu, ibid., p.646.

없다. 이렇게 볼 때 가린이 결국은 '기만을 믿는' 노장 사상가임이 다시 한번 드러난 셈이다. 그에게 우주의 기, 세계의 기, 자신 안의 기, 곧 리듬들이 한데 얽혀 흐르는 생성의 세계와 대립되는 인위적 사회는 용납될 수 없다. 혁명에 대한 그의 인식은 이런 생성의 차원에 머물고 있다. 그에게 마르크시즘은 도구적 차원에 머물 뿐이다.

이제 우리가 불연속성이라는 테마를 다루면서 제시한 예들 가운데 해독하지 않은 첫번째 예로 되돌아가 보자. 가린이 말하는 "절망적 정열," 다시 말해 "정복해야 할 대상들을 더 이상 아무것도 아닌 것"으로 만들어 버리는 그 정열은 무엇에 대한 것인가? 문제의 이 정열 바로 앞에서 가린은 사회를 거부하는 무정부주의자로 기술되고 있으며, '사회적 질서,' 다시 말해 인위적·유위적 질서의 이와 같은 배척이 노장 사상에 연결되어 있음을 보았다. 그런데 "다른 모든 정열들보다 심원한 정열"인 그 강렬한 성향이 '완전히 절망적'이라 규정되어 있다. 그러니까 이와 같은 규정은 그것이 추구하는 대상이 도달 불가능하다는 점을 함축한다. 노장 사상에서 인간이 절대적으로 도달 불가능한 것이기에 절망할 수밖에 없는 대상은 무엇인가? 노장 사상은 무/유로부터 유 속의 음/양 세계까지 우주와 세계의 양면성이 상호적으로 '상생(相生)'하는 차연의 사상임을 앞에서 보았고, 가린의 경우도 허무의 죽음이 있기에 유의 삶은 '진정한' 것으로 인식되고 있다. 그러니까 허무는 '진정한 삶'과 '힘'의 인식론적 근거가 되고 있다. 그런데 이같은 양면 긍정이 '부조리'로 인식되고 있다. 도(道)는 언어적 인식을 초월하는 '불가결성'을 나타내고, 장자는 그 "유래하는 까닭은 알 수 없다"[67]고 했다. 요컨대 노장 사상은 하나의 근본적 불가지론(une agnosticisme)이다. 그것은 도의 자연적·운명적 원리를 설명하지만 이 원리가 왜 그렇게 되어 있는지를 설명하는 게 아니다.

이 왜는 절대적으로 알 수 없는 경지이다. 따라서 이 앎에 대한 최고의 정열은 '완전히 절망적인 정열'일 수밖에 없다. 코드화된 표현이 이렇게 해석될 때 인용 텍스트 전체가 수월하게 해독될 수 있다. 도의 까닭을 모르는 불가지론은 절망적이다. 그러나 도의 원리에서 무와 유의 차연적 관계로 나타나는 무는 삶의 "힘의 가장 강력한 버팀대들 가운데 하나"가 되는 것이다.

결국 가린은 절대적 불가지론자·무신론자로서 노장 사상을 정복하고, 그것에 따라 생성의 숙명적 리듬을 타다가 소멸하여 무 속으로 복귀하게 된다. 그러므로 제3부의 제목으로 사용된 '대문자 인간 (l'Homme)'의 진정한 의미는 노장 사상에서 바라본 인간이다.

이렇게 하여 중국 사상의 두 주류인 유교와 노장 사상이 어떻게 가린의 비전 속에 정복되어 있는지 살펴보았다. 둘은 일정 단계까지 함께 간다고 할 수 있다. 그러나 전자는 인위적이기 때문에 수명을 다하고 도(道)의 거대한 리듬에 따라 파괴되고, 생성의 최고 원리를 간직한 후자 속에 흡수되어 세계의 변화를 위한 밑거름이 되고 있다. 결국 소설과 가린의 비전을 지배하는 것은 노장 사상인 셈이다.

맺음말

말로는 1949년 《정복자》에 실은 〈후기〉[68]에서 소설과 관련해 의미

6/) 장사, 《내편》, 〈제물론〉, 김형효, 《노장 사상이 해체적 독법》, *op. cit*, p.314 에서 재인용. 이러한 입장은 노자의 《도덕경》 제14장에서도 표현된다. "도를 앞에 서 맞이하나 그 머리를 보지 못하고, 뒤에서 따라가 보지만 그 꼬리를 보지 못한다." 김형효, 《사유하는 도덕경》, *op. cit.*, p.148.

심장한 말을 하고 있다. 이 언급은 필자의 해석을 뒷받침해 줌과 동시에 그동안의 연구가 지닌 한계를 드러내는 중요한 암시이다. 그는 여기서 문화의 국제적 차원을 유난히 강조하고, 《정복자》에 대해 처음부터 이렇게 말하고 있다. "이 책은 매우 피상적으로만 역사에 속한다. 그것이 살아남은 것은 중국 혁명의 이런저런 에피소드들을 그려냈기 때문이 아니라 행동에 대한 적성, 문화(교양), 그리고 명철성을 함께 겸비하고 있는 주인공의 유형을 보여주었기 때문이다."[69] 소설가는 '문화/교양(la culture)'을 부각시키면서, "인터내셔널의 정치적 신화가 사라짐과 동시에 문화의 전례 없는 국제화가 이루어지고 있다"[70]고 단언한다. 소설에서 혁명의 실용적·이데올로기적 차원보다 훨씬 중요한 것은 주인공 가린과 그의 분신 같은 존재들, 다시 말해 클라인·랑베르·화자 등의 정복자들이 단순한 아시아 변화를 주도하는 '정복자'의 초상을 넘어서 중국 문화를 정복하고 있음을 암시하는 장치가 아닐 수 없다.[71] 이런 연장선에서 말로는 강연장에 모인 사람들에게 "여기 모인 여러분은 지구 전체의 유산을 물려받은 최초의 세대이다"[72]라고 표명하고 있다. 그러니까 말로는 유럽 중심적 차원

---

68) 이 '후기'는 말로가 1948년 3월에 플레옐 홀에서 '지식인들에게 보내는 호소'라는 제목으로 강연한 내용을 실은 것이다. 그것이 소설과의 관계에서 심층적으로 무엇을 의미하는지는 전혀 밝혀지지 않았다.

69) A. Malraux, 〈Postface〉 des *Conquérants*, in *Œuvres complètes*, vol. I, *op. cit.*, p.272. 가린의 행동 자체가 중국 문화인 노장 사상에 뿌리내리고 있음을 상기하자.

70) *Ibid.*, p.272.

71) 장 피에르 자라데는 소설이 노장 사상을 정복하면서 인류가 남긴 정신적 유산을 부활·탐구·변모시키고 있음을 암시하는 '문화의 국제화'를 '상상의 박물관의 도래'(이는 사진 복제가 가능해짐으로써 세계의 모든 작품들을 한자리에 모을 수 있는 화첩의 세계를 생각하면 된다. 앙드레 말로, 김웅권 역, 《상상의 박물관》, 동문선, 2004 참조)와 혼동하고 있다. J.-P. Zarader, *op. cit.*, p.153 참조.

72) 〈Postface〉 des *Conquérants*, *op. cit*,, p.273.

에서 벗어나 지구촌적 차원에서 인류의 문제를 성찰하고 있음을 다시 한번 표명하고 있으며, 인류가 물려준 과거의 문화 유산이 모두 '여러분'의 것이며, 이를 '탐구' '부활' '변모' 시켜 새로운 미래를 열어야 한다는 점을 명백히 하고 있다. 그렇기 때문에 그는 "유산은 언제나 하나의 변모이며" "오직 상속 계승자에게서만 변모가 이루어지며, 이 변모로부터 생명이 태어난다"[73]고 말하고 있다. 그는 제1차 세계대전에 이어 제2차 세계대전까지 발발해 총체적 파국에 부딪친 "유럽의 현재 드라마는 인간의 죽음이다"라고 외치면서 "인간은 다시 창조되어야 한다"고 역설한다. 《서양의 유혹》에서 선언된 '인간의 죽음'이 다시 한번 선언되고 있음을 상기하자. 새로운 인간과 문화를 창조하는 길은 무엇인가? 말로는 이렇게 대답한다. "천재성이 하나의 발견이라면, 바로 이 발견에 과거의 부활은 토대한다. 나는 이 강연 서두에서 재탄생/르네상스가 무엇일 수 있고, 문화의 상속이 무엇일 수 있는지에 대해 이야기했다. 천재적 인간들이 자신들의 진리를 추구하면서 과거에 이 진리를 닮았던 모든 것을 저 깊은 세월 속에서 끌어낼 때 하나의 문화가 재탄생한다."[74]

이제 우리는 소설의 제목으로 사용된 '정복자'의 진정한 의미가 무엇인지 알게 되었다. 노장 사상의 창조적 부활과 정복을 통해 새로운 지구촌 문명 탄생의 밑거름이 되는 존재로서 정복자의 의미를 되새겨야 할 것이다. 필자는 작품의 서사적 구성을 분절하는 불연속성들이 엮어내는 신화적 의미 구조를 다루지 않았다. 이것은 세계와 혁명의 변화를 주재하는 실체인 도(道)의 상징적 장치들과 더불어 필자의

---

73) *Ibid.*, p.273.
74) *Ibid.*, p.285.

다른 졸저에서 어느 정도 밝혀졌다.[75) 그것들을 보완해야 할 필요성을 느끼지만, 《정복자》만을 연구한 결과들을 종합해 단행본으로 출간할 때 이 작업을 완료해 낼 수 있기를 기대한다.

---

75) 김웅권 저, 《앙드레 말로─소설 세계와 문화의 창조적 정복─》, 어문학사, 1995, 특히 p.105-141 참조. 이 책의 내용과 본서에서 다루어진 것이 다소 모순이 나타날 수 있으나, 연구의 심화로 보면 좋을 것이다.

제2장

《왕도》와 불교

인도: "내 젊은 날의 가장 복잡하고
가장 심원한 만남들 가운데 하나."

앙드레 말로, 《반회고록》

1. 접근

최근에 필자는 《왕도》에 관해 그동안 연구한 결과들을 종합해 《말로와 소설의 상징시학》(부제: '《왕도》 새로 읽기')이라는 책으로 내놓았다. 따라서 여기서는 이 저서에 담긴 내용을 간단하게 소개하고,[1] 해석에 다소 미진했다고 생각되는 한 부분을 다루고 넘어가겠다.

《왕도》(1930)가 출간된 지 70년 이상이 지났다. 이제 그것은 진정으로 새로운 위상을 확보해 프랑스 문학사와 세계 문학사에 자리잡을 때가 되었다고 본다. 이 작품에서 작가는 불교, 좀더 정확히 말하

---

[1] 김웅권, *Op. cit.*, 독자가 이 소설에 대한 깊이 있고 세부적 연구를 접하려면 이 책을 반드시 읽어 주기를 바란다.

면 탄트라 불교를 창조적으로 '정복' '부활' '변모' 시키면서 동양 사상을 소설적으로 탐구하고 있다.

그러나 상징시학의 관점에서 볼 때 《왕도》는 《정복자》와는 다른 양상을 보여주고 있다. 앞서 보았듯이 후자에서는 유교나 노장 사상이 직접적으로 언급된 경우는 한번도 없으며, 언어의 문제와 《서양의 유혹》을 함께 다루지 않으면 이 두 사상이 어떻게 인물들의 담론이나 묘사 속에 녹아 있는지 밝혀내기가 불가능하다고는 말할 수 없다 할지라도 무척 어렵게 되어 있다. 중국이라는 배경 전체가 노장 사상을 육화시키는 공간이라고 해석할 직접적 단서가 나타나지 않는다. 그렇기 때문에 필자도 이 서간체 에세이를 다시 꼼꼼히 읽으면서 새로운 착상을 하게 되었던 것이다. 반면에 전자, 즉 《왕도》에서는 불교가 상징시학의 차원에서 코드화되어 있긴 하지만 텍스트 내에서 직접적으로 언급되고 있다. 따라서 이 소설은 그 자체 안에 그것을 불교 소설로 읽게 해주는 관계 구조를 자족적으로 지니고 있다. 그러니까 말로가 말라르메를 이어받아 자신만의 고도한 경지를 개척한 소설시학, 다시 말해 필자가 '소설의 상징시학' 이라 명명한 시학은 이 소설에서 완벽한 모습을 드러낸다고 보여진다. 《왕도》 속에는 의미적 단절을 일으키는 많은 담론들과 코드화된 문장들이 인식적 불연속성을 드러내며 산재하고 있다.

2. 소설의 상징시학 창조

《왕도》 속에는 의미적 단절을 일으키는 많은 담론들과 코드화된 문장들이 인식적 불연속성을 드러내며 산재하고 있다. 불연속성을 검토하기 전에 소설의 제목 '왕도(La Voie royale)'를 검토해 보자. 이 제목에는 바르트가 《S/Z》에서 사용한 코드 이론에 따르면 '해석학적 코드(code herméneutique)' '의미론적 코드(code sémantique)' '상징적 코드(code symbo-lique)' 그리고 '참조적 코드(code de référence)'가 중첩되어 있다.[2] 그것은 '왕도'란 무엇인가?라는 의문과 수수께끼를 제시하고, 왕이나 왕국과 관련된 것이라는 정보가 담겨 있으며, 심층적으로는 하나의 메타포(유추)를 함축하고 있고, 마지막으로 하나의 다른 문화를 가리키는 상호 텍스트성을 내포하고 있다. 앞의 두 코드는 소설이 전개되는 가운데 명시적으로 밝혀지는 의미와 연결되어 있다. '왕도'는 메남 강 하구에서 옛 크메르 왕국의 수도 앙코르와트까지 이어지는 왕성에 이르는 길을 나타내며, 소설 속에서는 밀림으로 덮여 있는 것으로 묘사된다. 뒤의 두 코드는 작품의 심층적 독서로만 밝혀지는 보다 비밀스러운 묵시적 의미와 관련된 것이다. '왕도'는 페르캉이 클로드(이들은 작품의 두 주인공임)를 동반하면서 펼치는 모험 속에 코드화된 의미, 즉 시적 구도의 길이며, 궁극적으로 이 시적 구도의 길은 특수한 종교의 상상계(l'imaginaire)와 결합되어 있다. 이와 같은 "두 개의 기호학적 차원의 유희"와 차이가 "텍스트의 움직임을 지배하면서"[3] 긴장감 있게 이끌어 가는 동력이라 할 수 있다. 그러나 제목 '왕도'의 상징적 코드, 참조적 코드와 관련된 이차적 의미는 소

---

2) Barthes, S/Z, Seuil, collection 〈points〉 70, 1970. '왕도'라는 제목에는 바르트가 제시한 다섯 개의 작동적(opératoires) 코드 가운데 행동적 코드(code proairétique)'만이 빠져 있다고 할 수 있다. 바르트는 S/Z에서 자신이 사용하는 코드를 여러 명칭으로 부르고 있으나 결국 다섯 개로 정리되고 있다. 우리가 이 코드 이론을 언급하는 것은 글쓰기의 유희 차원이기도 하지만, 그것이 후에 《왕도》를 분석하는 데 필요한 '독해 단위(lexies)'를 나누기 위해 참고가 되기 때문이다. 코드들에 대한 자세한 해설은 김웅권, 《소설의 상징시학》, op. cit., p.59-61 참조.

설에 적용된 상징시학의 분석을 통해서만 도출될 수 있다.

1) 불연속성

서사 구조의 관점에서 볼 때, 《정복자》에 비해 《왕도》에서 불연속
성은 강도가 오히려 감소되어 있다. 그만큼 텍스트를 분절하는 부(部)
들과 장(章)들을 연결하는 데 큰 어려움이 없다. 그보다 불연속성은
특히 인물들의 대화에 나타나는 담론과 묘사 속에 전략적으로 의도
되어 여기저기에 산재해 나타난다. 경제성을 고려해 도입부를 집중
적으로 검토하도록 해보자. 도입부의 세 페이지(*VR*, p.371-373)[4]는
전체적으로 볼 때, 에로티시즘을 중심으로 전개되고 있다. 일차적인
독서로 본다면 이 테마가 다양한 묘사들과 인물들의 담론들을 유기적
으로 엮어 주는 매개 역할을 한다고 생각될 수 있다.[5] 그러나 2차적
차원에서 본다면, 이것들은 논리적 불연속성을 표출하면서 코드화된
의미들의 미로를 생산해 낸다. 묘사들은 두 사람의 대화를 둘러싼 소
말리아 해안의 달빛어린 밤, 전설적인 인물이 된 페르캉의 신비한 모
습과 그에 대한 정보, 장님의 피리에 맞추어 반라(半裸)의 흑인 창녀

---

3) Paul de Man, 〈une lecture de Rousseau〉, in *Magazine littéraire*, mars 1991 n°
286, p.44. 폴 드만은 데리다가 《그라마톨로지에 대하여 *De la Grammatologie*》에서
이 '두 개의 기호학적 차원의 유희'로부터 비롯되는 독서를 루소의 《언어 기원론
Essai sur l'origine des langues》에 적용하고 있다고 설명한다. 데리다의 방법과는 다
르지만, 우리는 《왕도》라는 작품을 이와 같은 이원적 차원에서 접근할 수 있다.

4) VR은 *La Voie royale*(in *Œuvres compmètes*, vol. I, op. cit.)의 약자임.

5) 그동안 이 에로티시즘은 그것의 정체를 밝혀 줄 문화적 코드가 즉각적으로 주
어지지 않았기 때문에 단순히 실존적 저항의 차원에서 읽혀져 왔다. 예를 들면 C.
Moatti, *Le Prédicateur et ses masques*, Publication de la Sorbonne, 1987, p.217 이하
참조 바람.

들이 추는 에로틱한 윤무(輪舞), 클로드의 내면 풍경 등으로 구성되어 있다. 그리고 두 사람의 대화가 담아내는 담론들은 두 부분으로 구성되어 있다. 한편에는 페르캉의 에로티시즘을 구성하는 몇몇 코드화된 개념들——성의 보조물로서의 여성, 상상력, 파트너의 '불가지적(agnostique)' 개념, 비인격성——과 마조히즘이 있으며, 다른 한편에는 클로드가 페르캉의 이해할 수 없는 담론에 응대하기 위해 경험적으로 제시하는 사디즘이 자리하고 있다. 편의상 이것들을 바르트가 《S/Z》에서 텍스트를 '독해 단위(lexies)'로 나눈 것처럼 순서에 따라 독해 단위로 나누어 요약해 보자.[6]

1. 클로드의 강박관념 속에 페르캉의 얼굴 및 전설, 소말리아 해안의 밤 묘사.

2. 페르캉과 클로드의 대화 시작.

— 에로티시즘에 대한 페르캉의 담론.

* 성의 보조물로서의 여성.

* 사랑에 대한 착각.

* 섹스에 대한 강박과 추억.

3. 클로드의 시선에 잡힌 반라의 에로틱한 흑인 창녀 묘사와 페르캉의 말 회상.

— "신경의 끝까지 가고자 하는 광적 욕망."

4. 페르캉의 담론.

* 추억의 변모.

* 상상력의 역할.

5. 페르캉의 얼굴 묘사.

클로드의 내면 풍경 — 해안의 보트와 배의 메타포.

6. 페르캉의 난해한 담론에 대한 클로드의 질문과 페르캉의 대답 회피.

---

6) 우리가 제시하는 독해 단위는 불연속성에 대한 우리의 분석에 편리하도록 임의적으로 나누어진 것이다. 아마 바르트처럼 나눈다면 훨씬 더 세분해야 할 것이다.

7. 클로드의 자문(自問).

석유 램프 불빛을 둘러싼 곤충 묘사.

장님의 피리에 맞춘 흑인 창녀들의 에로틱한 윤무 묘사.

페르캉의 여자 선택 — 마담과의 대화.

8. 페르캉의 존재에 대한 클로드의 자문 — 사악한 존재인가?

페르캉에 대한 정보 묘사.

페르캉 동작의 서술적 묘사.

9. 사디즘에 대한 클로드의 경험적 담론.

에로티시즘에 대한 페르캉의 담론 — 상대방 파트너에 대한 불가지적 개념.

클로드의 질문 — 파트너의 비인격성.

페르캉의 담론 — 마조히즘, 상상력, 그리고 변태 성욕자들.

위의 독해 단위들을 보면, 텍스트의 전개가 대체적으로 묘사와 대화가 교대로 이루어짐을 알 수 있다. 의미적 불연속성은 페르캉과 클로드의 대화를 나타내는 단위들(2, 4, 6, 9)이 표출하고 있다. 페르캉과 마담의 대화 한 문장이 마지막에 끼어든 일곱번째 단위(7)를 포함해 묘사를 나타내는 단위들(1, 3, 5, 8)은 대화와 관련된 내면 풍경의 경우를 제외하면, 담론의 불연속성과는 직접적 관계가 없다. 그것들은 대화의 배경으로 제시되고 있다. 그러나 엄밀하게 말하면, 그것들역시 불연속성에 암묵적으로 참여하고 있다 할 것이다. 왜냐하면 그것들은 이 불연속성을 받쳐 주는 장치들로 동원되었기 때문이다. 페르캉이란 불가해한 인물의 얼굴 묘사나 탐색적 정보, 혹은 밤의 배경(1, 5, 8)은 페르캉이 불연속적으로 개진하는 코드화된 담론과 상관관계를 이룬다. 뿐만 아니라 에로틱한 윤무에 동원된 암시적·상징적·유추적 장치들——석유 램프 불빛을 둘러싼 곤충들·장님·원의 무너짐과 도취적 율동(7)——역시 페르캉의 에로티시즘과 불가분의 관계에 있다. 클로드의 내면 풍경(1, 3 ,5, 8)은 한편으로 페르캉의 불투명한 정체와 담론을 포착하려는 심리적 움직임과 불안을 보여주고, 다른 한편으로 페르캉을 향한 내적 접근과 미래의 두 사람 관계를 암시한다.(5의 메타포)

불연속성의 중심 줄기를 구성하는 두 인물의 대화에서 불연속성을 주도하는 것은 페르캉의 담론이고, 클로드의 반응적 담론은 보조적 역할을 한다. 독해 단위 2, 4, 9에 나타난 페르캉의 담론을 인용해 보자.

"젊은이들은…… 뭐라 할까……. 에로티시즘을 잘 이해하지 못하지. 나이 40세가 될 때까지는 착각에 빠져 사랑으로부터 헤어날 줄 모르는 거야. 여자를 한 성(性)의 보조물로 생각하지 않고, 이 성(性)을 한 여자의 보조물로 생각하는 자는 사랑에 빠질 준비가 된 거지. 딱한 일이지. 하지만 더 고약한 것이 있지. 섹스에 대한 강박관념, 청춘 시절에 대한 강박관념이 보다 강해져서 되돌아오는 시기 말이야. 온갖 추억을 먹고서……."(*VR*, p.371) ― 독해 단위 2.

"추억은 변모하는 것이야……. 상상력이란 얼마나 비상한 것인지……. 자신 안에 있으면서도 자신에게 낯선…… 상상력…… 그것은 …… 언제나 보상을 하지."(p.372) ― 독해 단위 4.

앞으로 보겠지만, 이 담론이 코드화되어 있고 불연속적이라는 것은 단번에 드러난다. 특히 첫번째 인용 말미에서부터 시작되는 생략 부호(…)는 단절을 문법적으로 나타내 준다. 이 담론에 클로드의 질문

—— "무슨 말입니까?" —— 이 나오지만, 페르캉은 대답을 회피하고 소말리아의 창녀촌에 가득한 '놀라운 일들'을 단순히 언급한다.(6) 이 놀라움도 구체적으로 제시되지 않아 클로드는 "어떤 놀라운 일들일까?"라고 자문할 뿐이다.(7) 독해 단위 9에서는 클로드가 사디즘에 대한 창녀촌 경험담(창녀를 받침대에 묶어 놓고 한 사람씩 돌아가며 한 번씩 궁둥이를 찰싹 때리며 즐거워한 일)을 이야기하는데,[7] 여기서 페르캉은 클로드의 이야기와 갑자기 단절되는 주장을 편다.

"— 본질적인 것은 상대를 **알 필요가 없다**는 것이지.[8] 상대의 성(性)이 다르기만 하면 되는 거야.
— 상대가 특별한 삶을 지닌 존재일 필요가 없단 말입니까?
— 마조히즘에서는 더욱 그렇지. 그들은 오직 자기 자신과 싸우는 거지……. 상상력에다 우리는 우리가 원하는 것이 아니라 할 수 있는 것을 병합하는 거야……. 아무리 어리석은 창녀들이라도 그 애들을 들볶거나, 그 애들이 들볶는 사내가 자기들과 얼마나 먼 인간인지 알지. 그 애들이 변태들(irréguliers)을 뭐라고 부르는지 아나? 지식인들(cérébraux)……."(*VR*, p.373) — 독해 단위 9.

앞의 대화 내용인 사디즘과 의미적으로 이미 단절된 이 인용문에

---

7) 클로드의 경험 이야기는 페르캉의 담론과는 아무런 상관이 없는 것으로, 신비에 둘러싸인 페르캉이 '사딕한(sadique)' 존재인지 자문한 후, 대화를 하기 위해 기억 속에서 끌어낸 에피소드에 불과하다. 말로가 젊은 시절에 에로티시즘에 깊은 관심을 보이며 삽화가 든 에로틱한 텍스트들을 은밀히 출간하는 데 관여했다는 것은 잘 알려져 있다. 그렇지만 그가 어떤 경로를 통해 동양의 신비주의적 에로티시즘에 접근했는지 알 수 없으나, 인도의 에로틱한 예술 작품들을 통해서 그에 대한 관심을 보이기 시작했을 가능성이 높다.
8) 강조는 작가가 한 것임.

서, 두 사람이 주고받는 대화가 불연속적이고 코드화되어 있다는 것은 말할 필요도 없을 것이다. 파트너의 '불가지적 개념'을 이야기하는 페르캉에게 클로드는 상대의 비인격적 개념을 말하는지 질문하고 있다. 그러나 페르캉은 자신의 이야기를 계속하면서 마조히즘·상상력·변태들을 연결 없이 뒤섞어 놓고 있다. 이와 같은 의미적 불연속성과 대화의 어려움은 결국 클로드로 하여금 "이 대화는 어떤 방향이 있는 것인가?"(p.374)라고 자문하게 만든다.

페르캉이 개진하는 담론의 코드화에 따른 의미적 불연속성과 여타 소설적 장치들의 도입이 얼마나 치밀한 과정을 거쳐 이루어졌는지는 소설의 결정판이 나오기 전에 씌어진 원고들을 검토하면 너무도 분명히 드러난다. 1989년에 새로이 출간된 《말로 전집》 1권에 실린 이른바 〈랜글로이스 포드 원고〉에는 페르캉이 라드크(Radke)와 파르케(Parker)라는 인물에 의해 양분되어 있는데, 도입부의 페르캉 역할은 라드크가 맡고 있다. 여기서 라드크는 결정판의 페르캉보다 암시적 내용을 곁들여 좀더 자세히 자신의 에로티시즘을 이야기하고 있다.[9] 그럼에도 클로드는 그것을 제대로 이해하지 못하여 쩔쩔매고 있다. 그리하여 대화중 그는 "나는 당신 말을 잘 이해하지 못하겠습니다 ……"[10]라고 말한다. 또는 화자의 다음과 같은 설명들이 곁들여진다: "이 대화에 담겨 있는 구불구불한(sinueux) 무언가가 그를 여러 번에 걸쳐 어리둥절하게 만들었고, 피로 때문에 그를 화나게 만들기 시작했다. (…) 클로드는 라드크가 성행위에 대해 말하려는 것인지, 아니면 그가 이야기하고 있는 그 상태에 의해 **예측할 수 없게**(imprévisi-

---

9) 〈랜글로이스 포드 원고〉의 도입부, in *Œuvres compmètes*, vol. I, *op. cit.*, p.1176 이하 참조.
10) *Ibid.*, p.1183.

blement) 규정된 전혀 다른 행위에 대해 말하려는 것인지 알 수가 없었다."[11]

요컨대 의미적 불연속성의 중심축인 페르캉의 담론이나 에로틱한 윤무의 여러 암시적·상징적 장치들은 작가의 전략적 글쓰기의 산물로서, 소설 전체의 코드 체계가 드러날 때 해독될 수 있도록 되어 있다. 도입부 이외에도 의미적 불연속성을 드러내는 주인공들의 많은 담론들과 의식적 풍경들이 있다.(*VR*, p.386-387, 394, 398, 410, 413-414, 427, 447-449) 독자가 이 부분들을 읽어보면 필자의 주장을 수긍하리라 생각된다.

2) 환기와 공간의 연출

불연속성은 해석의 문제만 빼면 그것을 포착하는 데 큰 어려움은 없다. 반면에 환기(évocation)의 수법은 독자가 세심한 주의를 기울이지 않으면 간과되기 쉽도록 활용되고 있다. 우선적으로 그것은 페르캉과 클로드의 모험이 전개되는 밀림이란 공간, 그리고 이 공간 속에 살고 있는 원주민들의 문화적 정체성에 집중되어 있는 것으로 나타난다. 그러나 그것이 궁극적으로 목표하는 것은 페르캉이 도달한 정신 세계와 작품의 의미 구조를 해독해 낼 수 있는 방향을 주고 분위기를 잡아 주는 것이다. 왜냐하면 페르캉은 이미 이 밀림 속에 살고 있는 미개한 원주민인 모이족들을 정복하고, 이들의 신앙에 입문해 있기 때문이다. 환기의 수법이 최초로 나타나는 때는 페르캉과 클로드가 밀림에 묻힌 예술 작품을 발굴하기 위해 벌이는 협상에서이다.

---

11) *Ibid.*, p.1184-1185. 강조는 작가가 한 것임.

이때 페르캉은 그들이 모험을 함께한다면, "우리는 항상 불교도들 가운데 있을 것이네"(*VR*, p.390)라고 말한다. 협상이 성공하여 그들이 밀림 속에 들어간 후, 불교와 원주민 불교도들에 대한 환기는 불상들이나 절 또는 불상을 약간 닮은 안내인을 통해 단속적으로 이루어진다.(p.412, 416, 434, 436, 439) 그러나 두 주인공이 원주민들과 직접적으로 접촉하는 장면은 나타나지 않는다.

그런데 제1부에 이어 제2부에서 이처럼 환기되는 불교의 세계가 제3부에서는 직접적으로 결코 환기되지 않는다. 제3부는 페르캉이 불귀순 부족인 스티엥족(모이족의 일파) 마을에서 그라보라는 인물을 구출하면서 부상을 당하고, 질병에 감염되어 죽음의 선고를 받은 뒤 자신의 에로티시즘을 최후로 실천하는 내용을 담고 있다. 그렇다면 왜 이와 같은 환기의 단절이 이루어지고 있는가? 그것은 작가의 전략적 의도에서 비롯된 것이다. 그것은 페르캉이 이 마을과 벌이는 대결의 극적 효과와 긴장감을 고려한 다른 수법들로 대체되고 있다. 이 수법들은 다름 아닌 후에 다루게 될 암시와 상징이다. 이 마을이 아무리 원시적이라 할지라도 마을의 입구에서부터 불상들의 모습과 향불 피우는 장면이 묘사되어 나타난다고 가정해 보자. 그라보의 노예 상태와 페르캉의 대결에 집중될 독자의 주의와 관심을 고려할 때, 그와 같은 묘사는 소설에 적용된 상징시학의 한계를 드러낼 확률이 크며, 《왕도》라는 작품 자체를 이끌어 가기가 어렵게 될 수 있다.

제4부에서는 다시 불교에 대한 환기가 단속적으로 계속된다. 제4부는 페르캉이 죽어가는 육신을 이끌고 클로드를 동반한 채 자신의 시역을 방어하기 위해 상승 운동을 하는 내용으로 이루어져 있다. 이 환기들은 죽음을 향해 치닫는 페르캉이 드러내는 비극적 비전과 내면 풍경에 은밀하게 연결되어 있고, 다른 어떠한 환기들보다 작품의

해석에 결정적인 단서들로 작용한다. 제4부에서 최초로 나타나는 불교의 환기는 페르캉과 첫번째로 동맹을 맺은 삼롱이라는 마을이 드러내는 "불교의 하얀 종들"(p.489)로 이루어진다. 이 마을은 페르캉의 지역이 가까이 왔음을 "예고하고"(p.489) 있다. 다음으로 이 삼롱 마을에 이르러 "불교의 종들"과 불교적인 "라오스의 평화"(p.493)가 언급된다. 이어서 페르캉의 **부하들**과 이 지역 여러 마을의 사람들이 모두 "라오스 불교도들"(p.493, 494)이라는 사실이 환기된다. 마지막으로 페르캉과 동맹을 맺은 불교도 추장인 사방의 모습과 그를 둘러싼 불교적 세계가 페르캉의 시선을 통해(p.496, 498, 499) 제시된다.

이와 같은 환기들을 통해 우리가 유추할 수 있는 것은 페르캉이 자신의 '왕국'을 건설한 후 불교의 세계 속에서 살아왔으며, 불교의 세계에 입문해 있다는 것이다. 따라서 우리는 일차적으로 페르캉이 전개하는 에로티시즘, 인간 조건, 그리고 죽음의 초월 의식에 불교가 연결될 수 있음을 유추해 볼 수 있는 계기를 마련한 것이다.

3) 암시, 상징, 유추: 불교 세계의 윤곽

앞서 밝혔듯이 하나의 대상에는——바르트의 코드 이론에서처럼——환기, 암시, 그리고 상징이 중첩되어 나타날 수 있고, 유추가 이것들과 맞물려 있다는 점이다. 예를 들어 앞에서 언급한 사방이란 인물과 관련된 불교 세계의 환기는 페르캉의 불교 입문에 대한 암시로도 볼 수 있다. 다른 한편 그것은 우리로 하여금 이 입문을 유추할 수 있게 해준다.

이런 점을 고려하면서 페르캉의 에로티시즘의 신비를 풀 수 있는 암시들부터 다루어 보자. 이 에로티시즘이 존재론적 구원과 관련이 있을 수 있다는 최초의 암시는 소설의 도입부에서 흑인 창녀들이 추는 에로틱한 윤무(*VR*, p.372)이다. 이 윤무는 '곤충들(insectes)'이 둘러싸고 있는 석유 램프의 불빛 아래에서 이루어지는데, 여기서 처음 등장한 곤충은 이후에도 인간의 조건과 연결된 중요한 메타포로 계속적으로 환기된다. 그렇다면 석유 램프의 불빛은 무엇인가? 그것은 구원의 빛을 상징하는 것이다. 하루살이처럼 찰나적 삶을 사는 존재들은 이 빛을 향해 몸을 던지면서 자신을 산화시켜야 하는 것이다.[12] 불빛 속에서 피리를 부는 장님은 어두운 밤과 더불어 인간의 무명(無明) 상태를 나타낸다. 춤을 추는 창녀들은 자아를 비운 비인격적 존재의 표상이다. 그들은 '영원한 여성성'만을 추구하는 페르캉의 에로티시즘에서 상대 파트너의 불가지적 개념(익명성) 및 비인격성과 관련되어 있다. 윤무에서 원은 바퀴로서 운명을 상징하며, 작품에서는 눈을 뽑혀 **장님**[13]이 된 그라보가 매달려 돌리고 있는 연자마(p.455-456), 그를 노예로 만든 원주민들이 페르캉과의 대결에서 창을 들고 춤추듯 도는 움직임(p.463), 그리고 멀리는 밀림의 상징성과 연결되어 있다. 윤무의 순환 운동은 멜로디와 더불어 갑자기 무너지는데, 이는 바로 순환적 운명의 굴레로부터 벗어나는 것을 의미한다. 그리하여 창녀들은 도취의 무아지경에 함몰된다. "각자는 머리와 어깨의

---

12) 이와 비슷한 곤충의 메타포와 램프 불빛의 상징성은 《인간의 조건》 제3부 마지막에서 기요가 첸의 운명을 생각할 때 나타난다. "하루살이들이 조그만 램프 주위에서 윙윙거렸다. 아마 첸은 자신의 빛을 발하여 그것으로 몸을 태우는 하루살이와 같은 존재일지도 모른다……. 아마 인간 그 자체도……." *La Condition humaine*, *op. cit.*, p.606.

13) 윤무에 최초로 나타나는 징님의 데미는 그라보라는 인물과 관련된 것 이외에도 클로드가 밀림에 들어가기 전에 밀림의 세계를 "장님의 세계"(p.396)로 인식한다거나, 프놈펜에서 《라마야나》를 읊은 장님을 회상함으로써 여러 번에 걸쳐 환기된다.

움직임을 정지하고, 눈을 감은 채 팽팽하게 긴장되어 엉덩이와 불룩이 솟은 젖가슴의 단단한 근육을 끝없이 떨면서 자신을 해방시켰다." (p.372) 에로티시즘을 통해 운명으로부터 해방을 추구한다는 내용을 담은 윤무가 에로티시즘에 대한 페르캉의 담론이 개진되는 가운데 펼쳐진다는 것은 의미심장하다. 그것은 이 담론이 반운명의 차원에서 이해되어야 한다는 것을 암시한다. 여기서 윤무와 이 담론의 상관 관계를 통해 에로티시즘의 구원적 성격을 유추해 낼 수 있다.

페르캉이 개진하는 에로티시즘의 문화적 코드를 보다 직접적으로 암시하는 것은, 그가 클로드와의 대화를 통해 원주민들의 에로티시즘에 입문해 있다는 사실을 드러내는 대목이다. "그리고 이 지역이 어떤 지역인지 이해하게나. 내가 그들의 에로틱한 신앙을 깨닫기 시작했다는 것을 생각해 보게."(p.414) 이 인용문 다음에 그가 입문한 에로티시즘의 기술적(技術的) 측면이 상상력과 결합되어 설명된다.[14] 여기서 우리는 원주민들이 불교도이면서도 에로틱한 신앙을 숭배한다는 사실을 알게 된다. 이 점과 관련해 〈랜글로이스 포드 원고〉는 중요한 암시를 하고 있다. 페르캉의 시선을 통해 불교도 추장인 사방의 "불교 세계"(p.499)가 드러나는 대목에서, 이 원고는 "불교와 에로티시즘에 의해 정제된 감정"[15]이란 표현을 써 사방을 묘사하고 있기 때문이다. 그런데 이 표현이 결정판에서는 삭제되었다. 다시 소설로 돌아가 보자. 페르캉은 원주민들의 에로티시즘을 클로드에게 이야기하기 전에 자신이 이제 "여자"와 "평화를 원한다"(p.412)고 말하면서 불상들과 벽에 새겨진 조각상에 라이터를 들이댄다. 여기서 화자는

---

14) 이 측면은 김웅권, 《말로와 소설의 상징시학》, *op. cit.*, p.144 이하 참조.
15) *Op. cit.*, 〈Notes et variantes〉, p.1270, p.499에 대한 주(註) a 참조.

"평화, 그는 그것을 그 속에서 찾고 있는 것 같았다"(p.412)라고 설명
함으로써 페르캉이 불교에 귀의하였음을 암시한다.[16] 또한 그가 자신
이 동화된 에로티시즘의 내용을 언급할 때, 화자는 "설득시키려는 그
(페르캉)의 의지가 어둠 속에 잠긴 저 사원처럼 아주 가까이 다가와
클로드를 짓눌렀다"(p.414)라고 설명함으로써 이 에로티시즘과 불교
의 관계를 다시 암시하고 있다. 결국 그가 추구하려는 평화는 불교적
평화이고, 이 평화는 하나의 특이한 "성적 신앙"(p.414)과 결합되어
있다. 우리는 이러한 결합으로 태어난 종파가 탄트라 종파라는 사실
을 유추해 낼 수 있게 된다.

불교의 탄트라 종파를 유추하게 해주는 암시는 그라보가 노예로 갇
혀 있는 스티앙족 마을에 나타나는 여러 상징물들을 통해서도 드러
난다.[17] 여기서는 여러 번에 걸쳐 환기되는 들소와 관련해 약간 언급
해 보자. 들소는 작품에서 "고르(gaur)"(p.450)로 표현되어 있는데, 물

---

16) 페르캉이 '여자'와 '평화'를 원한다는 점은 그라보가 '에로티시즘'을 위해 밀
림의 세계로 모험을 하러 왔다는 페르캉의 설명(제2부, p.439)과 접근된다. 그러나
무엇보다도 특히 결정판에서는 삭제되었지만, 결정판이 나오기 전 〈타이핑한 원고〉
의 제1부에서 그라보 "역시 평화를 원할 것이다"(〈Notes et variantes〉 p.1231, p.415에
대한 주석 c)라는 페르캉의 설명은 이러한 접근을 뒷받침해 준다. 페르캉의 설명을
종합해 보면, 그라보가 모험에 성공했다면 그 역시 과거와 단절하고 '여자'와 '평
화' 속에서 살고자 할 것이라는 결론을 내릴 수 있다. 그러나 그라보는 페르캉의 분
신(double)이라 할 수 있지만, 결국 실패한 모험가로서 영락한 인간 조건을 구현하고
만다.

17) 김웅권, 《말로와 소설의 상징시학》, *op. cit.*, p.79-81 참조.

18) 작품에서 들소와 물소가 동일한 상징으로 사용되고 있다는 것은 제2부에서
주인공들이 밀림에 묻힌 예술 작품을 발굴하러 가는 과정에서 엿보는, 일단의 원주
민들이 치르는 장례 의식에서 입증된다. 원주민들은 한 빈터에서 살 타는 냄새를 풍
기며 죽은 자들을 화장하는데, 여기서 "커다란 뿔이 달린 나무로 된 네 개의 물소
머리"가 가장 높은 곳에 자리잡고 있는 것으로 묘사되고 "발기한 성기를 드러낸 나
체의" 원주민 "전사"(p.421)도 나타난다. 물론 이 화장은 불교와 관련이 있다 할 것
이다.

소(buffle)와 동일한 상징물로 사용되고 있다.[18] 이 물소는 탄트리즘에서 중요한 상징물이다. 탄트리즘의 의식(儀式)[19]은 "산 제물을 죽여 바치는 제사를 지내는데, 이 제사 가운데 가장 중요한 것은 물소를 죽여 제물로 바치는 것"[20]으로 알려져 있다. 때때로 물소는 정관을 환기시키는 그 초연한 측면을 통해 죽음의 극복을 상징하며, 불교에서는 지혜를 관장하는 문수 보살이 "죽음을 쳐부수는 자로서, 물소 머리와 함께 표현된다."[21]

페르캉이 불교의 세계에 입문해 있다는 암시 및 상징물들과 관련해 하나만 더 지적하자. 우선 소설의 제2부에서 그가 클로드와 더불어 조각 작품들을 발굴하는 작업 도중에 완벽하게 코드화된 문장이 하나 나타난다. 이 문장은 소설의 제목 '왕도'가 심층적으로 어떻게 해석되어야 하는지를 보여주는 결정적 암시이다: "그는 이 고적 앞에서 길(道)을 잃어버렸다.(Il oubliait la Voie……) 그는 햇빛이 반사되어 번쩍거리는 기관총의 총신선, 반짝이는 조준점과 더불어 자신의 군대 행렬을 상상해 보았다."(p.427) 이미 '왕도'를 찾아내 조각 작품을 발굴하고 있는 상황에서 "길을 잃어버렸다"고 말하는 것은 페르캉이 가고자 하는 진정한 길이 무엇인지를 시사하고 있다. 그는 돈이 되는 조각 작품 앞에서 자신이 단념한 시간적 · 역사적 꿈의 유혹 속에 잠시 잠기고 있는 것이다. '왕도(la Voie royale)'에서 'royale'란 형용사를 생략 부호(…)를 통해 나타냄으로써 암시적 효과를 극대화시

---

19) 이 의식은 《왕도》와 동일한 배경으로 전개되는 《악마의 지배 Le Règne du Malin》에서 모이족이 '롤랑(Rolang)'이란 이름으로 부르는 것이다. Œuvres complètes III, Gallimard, 〈Bibliothèque de la Pléiade〉, 1996, p.1063.

20) Enclopaedia Universalis, vol. 15, 1979, p.731.

21) Jean Chevalier et Alain Gheerbrant, Dictionnaire des symboles, Paris, Robert Laffont/Jupiter, 1982, p.133.

키고 있다. 이 암시를 통해 볼 때, 우리는 작품에서 '왕도'가 탄트라 불교의 구도적 길을 상징하는 것임을 유추할 수 있다.

지금부터 클로드가 인도 사상에 어느 정도 식견을 갖춘 채 페르캉의 제자가 되어 불교적 비극에 입문하리라는 암시가 나오는 부분들을 간단하게 검토해 보자. 우선 우리가 의미의 불연속성을 다루면서 검토한 독서 단위들 가운데 5를 보면, 페르캉에게 친밀감을 느끼는 클로드의 내면 의식은 두 개의 메타포를 통해 두 사람의 미래 관계를 암시한다. "클로드는 자신이 생각하는 것이 그(페르캉)의 말과 조금씩 접근하는 것을 느꼈다. 서서히 물결을 헤치며 (배를 향해) 다가오는 저 보트처럼. 노를 젓는 사람들의 나란한 팔 위에는 배의 불빛이 반사되고 있었다."(p.372) 이 인용문에서 클로드와 페르캉의 관계는 '보트(barque)'와 '배(bateau)'의 관계로 비유되고 있다. 모선으로서 불빛을 비추는 배를 향해 보트가 다가가듯이, 클로드는 페르캉을 향해 다가가는 것이다. 이 메타포는 두 사람이 사제지간이 되리라는 것을 암시한다.

클로드가 동양 사상에 대한 어느 정도의 식견을 가지고 있다는 암시는 그가 프놈펜에서 인도의 경전인 《라마야나》를 한 맹인이 읊조리는 것을 회상하는 대목(p.402)에서 나타난다. 그리고 그가 인도적 비극에 입문할 마음의 준비를 드러내는 것은 제1부 제1장의 마지막에서이다.

"불 밝힌 배들 가운데 하나가 고동을 울리며 보트들을 부를 때마다 (…) 도시는 더욱더 아득히 멀어져 마침내 인도의 밤 속에 녹아 버리고 있었다. 그의 최후의 서양 사상도 이 환상적이고 덧없는 분위기 속에 잠겨 사라졌다."(*VR*, p.385)

콜롬보란 도시가 인도의 어둠 속에 소멸하는 것을 바라보며 자신의 서구적 사상의 단편들을 비워 가는 클로드의 정신적 풍경은 인도의 어둠을 향한 그의 의식을 잘 드러내 주고 있다. 여기서도 배와 보트가 등장하지만 그것들은 페르캉과 클로드의 관계를 다시 한번 드러낸다. 우리가 두 번의 동일한 메타포를 통해 유추할 수 있는 것은, 페르캉이 클로드를 동반하고 어둠 속에 소멸하는 시간적·역사적 세계(도시)를 뒤로 한 채 인도적 어둠을 향해 항해를 떠날 것이라는 점이다.

이러한 인도적 어둠, 즉 불교적 인간 조건(생로병사)[22]에 대한 클로드의 입문은 밀림이란 상징적 공간 이동을 따라가면서 페르캉의 설법과 몸소 구현을 통해 비극적으로 이루어진다. 이 상징적 공간이 불교적 세계를 재현해 내리라는 점은 우선적으로 밀림 속에 살고 있는 원주민들이 불교도들이라는 사실과 다음으로 페르캉의 불교 귀의, 마지막으로 클로드의 입문 준비로부터 유추된다 할 것이다. 그리하여 제2부의 도입부에서 클로드를 공포로 몰아넣는 밀림, 작가의 뛰어난 상상력이 유감 없이 발휘된 그 밀림의 묘사는 불교적 시간의 힘과 영원히 되돌아오는 생명들의 찰나적 주기를 상징적으로 그려내고 있

---

22) 필자는 《말로와 소설의 상징시학》에서 페르캉이 인간 조건에 대해 설파하는 내용 가운데 코드화된 문장 하나를 다소 어설프게 해석하여 여기서 다시 해석하고자 한다. *op. cit.*, p.120 참조. 페르캉은 자신이 죽음의 순간에 모든 것을 걸 것이라고 표명하면서 "아마 나의 죽음을 잃어버리는 걸 받아들이는 것 자체가 나로 하여금 나의 삶을 선택하도록 했다 할 걸세"(*VR*, p.449)라고 말하고 있다. 죽음의 순간에 모든 것을 건다는 것은 죽음의 순간에 해탈을 해야 하기 때문에 모든 것을 걸 수밖에 없다는 것을 의미한다. 그런데 "죽음을 잃어버린다는 것," 곧 상실한다는 것이 "삶을 선택하게 만든다"는 것은 무엇을 의미하는가? 죽음의 순간에 니르바나에 이르기 위해서는 모든 집착을 버려야 하기 때문에 이 순간은 절대적으로 중요하다. 이 집착을 버리지 못하면 윤회의 굴레에 다시 떨어져 삶을 계속하게 된다. 죽음을 잃어버렸다는 것은 바로 해탈의 기회를 놓쳐 버렸다는 것이다. 그렇기 때문에 삶을 선택할 수밖에 없는 것이다.

다.(p.416-417) 이 묘사에 대한 해석은 우리가 이미 다른 곳에서 다루었으므로[23] 간단하게 두 가지만 추가적으로 언급하자. 우선 소설의 결정판이 나오기 전의 〈랭글로이스 포드 원고〉에서 이 밀림의 묘사는 훨씬 더 자세히 이루어지면서 "밀림의 시작도 끝도 없는 영원한 힘" 즉 "분해의 힘(puissance de décomposition)"[24]이 시간의 가공할 위력을 육화하고 있다는 것이다. 클로드는 밀림을 "더 이상 하나의 광경이 아니라 하나의 감정, 즉 어떤 실추(dégradation)의 확인"으로 의식하면서 "예술, (…) 죽음에 대항해 작품들을 세우기 위해 (…) 살아가는 인간들의 노력, 기억과 욕망, 이 모든 것이 분해되고 (있음)"[25]을 느낀다. 그는 자신이 추구하는 예술 작품의 발굴, 즉 죽음에 대항한 노력까지도 시간의 전능한 힘 앞에서 '무기력(lâcheté)' 하게 자취 없이 사라진다는 절대적 허무감을 **직접적으로** 드러내고 있는 것이다. 그러나 결정판에서 이와 같은 클로드의 의식은 보다 밀도 있게 압축되고 코드화되고 있다. 두번째로 언급할 것은 첫번째 언급과 관련된 것으로, 우리의 해석상 중요한 문장이 포함된 대목이 결정판에서 역시 삭제되었다는 것이다. 〈랭글로이스 포드 원고〉에 나오는 이 대목은 제2부 도입부의 밀림 묘사에 곧바로 이어지는 부분으로 주인공들이 밀림 속에 묻혀 있는 브라만교 사원들을 찾아 전진해 나가는 과정을 자세히 서술하고 있다. 그런데 여기서 불교도 농부들이 등장하고 있는 것이다. "이 브라만교 사원들에 무관심한 불교도 농부들은 클로드와 페르캉에게 기꺼이 정보를 제공해 주었다."[26] 밀림의 하단

---

23) 김웅권, *ibid.*, p.101-107 참조.
24) *Op. cit.*, p.1232, p.416에 대한 주 a 참조.
25) *Ibid.*, p.1233.
26) *Ibid.*, p.1234, p.417에 대한 주 c.

에서 농사를 짓고 사는 불교도들의 존재를 드러내는 이 문장은, 이 지역이 불교의 세계를 구현하고 있다는 점을 다시 확인시켜 줌으로써 우리가 앞서 다룬 상징적 공간이 어떤 문화적 코드로 읽혀져야 하는지 지시하고 있다. 불교의 시간관에서 볼 때, 브라만교 사원들은 그것들이 설령 예술 작품으로 인식된다 할지라도 역시 한갓 덧없는 것들에 지나지 않는 것이다.

여기서 잠시 유추의 수사법을 짚고 넘어가자. 작품에서 유추의 기법은 암시나 환기와 맞물려 돌아가는데, 궁극적으로 작품의 전체적 구조를 밝혀 주는 도구이다. 이와는 별도로 유추의 수사법인 은유나 직유가 어떻게 활용되는지 간단하게 검토해 보자. 우리의 관점에서 볼 때, 사실 그것들은 그것들 자체가 중요한 것이 아니라 그것들이 어떤 문화적 코드와 결합되어 있는가를 밝히는 것이 중요하다 할 것이다. 이 두 수사법은 "유추적 사유의 상호 교환할 수 있는 수레(véhi-cule)"[27]를 구성하는 것으로 소설 속에 풍부한 만큼 쉽게 도출해 낼 수 있다. 우선적으로 앞서 암시적 장치(클로드와 페르캉의 미래 관계 암시)로 분석한 '보트'와 '배'의 메타포(*VR*, p.372)는 엄밀한 의미에서 직유(comparaison)이다. '처럼(comme)'이란 문법적 표시가 들어가 있기 때문이다. 그러나 이 직유는 후에 은유로 바뀐다.(p.385)(서구 사상의 단편들을 비워 가는 묘사) 이처럼 직유와 은유는 상호 교환할 수 있다. 역시 앞서 검토한 윤무에서 나타나는 '곤충(insectes)'은 인간을 나타내는 은유로 활용되었다. 이 곤충은 페르캉이 클로드에게 인간의 조건 가운데 늙음을 설파할 때 직접적으로 나타난다. "이 모든 더

---

27) A. Breton, Signe ascendant, 1947, in *La Clé des champs*, éd. du Saggitaire, 1953, p.114. François Moreau, *L'image littéraire*, Société d'edition d'enseignement supéreur, 1982, p.19에서 재인용.

러운 곤충들은 빛에 이끌려(soumis) 우리의 불빛을 향해 오고 있네.
이 흰개미들은 그들의 개미집에 종속되어(soumis) 그 속에서 살고 있
네. 나는 굴복하고(soumis) 싶지 않네."(p.448) 곤충은 작품에서 인간
의 조건을 표상하는 대표적 메타포로 등장한다.(p.417-419, 504) 곤
충에 이어 인간의 조건을 고발하는 메타포로 동물들이 나타난다.
(p.460, 463) 이런 메타포들은 불교적 관점에서 본 삶의 덧없음이나
찰나성, 또는 윤회성을 표상하는 장치들이다.

3. 상징 체계와 유추적 구조

1) 상징 체계

지금까지 의미의 불연속성·환기·암시·상징·유추의 수법을 검토
해 보았다.[28] 이 수법들은 《왕도》라는 작품이 어떤 문화적 코드로 읽
혀져야 하는지를 잘 드러내 준다. 이제 이와 같은 전제로부터 소설에
내재된 상징 체계를 개략적으로 유추해 보자. 소설의 전개를 운명과
반운명의 대립 구도로 볼 때, 운명을 상징하는 대상들과 반운명을 상
징하는 대상들로 나누어 볼 수 있다. 우선 운명과 관련된 상징물들
가운데 밀림이란 거대 공간이 폐쇄된 원처럼 기능하며, 불교적 시간
과 윤회의 세계를 육화하고 있다. 포괄적·통일적 단위로서 '삼라만
상의 보편적 분해'를 드러내는 밀림은 사라진 문명, '죽어 버린 도시

---

28) 밀림·곤충·밤·고양이 등의 상징적 의미에 대한 보다 구체적인 연구는 김웅
권, 《말로와 소설의 상징시학》, *op. cit.* 참조. 고양이를 제외하면 이것들은 인간의
비극적 조건을 위한 상징 장치들로 동원되고 있다.

들,' 멸망한 왕국, 연대기적 모험 등과 같은 인간 비극의 시간적·역사적 이미지들을 반영하고 있다. 이 밀림과 동일한 운명적 차원에 있는 상징물들이 도입부의 윤무에서 무희들이 그리는 원이고, 그라보가 돌리는 연자마이며, 원주민들이 페르캉과의 대결에서 창을 들고 도는 원운동이다. 시간의 절대적 힘에 의한 '부패'와 더불어 밀림을 지배하는 것은 "곤충"(*VR*, p.418)이다. 그 속에 존재하는 곤충들은 인간들을 메타포적으로 나타내고, 그것들의 삶은 불교적 시간에서 볼 때 인간 존재의 찰나성·덧없음·윤회를 나타낸다. 페르캉이 클로드에게 불교적 인간 조건을 설파하는 배경인 밤(도입부의 밤 포함)과 장님은 인간의 무명(無明)을 상징한다. 소설은 밤에서 시작해 태양빛이 작열하는 대낮에 막을 내린다. 따라서 운명의 상징 체계는 밀림(원을 포괄함)·곤충(동물 포함)·밤(장님을 포괄함)이라는 세 요소로 압축될 수 있다. 자연 자체를 나타내는 이것들은 시각적·청각적·후각적[29] 이미지들을 쏟아내면서 운명이란 상징의 '숲'을 구성한다. 그것들은 곧 하나의 '사원'을 구성하는 요소들이다.

작품에는 운명과 반운명의 신비를 동시에 꿰뚫으며 포괄적으로 상징하는 영물로서 고양이가 등장한다.(p.374) 이 동물은 어둠과 빛을 함께 투시하는 증인의 역할을 한다.

이제 반운명과 관련된 상징물들을 보자. 우선 밀림을 뚫고 산의 정상을 향해 가는 두 주인공의 상승의 여정이 있다. 이것은 진정한 '왕도'를 나타내며, 순환적 운명의 원을 무너뜨리는 반운명적 운동을 상징한다. 이 수직적 운동은 원과 관련된 다른 행동들, 예를 들면 페르

---

29) 후각적 이미지는 작품에서 향불, 불교적 화장, 밀림의 보편적 '부패' 등을 통해 드러난다.

캉이 스티앙족과 대결할 때 직선적 전진이라든가, 그라보의 구출 같은 행동 등을 포괄한다. 두번째로 분묘, 물신(物神)들(서로의 성기를 움켜쥐고 있는 남자와 여자로 표현된 두 우상), 그리고 들소의 두개골이 있다.(p.416) 이것들은 탄트라 종파의 에로티시즘과 관련된 반운명적 상징물들이다. 분묘는 수직적 초월의 의지를, 물신은 신비주의적 결합을 통한 성의 이원성 극복을 나타낸다. 들소는 앞서 설명한 바와 같다. 이것들 가운데 탄트리즘의 대표적 상징물은 들소이다. 끝으로 소설의 대미를 장식하는 배경인 낮은 초월적인 영원한 빛을 상징한다. 도입부의 윤무에 나오는 램프의 불빛은 에로티시즘을 통한 일시적 구원과 관련되어 있다. 보트와 배는 앞서 설명한 바와 같이 메타포로 기능한다. 따라서 반운명의 상징 체계는 수직적 상승 운동·들소(램프)·낮(산의 정상)으로 축약될 수 있다. 이렇게 하여 우리는 고양이를 중심으로 갈라지는 운명과 반운명의 상징 체계를 단순화해 제시해 볼 수 있는 것이다.

2) 상징적 구조와 유추적 접근

이제 우리가 앞서 고찰한 것과 다른 책에서 다룬 것[30]을 토대로 수직적 상승 운동이라는 시적 구도의 길이 어떻게 구조화되는지 종합적으로 도표화해 보자.

---

30) 김웅권, 《말로와 소설의 상징시학》, *op. cit.*, 참조.

'왕도'의 상징 구조

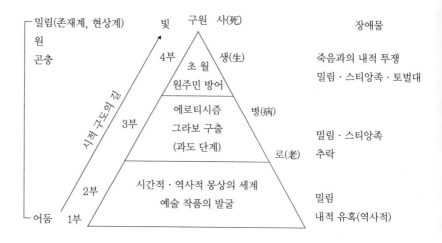

위의 상승적 구조는 하나의 사원과 성산을 구축하고 있다. 간단히 설명하자면, 왼쪽은 밀림과 빛을 향한 상승의 여정을 표시하고 있다. 중간의 산을 나타내는 삼각형을 보면 소설의 제1,2부는 예술 작품, 즉 사라진 문명(크메르 문명)이 묻혀진 밀림의 하단부 세계를 포함하는 시간적·역사적 몽상의 세계를 담아낸다. 제3부는 중간 단계로서 반운명적 에로티시즘이 구현되는 단계이다. 특히 그라보가 노예로 사로잡혀 있는 스티앙족 마을이 탄트리즘의 '성적 신앙'을 신봉한다는 사실을 입증하는 상징적 장치들이 풍부하게 나타나고 있다. 제4부는 시간적 세계에서 초시간적 세계를 경험케 해주는 에로티시즘마저 초월하는 궁극적 구원이 이루어지는 단계이다. 각 단계마다 구원을 향한 도덕적 의무에 대응하는 예술 작품의 발굴, 그라보의 구출, 그리고 원주민의 방어가 이루어지고 있다. 이러한 과정 속에서 생로병사에 대한 클로드의 입문이 페르캉의 설법과 몸소 구현을 통해서 이루어

진다. 도표에서 생(生)이 사(死)보다 아래쪽에 위치하는 이유는 페르
캉이 죽기 바로 직전에 인간 비극의 출발점으로서 탄생을 고발하고
있기 때문이다. 오른쪽은 구원을 향한 상승 운동의 각 단계마다 극복
해야 할 장애물을 등급적으로 나타내고 있다.
 이것과 세계의 7대 불가사의의 하나인 보로부두르 대사원의 구조
를 유추적으로 접근시켜 보자.

보로부두르 대사원의 구조 — 우주의 상징 구조

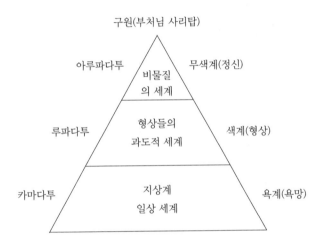

 불교도들에게 이 사원을 단계적으로 오르는 것은 "우주의 중심으
로 인도하는 법열의 여행과 같은 것"[31]으로 상징적 운동을 의미한다.
욕계는 물질적 욕망에 사로잡힌 중생의 영역이다. 색계는 물질적 욕

---

31) Bettina L. Knapp, 〈Malraux, critique d'art en quête du sacré〉, in *Europe* n° 727-
728 Novembre-Décembre 1989, p.83.

망으로부터는 벗어났지만 육체를 간직하고 있으며, 물질적인 것이 모두 '청정한' 형상의 세계이다. 무색계는 물질을 초월하고 육체로부터 떠난 순수 무형의 정신 세계이다. 이러한 세 세계는 불교의 명상 깊이를 보여주는 사바 세계의 세 단계로서, 수행자는 이것들로부터 완전히 벗어날 때 니르바나에 이르게 된다.

《왕도》의 페르캉이 이런 3계를 단계적으로 밟아 니르바나에 이른다고 말할 수는 없다. 하지만 그가 역사에 이름을 남기고자 했던 시간적 몽상은 온갖 욕망이 꿈틀대는 물질 문명의 세계, 즉 욕계에 속한다 할 것이다. 제1부는 현재의 물질 문명을, 제2부는 시간 속에 파괴되어 묻혀 있는 이 물질 문명의 과거를 나타냄으로써 동일한 욕계에 속한다. 페르캉은 이 욕망으로부터 벗어나 탄트라 불교의 신비주의적 에로티시즘과 평화 속에 입문해 있다. 따라서 그가 변칙적으로 실현하는 에로티시즘은 색계에 대응한다 할 것이다. 원래 그가 가고자 했던 '왕도'는 이 차원 속에서 살다가 죽음이 가까이 왔을 때 무색계를 넘어 열반에 이르는 것이었으리라. 그러나 그라보를 구출하기 위한 스티앙족과의 대결에서 상처를 입고 병에 걸림으로써 그는 '왕도'라는 구도적 길을 수정하지 않을 수 없게 된 것이다. 그리하여 산 정상에 있는 그의 지역에 오르는 과정이 성산을 오르는 과정처럼 변모된 것이다. 제3부에서 에로티시즘의 실천을 시도한 뒤, 그는 죽음의 순간에 모든 정신을 단번에 비워내기 위해 상승을 계속한다. 제4부는 죽음과 싸우면서 진행되는 이 비워내기 과정을 담아내고 있다. 그리고 그는 죽음을 너머 열반에 드는 것이다. 그렇다면 그는 임종의 순간에 사념의 세계를 뛰어넘어 해탈을 이룬다는 점에서, 이 시점에서 순간적으로 무색계의 단계를 통과한다 할 것이다. 그가 우주적 의식과 완전히 합일하는 단계로 가는 접점에서 '공의 무한성' ——공무

변처(空無邊處)——과 '투명한 빛'을 느끼는 순수 정신의 상태는 그런 무색계에 부합하지 않을까 생각된다. 어쨌거나 페르캉이 3단계의 시적 모험을 통해 초월의 세계와 합류하는 상승 운동과 이를 뒷받침하는 상징 구조는 대사원의 3계의 명상 깊이를 순차적으로 거쳐 구원에 이르는 과정을 대신하고 있음은 명백하다. 그가 죽음 직전에 외치는 마지막 말은 바로 니르바나를 향한 그의 마지막 설교인 것이다.

"죽음이란 없네……. 단지 **죽어가는 내가**…… **내가**…… 있을 뿐이네 ……(Il n'y a pas de mort…… Il y a seulement…… *moi*…… *moi*…… *qui vais mourir*……)." (VR, p.506)[32]

이 외침에서 '죽어가는 내가'가 이탤릭체로 강조되어 있다. 특히 독자가 유념해야 할 것은 일인칭 강세형 moi가 자아(le moi)의 moi와 같다는 것이다. 페르캉의 불교적 의식으로 본다면, 이 문장은 "단지 **죽어가는 자아**…… **자아가**…… 있을 뿐이네(Il y a seulement…… le moi…… le moi…… qui va mourir)"로 바꿔 써야 할 것이다. 하지만 그렇게 되면 소설의 상징시학은 단번에 무너지고 말 것이다. 작가는 언어의 유희를 절묘하게 활용해 끝까지 자신의 상징시학을 견지하고 있다. 말로는 《라자로》에서 이 마지막 문장을 상기시키면서 중요한 암시를 하고 있다.

"나의 인물들 가운데 하나는 인도차이나의 유명한 한 모험가의 말을 이렇게 말했다. '죽음이란 없네, 죽어가는 내가 — 내가 있네' 지

---

32) 강조는 작가가 한 것임.

아의 가치는 떨어지고 있지(La valeur du moi est en baisse)라고 막스 토레스는 말했다."[33]

이 인용문은 페르캉이 말한 'le moi'가 분명 자아임이 틀림없다는 것을 말해 주고 있다.

이제 우리는 보로부두르 대사원과 《왕도》가 구축하고 있는 사원의 변형적 유사 관계를 확인함으로써 이 작품이 완벽한 불교적 구도 소설임을 알게 되었다.

이제 여기서 이와 같은 해석에 도달하게 한 유추의 연쇄고리를 정리해 보자. 그것은 구원적 에로티시즘 → 불교도들의 공간(밀림)에서 두 주인공의 모험 전개 → 불교와 에로티시즘의 결합 → 탄트라 불교 → 페르캉의 탄트라 불교 입문 확인 → 페르캉이 클로드에게 설파하는 불교적 인간 조건(생로병사) → 불교적 상징 체계 → 불교적 구도의 길 → 불교적 작품 구조 → 보로부두르 대사원의 상기로 이어진다.

말로는 예술 평론서 《초자연의 세계》에서 보로부두르 사원에 대해 이렇게 이야기하고 있다.

"보로부두르 사원의 건축가는 보이는 것을 **존재하는** 것(ce qui *est*)에 매우 훌륭하게 종속시키고 있다. 그렇기 때문에 대각(大覺)의 세계와 시간에 접근할 수 있도록 이 기념물이 신도들의 행렬에 강제했던 기나긴 길에서, 어느 누구도 이 기념물로 하여금 우주를 상징하게 만들어 주는 거대한 기호를 알아볼 수 없었다."[34]

---

33) Lazare, in *Œuvres complètes*, vol. III, *op. cit.*, p.829. 여기서 막스 토레스(Torrès)는 단순히 말로의 대화역을 맡고 있는 허구적 인물이다.

34) *La Métamorphose des Dieux*, 1. Le Surnaturel, Gallimard, 1977. p.19.

맺음말

우리는 지금까지 《왕도》라는 작품이 상징시학의 변용과 독창적 재창조를 통해 어떻게 코드화되어 있는지 밝혀 보았다. 우리는 이 시학의 여러 기법들을 개별적으로 고찰했지만, 그것들이 때로는 중첩되어 작용하고 있음을 보았다. 어떤 관점에서 보면, 작품의 의미 구조가 상징시학을 통해 '해체(déconstruction)' 되어 있다고 말할 수 있을 것이다. 그런데 독자로 하여금 이 해체된 구조를 재구축(reconstruction)하게 하는 것 역시 상징시학이다. 따라서 상징시학은 작가의 해체와 독자의 재구축이라는 유희에서 기본적으로 전제된 규칙이다. 작가는 이 규칙 자체를 작품 속에 내재시켜 놓고 있는 것이다. 그러나 상징시학은 도구적 차원에 있는 외적 미학이고 이 시학을 통해 구축되고 밝혀진 상징적 구축물, 즉 성산의 불교적 건축물과 같은 작품의 형태는 내적 미학을 이룬다 할 것이다.

우리는 작가가 이 소설을 통해 탄트라 불교를 자신의 예술관에 따라 소설적으로 '변모' '부활' '정복' 하고 있음을 알 수 있다. 말로의 소설적 여정에서 초기에 씌어진 이 소설이 이처럼 코드화되어 있다는 것을 확인한다는 것은 이 작품의 해석에 새로운 지평을 여는 것은 물론이고, 다른 소설들의 연구에 있어서도 아주 중요한 의미를 지닌다. 왜냐하면 이 소설들 역시 상징시학의 치밀한 활용을 통해 완벽하게 코드화되었을 것이라는 추측이 가능하기 때문이다. 그렇다면 그것들 역시 기존의 해석을 뒤흔드는 전면적인 재연구가 필요하다 할 것이다. 아마 말로만큼 자신의 소설을 이처럼 코드화해 놓은 작가는 드물다 할 것이다. 말로는 일반적 차원에서 상징적 장치를 동원하는 소설가들과는 다르게 철저한 자신만의 '소설의 상징시학'을 개척하고 있다 할 것이다.

말로는 소설의 말미에 별도의 '노트'를 통해 이렇게 말하고 있다. "《왕도》는 《사막의 힘》의 제1권을 구성하며, 소설 속에 나타나는 이 비극적 입문은 서장에 불과하다."(*VR*, p.507) 그렇다면 제1권에 이은 다음 권들이 나와야 하는데 나오지 않았다. 말로는 《인간의 조건》으로 공쿠르상을 받게 될 당시 한 기자에게 "나는 《인간의 조건》을 《왕도》를 잇는 후속 작품으로 만들고자 했다"라고 밝히고 있다.[35] 또한 《반회고록》에서 이와 관련하여 중요한 암시를 하고 있다. 그는 《인간의 조건》을 헌정한 에디 뒤 페롱(언론계에 종사한 말로의 친구임)이 "《왕도》는 (…) 다음 권들의 환상적인 서장이 될 때만 스스로를 방어할 수 있다"고 말했음을 환기한 후, "다음 권들은 《인간의 조건》이 되었다"[36]라고 말하고 있다. 이러한 언급은 두 소설 사이에는 어떤 식으로든 연관이 있다는 것을 암시한다 할 것이다. 따라서 《인간의 조건》에 나타난 상징시학에 대한 우리의 또 다른 연구는 이러한 점을 분명하게 밝혀 주면서, 이 시학이 어떻게 변모하는지 드러내 줄 것이다.

20세기에 탄생한 '불가지론적' 지구촌 문명의 정신적 해체와 방황 앞에서, 동·서양을 아우르며 동시에 뛰어넘는 '제3의 길'을 모색하려는 말로의 소설적 탐구 여정은 각기 동·서양을 배경으로 하는 두 개의 3부작을 낳는 결과를 가져왔다. 《왕도》는 《정복자》와 《인간의 조건》을 포함한 동양의 3부작 가운데 두번째 작품이다. 그것은 인류가 낳은 위대한 정신적 유산으로의 구도적 순례를 떠난 작가의 치열

---

35) 〈Notice〉 sur *La Condition humaine*, in *Œuvres complètes*, vol. 1, *op. cit.*, p.1281.

36) *Antimémoires, op. cit.*, p.319.

한 종교적 노력의 산물이다. 물론 소설 속에서 말로가 탐구하고 있는 것은 불교가 내세우는 절대의 양면, 즉 '색즉시공(色卽是空)'에서 공의 측면이다. 《정복자》에서 주인공은 존재계의 생성을 긍정하며 탈자적 입장에서 그 변화의 대(大)흐름과 하나가 되고자 하는 노장 사상을 정복하고 있다. 그러니까 이 작품은 현세 긍정적이다. 반면에 《왕도》는 현세 부정적 초월의 니르바나를 지향함으로써 불교의 시각(始覺) 차원에 머물고 있다 할 것이며, 세계를 긍정하는 본각(本覺)으로의 이동은 《인간의 조건》에서 그 싹이 엿보인다고 생각된다. 아시아의 3부작에서 이 마지막 작품은 이런 본각의 움직임과 노장 사상의 결합을 동시에 드러내고 있음을 보게 될 것이다.

제3장
《인간의 조건》과 불교-노장 사상

"모든 존재는 자기 자신에게 광인이다."
"인간은 모두 광인이다. 그런데 이 광인을
우주와 결합시키는 노력으로서의 삶이 아니
라면 인간의 운명은 무엇이란 말인가…?"
《인간의 조건》의 인물, 기요와 지조르

1. 읽기 방향과 문제

우선적으로 《인간의 조건》에 활용된 상징시학과 관련해 클로드 에드몽드 마니의 짧은 글을 검토해 보자. 그녀의 압축된 비평은 구체적 연구는 아니지만, 말로의 소설시학에 관한 향후 연구들이 내놓는 대부분의 결과들을 요약하고 있다고 말할 수 있다. 그녀는 말로의 소설에 나타나는 '해체(dislocation)'에 주목하면서 "이야기의 고전적 연속성이 소설 속에서 때로는 동시적이고 대개의 경우는 계속적인 장면들의 병치에 의해 대체되어 있다"고 지적하고, 하나의 장면에서 다른 하나의 장면으로 이동이 중간 단계 없이 이루어진다고 말한다.[1] 물론 그녀는 소설 속에 도입된 영화 기법을 놓치지 않고 상기시키며, 작품이 연속성을 희생시킴으로써 '이야기의 요철(relief du récit)'을 증대시키고 있다고 말한다. 그녀에 따르면 이와 같은 '불연속주의(discontinuisme)'는 말로 소설에서 본질적이기 때문에, 독자는 "연장(延長)과 재구성의 노력을 통해서 작품 창조에 기여하도록 요청받고 있다."[2] '강박자(temps forts)'로 이루어진 소설을 읽기 위해서 독자는 '상상력을 통해' 적극적인 개입을 하여 생략된 '약박자(temps faibles)'를 보충하지 않으면 안 된다는 것이다. 따라서 말로의 소설을 읽기 위해서는 독자의 적극적인 노력이나 참여가 필요한 것이다. 마니의 이와 같은 통찰은 독자의 능동적인 노력이나 참여를 요구하는 19세기 상징주의 시학을 우리에게 상기시킨다. 그러나 그녀는 이상하게도 상징주의 시나 시학에 대해 단 한마디도 언급을 하지 않는다. 뿐만 아니라 상징주의 시학의 다른 기법들인 환기·암시·상징·유추 등에 대해서도 전혀 이야기하지 않는다.

《인간의 조건》에 나타나는 소설시학이나 미학의 구체적 연구들 가운데 두 경우를 예로 들어 보자. 우선 연구자들이 많이 인용하는 장 카르뒤네르의 분석을 보면, 그는 소설 속에 도입된 '몽타주' 기법을 다루면서 장면들 사이에 드러나는 '어조의 단절들(ruptures de ton)' '강렬한 대조들' 그리고 '병치'를 끌어낸다. 그러면서 그는 장면들의 이와 같은 병치의 목표가 "독자에게 인간의 조건에 대한 총괄적이고 불연속적인 비전을 제시하는 것"이라고 해석한다. 그에 따르면 이 비전은 "세계에 대한 실존주의적 비전"[3]이다.

---

1) Claude-Edmonde Magny, 〈Malraux le fascinateur〉, *op. cit.*, p.112.
2) *Ibid.*, p.113.

그는 또한 소설 속에 배치된 상징들이 상징주의의 기법과 반대되는 기법을 드러낸다고 주장한다. 말로에게 상징은 추상적인 관념을 표상하기 위한 수단에 불과하다는 것이다. 다시 말해 "말로의 지적 방식은 관념에서 표상으로 가는 반면, '상징주의' 작가에게 그것은 반대이다. 즉 후자는 현실계로부터 출발해 관념의 세계에 도달한다"[4]는 것이다. 카르뒤네르는 자신의 이와 같은 주장을 설명하는 예로서 제 4부에서 발레리에게 모욕당한 페랄이 한 중국 기생과 정사를 나누게 되는 방의 묘사를 제시하고 있다. 페랄의 이 방에는 카마의 초기 그림, 즉 '티베트적 그림'이 한 폭 걸려 있는데, "두 사람의 해골"(CH, p.682)[5]을 전경에 드러내는 이 그림이 "페랄의 본질적인 심층적 고독의 이미지를 우리에게 주입시킨다"[6]는 것이다.

소설 속에 활용된 불연속성과 상징에 대한 카르뒤네르의 분석은 작중 인물들의 심원한 비전을 밝히는 작업과는 너무도 거리가 멀다. 후에 보겠지만, 불연속성은 위에서 언급된 측면들 이외에도 인물들의 코드화된 담론들 자체 속에 보다 은밀하게 내재되어 있는데, 카르뒤네르는 이 점에 대해 전혀 주목하지 못하고 있다. 이 불연속적 담론들은 작품 전체의 코드 체계가 드러날 때 해독될 수 있도록 되어 있다. 다른 한편, 작품에서 활용된 상징과 상징주의의 관계에 대해 이 연구자가 언급한 내용은 매우 복잡한 문제를 제기한다. 필자가 열

---

3) J. Carduner, *La Création romanesque chez Malraux*, Nizet, 1968, p.122. 이 책에서 분석되는 '몽타주(montage)'와 관련된 부분은 *Malraux/La Condition humaine*, ouvrage collectif, textes réunis par Alain Cresciucci, Klincksieck, collection 〈parcours critique〉, 1995, pp.119-126에 재수록되었음.

4) *Ibid.*, p.163.

5) *CH*는 *La Condition humaine*(in *Œuvres complètes*, vol. I, *op. cit.*)의 약자임.

6) *Op. cit.*, p.163.

어 놓은 해석의 지평에서 볼 때, 작중 인물들이 궁극적으로 드러내는 비전들의 통일성은 불교와 노장 사상의 결합으로 정리된다.[7] 이를 받아들이면 말로는 아시아의 두 사상을 하나로 묶어 명상하는 '탐구 소설'로서 이 소설을 창조했다는 것이고, 이 두 사상의 상징 체계를 참조로 해서 작품을 생산했다는 것이 된다. 그럴 경우 카르뒤네르가 주장하는 것과는 달리, 소설에서 상징의 기법은 상징주의 시학의 기법과 반대되는 것이 아니라 동일한 것이라 할 수 있다. 왜냐하면 두 사상의 상징 체계는 현실계에 대한 각성으로부터 얻어진 관념적 결과물이며, 말로가 배치한 상징물들은 이 상징 체계 내에서 '차이'를 드러내는 확장과 변용이 되기 때문이다. 물론 이 차이가 소설가의 창조적 역량을 나타내 주는 부분이다. 이러한 관점에서 페랄의 방에 있는 카마의 초기 그림에 대한 카르뒤네르의 해석은 너무도 피상적이다. 페랄의 비전과 관련시켜 이 그림을 제대로 해석해 내기 위해서는 페랄의 여기저기 흩어진 코드화된 담론들 모두를 해석할 수 있는 열쇠가 주어져야 할 뿐 아니라, '티베트적 그림'에서 티베트적이라는 말이 암시하는 것과 방 안에 배치된 다른 상징적 장치들——"몽고의 융단"과 "티베트의 깃발"(*CH*, p.681)——도 함께 고려되어야 한다. 나아가 《왕도》에 나타난 페르캉의 에로티시즘까지 거슬러 올라가야 한다. 왜냐하면 페랄의 에로티시즘은 페르캉의 에로티시즘과 밀접한 관계가 있기 때문이다.[8] 요컨대 상징에 대한 카르뒤네르의 반상징주의적 주장은 납득할 수 없으며, 말로 자신이 상징주의를 계승했다고

---

7) 이와 관해서는 김웅권, 《앙드레 말로—소설 세계와 문화의 창조적 정복 —》, *op. cit.*, p.143-247, 그리고 논문 〈La conscience de fou dans *La Condition humaine*〉, in *Revue André Malraux review*, vol. 27 2/1, University of Tennessee, 1998 참조.

공언한 것과도 모순된다.

두번째로 크리스티안 모아티의 경우를 보자. 그녀의 《앙드레 말로의 〈인간의 조건〉, 소설의 시학》[9]은 발생론적 관점에서 원고와 작품의 연구를 통해 소설의 '새로운 미학'을 밝혀내려는 의욕을 담고 있다. 그녀는 이 저서에서 《인간의 조건》의 구조를 다루면서 '불연속성(discontnuité)'의 기법을 여러 가지 다른 기법들——"에피소드들의 전치(déplacement des épisodes)" "효과의 추구(effets recherchés)" "교대와 대조(alternance et contrastes)" "이야기들의 삽입(histoires enchâssées)" "효과를 노린 갑작스러운 종료(chutes à effet)"——가운데 하나로 다루고 있다.[10] 그런데 사실 그녀가 말한 불연속성은 "서술적 리듬의 다양성"에 속한 것이다. 그것은 혁명의 전진을 중심으로 한 인물들의 에피소드들 사이의 불연속성으로서, 인물들 개개인의 내적 비전을 밝히는 데는 도움이 전혀 되지 않는다. 또한 그것은 우리가 앞서 언급한 인물들의 코드화된 담론들에 내재하는 불연속성과는 아무 상관이 없다. 모아티는 이 불연속성을 간과하고 있으며, 카르뒤네르와는 달리 상징주의 시학에 대해서도 언급이 없다. 불연속성과는 별도로 그녀는 '시인의 글쓰기'라는 소제목하에 '압축과 생략,' 그리고 '이미지의 취급'을 검토한 뒤 말로의 수사학이 '직유에서 은유로' 이동하고 있음을 밝히고 있다.[11] 특히 그녀는 이 압축과 생략의 기법 때문에 독

---

8) 이 그림과 페랄의 비전과의 관계에 대한 탄트리즘적 해석은 김웅권, 《앙드레 말로, 세기 속의 삶》, *ibid.*, p.151-156 참조 바람. 뿐만 아니라 탄트리즘에 나타나는 에로티시즘과, 중국의 음양설에 입각한 에로티시즘의 관계도 검토되어야 할 것이다.

9) C. Moatti, *La Condition humaine d'André Malraux, poétique du roman*, éditions Lettres Modernes, 〈Archives des lettres modernes〉, 210, 1983.

10) *Ibid.*, p.75-85 참조.

자는 소설을 읽기 위해 스스로 "설명하고 해석해야 하는 노력"[12]을 기울여야 한다고 강조한다. 기묘하면서도 아쉬운 일이지만, 그럼에도 불구하고 그녀는 상징주의 시학에 관한 생각에 미치지 못하고 있다.

앞에서 검토한 세 경우 모두 소설 속에서 겉으로 확연하게 드러나는 불연속성에 대해서는 주목하지만, 인물들의 담론 속에 숨겨진 불연속성은 간과하고 있다. 또 상징의 기법과 관련해서는 카르뒤네르만이 우리의 견해와 전혀 다른 입장에서 이야기하고 있을 뿐이다.

또 한 가지 반복해서 강조할 것은 상징시학의 기법들이 소설 속에서 하나의 대상에 동시적으로 연결되는 경우가 많다는 것이다. 여기서는 편의상 의미적 불연속성, 환기와 상징, 암시와 상징으로 나누어서 검토할 것이며, 이 과정에서 유추의 작용은 지속적으로 이루어질 것이다. 특히 작가가 유추의 기법을 심층적으로 활용했다고 보기 때문에 우리의 작업 또한 유추적 추론이 강화될 것이다.

2. 상징시학의 정교화: 하나의 전범

1) 불연속성

의미적 불연속성이 작품의 전체적 구조에 적용되고 있다는 것은 뚜렷하게 드러나지만, 그것이 주요 인물들의 코드화된 담론들과 내면 풍경의 묘사 속에도 광범위하게 활용되고 있다는 것은 독자가 보다

---

11) *Ibid.*, p.94-100 참조.
12) *Ibid.*, p.97.

세심한 주의를 기울여야 알 수 있다. 우선 기요의 비전을 담아내는 핵심적 담론들 가운데 중요하다고 판단되는 예를 두 개만 들어 보자. 하나는 메이로부터 외도 고백을 들은 후, 기요가 카토프와 함께 걸어가면서 나타내는 내면 의식을 표현한다. 이 가운데 "그렇다. 자신의 삶 역시 목구멍으로 듣는다. 그렇다면 다른 사람들의 삶은…?"(*CH*, p.548)으로 시작하여, "그것은 물론 행복이 아니었다. 그것은 (…) 무언가 원초적인 것──그의 내부에 있는 유일한 것으로 죽음만큼이나 강한 것이었다"(p.549)까지 읽어보면 압축되어 있고, 코드화된 문장들이 여기저기 의미적 불연속성을 표출하면서 나타나고 있음을 충분히 알 수 있다. 다른 하나는 기요가 자살을 준비하는 과정에서부터 목숨을 끊는 순간까지를 묘사하는 내용과 관련되어 있다. 예를 들면 이런 대목을 보자. "죽는다는 것은 수동적인 것이지만, 자살한다는 것은 행위이다. 그들이 동료들 가운데 첫번째 사람을 데리러 오자마자 그는 **충만한 의식 속에서** 목숨을 끊을 것이다. 그는──심장을 멈추고──축음기의 레코드판을 회상했다. 희망이 하나의 의미를 간직했던 시간이여!"(p.734)[13] 이 인용문에서 "충만한 의식 속에서(en pleine conscence)"라는 표현은 기요의 비전과 결합되어 있는데, 이 비전의 정체성이 밝혀질 때만이 이해될 수 있는 문구이다. 불연속적으로 이어지는 그 다음 문장에서도 "심장을 멈추고(le coeur arrêté)"라는 표현은 완벽하게 코드화되어 있다. 또 마지막 문장도 마찬가지이다.

다음으로 테러리스트 첸의 담론이나 내적 풍경에 나타나는 불연속성을 검토해 보자. 우리는 그가 살인을 저지르는 도입부의 장면부터 그의 내적 세계를 나타내는 담론이 의미적 불연속성을 표출하고 있

---

13) 강조는 필자가 한 것임.

음을 어렵지 않게 알 수 있다. 의식과 행동이 단속적으로 교대하는 이 장면에서 우리의 관심을 끄는 것은 불연속적으로 표현되는 난해한 담론들이다. 예컨대 자동차들이 혼잡을 이루는 "저쪽 인간들의 세계" "시간이 더 이상 존재하지 않는 이 밤"(CH, p.511)과 같이 해독을 기다리는 표현들에 이어, 앞뒤 문장과 의미적 단절을 이루는 다음과 같은 대목이 예기치 않게 튀어나온다.

"눈을 끔벅거리면서 첸이 구역질이 날 정도까지 자신 안에서 발견한 존재는 그가 기대했던 투사가 아니라 제물을 바치는 사제였다. 그것도 그가 선택했던 신들에게만 제물을 바치는 사제가 아니었다. 그가 혁명에 바치는 제물 아래에는 심층의 세계가 우글거리고 있었으며, 이 심층의 세계에 비하면 불안으로 짓눌린 이 밤은 빛에 지나지 않았다. '암살한다는 것은 단지 죽이는 것만이 아니다…….'"(p.511-512)

생략 부호(point de suspension)로 불연속성을 문법적으로 나타낸 이 인용문이 앞서 인용한 표현들과 함께 설명과 해석이 필요한 코드화된 담론이라는 것은 분명하다. 그것들은 첸이 입문하게 되는 피와 폭력의 세계가 심원한 형이상학적 의미를 띠고 있다는 것을 암시하지만, 그것이 구체적으로 어떤 의미망 속에 편입되는지는 첸이 궁극적으로 추구하게 되는 '구도적(求道的) 길'의 정체가 드러나야 알 수 있다. 불연속성이 드러나는 또 다른 여러 대목들 가운데 우리의 해석 방향상 중요한 것들을 몇 개 짚어 보면, 먼저 제3부에서 "자네는 꿈을 많이 꾸나?"라는 질문으로 시작하는 첸과 기요의 대화이다.(p.618-620) 이 대화에는 "완전한 평정(apaisement total)"(p.619)으로 표현된 그 무엇, "중국어에도 없는"(p.619) 그 무엇을 추구하는 첸의 사상이 완벽하게 코드화되어 나타난다. 두번째로 제4부에서 장개석에 대한 1차 테러를 기다리는 첸의 의식적 풍경에 대한 묘사이다.(p.637) 이 묘사는 첸이 골동품 가게의 탁자 위에 놓인 위험한 폭탄 가방을 자기 쪽으로 잡아당긴 후, 그의 존재론적 내면 의식을 담아낸다. "……그런데 갑자기 모든 것이 첸에게 극도로 쉽게 보였다. 사물들, 행위들마저도 존재하지 않았다. 모든 것이 (…) 꿈이었다……. 그 순간 그는 자동차의 경적 소리를 들었다."(p.637) 세번째로 이 공격이 실패로 끝난 후에 이루어지는 첸과 수앙(Suen)의 대화이다. 이 대화에서 후자가 전자에게 테러리즘을 '일종의 종교'로 만들려 하는지 묻자, 전자는 "종교가 아니야, 삶의 의미/방향이지(le sens de la vie)……. 자기 자신의 완전한 소유야"(p.645-646)라고 대답한다. 이와 같은 주고받기는 내용상의 연결고리와 설명 혹은 해석을 필요로 하는 의미적 불연속성을 내포한다. 그렇기 때문에 수앙은 "나는 자네만큼 명석하지 못하네"(p.646)라고 말하고 만다. 네번째로 장개석에 대한 두번째 테러 공격을 하기 위해 기다리는 첸의 정신적 풍경이다. 상징적 장치들이 풍부하게 배치된 외부 세계와 계속 교대되면서 전개되는 이 풍경에서 의미적 불연속성을 드러내는 문장들이 여기저기 산발적으로 나타난다.(p.682-684) "인간들은 대지의 벌레(vermine)라는 중국의 가장 오래된 전설이 그에게 감동적으로 다가왔다"(p.682)라는 문장부터 독자가 주의 깊게 살펴 가면 이를 쉽게 간파할 수 있을 것이다. 이 문장들은 첸이 창안한 신비주의적 테러리즘의 문화적 코드에 대한 암시를 담아내면서 해독을 기다리고 있다. 이와 같이 제시한 예들이 모두 첸의 사상의 핵심과 관련된 것들이라는 점을 상기할 때, 우리가 알 수 있는 것은 말로가 인물들의 비전을 담아내는 주요 담론들에 의미적 불연속성의 기법을 적용함으로써 독자를 작품 창조에 적극적으로 끌어들이고 있다는 것이다.

마지막으로 카토프의 경우를 간단히 살펴보자. 위기에 연결된 사유의 움직임이라는 차원에서 볼 때, 기요는 첸보다 안정적 인물이다. 그러나 카토프는 기요보다 더 안정적이다. 소설에서 그는 위기를 전혀 겪지 않는다. 그렇기 때문에 그의 비전을 드러내는 불연속적 담론은 그만큼 더 포착하기가 힘들다. 그에 관한 담론들은 대부분 그의 과거와 연결되어 있으며, 과거에 이미 그의 세계관은 흔들리지 않게 형성되어 있는 것으로 나타난다. 그리고 그의 세계는 말보다는 행동이나 몸짓으로 구현되어 나타난다. 그가 자신의 과거와 관련해 직접적으로 언급하는 것은 제4부 에멜리크와의 대화에서이다. 이 대화에서 그의 담론은 몇군데 불연속성을 드러낸다.(p.663-665) 예를 들면 그가 병에 걸려 죽은 자신의 아내에 가한 사디즘과 비인간적 행위에 대해 이야기하면서 자신의 비전의 본질을 토로하는 부분이다.

"나는 그렇게는 하지 않았어. 또 그렇게 할 필요도 없지……. 우리가 아무것도 믿지 않는다면, **특히** 아무것도 믿지 않기 때문에 우리는 심성(心性)(qualités du cœur)을 만날 때 이것을 믿지 않을 수 없네. 그것은 당연하지."(p.663)[14]

생략 부호를 통해 불연속성을 드러내는 이 인용문은 카토프가 지닌 사상의 핵심을 함축하고 있다. 그가 "아무것도 믿지 않는다"는 것은 마르크스주의를 믿어 혁명에 참여하고 있다는 것이 아니다는 점을 말해 준다. 그가 믿는 유일한 것은 여기서 '심성'임이 밝혀지고 있

---

14) 강조는 작가가 한 것임.

지만, 그것이 어떤 사상적 토대로부터 비롯된 것인지는 그의 담론들은 물론이고 그의 행동과 관련되어 활용된 상징주의 수법들이 검토될 때만 밝혀질 수 있다.

이러한 의미적 불연속성이 때로는 암시나 환기의 수법과 연결되어 있음은 물론이다. 왜냐하면 그것이 나타나는 담론 속에 암시적 혹은 환기적 표현들이 담겨 있기 때문이다. 이처럼 불연속성을 드러내는 난해한 담론들의 해석은 다른 기법들의 분석을 통해 문화적 코드가 주어질 때 가능하다.

2) 환기와 상징: 작품의 통일성 ─ 불교와 노장 사상

기요의 비전을 해석해 내기 위해서, 나아가 작품 전체를 지배하는 형이상학적 통일성을 드러내기 위해서 우리가 먼저 관심을 갖는 것은 환기의 수법이다. 왜냐하면 작품 속에는 지속적으로 환기되는 상징적 장치들이 있기 때문이다. 소설에서 환기의 기법과 상징의 기법은 결합되어 있으며, 유추와 맞물려 있다. 우선적으로 들 수 있는 것은 밤과 안개이다. 물론 작품이 전개되는 배경으로서 밤은 음양이 교대되듯이 대체적으로 낮과 교대로 나타나고 있지만,[15] 주요 사건들은 밤에 일어남으로써 어둠이 부각되고 있다. 그런데 이상하게도 이 시간적 배경과 짝을 이루는 공간, 즉 상하이는 언제나 안개 속에 싸여 있는 것으로 묘사된다. 우선 살인을 통해 첸이 어둠과 피의 세계로부터, 숙명적 부름을 받는 도입부부터 밤과 안개가 결합된 배경에서 전

---

15) 음양적 관점에서 작품의 전체적 구조를 다룬 것은 김웅권, 《앙드레 말로, 세기 속의 삶》, *op. cit.*, p.186-190 참조.

개된다.(*CH*, p.514) 비와 더불어 안개는 제1부가 전개되는 동안 카토프가 "가슴에 손을 얹고" 무기를 탈취하러 자기 혼자 가겠다고 기요를 설득시키는 장면에서 다시 한번 환기된다.(p.537) 다음으로 제2부에서도 어둠과 안개는 혁명으로부터 위협을 느끼는 페랄이 상하이의 "비참한 보행자들"이 사라져 가는 것을 바라보는 배경으로 나타난다. (p.593) 제3부에서는 기요가 배를 타고 강 반대쪽에 있는 한케우(한구)로 가기 위해 기다리는 우창의 환상적 풍경이 "안개가 싸인 밤" 속에 묘사되며(p.607, 608) 이 밤 속에서 첸은 기요에게 자신이 가고자 하는 궁극적 길을 고백한다.(p.619-620) 제4부에서는 첸의 장개석에 대한 1차 테러 공격이 실패하는 대낮 빛에 안개가 실려 있으며(p.639) 새로운 전략을 짜면서 동료들에게 자신의 신비주의적 테러리즘을 전수하는 장소, 즉 쉬아(Shia)의 가게 뒷방도 안개 속에 묘사된다.(p.644) 또 페랄과 지조르가 "조금씩 안개로 채워지는 밤"(p.677) 속에서 존재와 인간의 조건에 관해 대화를 나눈다. 이 대화가 계속되는 동안 지조르가 페랄을 바라보면서 "얼마나 많은 삶들이 이 어두운 안개 속에서 결정되고 있는가?"(p.678)라고 자문함으로써 안개 낀 밤이 다시 환기된다. 마지막으로 장개석에 대한 첸의 두번째 마지막 공격에서 그의 비극적 내면 풍경이 "안개 낀 밤" 속에서 펼쳐지며, 안개가 세 번에 걸쳐 환기된다.(p.682-683) 제5부는 밤의 "안개를 가로질러"(p.687) 클라피크가 자동차를 타고 도박장으로 가는 장면부터 시작되고 있다. 이 밤안개의 환기는 그가 "안개 속에 지나가는 저 모든 존재들은 얼마나 어리석고 무기력한 삶을 살아가고 있는 걸까?"(p.688)라고 자문하는 가운데 나타나며, 그 이후로도 다시 한번 이루어진다.(p.690) 바로 이 안개 낀 밤 속에서 그는 "기요를 꿈의 세계로 던져 버린다." (p.688) 이어서 기요가 체포되는 밤도 안개가 싸여 있으며(pp.695,

696) 에밀레크가 첸의 시체를 발견하고 카토프와 합류하는 밤 또한 (pp.696, 699, 700) 마찬가지이다. 또 지조르가 기요를 구하기 위해 "어떠한 실체도 없는"(p.704) 클라피크에게 도움을 청하는 밤도 안개에 잠겨 있으며(pp.705, 709) 기요의 운명이 달려 있게 될 남작의 손 자체가 "안개 손(mains de brouillard)"(p.704)으로 묘사되고 있다. 심지어 에멜리크가 최후로 싸우는 과정에서 회상하는 가족(아내와 어린애)의 죽음까지도 안개 속에 뒤범벅된 것처럼 나타난다.(p.713) 제6부에서는 체포된 기요와 카토프가 비극적 최후를 맞이하는 밤이 안개 속에 잠겨 있음이 세 번에 걸쳐 환기된다.(p.729-731)[16]

앞에서 보다시피 지속적으로 환기되는 밤과 안개는 인간의 조건이나 비극과 결합되어 있으며, 작품의 주요 인물들 및 이들의 비전에 모두 관련되어 있다. 물론 이것들은 강력한 상징적 장치들로서도 작용하고 있다. 그렇다면 그것들은 어떻게 해석되고, 어떤 문화적 코드로 읽혀져야 하는가? 우리가 이미 불교 소설로 해석해 낸 《왕도》와는 달리, 《인간의 조건》은 인물들의 비전을 해석하게 해주는 단초로서 문화적 코드를 직접적으로 환기시키지 않고 있다. 환기의 수법은 곧바로 상징과 결합되어 나타남으로써 《왕도》에서보다 훨씬 더 정교해지

---

16) 어둠과 대비되는 빛은 작품 속에서 혁명 봉기의 일시적이고 불확실한 성공을 나타내는 제2부의 마지막(p.600), 어둠과 숙명적으로 결합된 첸이 대낮에 1차 테러를 감행하는 제4부의 극히 일부——하지만 이 빛도 안개가 실려 있다(p.638)——지조르가 아편의 도움을 받아 환상 속에 초월을 경험하는 7부의 마지막(p.759)에만 나타난다. 그외에 낮에 전개되는 시퀀스들(séquences)은 낮에 전개된다는 시간 표시만 되어 있기 때문에 그것들에 빛의 상징적 의미를 부여하기가 어렵다. 그것들은 다만 작품이 선체적으로 밤과 낮에 교대되면서 전개되고 있음을 드러내는 데 기여함으로써 소설의 음양적 구조를 엮어내는 요소들로 작용하고 있다. 따라서 작가가 인간 조건의 비극성과 관련해서 집중적으로 동원한 상징적 장치는 밤과 안개라고 할 수 있다.

고 있다. 그런 만큼 그것은 독자로 하여금 작품의 재구성 노력을 배가시키도록 요구한다. 우선 우리는 상하이라는 공간이 단순히 혁명의 무대가 아니라 하나의 문화를 육화시키고 있는 특수한 공간이라는 점을 생각해야 할 것이다. 《왕도》에서 소설의 무대인 밀림이 불교적 비전을 형상화하고 있듯이, 상하이라는 도시는 어떤 사상의 통일적 비전을 형상화하고 있을 것이다. 밤과 안개는 이 비전의 복합적 상징 장치이다. 두 개가 결합되어 나타난다는 것은 이 비전 속에 두 개의 사상이 모순되지 않고 결합되어 있다는 것은 아닐까? 두 장치가 인간의 비극적 조건을 상징한다는 것은 이론의 여지가 없을 것이다. 밤이 인간의 무명(無明)을, 안개가 존재의 비실체성을 나타낸다면 밤안개는 불교와 노장 사상의 결합을 나타내는 것이 아닐까?[17] 중국의 상하이라는 공간이 문화적 상징성을 띤다면 이 두 사상을 나타낼 수밖에 없지 않을까? 말로가 《라자로》에서 제공하는 중요한 암시는 이런 유추에 힘을 실어 주고 있다. 그는 기요가 자신의 녹음된 목소리를 알아보지 못했던 장면과 관련해 드러내는 내면의 목소리를 회상하면서, 이 책이 《인간의 조건》이었다고 말한 뒤 갑자기 '밤과 안개' 와 연결된 불교에 대해 이야기한다.

"그 이후로 나는 많이 죽음과 다시 만났다. 죽음의 위협과 기억 사이

---

17) 말로는 말년(1973)의 한 대담에서 불교와 노장 사상에 대해 이렇게 말했다. "극동 전체에는 논의의 여지가 없는 것으로 인식된 진리가 있었어요. 그리고 그것은 불교가 들어오기 전부터 존재했습니다. 이 근원적 진리는 어떤 **내적 실재**(Réalité Intérieure)가 존재한다는 것입니다. (⋯) 그렇다면 회화의 존재 이유는 무엇이었습니까? 그것은 화가들에게 이 내적 실재를 붙잡는 빛, 즉 이것을 인식하는 수단이었습니다."(강조는 작가가 한 것임) G. Suarès, *op. cit.*, p.79. 물론 여기서 '내적 실재' 라는 것은 환상계로서의 세계와 대립되는 개념이다. 주지하다시피 불교와 노장 사상의 접근은 잘 알려져 있다.

에서 나는 불교가 잘 알고 있는 그 근본적 의식을 다시 만난다. 고행자가 정각에 이르지는 못한 채 환상의 모든 형태들을 상실했을 때, 그는 자기 생애의 모든 나이들을 관통하는 통일성 속에서 깊이를 헤아릴 수 없는 존재한다는 의식, 심연의 평화만을 경험한다. (…) 사경룡(蛇頸龍)에 가까운 인간에게 부여되는 그 시원적 의식은 사유를 넘어서 있다. 왜냐하면 그것은 언어를 넘어서 가장 심층적인 무의식과 합류하기 때문이다. 그것은 침묵하고 있지만 (…) 인간에게 할 말이 아무것도 없다. 그러나 살아 있는 자아, 마지막 고통을 겪으면서도 죽기를 원하지 않는 자아, '밤과 안개'의 마지막 희생자인 자아, 최후의 고문 앞에서 '주여, 부러진 갈대에 왜 이리도 집착하시나이까?' 라고 외치는 황제 안드로니쿠스[18]의 그 자아가 무엇이든 이 의식은 존재한다. 그것은 **내가 생각한다**는 것을 분명하게 넘어서 **나는 존재한다**는 것이다."[19]

우선 이 텍스트는 《인간의 조건》과 불교가 연결되어 있음을 암시하고, 이 불교에서 자아를 넘어서고 사유를 떠난 순수 의식이 중요함을 드러내고 있다.[20] 그러면서 집착의 덩어리인 자아는 '밤과 안개,' 즉 무명과 환상의 희생물임을 말하고 있다. 뿐만 아니라 말로는 《반회고록》에서 "싯다르타 왕자가 로(老)·병(病)·사(死)를 발견했던 밤들"[21]

---

18) 안드로니쿠스 1세는 1183-1185년까지 통치한 비잔틴 제국의 황제를 말한다. 피에 굶주린 압제자로서 국민에 의해 타도되어 3일 동안 고문을 당한 후 처형당했다.

19) A. Malraux, *Lazare*, in *Œuvres complètes*, vol. III, *op. cit.*, p.873. '밤과 안개'는 필자가 강조한 것이고, 나머지 강조는 작가가 한 것임.

20) 이미 우리는 《라자로》에서 말로가 기요의 죽음기판 에피소드를 상기하면서 이야기하는 불교의 세계를 기요의 비전에 대한 문회혀 코드이 암시로 받아들여 이 비전을 해석한 바 있다. 김웅권, 《앙드레 말로—소설 세계와 문화의 창조적 정복—》, *op. cit.*, p.219 참조. 그러나 여기서는 소설 속에 내재하는 상징주의 시학을 통해서만 기요의 세계를 해석하는 방향을 택했다.

을 언급할 뿐 아니라, 필자가 탄트라 불교 소설로 해석해 낸 《왕도》
에서도 밤은 불교의 무명을 분명히 상징하고 있다. 이렇게 볼 때 소
설에서 밤과 안개는 최소한 불교와 관련되어 있음을 알 수 있다. 그
러나 불교와 밤의 결합을 생각하고 이 종교와 노장 사상의 유사성을
생각할 때 안개는 후자의 상징성을 나타낸다 할 것이다. 앞에서 인용
한 텍스트에서 《인간의 조건》과 불교의 관계를 암시하면서 밤과 안
개를 나란히 놓은 것은 이 소설에서 두 상징 장치가 결합되어 함께
나오기 때문일 것이다. 이렇게 볼 때 밤과 안개의 지속적 환기는 불
교와 노장 사상을 작품 해석에 적용할 수 있는 단초를 제공하고 있다
할 것이다.

3) 암시와 상징: 차이와 동일성

기요의 세계

이제 앞에서 본 상징적 통일성을 전제로 하여, 기요의 비전을 새로
운 각도에서 해석하게 해줄 수 있는 암시와 상징을 다루어 보도록 하
자. 사실 우리가 《왕도》를 다루며 언급했듯이 환기, 암시, 그리고 상
징은 하나의 대상에 중첩되어 나타날 수 있는데, 《인간의 조건》에서
는 이와 같은 현상이 더 두드러져 나타난다. 따라서 때로는 암시와
상징을 따로 다루고, 때로는 그것들을 동시에 다루어 보자.
　기요의 비전의 문화적 코드를 밝혀 줄 암시와 상징을 찾아내는 일
은 쉽지 않다. 우리가 밤과 안개의 상징적 의미를 관련된 모든 인물

---

21) *Op. cit.*, p.194.

들의 비전에 적용해야 한다는 점과 작품의 상징적 통일성을 고려할 때,[22] 그것들은 일단 기요에게 인간의 무명과 세계의 비실체성을 표상한다고 전제하자.

우선 기요의 내면에 자리잡은 허무 의식이 드러나는 첫번째 대목을 검토해 보자. 왜냐하면 이 대목은 이미 이 허무 의식이 존재의 비실체성과 연결되어 있음을 암시하고 있기 때문이다.

"(…) 그들을 맺어 준 (…) 그 사랑, 그들의 삶과 죽음에 대한 그 공통된 의미, 그들 사이의 그 육체적 일치, 이 모든 것의 **그 어떤 것도** 우리의 눈을 가득 채우는 형태들을 **퇴색**시키는 그 **숙명** 앞에서 **존재하지 않았다.** (…) **안개** 속에 파묻혀 있듯이, (…) 그들의 공동 생활 깊숙이 파묻혀 있는 그 얼굴의 **퇴색**에 대해서는 그 어떤 것도 당해 낼 도리가 없었다. (…) 그는 메이가 (…) 잿빛 하늘 속에 사라지는 한 점 **구름처럼** 부조리하게 사라지는 것을 보는 것 같았다. 마치 그녀가 한 번은 시간에 의해서, 또 한 번은 그녀가 말한 것에 의해서 두 번 죽는 것처럼 말이다."(*CH*, p.544)[23]

메이의 고백 이후 기요의 의식을 보여주는 이 텍스트에서 우리가

---

22) "말로는 (…) 각각의 인물에 개인적인 목소리를 전혀 주지 않으려 하고 창조자로부터 그를 전혀 해방시키려 하지 않는다"는 가에탕 비콩의 비판에 대해 작가는 이렇게 대꾸한다. "나는 소설가가 인물들을 창조해야 한다고 생각하지 않는다. 그는 일관성 있는 특별한 하나의 세계를 창조해야 한다." Gaëtan Picon, Malraux, Seuil, 〈écrivains de toujours〉 n° 12, 1979, p.38-39. 이러한 말로의 소설관에 비추어 볼 때, 인물들에 나타나는 동일한 상징적 장치는 동일한 의미를 나타낼 수밖에 없을 것이다. 소설이 정연한 하나의 세계라는 통일성을 생각할 때, 밤과 안개는 모든 인물들의 비전을 형이상학적으로 통일시키는 장치라 할 것이다.

23) 강조는 필자가 한 것임.

강조한 낱말들만 보아도 그의 비극적 시간관을 단번에 읽어낼 수 있다. 여기서 '퇴색'이 늙음의 의미를 함축하고 있음은 말할 필요도 없을 것이다. 삶과 죽음 사이에는 이 늙음이 자리잡고 있다. 모든 것이 시간과 더불어 생성하고 '퇴색'하고 소멸하는 그 '숙명' 앞에 실재하는 것은 아무것도 존재하지 않는다는 그의 관념은 모든 것이 환상이라는 것을 함축한다. 그렇다면 우리는 존재의 비실체성이 기요의 내면에 자리잡고 있다고 유추해 낼 수 있다. 더구나 인용문에는 '안개'라는 낱말마저 등장하고 있다.[24]

제3부의 마지막 부분에 나오는 다음 대목은 기요의 시간관을 보다 극단적으로 암시하고 있다. "하루살이들이 작은 램프 주위에서 윙윙거리고 있었다. '아마 첸은 자기 자신의 불빛을 발하여 그 불빛에 스스로를 소멸시키는 하루살이일 것이다. 아마 인간 자체도……'" (p.626)[25] 기요의 이와 같은 사유가 펼쳐지는 배경이 밤이라는 사실을 고려하면, 우리는 현상계의 어두운 밤 속에서 램프의 불빛으로 상징되는 구원의 빛을 찾아 그 빛에 스스로를 산화시키는 '하루살이' 같은 찰나적 존재의 이미지를 떠올릴 수 있다. 특히 배경으로 작용하

---

24) 현상계가 환상이라는 이런 인식은 작품의 주요 인물들 모두에 나타난다. 예를 든다면 "모든 것이 (…) 꿈이다"(*CH*, p.637)는 첸, 방에 "'꿈을 꾸게 하는' 도가적(道家的) 그림들"(p.703)을 걸어 놓았을 뿐 아니라 "기요를 꿈의 세계에 던져 버리는"(p.689) 클라피크, 자신의 모든 것이 무너지는 위기에서 "자기 혼자만이 환영(fantômes)의 세계 속에 존재하고"(p.669) "유일한 실체는 (…) 물에 빠진 익사한 동료의 시체처럼 자신을 버려 버리는 기쁨," 즉 "잠"이라는(p.681) 페랄, "아무것도 믿지 않는다."(p.663) 말에 그런 인식을 담아내는 카토프, "현실이란 존재하지 않는다"(p.758)는 지조르에게서 이를 확인할 수 있다. 이 환상계를 운명으로 보고 모든 주요 인물들은 구도적 길을 가거나, 이 환상 자체를 지배 혹은 초월하기 위해 투쟁하고 있는 것이다.

25) 기요의 사유 속에 테러 집단은 하루살이와 같은 곤충 집단으로 비유되고 있다.(p.619) 인간이 하루살이에 불과하다는 그의 의식은 《왕도》에서 페르캉이 인간들을 곤충들에 자주 비유하는 것과 같은 맥락에서 이해되어야 한다.

는 밤의 상징적 의미는 여기서 무명으로 이해되기에 충분하다.

그러나 기요에게 나타나는 밤의 상징성은 여기서 머물지 않는다. 밤은 그가 지향하는 존재의 궁극점을 둘러싸는 부동의 시원적 풍경으로 나타난다. 그것은 삶과 죽음, 상대적 시간의 세계를 초월하는 영원의 지평에 자리잡고 있다. 그것은 앞서 언급한 무명의 밤을 넘어서는 밤으로서 절대의 고독이 위치하는 지점에 위치한다.

"'우리는 다른 사람들의 목소리는 귀로 듣고 자신의 목소리는 목구멍으로 듣는다.' 그렇다, 자신의 삶 역시 목구멍으로 듣는다. 그렇다면 다른 사람들의 삶은…? 우선 죽어야 할 무수한 인간들 뒤에는 고독, 불변하는 고독이 있었다. (…) 짙고 낮게 깔린 이 밤 뒤에 원시적인 커다란 밤이 존재하듯이."(p.548)

이중의 직유가 드러나 있는 이 텍스트는 밤의 이원성을 드러내면서 "원시적인 커다란 밤"을 부동의 고독과 연결시키고 있다. 그러니까 존재론적 구원이 이루어지는 지점 자체가 이 태초의 밤 속에 있는 것이다. 바로 이 인용문 다음에 기요는 환상으로 규정된 현상계를 초월하는 불멸의 존재에 대한 규정을 내린다.

"'그런데 나에게, 목구멍에게 나는 무엇인가? 일종의 절대적 긍정, 광인의 긍정이다. 나머지 모든 것의 강렬함보다 더 큰 강렬함인 것이다(…).' (…) 포옹이 도움을 가져다 주는 것은 인간이 아니라 광인이며, 그 어떤 것보다 선호해야 할 비교할 수 없는 괴물이다. 모든 존재는 자기 자신에게 이와 같은 광인(괴물)이며, 이 광인을 자신의 마음속에 애지중지한다."(p.548)

이 인용문은 완벽하게 코드화되어 있기 때문에 그것을 제대로 해석해 내기가 결코 쉽지 않다. 물론 여기서 핵심적 개념은 '광인'이다. 광인은 인간과 대비되고 있고, 인간의 조건을 초월하는 것으로 암시되고 있다. 그것은 인간과는 다른 무엇이다. 그것은 긍정적 의미에서 비인간적이다. 그렇기 때문에 질문 자체가 '나는 누구인가?'가 아니라 '나는 무엇인가?'로 제시되고 있다. 우리는 앞서 기요가 시간의 지배를 받아야 하는 '숙명' 앞에 아무것도 존재하지 않는다는 부정적 의식을 드러내면서 현상계를 환상으로 간주하고 있음을 보았다. 그런데 이 텍스트에서는 '광인의 절대적 긍정'이 나타나고 있다. 모두가 "그 어떤 것보다 선호해야 할 비교할 수 없는 괴물"로서 마음속 깊이 소중히 간직하는 존재인 광인 말이다. 따라서 광인은 환상계(l'Illusion)를 초월하는, 불변하는 존재임이 틀림없다. 이 초월적 존재는 "원시적인 커다란 밤"의 절대적 고독 속으로 되돌아가는 존재이며, 상대적인 "짙고 낮게 깔린 이 밤" 속에서 방황하는 "죽어야 할 무수한 인간들"의 운명으로부터 해방된 존재이다.

이 광인의 사상적 정체성을 밝히기 위해 우리는 먼저 기요가 자신의 구원적 비전의 열쇠로 제시하는 이 용어를 첸이 표출하는 "불멸에의 갈망" 즉 "절대에의 갈망"(p.620)에 분석적으로 적용하고 있음에 주목하자. 이와 같은 적용은 형이상학적 차원에서 기요와 첸이 심층에서 만나고 있음을 충분히 암시한다.

"(…) 이 친구는 무언가 광인적인 것(quelque chose de fou)뿐 아니라 무언가 신성한(sacré) 것——비인간적인 것의 현존이 언제나 지니고 있는 것——을 지니고 있었다."(p.620)

이 문장에 따르면 기요는 첸이 도달하고자 하는 궁극적 존재가 '광인적'이고 '신성한' 무엇이라고 규정하고 있으며, 그것을 '비인간적인 것'과 연결시키고 있다.[26] '광인적인(fou)'이라는 낱말에 특별한 주의를 기울여야 한다. 왜냐하면 그것은 기요의 내면 의식에 자리잡은 '광인(fou)의 절대적 긍정'에서의 광인과 동일한 형이상학적 차원에 속하기 때문이다. 뿐만 아니라 'sacré'라는 형용사는 절대적으로 존중해야 하는 것을 함의하는 낱말이다. 우리는 여기서 기요가 궁극적으로 지향하는 초월적 존재와 첸이 추구하는 절대는 동일한 것으로 수렴하고 있음을 유추할 수 있다. 그런데 다른 관점에서 우리는 테러리스트가 자신의 신비주의적 테러리즘을 통해 도달하고자 하는 구원의 상태, 즉 "완전한 평정(un apaisement total)"(p.619)을 니르바나로 해석해 낸 바 있다.[27] 그렇다면 기요의 광인의 정체는? 역시 니르바나의 다른 표현에 불과한 것일까? 좀더 인내해 보자.

《인간의 조건》 속에서 '광인'이라는 용어가 반운명적 존재라는 암시는 지조르의 경우에서도 나타난다. 제7부에서 비록 아편의 도움을 받고 있지만, 메이 앞에서 그는 "모든 것으로부터, 심지어 인간으로 존재한다는 사실로부터도 해방되어" 이렇게 생각한다. "인간은 모두 광인이다. 그런데 이 광인을 우주와 결합시키는 노력으로서의 삶이 아니라면 인간의 운명은 무엇이란 말인가…?"(p.759)[28] "인간이 모두 광인이다"는 명제는 "모든 존재는 자기 자신에게 광인이다"는 기요

---

26) 작품에는 'fou'라는 용어가 명사 혹은 형용사로 상당히 많이 사용되고 있다. 그러나 그것의 의미는 문맥에 따라서 다양하게 나타나고 있으나, 본논문에서는 그것이 엄격하게 존재론적·구원론적 의미에서 사용되고 있는 경우에 한하여 분석의 대상으로 삼고 있음을 밝혀둔다. 'Fou'에 대한 총체적 연구는 별도로 이루어질 수도 있을 것이다.

27) 이에 관해서는 김웅권, 《앙드레 말로…》, *op. cit.*, p.193-202 참조.

의 명제와 일치한다. 그런데 인용문에 따르면 이 광인은 인간 안에 내재하면서도 인간의 조건을 초월한다는 것이 분명하다. 즉 그것은 육체와 더불어 소멸하게 되어 있는 덧없는 모든 것——이것은 자아일 수밖에 없다——을 초월하는 불멸하는 것이지만 인간 안에 내재한다. 그렇기 때문에 인간은 모두 광인인 것이다. 이 광인은 불멸자이지만 우주와 결합되어야 할 존재이다. 그러니까 내 안에 있는 불멸자를 우주와 합일시키는 것이 인생인 것이다. 지조르의 의식 속에 "인간들은 모두 우주와 분리된 광인들처럼"(p.760) 다시 나타나고 있으며, 이 광인을 다시 우주와 합일시키는 것이 곧 구원인 것이다. 이 지점에서 우리는 광인이란 무엇인가를 상식적인 차원으로부터 한 단계 올려 생각해 볼 필요가 있다. 그것을 고통의 진원지인 자아를 잃어버린 자, 자아 의식으로부터 벗어난 자, 한마디로 탈자아적 존재로 충분히 규정할 수 있지 않을까? 그럴 경우 광인은 자아의 절멸 상태와 자연스럽게 접근된다. 결국 지조르의 사유를 정리하자면 우주와 광인의 결합은 자아의 절멸로서만 가능하며, 이 자아의 절멸 과정이 구도적 길로서 삶인 것이다.

이와 같은 추론에 입각한다면 기요와 지조르가 추구하는 길은 다르지만 도달해야 할 궁극점은 같다는 결론이 나온다. 우리는 앞서 밤안개의 상징적 통일성을 불교와 노장 사상의 결합을 나타내는 것으

---

28) 이 인용문 다음에 지조르는 페랄의 비전을 이해하는 데 도움이 되는 중요한 환기를 하고 있다. "그는 페랄이 안개 가득한 밤에 낮게 드리운 램프 불빛을 받으며 자신의 말에 귀를 기울이는 모습을 다시 떠올렸다. '모든 인간은 신이 되기를 꿈꾸지요…….'"(p.759) 이와 같은 환기는 광인이 인간 조건으로부터 해방된 신적인 경지라는 것을 암시한다. 결국 페랄이 추구하는 힘 자체가 광인 의식과 연결되고 있다는 것이리라. 이와 같은 관점에서 그의 비전을 우리는 이미 해석한 바 있다. 김웅권, *ibid.*, p.220-226 참조.

로 상정했다. 이와 같은 상정을 고려할 때 광인은 두 사상에 공통적으로 수용될 수 있다. 우리가 다른 곳에서 노장철학적 관점에서 분석한 지조르의 세계[29]는 여기서 검토에서 제외하고 기요의 세계를 계속해서 고찰해 보자.

기요의 비전이 어디로부터 비롯되는지를 암시하는 또 다른 지표는 그가 일본식 교육, 즉 사무라이식 교육을 받았다는 것이다. 그의 외모가 사무라이로 묘사되고(p.538) 그가 일본식 교육을 받은 것으로 정보가 제공됨으로써(pp.556, 734) 그의 사상적 뿌리를 추적할 수 있는 계기가 주어진다. 특히 그의 일본식 교육은 그가 청산가리를 먹고 자살을 하는 대목에서 환기됨으로써 그의 비전의 문화적 코드를 밝히는 데 결정적 암시를 제공한다.

"그는 많은 사람들이 죽는 것을 보았다. **일본식 교육에 힘입어** 항상 그는 자기 스스로 죽는다는 것, 자신의 삶을 닮은 죽음으로 죽는다는 것은 아름답다고 생각했다. 죽는다는 것은 수동적인 것이지만 자살한다는 것은 행위이다. 그들이 동료들 가운데 첫번째 사람을 데리러 오자마자 그는 충만한 의식 속에서 목숨을 끊을 것이다. 그는——**심장을 멈추고**——**축음기의 레코드판**을 회상했다. 희망이 하나의 의미를 간직했던 시간이여!" (p.734)[30]

일본식 교육, 즉 사무라이식 교육이 죽음과 어떤 관련이 있는지는 사무라이의 정신적 토대가 무엇인지 검토하면 알 수 있다. 하지만 그

---

29) 김웅권, *ibid.*, p.235-242 참조.
30) 강조는 필자가 한 것임.

것을 먼저 내세우지는 말자. 그것은 후에 언급하기로 하고 이 인용문에서 우리가 강조한 부분에 주의를 기울여 보자. 우선 "충만한 의식 속에서 목숨을 끊는다"는 표현은 무엇을 의미하고 암시하는 것일까? 그것은 죽으면서도 의식은 완전히 살아 있다는 의미가 될 텐데, 그렇다면 죽음은 단지 의식과 육체, 나아가 의식과 자아의 분리에 지나지 않는다는 것을 함의한다. 이 표현은 《왕도》에서 페르캉이 클로드에게 "죽음이란 아무에게도 없다"고 강조하면서 "뇌쇄"(*VR*, p.447-448)를 설하는 부분과 직접적으로 연결된다. 왜냐하면 결정판에서는 삭제되었지만 《파리지》에 연재된 작품에서는 기요의 의식과 일치하는 중요한 문장이 나오기 때문이다. "내가 **의식의 상태에서**(en conscience) 죽을 수 있다는 것, 자네는 이해하겠나?"[31] 우리는 이 문장을 작가가 페르캉이 개진하는 설법의 문화적 코드, 즉 불교를 노출시키지 않기 위해 생략한 것으로 해석해 냈다.[32] 의식은 여기서 육체적 죽음을 바라보는 순수 의식을 말한다. 그렇다면 기요가 죽음 앞에서 드러내는 사유 역시 불교적 사유라는 결론이 나온다. 인용문에서 "심장의 고동을 멈추고"라는 표현의 상징적 의미는 육체적 죽음이다. 죽은 상태에서 살아 있는 순수 의식은 축음기판으로 향하고 있다. 주지하다시피 축음기판은 기요의 내적 비전, 즉 "광인의 절대적 긍정"과 연결되어 있다. 따라서 자아의 죽음을 응시하는 순수 의식은 '광인'인 것이다. 그리고 이 광인은 불교의 불성(佛性), 즉 니르바나임이 틀림없다 할 것이다. 인용문의 마지막 문장에 드러나 있듯이, 이 광인의 상태에서 시

---

31) *Œuvres complètes*, vol. I, *op. cit.*, p.1259.(소설 p.449에 대한 주 a 참고) 강조는 작가가 한 것임.

32) 이에 관한 자세한 내용은 김웅권, 《말로와 소설의 상징시학》, *op. cit.*, p.115-116 참고 바람.

간의 흐름은 멈춘다. 의미(un sens)는 항상 방향을 함축한다. 따라서 희망은 구원의 방향으로 열려져 있었던 것이다. 삶과 죽음이 끊임없이 이어지는 시간의 강으로부터 벗어나고 있다는 기요의 의식은 다시 한번 나타난다. "아 감옥! 시간, 다른 곳에서 계속되는 그 시간이 멈추는 곳……."(p.734-735) 그는 그렇게 무명과 환상을 상징하는 안개 자욱한 밤 속에서(p.729-731) 시간으로부터 해방되어 텅 빈 우주의 품안으로 회귀하는 것이다.

이제 우리는 기요가 "8세부터 17세까지"(p.556) 청소년기를 일본에서 사무라이식 교육을 받은 사실로 옮아가 보자. 특히 육필 원고에서는 그의 일본인 어머니가 그를 교육시킨 것으로 되어 있다.[33] 사무라이의 정신적 바탕이 일본식 불교인 젠(zen), 곧 선(禪)이라는 점은 다른 곳에서 다루었으므로[34] 행동의 세계에 살면서도 언제나 생과 사를 단숨에 초월할 수 있다는 순간에의 초월을 생각해 보자. 왜냐하면 기요는 혁명이라는 극한적 상황 속에서 행동하다가 죽음을 통해 이와 같은 초월로 순간적으로 이동하기 때문이다. 주지하다시피 불교에는 돈오(頓悟)와 점오(漸悟)가 있다. 그의 행동적 삶과 나이를 고려할 때 그의 불교적 비전은 당연히 돈오 쪽에 있다. 물론 사무라이의 비전도 마찬가지이다. 모든 집착을 완벽하게 버릴 수 있다면 언제라도 초월적 순수 의식으로 한순간에 넘어갈 수 있는 것이다. 물론 그와 같은

---

33) 이에 대해서는 C. Moatti, 〈Le motif du Japon dans La Condition humaine〉, dans *Malraux/La Condition humaine*, op. cit., p.164. 이 글에서 모아티는 "유럽인과 아시아인의 혼혈(Eurasien)"인 기요가 "불교와 기독교에 무관심한 채 어머니 쪽 문명의 사무라이가 지닌 시민적 기율과 용기"를 나타내고 있다고 말하다 그녀의 해석이 제기하는 문제는 코드화된 담론들에 대한 깊이 있는 성찰의 부재라 할 것이다.
34) 사무라이의 젠 의식과 기요의 비전과의 관계는 김웅권, 《앙드레 말로, 세기 속의 삶》, op. cit., p.216-218 참조.

이동을 위한 마음의 준비가 항상 되어 있어야 할 것이다. 이러한 관점에서 우리는 "광인의 절대적 긍정"이 나오는 인용문에서, 사랑의 "포옹이 도움을 주는 것은 인간이 아니라 광인이다"라는 명제를 이해한다. 이 포옹은 인간 속에 내재하는 불성이 궁극적으로 우주와 결합하도록 삶의 과정에서 서로가 항상 도움을 주는 것이다. 물론 메이의 사유도 그런 것인지는 불투명하지만 말이다.

광인이 "나머지 모든 것의 강렬함보다 더 큰 강렬함"을 드러내는 것은 나머지 모든 것이 환상계에 속하기에 불안정하고 덧없는 것인데 비해, 그것은 절대적이고 불변하고 불멸하는 비인격적 존재 의식이기 때문이다. 그것은 시간적인 모든 것을 초월하고 자아로부터 벗어났기에 무정형이다. 그렇기 때문에 그것은 그 어떤 것과도 "비교할 수 없는 괴물"이라 불릴 수 있는 것이다. 말로는 그것을 《라자로》에서 "더할나위없이 무정형이고 더할나위없이 강렬한 의식, 즉 나는 존재한다(Je suis)는 경련적인(convulsive) 의식"[35]으로 풀이하고 있다. 우리는 말로가 새로운 언어의 창조와 '차이'를 통해서 '기표들의 연쇄적 움직임'이란 유희를 작동시키고 있음을 알 수 있다.

이제 기요가 구원의 길에서 도덕적 의무로서 기능하는 역사적 참여를 마감하면서 자살하는 순간을 보자. 이 순간에 광인은 '증인'의 역할을 하면서 자아의 죽음과 분리되고 있기 때문이다.

"그는 지휘하듯 독약을 이로 깨트렸다. (…) 그는 자신의 모든 힘이 억제할 수 없는 강력한 경련과 싸우며, 그 자신(lui-même) 밖으로 갈가리 찢겨 빠져나가는 것을 느꼈다."(CH, p.736)

---

35) *Lazre, op. cit.*, p.834.

이 문장은 모든 것이 소멸하고도, 다시 말해 죽고 난 다음에도 순수한 비인격적 의식이 남는다는 것을 분명히 보여주고 있다. 우리는 '모든 힘'이 자아를 의미하고, '그 자신'은 광인을 의미한다는 것을 쉽게 유추해 낼 수 있을 것이다. 여기서 물론 자아는 사유까지를 포함한다. 그러기에 그는 목숨을 끊기 바로 직전 "죽음이 그의 사유의 전량(全量)을 돌이킬 수 없이 분쇄할 그 순간"(p.735)에 대해 인간적 불안을 느끼는 것이다. 우리는 말로가 기요의 불교적 비전에 따라 자아와 광인의 분리를 암시함으로써 끝까지 자신의 상징시학을 견지하고 있음을 알 수 있다.

이상과 같이 기요 세계를 분석한 결과 그는 환상으로 간주된 현상계로부터 부동의 근원인 열반의 세계로 구심 운동을 하고 있는 것이다. 그는 텅 비어 있는 비물질의 중심, 이른바 '우주적 의식(la Conscience cosmique)'으로 회귀함으로써 원심 운동이 자리하는 생성 변전의 세계를 초월하고 있다.

이제 첸과 카토프의 비전을 새로운 각도에서 해석하게 해줄 수 있는 암시와 상징을 다루어 보도록 하자. 물론 이 수법들에는 환기가 결합되는 경우도 있을 것이며, 그것들의 분석에는 유추가 지속적으로 작용할 것이다.

첸의 세계

먼저 테러리스트 첸의 경우를 보자. 그에게 밤의 어둠은 이중적 의미를 띤다. 하나는 "낙지"(*CH*, p.619)로 상징되는 그의 무의식적 "심층의 세계"(p.521) 다시 말해 피와 폭력과 죽음을 부르는 무의식의 숙명적 세계를 나타낸다. 다음으로 그것은 지옥의 색채를 띤 이 숙명적 세계를 포함한 현상계에 대한 인간의 눈먼 상태(cécité)를 상징한다. 안개는 이 현상계가 비실체적 성격을 띠고 있다는 것을 표상한다. 이러한 성격은 첸이 1차 테러 공격을 기다리며 드러내는 의식 속에 분명하게 암시되어 나타난다.

"갑자기 첸에게 모든 것이 극도로 쉽게 보였다. 사물들, 행위들조차 존재하지 않았다. 모든 것은 우리가 힘을 부여하기 때문에 우리를 옥죄는 꿈이었다. 하지만 우리는 또한 그것을 부정할 수 있다."(p.637)

모든 것이 실재하지 않는 꿈에 지나지 않는다는 것은 현상계가 환상이라는 것을 말한다. 첸의 의식의 창에 비친 다음과 같은 장면에서 안개는 다른 상징적 장치들과 더불어 그의 비전의 정체성을 보다 구체적으로 암시한다.

"(…) **안개**가 큰 길 깊숙한 곳에서 (…) 보도를 조금씩 지우고 있었다. (…) 분주한 행인들이 그곳에서 잇달아 지나가고 있었다. (…) 첸은 소리 없이 **강** 쪽을 향해 (…) 흘러가고 있는 이 모든 그림자들을 바라보았다. 이 그림자들을 (…) 큰길 깊숙한 곳――그곳에 **강**의 **어둠** 앞에 겨우 보이는 아치형의 조명된 간판은 죽음의 문 자체로 보였다――쪽으로 몰아붙이는 저 힘, 그것이 바로 운명 자체가 아니겠는가? 희미한 전망 속에 잠긴 거대한 글자들은 영원한 세월 속에(dans les siècles) 사라지듯이 이 비극적이고 흐릿한 세계 속에 사라지고 있었다. 장개석이 탄 자동차의 군대식 경적 소리가 (…) 울리기 시작했다. 마치 그것 역시 참모부가 아니라 **불교의 시간들**로부터(des temps bouddhiques) 오기라도 한 것처럼 말이다."(p.683)[36]

이 텍스트에서 시간적 배경은 물론 밤이다. 텍스트에 동원된 상징 장치들을 열거해 보면 밤·안개·강이 나타난다. 그런데 이것들을 하나의 사상으로 수렴시켜 주는 표현이 인용문 속에 암시되어 나타난다. 그것은 다름 아닌 "그것 역시(elle aussi) (…) 불교의 시간들로부터 (des temps bouddhiques)"이다. 이 표현은 테러리스트의 의식에 반영된 상징적 풍경 모두를 단숨에 불교로 통일시키고 있다. 안개가 자욱한 밤 속에서 존재들이 강 쪽으로 흘러가고 있으며, 그 강의 어둠 앞에는 죽음의 문이 버티고 있다. 이 죽음의 문 자체가 네온 간판의 거대한 글자와 더불어 과거의 영원한 세월 속에 소멸하고 있으며, 이 영원한 세월은 불교의 시간들(kalpas)——겁에서 무량 겁까지 시간의 여러 형태들——과 동일시되고 있다. 이 동일화를 나타내 주는 것이 '그것 역시'라는 표현이다. 따라서 모든 것은 이 불교의 시간들 속에 소멸하며, 이 불교의 시간들로부터 비롯되는 것이다. 죽음(소멸하는 죽음의 문)과 삶(장개석이 탄 자동차의 경적 소리), 종말과 시작이 그 속에서 이루어진다. 그렇다면 이제 자명해진다. 밤은 무명을, 안개는 존재의 비실체성을 표상한다. 그리고 강은 삶에서 죽음으로 끝없이 흐르는 존재의 강으로서 시간 속에 찰나적 존재의 유동성(fluidité)을 상징한다.[37] 첸의 내면에 각인된, 인간의 비극적 조건은 불교의 관점에서 본 인간의 조건이 되고 있다. 이와 같은 해석을 인정하게 되면, 첸과 관련된 여타의 부차적인 상징 장치들은 불교적 세계관 속에 수용될 것이다.[38]

이제 우리는 첸이 이와 같은 운명으로부터 탈출하기 위해 잡은 반운명의 방향 역시 불교적 비전인지 살펴보자. 우선 그가 선택한 구도

---

36) 강조는 필자가 한 것임.

적 길을 제시하는 대목부터 보자.

"나는 환희보다 더 강렬한 말을 찾고 있네. 그런 말이 없네. 중국어
에도 말이야. 완전한…… 평정 같은 것. 일종의 뭐라 할까…… 모르겠
네. (…) 자네에게 잘 설명할 수가 없네. 자네들이 (…) 황홀(extase)이라
부르는 것과 보다 가까운 것이야. 그래 하지만 짙고, 심원하며. 가볍지
않은 것이지……. 아래로 향한 황홀."(p.619-620)

---

37) 강의 존재론적 의미는 이미 그가 살인을 저지르고 난 후, 상하이의 안개 낀
밤 속에 펼쳐지는 삶을 강처럼 바라보는 데서 암시되고 있다. "부동의 혹은 번쩍이
는 저 모든 그림자는 삶이었다. 강처럼, 저 멀리 보이지 않는 바다처럼——바다
…….(CH, p.514) 여기서 바다는 영원한 시간 속에서 생명이 해체되고 생성되는 지
점, 즉 근원을 나타내는 것이리라. 밤과 안개, 그리고 강이 어우러지는 비극적 이미
지 속에 존재들이 버둥거리는 모습은 혁명으로 위협을 느끼는 페랄의 눈에도 그대
로 드러난다. "전투의 저녁은 어둠 속에 잠기고 있었다. (…) 끈적끈적한 안개 속에
사라져 가는 저 비참한 도보자들은 모두가 강의 방향으로 전진하고 있었다."(p.593)
여기서 도보자들은 비참한 민중들을 가리키며, 이들이 한케우(한구)에서 내려오는
강 쪽으로 가는 것은 삶에 대한 집착을 나타내지만 강은 여전히 삶과 죽음에 연결
된 존재의 강이다. 페랄은 어둠 속에서 이들이 비실체적 존재들처럼 안개 속에 사
라지고 있는 광경을 바라보고 있다. 강은 또한 기요가 혁명에 대한 실낱 같은 희망
을 안고 한케우로 올라가는 통로로서 등장하지만 여전히 밤과 안개 속에 잠겨 있
다.(p.607) 뿐만 아니라 카토프가 밤에 산똥 호의 무기를 탈취하기 위해 상하이를
가로지르는 양쯔 강(p.560)을 따라가면서, 생과 사를 넘나드는 과거를 회상함으로
써(p.561-562) 강은 시간 속에 존재의 유동성과 연결되고 있다. 삶과 죽음이 영원
히 되돌아오는 이와 같은 존재의 강은 '모든 것으로부터 해방된' 지조르에게서 시
간으로 자연스럽게 나타난다.(p.759)
38) 첸이 등장하는 장면들의 배경을 이루는 자연적 요소들(éléments; 하늘·구름·
물·진흙 등)이나 동물들이 여기에 해당한다 할 것이다. 특히 고양이(p.514)는 《왕
도》에서와 같이 운명과 반운명의 신비를 꿰뚫는 신비한 동물로서 증인의 역할을 하
는 상징적 영물이다. 환상의 유희를 통해 운명을 장악하려 하는 클라피크가 등장하
는 무대가 "블랙 캐트(black cat)"(pp.526, 531)라는 사실은 첸과 클라피크가 어떤 식
으로든 조응하고 있다는 것을 암시한다. 또 "귀뚜라미"(pp.518, 551)나 "벌레"(p.682)
는 모두 삶과 죽음, 그리고 부활 혹은 재생과 관련된 상징물들로서 첸의 불교적 비
전 안으로 수용될 수 있다.

첸이 기요에게 자신이 도달하고자 하는 궁극점을 이야기하는 이 인용문은 완벽하게 코드화되어 있으며 전적으로 암시로 이루어져 있다. 그가 이 궁극점을 중국어로 표현할 수 없다고 말하는 것 자체부터가 그것이 중국의 사상에는 존재하지 않는다는 것을 암시한다. 그러면서 그는 그것을 "완전한 평정(apaisement total)"으로 설명하며, "자네들이 황홀이라 부르는 것에 보다 가깝다"고 한다. 여기서 '자네들(vous)'과 그 앞의 '자네(tu)'에 유념해야 한다. 자네들이라는 말 속에는 기요가 비록 혼혈이지만 프랑스인이라는 사실이 담겨 있다. 따라서 자네들은 프랑스인들을 가리킨다. 그렇다고 첸이 이르고자 하는 상태가 프랑스어에 존재한다는 것도 아니다. 왜냐하면 그것이 '황홀'과 근접한다는 것이지, 황홀 자체는 아니기 때문이다. 유추를 계속해 보자. 그것이 프랑스어에 존재하지 않는다는 것은 그것이 프랑스 사상, 나아가 유럽 사상에는 존재하지 않는다는 것을 당연히 함축한다. 프랑스어 낱말 'extase'는 종교적 의미로서 "신비주의적인 강렬한 관조를 통해서 감각적 세계로부터 벗어난 것 같은 사람의 상태"(《라루스 사전》)로 정의된다. 중국 사상·유럽 사상에도 존재하지 않으며, 종교적 의미에서 '황홀'과 가까운 상태로서 '완전한 평정,' 이것이 첸의 최후의 지향점이다. 평정의 동사 'apaiser'의 의미는 "어떤 운동·감정·욕망에 종지부를 찍는 것이다."(같은 사전) 그렇다면 완전한 평정이란 모든 욕망, 즉 모든 집착에 종지부를 찍는 것이다. 중국과 유럽을 배제한 사상, 그것은 이슬람 사상일까? 이것이 아니라면 남은 것은 무엇인가? 우리가 진행해 온 모든 유추적 분석은 인도로 갈 수밖에 없다. 이제 니르바나의 정의를 살펴볼 때가 되었다. 그것은 산스크리트어로서 "문자 그대로의 의미로 절멸, 최고의 평정(suprême apaisement)의 의미로 숨결의 소멸(perte du souffle)을 지칭한다. 그것은 무(néant)로의 회귀가 아니라, 그보다는 초월적 의식(le Soi) 속으로 자아의 절멸이다."[39] 프랑스어로 된 상징 사전에 니르바나가 이처럼 '최고의 평정'으로 설명되고 있다. 자아의 절멸은 무엇인가? 모든 욕망의 절멸이다. 결국 첸이 지향한 궁극점은 니르바나인 것이다.

그러니까 첸에게 있어서 비극적 인간의 조건도 불교적 조건이고, 구원도 불교적 구원이다. 지조르에 의해 정보로 제공되는 그의 사상적 여정이 어찌되었든, 그가 테러리즘과 결합해 창조한 "신비주의 사상"(*CH*, p.682)은 불교적 사상이다. 그렇기 때문에 그는 자신의 테러리즘은 서구적 의미에서 "종교"가 아니고 "삶의 의미(방향)"(p.645)나 "자신의 완전한 소유"(p.646)로 설명하는 것이다. 위의 인용문에서 '황홀'이 '아래'를 향해 있다는 것은, 그가 어두운 무의식적 세계──"심층의 세계"(p.512)──의 부름에 응하지 않을 수 없는 그 숙명성을 나타낸다. 숙명은 거부할 수 없기 때문이다. 그러나 그는 이 숙명과 이 숙명을 관장하는 신들──최초로 살인을 할 때 "그가 선택한 신들"(p.512)[40]──을 방편으로 삼아 구원으로 가는 것이다. 그가 이 신들에게 죽음을 "제물로 바치는 사제"(p.512)의 역할을 담당하는 것은 그렇게 이해되는 것이다. 그가 살인을 저지르는 밤이 "시간이 더 이상 존재하지 않는 밤"(p.511)이 되는 것은 그것이 "인간들의 세계,'(p.511) 즉 시간의 세계와 단절되는 죽음의 밤이기 때문이다.

첸이 죽어갈 때 드러내는 의식 상태 역시 암시의 수법을 통해 그의 불교적 비전을 뒷받침해 주고 있다. "(…) 이미 그는 더 이상 아무것

---

39) J. Chevalier et A. Gheerbrant, *Dictionnaire des symboles*, Robert Laffont/Jupiter, 1982, p.667.
40) 불교는 절대적 구원으로 가는 길에서 인간보다 고등한 신들을 인정한다는 것을 잊지 말자.

도 구별하지 못했다. 그는 고통을 느꼈지만, 이 고통은 한순간도 안 되어 의식 너머로 사라졌다."(p.684) 이 문장은 고통스러운 자아와 이 고통스러운 자아의 증인인 비인격적 순수 의식 사이의 분리를 암시함으로써 첸의 불교적 비전에 충실하고 있다. 그가 이처럼 자아의 절멸을 통해 구원의 세계로 가고 있다는 암시는 마지막으로 다음과 같은 문장에 나타난다.

"첸은 장개석이 죽었는지 물어보고 싶었다. 그러나 그는 그것을 다른 세계 속에서(dans un autre monde) 원했다. 이 세계 속에서는(dans ce monde-ci) 그러한 죽음조차도 그에게는 아무래도 좋은 일이었다." (p.684)

우리는 이 문장에서 두 개의 세계가 대립되고 있음을 알 수 있다. 독자가 피상적으로 보면, 앞의 세계는 저승이고 뒤의 세계는 이승으로 생각할 수 있다. 그러나 그럴 경우 문장의 내용에 모순이 생긴다. 따라서 앞의 세계는 이미 다른 세계가 되어 버린 이승을 말한다.[41] 그래야 구원으로 가는 길에서 치러야 할 도덕적 의무에 해당하는 역사적 행동, 즉 장개석에 대한 테러 공격이 의미를 띨 수 있기 때문이다. 뒤의 세계는 첸이 이미 차안(此岸)의 세계로부터 벗어나면서 들어가고 있는 비인격적 의식의 세계, 즉 탈자아적 피안의 세계를 말한다. 그 세계는 생과 사를 초월한 구원의 세계이기 때문에 장개석의 '죽음' 조차도 상관없는 게 되는 것이다.

---

41) 이와 같은 의식은 《왕도》에서 페르캉이 자아로부터 분리되는 순간, 즉 죽어가는 순간에 클로드를 '다른 세계의 존재'처럼 바라보는 데서도 나타난다. *La Voie royale, op. cit.*, p.506.

카토프의 세계

이제 카토프의 경우를 보자. 그의 비전의 문화적 코드를 밝혀 줄 암시와 상징을 찾아내는 일은 첸의 경우보다 훨씬 더 어렵다. 우선 카토프의 비전을 구성하는 두 축, 즉 운명과 반운명이 처음으로 두 개의 상징을 통해 암시적으로 동시에 나타나는 대목을 보자. 이 대목은 제1부에서 기요가 혁명에 필요한 무기 탈취를 함께하자는 제안을 하자, 카토프가 혼자 하겠다고 기요를 설득시키는 장면이다. 그는 대화의 마지막에서 말로 설득하는 것을 포기한다.

> "그는 난처한 모습으로 **손을 가슴에** 얹고 망설였다. '그(기요)가 깨닫도록 내버려둬야지' 라고 그는 생각하였다. 기요는 아무 말도 하지 않았다. 차는 **안개** 때문에 흐릿해진 빛줄기 사이로 계속해서 달렸다."
> (p.537)[42]

먼저 주목해야 할 것은 두 사람의 대화가 이루어지는 배경이 밤이라는 사실이다. 따라서 그것은 인용문에 나타나는 '안개'와 더불어 카토프의 비극적 비전, 즉 운명을 상징하는 장치이다. 반면에 그의 손이 놓여 있는 '가슴'은 운명으로부터 벗어나는 유일한 반운명적 길을 상징한다. 후에 이것은 "심성(qualités du cœur)"(p.663)으로 밝혀진다. 여기서도 작품의 형이상학적 통일성을 고려하여 일단 밤안개의 상징적 의미를 첸과 기요의 경우처럼 불교와 노장 사상의 결합으로

---

42) 강조는 필자가 한 것임.

보도록 하자. 환상 속에 살며 무명에 갇혀 있는 인간의 조건이 카토프의 담론에서 직접적으로 암시되어 나타나는 것은 제4부에서 그가 에멜리크와 나누는 대화에서이다. 앞서 '의미적 불연속성'을 다루면서 인용한 부분을 다시 보자.

"우리가 아무것도 믿지 않는다면, **특히 아무것도 믿지 않기 때문에**, 우리는 심성(心性; qualités du coeur)을 만날 때 이것을 믿지 않을 수 없네. 그것은 당연하지."(p.663)[43]

"특히 아무것도 믿지 않기 때문에"라는 말은 무엇을 의미하는가? 그것은 절대적으로 존재하는 것이 아무것도 없고, 모든 것이 환상에 불과하다는 것을 의미하는 것이 아니겠는가? 그것은 "모든 게 꿈이다"는 첸의 사유와 "아무것도 존재하지 않는다"(p.544)는 기요의 사유를 다르게 표현한 것에 불과하다 할 것이다. 앞서 인용한 대목과 관련시키면, 그것은 밤안개에 대응한다. 그리고 '심성'은 가슴에 대응한다. 믿을 게 아무것도 없는 현상계로부터 벗어나게 해주는 유일한 실체가 '심성'이라는 카토프의 구도적 확신은 그가 자신의 청산가리를 동료들에게 주는 저 유명한 장면에서도 '가슴'을 통해 상징적으로 나타난다.

"이봐 수앙, 자네의 손을 나의 가슴에 얹게나. 내가 자네의 손에 닿자마자 잡게나. 자네들에게 나의 청산가리를 주겠네."(p.737)

---

43) 강조는 작가가 한 것임.

여기서 사용된 '가슴'이라는 용어가 환기의 기법을 드러내고 있음은 어렵지 않게 알 수 있다. 그리고 그것이 카토프가 유일하게 믿는 '심성'을 상징한다는 것은 분명하다 할 터이다. 그런데 우리가 특히 상기해야 할 것은 이 장면이 펼쳐지는 배경이 안개 자욱한 밤이라는 점이다.(p.731) 그러니까 카토프에게서 드러나는 운명과 반운명의 대결 구도는 처음부터 끝까지 일관되게 상징적 장치들과 결합되어 있는 것이다.

이제부터 그의 구도적 비전의 핵을 이루고 있는 '심성'의 문화적 코드를 밝혀 보기로 하자. 이를 위해 우선 우리가 특히 관심을 기울여야 하는 것은 그의 반언어주의(anti-verbalisme)이다. 이 반언어주의는 여러 번에 걸쳐 환기되고 있는데(pp.664-665, 736) 그가 가슴에 손을 얹는 상징적 몸짓과 밀접한 관련이 있다. 역시 에멜리크와의 대화에 나오는 예를 하나 들어 보자.

"말을 통해서 그는 거의 아무것도 할 수 없었다. 그러나 말을 넘어서 몸짓이나 시선이 표현하는 것이 있었다. 그것은 유일한 현전(présence)이었다."(p.664)

여기서 몸짓과 시선을 통해 표현되는 유일한 현전이라는 것은 무엇을 암시하는 것일까? 우리가 지금까지 분석한 바를 토대로 유추해 볼 때 그것은 분명 심성의 현전일 것이다. 그렇다면 여기서 우리는 말(la parole), 즉 음성 언어의 중요성을 문화적 관점에서 생각해 볼 필요가 있다. 데리다는 그의 명저 《그라마톨로지에 대하여》에서 플라톤에서 헤겔을 거쳐 하이데거까지 전개된 서양의 형이상학을 '로고스 중심주의' 혹은 '음성 중심주의'로 부르고, 그것이 음성 언어, 즉 말(la

parole)과 '공모 관계'에 있다고 말한다. 왜냐하면 목소리는 진리·로
고스·사물 자체, 혹은 영혼의 상태와 직접적으로 인접해 있으며, 그
것들과 불가분의 관계로 연결되어 있기 때문이다. 목소리는 물 자체
의 내면성이나 관념성 혹은 영혼을 상징하며, '근본적 제1의 기의
(signifié premier)'와 가장 가까이 있다는 것이다. 그리하여 서양철학은
문자 언어를 기표의 기표에 불과한 것으로 왜곡하고 하대하면서 음
성 언어를 절대화시켰다는 것이다. 데리다는 이런 측면이 탈형이상
학을 표방하는 구조주의 언어학에까지 은연중에 자리잡고 있다고 지
적하고 있다.[44]

이와 같은 철학사적 입장에서 볼 때, 카토프가 말에 대한 부정적 시
각을 나타내고 있다는 점은 의미심장하다. 그것은 단번에 그의 비전
을 서구 사상으로는 풀어낼 수 없다는 것을 함의한다. 그렇다면 당연
히 우리는 동양 사상으로 시선을 돌릴 수밖에 없다. 말에 대한 부정
적 입장은 불교와 노장 사상에 동시에 나타난다. 이 점은 불교의 경
우, 붓다의 수인(手印)이나 붓다가 가섭에게 보낸 염화시중의 미소와
이심전심을 생각만 해도 알 수 있다. 또 선종(禪宗)의 불립 문자를 생
각해도 된다. 특히 불심인(佛心印) 혹은 심인(心印)은 언어나 문자로
표현할 수 없는 붓다의 경지를 나타낸다. 또 노장 사상의 경우는 《도
덕경》 제1장 첫머리만 읽어보아도 언어로서는 도(道)를 표현할 수 없
다는 구절이 나온다. 따라서 우리는 카토프가 안착한 '심성' 사상의
문화적 코드를 일단 불교와 노장으로 좁혀 생각할 수 있는 계기를 마

---

44) Jacques Derrida, *De la grammatologie*, Les éditions de minuit, 1067. 데리다는
페놀로자(Fenollosa)의 중국 문자와 시에 대한 연구가 에즈라 파운드와 그의 시학에
미친 영향을 상기시키면서, 이 시학이 "말라르메의 시학과 더불어 서구의 가장 심
층적인 전통과의 최초 단절이었다"고 주장하고 있다. p.140.

련한 것이다. 그의 반언어주의는 이러한 해석의 방향을 잡게 하는 데 매우 중요한 암시로 작용하고 있다.

그가 불변하는 절대적 실체로 믿고 있는 마음의 본성, 즉 '진리'가 언어를 통해서가 아니라 시선이나 몸짓을 통해서만 표현될 수 있다는 탈서구적 관념은 그의 또 다른 말에 의해 뒷받침되고 있다. 그는 앞서 언급한 에멜리크와의 대화에서 후자가 '동정해서(par pitié)'도 와 주려고 자기와 함께 있느냐고 묻자 "동정해서가 아니야. 그건 ……"이라고 대답한다. 그리고 화자의 매우 시사적인 설명이 뒤따른다. "카토프는 말을 찾아내지 못했다. 아마 그런 말은 존재하지 않을 것이다. 그는 간접적으로 자신을 설명하려 했다."(p.662-663) 이 인용을 반추해 보면, 그가 에멜리크를 도와 주려는 이유는 동정(연민)도, 사랑도, 형제애(fraternité)도, 기독교적 의미에서 자비(charié)도 아니라는 사실을 도출해 낼 수 있다. 그가 찾는 낱말은 이것들을 포용할 수는 있지만 이것들은 아닌 것이다. 그렇기 때문에 그는 자신의 마음을 표현하는 낱말이 존재하지 않을 것이라고 생각하는 것이다. 여기서 그가 찾고자 하는 말은 '심성'으로부터 비롯되는 무언가를 표현하는 하나의 낱말일 텐데 그런 말이 존재하지 않는다는 것이다.

이 낱말이 무엇인지 찾기 위해 카토프의 표정 묘사에 주의를 기울여 보자. 그것 역시 암시의 범주에 들어오는 것이다. "카토프의 얼굴은 그의 감정을 좀처럼 나타내지 않았다. 아이러니한(ironique) 명랑함이 얼굴에 늘 남아 있었다."(p.521) 이 인용문에서 주목해야 할 것은 "아이러니한 명랑함"이다. 왜냐하면 이 표현은 그가 인간 조건에 대한 비극적 비전을 간직하고 있음에도 불구하고 항상 밝은 표정을 유지하면서 남을 즐겁게 한다는 것을 의미하기 때문이다. 이와 같은 그의 태도는 "아이러니한 순진함(naïveté)을 나타내는 표정"(p.520)에서도 감지된다. 그는 작중 인물들 가운데 그 누구보다도 인간의 비극과 존재의 어두운 측면을 경험한 인물인 것이다. 그렇기 때문에 그는 등장할 때마다 거의 언제나 그가 경험한 비극적 과거가 따라다닌다. (pp.519, 535, 561-562, 601, 604, 663-664) 그럼에도 그는 항상 "웃는 눈빛"과 "어릿광대"(p.518)와 같은 모습을 보이며 타자에게 즐거움을 주려 한다.

우리는 일단 여기서 타자에게 항상 즐거움을 주려는 그의 마음에 유념하면서 그가 다른 사람과의 관계에서 보여주는 또 다른 면에 관심을 가져 보자. 그것은 그가 언제나 타자의 고통을 없애 주려 한다는 것이다. 최초로 소개되는 그의 과거를 보면, 그는 오뎃사 감옥을 공격한 사건으로 체포되어 징역 5년에 선고되었지만 가장 덜 가혹한 감옥에 수감되었다.(p.519) 그러나 그는 "납 광산으로 호송되는 불행한 죄수들을 가르치기 위해 동행을 자원했다."(p.535) 혁명에 참여하는 신참 동지들은 이와 같은 그의 과거를 알기 때문에 자신들의 공포를 덜어 주려는 그의 노력에 신뢰를 보내는 것이다.(p.535) 물론 이처럼 타자의 고통을 덜어 주려는 그의 행동은 그가 청산가리를 동료들에게 증여하고 화형(火刑)을 받으러 가는 장면에서 절정을 이룬다.(p.737-740)

이렇게 볼 때 우리는 그가 유일하게 믿는 '심성'의 발로가 타자와의 관계에서 두 측면으로 나타난다는 것을 알게 된다. 하나는 즐거움을 주는 것이고, 다른 하나는 타자의 고통을 덜어 주는 것이다. 이 두 측면을 동시에 나타내는 낱말은 프랑스어에 존재하지 않는다. 나아가 그것은 서구 사상에도 존재하지 않는다. 그것은 불교의 마이트라 카루나(maitra-karuna), 즉 불교적 의미에서 자비(慈悲)를 말한다. 마이트라(maitra)는 즐거움을 주는 것이고, 카루나(karuna)는 고통을 없애 주는 것이다. 부처나 보살이 중생에게 베푸는 자비를 카토프는 '심성'의 발로로서 이행하고 있는 것이다. 그가 유지하는 표정, "아이러니한 명랑함"은 이 두 측면과도 상징적으로 연결된다. 왜냐하면 형용사 '아이러니한'은 인간의 고통을 함께하려는 카루나에, '명랑함'은 즐거움을 주려는 마이트라에 연결되기 때문이다. 또 우리가 '심성'으로 번역한 'qualités du cœur'에서 'qualités'가 복수로 되어 있다는 점은 이와 같은 두 측면과도 무관하지 않을 것이라 생각된다. 프랑스어에서 'qualité'는 철학적 의미에서 "어떤 대상의 본성을 결정하는 고유한 속성"(《라루스 사전》)으로 정의되어 있다. 그렇다면 'qualités du cœur'는 마음의 본성을 결정하는 속성들이라 할 수 있을 것이고, 그것은 곧 불교에서 "불변하는 마음의 본성"으로 규정되는 심성을 프랑스어로 옮긴 것이라고 유추할 수 있다.

따라서 그가 구도의 길로서, 아니 구원 자체로 믿고 있는 '심성'은 불교의 심성으로 귀결될 수밖에 없을 것이다. 그의 모든 행동과 언어는 바로 이 속에 '절대적으로' ―― "카토프의 모든 말 속에는 '절대적으로(absolument)'가 사용되었다"(*CH*, p.533)―― 뿌리내리고 있는 것이다. 우리는 앞서 심성의 문화적 정체를 불교와 노장 사상으로 좁힐 수 있다고 말했다. 이제 심성과 관련시켜 두 사상을 간단하게 검토해 보자. 우선 노장 사상에는 마음을 비우라는 '허심(虛心)'이나 '무심(無心)'의 개념, 혹은 '허'에 중점을 두는 '마음의 재계'가 나타나며, "자기의 지혜로써 내심의 진리를 깨닫고, 그 내심의 진리로써 영원 불변의 마음을 해득한다"는 도의 길도 나타난다. 그러나 보통 '난세철학'으로 이해되는 이 사상은 또 '천지를 무정한 존재'로 규정하면서 '무정(無情)'하고 '무자비(無慈悲)'한 '무위자연'의 길을 따라야 한다고 설파한다.[45] 단번에 우리는 이와 같은 무정과 무자비가 불행한 자들을 제도(濟度)하려는 카토프의 적극적인 행동과 양립되지 않는다는 것을 알아차릴 수 있다.[46] 따라서 우리는 불교로 시선을 돌릴 수밖에 없다. 사실 불교 사상에서 마음은 노장 사상에서보다 훨씬 중요하게 다루어진다. 마음의 모든 때를 벗겨내 집착 없는 청정한 상태에 도달하는 것은 열반에 이르기 위해 가장 정진해야 할 일이다. 이 청정한 마음으로부터 자비를 베푸는 것이 바로 피안에 이르는 길이다. 그렇기 때문에 《열반경》은 "자비심이 곧 여래이다"[47]라고 가르치고 있다.

결국 우리는 첸과 기요의 경우에서와 마찬가지로 카토프의 구도적 비전 또한 불교적 비전임을 알 수 있다. 그런데 그는 '심성'이 본래 청정하다는 불교적 깨달음을 그의 과거 아내를 통해 얻는다. 무지하고 무욕한 원초적 단순성 속에서 빛을 발하는 그녀의 심성은 "자신에게 고통을 주는 자를 위해 괴로워하는"(*CH*, p.664) 탈자아적 존재의 표상이다. 그렇기 때문에 그녀는 탈개성화되고 익명화되어 있으며, 순수한 무지 속에서도 상대방의 마음을 단숨에 읽어내며 "위로하는"(p.663) 경지를 보여준다. 그녀는 "마음이 곧 부처이다"라는 불교의 가르침을 구현하면서 카토프를 불교적 구도의 길로 안내한 영원한 여

---

45) 장기근·이석호 역, 《노자·장자》, *op. cit.* 노자의 《도덕경》 제3장 〈안민〉, 제5장 〈허용〉, 장자의 《내편》, 제4장 〈인간세〉, 제5장 〈덕충부〉 참조.

46) 우리는 다른 곳에서 카토프와 그의 아내와의 관계에서 나타나는 여성성을 고려하여 그의 비전을 노장 사상적 관점에서 분석했다. 김웅권, 《앙드레 말로, 세기 속의 삶》, *op. cit.*, pp.169-176, 226-235 참조. 그러나 우리는 이 분석이 문제가 있음을 발견했다. 특히 노장 사상이 드러내는 '무정'과 '무자비'한 측면이 카토프의 행동철학과 양립할 수 없음을 알게 되었다. 여기서는 이 점을 수정한다.

47) 《불교 성전》, 불교성전편찬회편, 동국대학교 부설 동국역경원, 1991, p.481. 이 성전에서 마음에 관한 설법은 수없이 나온다.(pp.85, 94-95, 318-319, 358-359, 480-481, 595-630 등을 참조)

성인 것이다.

이제 마지막으로 우리는 카토프가 작품의 무대로부터 사라지는 마지막 장면이 어떻게 그의 비전과 일치하는지 검토해 보자. 우선 그는 자신들을 기다리는 화형 앞에서 공포에 떨며 괴로워하는 동료들을 보면서 다시 한번 반언어주의를 드러낸다. "말로는 할 수 있는 일이 대수로운 게 없구나."(p.736) 이와 같은 반언어주의를 대신하는 것이 그의 손의 상징적 움직임이다. 이 손은 우리로 하여금 붓다의 수인 가운데 여원인(與願印, varada-mudrâ)과 시무외인(施無畏印, abbaya-mudrâ)을 동시에 상기시킨다. 왜냐하면 그것은 청산가리를 "증여"(CH, p.737)하는 손이자 동시에 두려움을 없애 주는 손이기 때문이다. 이 손의 움직임(gestes)은 그의 유일한 의지처인 "심성"을 가리키는 가슴에 손이 얹어지면서 시작된다.(p.737) 손의 상징적 의미가 얼마나 심층적인지는 다음 문장에서 나타난다.

"자신의 생명에다 더한 이 증여를 카토프는 육체도 아니고 목소리도 아닌 손, 자신 위에 놓여진 그 손에 하고 있었다."(p.737)

여기서 손은 육체와 언어의 차원을 넘어 구도적 차원에서 움직이고 있음을 알 수 있다. 이 손의 움직임은 카토프의 두 동료가 청산가리를 삼키고 죽는 순간까지 계속해서 여러 번에 걸쳐 묘사된다.(p.738)

그는 이 마지막 대승적 자비를 실천한 뒤 "모든 것을 버리고"(p.737) 완벽하게 자아로부터 벗어난다. 그렇기 때문에 그는 이미 자신이 "화재로 타죽었다(je sois mort dans une incendie)"(p.739)고 생각한다. 타죽게 되는 것이 아니라 이미 타죽었다는 과거 시제에 주목하자. 이와 같은 자아의 절멸 상태, 즉 사유마저도 벗어난 상태에 있음으로써 죽음의 문을 향해 가는 그의 묘사는 아무런 심리적 움직임도, 얼굴 모습도 보여주지 않는다.(p.740) 그것은 그의 불멸하는 순수 의식이 육체, 즉 자아를 떠나 있다는 것을 암시하며, 동시에 이러한 자아 소멸의 상징성을 띠고 있는 것이다. 반면에 그를 바라보는 동료들의 내면, 즉 "사랑과 두려움과 체념에 싸여 그가 걸어가는 리듬을 좇아가는"(p.740) 그들의 내면 묘사가 나타나고 있다. 우리는 여기서도 말로가 자신의 상징시학에 따라 카토프의 비전과 최후 모습을 철저하게 일치시키고 있음을 도출해 낼 수 있다.

이상과 같이 기요 · 첸 · 카토프의 세계를 분석한 결과 우리는 그들이 길은 다르지만 동일한 궁극점을 지향하고 있음을 알 수 있다. 그들은 환상으로 간주된 현상계로부터 부동의 근원인 열반의 세계로 동일한 구심 운동을 하고 있는 것이다. 그들은 텅 비어 있는 비물질의 중심, 이른바 "우주적 의식(la Conscience cosmique)"으로 회귀함으로써 원심 운동이 자리하는 생성 변전의 세계를 초월하고 있다. 역사와 혁명은 이러한 초월의 길을 열어 주는 무대인 것이다.

4) 상징 체계와 구조

우리는 지금까지 혁명에 직접적으로 참여하는 세 인물의 비극적 비전과 구도적 길을 소설 속에 창조적으로 활용된 상징주의 시학의 검토를 통해 새롭게 조명해 보았다. 그리고 작품 전체에서 인간의 조건을 통일시키는 상징적 장치와 관련해서는 별도의 주 등을 통해 클라피크 · 페랄 · 지조르의 세계도 검토했다. 이를 토대로, 그리고 《앙드레 말로—소설 세계와 문화의 창조적 정복—》에서 제시된 〈소설의 형태적 구성〉[48]을 참조하여 작품의 상징 체계와 구조의 윤곽을 **개략**

적으로 제시해 보자.

우선 큰 틀의 상징 체계는 비교적 간단하며 분명하다고 할 수 있다. 그것은 운명과 반운명의 이원적 상징 체계이다. 먼저 운명의 상징 체계를 보면, 우리가 지금까지 고찰한 밤과 안개(안개 낀 밤)가 자리 잡고 있다. 이것들은 여섯 명의 주요 인물들 모두에게 적용됨으로써 작품의 상징적 통일성을 유지하고 있다. 그것들은 인간의 조건을 무명과 환상으로 규정하는 불교와 노장 사상의 비전을 상징한다. 이 두 장치에 보조적 역할을 하는 것이 강이다. 상하이에는 황푸 강(양쯔 강의 지류), 쑤저우 강 그리고 양쯔 강이 흐르지만 작품에는 양쯔 강을 제외하곤 구체적으로 명시되지 않고 있다. 하지만 우리가 앞에서 본 바와 같이 강은 강력한 상징적 장치로 활용되고 있으며, 생과 사로 끊임없이 이어지는 존재의 시간적 조건을 상징하는 중요한 요소이다. 비극적 그림자가 드리워진 여타의 고독한 회색빛 풍경들은 이 요소들 속에 종속된다.[49] 따라서 작품을 압도하는 상징적 장치는 밤과 안개이며, 강이 보조적 역할을 하고 있다. 이 세 개의 요소가 중국이라는 문화적 공간을 대표하는 상하이를 상징적으로 떠받치면서, 이 도시를 시간 속에 존재들이 끊임없이 생멸하는 무명과 환상의 세계로 변모시켜 놓고 있다. 따라서 이 도시는 중국 문화를 대변하는 불교와 노장 사상의 비극적 인간 조건을 구현하는 무대가 되는 것이다. 상하이는 혁명의 현장이지만 혁명 자체가 이와 같은 비극적 조건의 틀 속에 들어와 있다. 또 이와 같은 큰 틀 속에서 기요를 포함한 세 인물들의 개인적 운명에 따라 개별적인 상징적 장치들이 동원되고 있다. 예

---

48) 김웅권, *op. cit.*, p.186-192 참조 바람.

49) 우리는 인물들의 비전을 도출하는 데 직접적으로 도움이 되는 상징시학의 기법들에 초점을 맞추었기 때문에 이 공간적 배경 묘사들을 구체적으로 다루지 않았다.

를 들면 우리가 언급한 동물들──고양이·낙지·하루살이·곤충 등
──이 이에 해당한다.

그렇다면 인물들이 이와 같은 무명과 환상의 운명으로부터 벗어나
는 반운명의 상징 체계는 어떻게 구축되어 있는가? 그것은 운명의 상
징 체계에 비하면 별로 두드러지지 않는다. 먼저 주목해야 할 점은 밤
의 반대인 낮이 중요한 역할을 하지 않는다는 것이다. 낮의 빛은 혁
명의 "일시적"이고 불확실한 성공을 나타내는 제2부의 마지막(*CH*,
p.600), 어둠과 결합된 첸의 1차 테러 공격이 실패하는 제4부의 극히
일부분(p.638)──하지만 이 빛도 "안개"와 결합되어 있다(p.639)
──그리고 지조르가 비록 아편의 도움을 받지만 환상 속에서 초월
과 합류하는 7부의 일부(p.759)를 제외하면 구체적으로 명시되지도
않는다. 인물들이 추구하는 궁극적인 구원의 차원에서 보면, 지조르
의 경우만 빛은 반운명적 상징성을 띤다 할 것이다. 하지만 그것은
운명을 감싸안는 빛이다. 다시 말하면 그것은 동시에 운명을 드러내
는 빛인 것이다. 따라서 그것은 양면성을 띠고 있다. 이 경우들을 제
외하면 낮은 시간 표시만 되어 뒤에 언급될 작품의 구조를 이루는 요
소로서만 작용한다.

다음으로 우리가 주목하는 것은 밤의 반운명적 이미지이다. 기요의
경우, 앞서 보았듯이 초월적 '광인'이 '우주적 의식'과 합류하는 지
점에 운명의 어둠과는 반대되는 '원시적인 커다란 밤'이 자리잡고 있
다. 이 원시적 밤은 물론 빛이라 할 구원 자체를 감싸는 근원적 어둠
이다. 그렇다면 우리는 궁극적으로 기요와 동일한 구원의 지점에 도
달하는 첸과 카토프의 경우에도 이 원시적인 밤을 유추적으로 적용
할 수 있을 것이다. 그러나 이 밤은 운명의 밤 뒤에 감추어진 밤이기
에 전혀 부각되지 않는다.

세번째로 여타 상징적 장치들을 보면, 첸의 경우 운명과 반운명에 동시에 연결된 고양이 · 벌레(vermine) · 귀뚜라미, 기요의 경우 석유 램프의 불빛과 축음기판, 카토프의 경우 가슴 · 손 등이 나타난다. 이렇게 볼 때 이들의 구도적 길은 상징적 공간 이동——예를 들면 《왕도》에 나타나는, 산의 정상을 향한 수직적 상승 운동 같은 것——과 무관하게 혁명의 리듬에 따라 전개되며, 그것의 종점은 그들이 죽는 특정 상황이 되고 있다. 이 상황에서 환상의 초월이 단숨에 이루어지는 것이다. 이 상황까지 혁명에의 참여는 고통받는 민중을 위해 구도적 길에서 치러야 하는 대승적 의무에 해당한다 할 것이다. 이렇게 볼 때 세 혁명가들에게 나타나는 반운명의 상징 체계는 보이지 않는 근원적 밤과 이 밤에 종속되는 위와 같은 장치들로 이루어져 있다.

이 세 인물의 경우와는 달리 클라피크 · 페랄 · 지조르의 경우 반운명의 상징 체계는 밤과 안개 그리고 강으로 이루어진 운명의 상징 체계와 같다. 왜냐하면 환상 혹은 꿈의 총체, 즉 운명(le Destin)을 소유하거나 지배하고(클라피크와 페랄), 혹은 그것에 합일하는 것(지조르)이 반운명이기 때문이다. 예를 들어 클라피크가 안개 낀 밤에 룰렛 게임을 하는 동안 기요를 "꿈속에 던져 버리는"(p.688) 장면이나, 페랄 역시 안개 낀 어둠 속에서 강을 따라 환상처럼 사라지는 노동자들을 바라보는 장면을 상기해 보자.(p.593) 제7부에서 지조르의 경우만이 체계가 양면성을 띠는 빛으로의 변모를 보이고 있다. 요컨대 그들에게 환상계는 운명이자 반운명이다.

이제 작품의 구조를 상징적 차원에서 살펴보자. 이를 위해 우선 먼저 전제하고자 하는 것은 우리가 불교적 관점에서 해석해 낸 앞의 세 인물과는 달리 본논문에서 구체적으로 다루지 않은 클라피크 · 페랄 그리고 지조르의 비전은 노장 사상의 관점에서 해석되어진다는 것이다. 우리는 혁명과 간접적으로 연결된 이들 세 인물의 세계를 전적으로 상징시학과 관련시켜 해석하지는 않았지만, 이들의 세계를 노장 사상의 **부정적** 적용으로 읽은 바 있다.[50] 여기서 우리는 클라피크의 광기를 "자아 부정과 환상에의 여행"으로, 페랄의 힘에의 의지를 "타자 부정과 운명의 소유"로, 지조르의 관조를 "환상 속의 초월"로 규정했다. 이들은 각자의 길에 따라 절대의 양면, 즉 실재(la Réalité)와 환상(l'Illusion) 가운데 환상 속에 머물면서 개인적 운명(la destinée)으로부터 벗어나고자 한다. 그들은 죽음을 통해 환상으로부터 부동의 실재로 이동하는 첸·기요·카토프와는 달리 환상의 유희편에 위치한다.[51] 그렇기 때문에 그들은 모두 살아남는다. 말하자면 구심 운동을 하는 세 혁명가와는 반대로 그들은 노장 사상이 긍정하는 생성 변전의 원심 운동 속에 머물게 되는 것이다. 이렇게 볼 때 우리가 불교와 노장 사상을 융합하는 상징적 통일 장치로 이해한 밤과 안개의 결합은 인물들의 비전에서 두 축으로 갈라지는 셈이다. 한쪽에 첸·기요·카토프에 의해 구현된 불교적 구원이 있고, 다른 한쪽에 클라피크·페랄·지조르에 의해 부정적으로 구현된 도가적(道家的) 유희가 자리잡고 있다.

이와 같이 두 사상을 표상하는 대칭적 인물 구도는 작품의 구조를 어떤 식으로든 두 사상과의 연관성 속에서 고찰할 수밖에 없도록 만든다. 그래야만 작품이 말로의 말대로 "일관성 있는 특별한 하나의 세계"[52]를 창조할 수 있을 테니까 말이다. 그렇다면 주지하다시피 작

---

50) 김웅권, 《앙드레 말로, 세기 속의 삶》, *op. cit.*, p.202-213, 220-226, 235-242 참조. 이 부분들은 우리의 주장을 이해하기 위해 반드시 읽어볼 필요가 있다. 지조르의 경우가 부정적인 이유는 그의 초월이 아편을 통한 초월이기 때문이다.

51) 비록 지조르가 아편의 도움을 받아 환상 너머에 내재하는 실재를 본다 할지라도, 그의 관조는 환상계의 무한한 변모를 초탈하게 바라보는 유희 쪽에 위치한다.

품이 배경적 차원에서 밤과 낮이 교대되는 구조를 보이는 것은 어느 쪽으로 해석할 수 있겠는가? 당연히 우리는 중국 사상의 음양설을 떠올릴 수밖에 없다. 그래서 작품은 밤에서 시작해 낮으로 이어지는 교대 구조를 갖는다. 이러한 기본적 골격의 연장선에서 혁명의 리듬을 보자. 작품은 전체적으로 7개의 부로 엮어져 있는데, 모든 인물들이 다 등장하는 가장 긴 4부를 중심으로 전반의 3부와 후반의 3부가 대칭적 관계를 형성한다. 전반의 3부를 혁명의 상승 운동, 제4부를 성공과 실패의 기로인 과도적 단계, 후반 3부를 하강 운동으로 본다면, 이것들을 음양 이론의 관점에서 양의 단계·과도기·음의 단계로 해석할 수 있다. 그러니까 작품의 구조는 중층적으로 음양 이론이 적용되고 있는 것이다. 바로 이러한 중층 구조 속에서 밤과 낮의 교대적 배치는 작중 인물들의 비전과 밀접하게 결합되어 있다. 예를 들어 첸의 비극적 주요 장면이 낮에 이루어질 수 있다고 상상할 수 있겠는가? 요컨대 작품은 밤과 낮이 갈마들고 혁명이 이원적인 리듬을 타는 중층적 음양 구조로 이루어져 있으며, 이 속에서 실재(la Réalité)를 향한 불교적 구도(求道)와 환상(l'Illusion) 속에서의 도가적 유희가 대칭적으로 펼쳐지고 있는 것이다.

3. 상징시학의 변모

우리는 《정복자》를 노장 사상의 정복으로 읽으면서 상징시학의 변형적 모습을 드러낸 바 있다. 또 《왕도》 속에 독특하게 활용된 상징

---

52) Gaëtan Picon, *Malraux, op. cit.*, p.39.

시학의 연구를 통해 이 작품이 불교적 구도(求道) 소설임을 밝혀냈
다.[53] 뿐만 아니라 말로가 이 작품을 잇는 후속 작품으로 《인간의 조
건》을 집필했다고 말하면서 두 소설이 어떤 식으로든 연관이 있다고
암시했음을 지적했다. 이제 세 작품이 어떻게 연결되고 있는지 분명
해졌다. 말로가 인식한 대로 불교와 도가 사상이 접근된다는 점을 고
려할 때 《인간의 조건》은 《왕도》를 창조적으로 계승한 완벽한 후속
작품인 것이다. 여기다 《정복자》를 결합하면, 노장 사상 → 불교 →
불교-노장 사상으로의 이동이 드러난다. 그러나 좁혀 말하면, 첸·
기요 그리고 카토프의 비전만이 완벽하게 불교와 결합되어 있으므로
《왕도》와 《인간의 조건》 사이의 사상적 연속성은 다소 줄어든다 말
할 수 있을 것이다. 오히려 세 작품의 연관성이 윤곽을 드러낸 셈이
다. 어쨌거나 우리는 말로의 암시가 무엇인지 밝혀낸 것이다. 이 점
을 생각하면서 소설의 상징시학이 본격적으로 가동되는 두 작품을
읽을 때, 우리는 작가의 창조적 역량과 각 작품의 독창적 형태와 내
용을 전혀 새롭게 감상하는 책읽기의 즐거움을 맛볼 수 있다.

그러나 두 작품에서 활용된 상징시학은 상당한 변모를 보이고 있
다. 우선 첫째로 지적할 것은 의미적 불연속성의 수법이 인물의 담론
차원에서 작품의 서사 구조적 차원까지 확대되고 있다는 것이다. 서
사 차원에서 보면 《인간의 조건》에 나타나는 불연속성은 《왕도》보다
는 《정복자》의 것과 가깝다. 왜냐하면 두번째 소설에서는 페르캉의
코드화된 담론들을 빼면 이야기의 전개는 불연속적으로 잘려져 있지
만 그 강도가 약하기 때문이다. 반면에 세번째 소설은 인물들의 담론

---

53) 본서에서 다루었지만 보다 폭넓고 세밀한 접근은 김웅권, 《말로와 소설의 상
징시학》, *op. cit.* 참조.

들과 이야기의 구조가 모두 의미적 불연속성을 표출하고 있다. 그렇기 때문에 작품의 골격만을 파악하기 위해서도 독자의 적극적 참여와 노력은 훨씬 더 많이 요구된다.

다음으로 주목되는 것은 환기 수법의 변화이다. 《왕도》에서는 작품 해석의 문화적 코드에 대한 실마리가 직접적으로 주어진다. 클로드와 페르캉이 모험을 전개할 밀림이라는 무대와, 페르캉이 살아왔고 현재도 살고 있는 공간이 불교 세계라는 것이 직접적으로 환기되기 때문이다. 그러나 앞서 본 바와 같이 《인간의 조건》에서는 이런 식의 환기는 나타나지 않는다. 이 소설에서 전반적으로 환기는 상징과 결합되어 있다. 그렇기 때문에 상징적 장치들의 해석이 이루어지지 않으면 작품의 문화적 코드를 읽어낼 수 없다. 이 장치들의 검토를 통해서 코드의 정체를 어느 정도 유추해 볼 수밖에 없는 것이다.

세번째로 암시의 수법이 강화되면서 역할이 커졌다는 것이다. 우리는 《인간의 조건》을 다루면서 암시와 상징을 함께 다루었지만, 상징보다는 오히려 암시된 것들의 유추적 추론이 인물들이 지닌 비전의 문화적 코드를 밝히는 데 많은 역할을 한다는 것을 보았다. 《왕도》에서는 암시와 상징이 많은 경우 결합되어 있지만, 《인간의 조건》에서는 다른 양상을 보인다. 암시가 상징과 결합된 경우들도 있지만, 상징이 없는 코드화된 담론들 자체가 보다 큰 암시적 역할을 함으로써 이것들을 풀어내는 심도 있는 사유가 요구되고 있는 것이다. 이 과정에서 유추의 역할도 증대되고 있다.

네번째로 상징 체계와 구조가 단순함에서 복잡함으로 변모하고 있다는 것이다. 《왕도》는 불교라는 단일 사상을 구현하는 상징 체계와 구조를 드러내고 있으며 인물 시스템도 단순하다. 그렇기 때문에 페르캉의 구도적 여정은 그의 제자가 된 클로드를 동반하고 불교적 상

징 구조를 재현해내는 성산(聖山)을 오르는 과정으로 단순하게 압축
될 수 있다. 상징물들은 이 구조 속에 적절하게 체계적으로 배치되어
있다. 반면에 《인간의 조건》은 불교와 도가의 두 사상을 결합함으로
써 모든 게 다소 복잡한 양상을 띠고 있다. 앞서 본 바와 같이 그것의
상징 구조는 음양설을 도입한 중층 구조로 구축되어 있다. 인물들의
시스템도 대칭적 구도를 이루며, 이 구도가 절대의 양면인 실재와 환
상에 연결되어 있다. 뿐만 아니라 두 그룹 내의 인물들 각자에게 특
별한 개성과 운명(destinée)이 부여되어 있다. 그렇기 때문에 인물들이
전개하는 개별적 구도의 길은——지조르의 경우를 제외하고——상
징 구조의 리듬 있는 역동성과 끝까지 함께하지 않고 중도에서 개별
적으로 막을 내린다. 또한 상징 체계 자체도 상징 구조와 모순되지는
않지만 한덩어리로 단선적으로 결합되어 있지 않은 것이다.

이처럼 《왕도》에서 《인간의 조건》으로 가면서 소설의 상징시학은
변모가 이루어지는데, 전반적으로 그것의 깊이와 폭이 확대되면서 보
다 정치해지고 있다. 그렇기 때문에 작품의 코드화가 보다 심층적으
로 이루어지고 있으며, 독자가 이를 해독하는 작업도 보다 심도 있는
고찰을 필요로 한다.

맺음말

우리가 《인간의 조건》에 창조적으로 도입된 상징시학의 연구를 통
해 본 결과는 작품의 제목을 지금까지의 해석과는 전혀 다르게 이해
하게 만든다. 그것은 불교와 도가 사상의 관점에서 본 인간의 조건인
것이다. 대개의 경우, 한 작품에 대한 이해의 폭은 독자의 교양과 책

읽기의 방향에 의해 결정되고 만다. 그렇기 때문에 모든 연구자들이 이 소설의 제목에서 먼저 파스칼의 《팡세》를 떠올렸던 것이다. 그러나 무엇보다 작가의 창조적 역량의 산물인 상징시학의 힘 있는 변용이 제목에 대한 독자의 이해를 빗나가게 한 결정적 원인이라 할 것이다. 우리가 말로의 소설, 특히 아시아의 3부작을 연구하면서 말로의 전문가들에 대해 내심으로 묻고 싶었던 것은 왜 적어도 한번쯤은 작가의 입장을 진지하게 받아들이지 않느냐는 것이었다. 말로가 《반회고록》과 《교수대와 생쥐들》에서까지 소설들을 언급하면서 새로운 해석의 방향을 암시하고 있는데도 말이다. 20세기에 도래된 전대미문의 지구촌 문명 앞에서 말로는 범세계적 차원에서 인류의 정신적 문제를 탐구했는데, 연구자들은 유럽적 차원에 갇혀 한 발짝도 움직일 줄을 몰랐다.

우리가 본서에서 드러낸 소설의 상징시학은 아마 지금까지 어느 다른 소설가도 개척해 내지 못한 소설시학이라 할 것이다. 그렇지 않았다면 말로의 소설 세계가 그렇게 다르게 읽혀질 수가 없었을 것이다. 또 이 시학은 유일무이하다 할 것이다. 왜냐하면 그것은 어떤 다른 소설가도 흉내내지 못한 상징시학의 경지를 보여주고 있기 때문이다. 소설의 심층 속에 진주처럼 묻혀 있는 이 시학의 발굴은 말로의 소설 미학을 한 차원 더 높여 줄 것이고, 세계 소설사에 독보적 존재로 빛나게 할 것이다. 작품이 출간된 지 70년이 되었지만 이처럼 새로운 해석을 기다리고 있다는 사실 자체가 경이롭지 않은가!

우리가 소설의 상징시학을 통해서 알 수 있는 것은 말로가 소설 속에서 전개되는 종교적 탐구를 실존적 차원으로 완벽하게 포장해 놓았다는 것이다. 이 포장의 과정이 언어의 창조이고 기표의 확장이며 놀이이다. 첸과 기요 그리고 카토프의 비전에 나타나는 난해한 담론들은 이로부터 비롯되는 것이다. 그들이 구심 운동을 통해 도달하는 궁극점에 위치한 '제1의 기표'는 니르바나라는 산스크리트어이고, 이 것의 기의는 텅 빈 중심이다. 이 제1의 기표로 이어지는 기표의 새로 운 확장이 인물들의 코드화된 담론들을 통해 이루어지고 있는 것이 다. 작가의 강력한 창조적 힘은 텅 빈 중심을 향한 다양한 길을 구현 하는 독창적 인물들을 주조해 내고 있다. 데리다가 이야기하는 기표 의 놀이는 그가 '현전의 형이상학'으로 규정한 서양철학을 넘어서 어 떠한 담론의 놀이에도 적용된다.

필자가 말로의 소설 세계를 연구하여 발표할 때마다 반복하는 고 독한 변방적 외침을 되풀이하면서 《인간의 조건》에 대한 고찰을 마감 하겠다. 말로의 소설 세계는 아시아의 3부작과 유럽의 3부작이 대칭 을 이루도록 구성되어 있다. 아시아의 3부작은 불교와 노장 사상으 로 대변되는 동양 사상의 소설적 '탐구'이자 '정복'이고, '부활'이자 '변모'이다. 반면에 유럽의 3부작은 그리스 신화와 기독교로 대변되 는 서양 사상의 '탐구'이자 '정복'이고, '부활'이자 '변모'이다. 말로 는 20세기에 탄생된 전대미문의 지구촌 문명을 '불가지론적' 문명으 로 규정하면서 이 문명이 처한 정신적 어둠을 직시했다. 그의 소설적 여정은 이러한 어둠에서 빛을 찾는 과정, 다시 말해 동서양을 아우르 며 동시에 뛰어넘는 '제3의 길'을 모색하는 과정으로 나타난다. 그 리하여 그것은 동서양의 위대한 정신 형태들로의 구도적 순례를 담아 내고 있는 것이다.

제 IV 부
서양의 3부작

제1장
《모멸의 시대》와 그리스 신화

> "신화는 그 자체로서 생명을 지닌 것은 아
> 니다. 신화는 우리가 그것을 육화해 주기를
> 기다리고 있다."
>
> 알베르 카뮈, 《여름》

1. 접근

말로의 소설 세계는 동양의 3부작과 서양의 3부작으로 '기호학적' 대칭 구조를 이루고 있다. 그러니까 필자가 여기서 연구의 대상으로 삼은 소설은 후자의 3부작 가운데 첫번째 작품이다. 말로는 전자의 3부작을 통해 동양 정신에의 지적 순례를 마감하고 이 소설에서 서양 정신의 뿌리인 그리스 사상으로 되돌아오고 있다. 우리는 지금까지 말로가 소설 속에 도입해 정치하게 재창조한 '상징시학'을 발굴해 아시아의 3부작을 새롭게 해석했다. 말라르메의 상징주의 시학을 독창적으로 변용한 이 상징시학을 통해 소설가는 텍스트를 완벽하게 코드화시켜 놓고 있는 것이다. 유럽의 3부작 역시 마찬가지이다.

이와 같은 사정으로 인해 그동안의 많은 연구는 두 3부작 사이에 나타나는 차이, 다시 말해 인물들이 현실적 이데올로기와 존재론적 구원 사이에서 드러내는 거리와 화해의 차이를 인식하지 못하고 다만 '문제적'으로 파악했던 것이다. 예를 들어 마르크스주의적 비평에 기울어진 골드만은 루카치의 이론을 받아들여 아시아의 3부작에 나타나는 인물들[1]을 정도의 차이는 있지만 모두 '문제적 인물'로 해석해 내고 있다.[2] 다른 연구자들도 대부분 이러한 입장을 수용하여 골드만의 규정을 많이 인용하고 있음은 주지의 사실이다. 예컨대 클린은 "《모멸의 시대》 이전에 나온 말로의 모든 주인공들은 조르주 루카치와 뤼시앵 골드만이 '문제적 인물'이라 부른 것을 나타낸다"[3]고 말하고 있다.

최근의 경우를 보면, 정신분석학적 접근으로 상당한 관심을 끌었던 프랑수아 리오타르는 《왕도》의 제2부 도입부에서 치밀하게 묘사된 밀림과 《모멸의 시대》에서 카스너가 감옥에서 드러내는 '악몽들'을 아무 쓸데없이 길다고 비판하면서 그것들을 '앙드레' 개인의 '공포' 차원으로 격하시키고 있다.[4] 이와 같은 해석 역시 소설을 코드화시킨

---

1) 독자는 동양의 3부작에 나타나는 주요 인물들이 모두 죽음을 맞이하거나(《왕도》와 《인간의 조건》) 죽을 운명에 처해 있는 데(《정복자》) 반해 서양의 3부작에 나타나는 주요 인물들이 모두 살아남는다는 점을 주목해야 한다. 이와 같은 상반된 두 현상은 존재계 및 생성의 '초재적' 혹은 '내재적' 초월(아시아의 3부작)과 긍정(유럽의 3부작)이라는 형이상학적 두 방향을 나타내고 있음을 직시해야 한다.
2) 골드만에 따르면, 문제적 인물의 "존재와 가치들은 그를 해결할 수 없는 문제들 앞에 처하게 하지만 그는 이 문제들에 대한 분명하고 엄격한 자각을 할 수 없으리라"는 것이다. L. Goldmann, *Pour une socioologie du roman*, idées/gallimard, n° 93, 1964, p.195.
3) T. Jefferson Kline, 〈Le Temps (du mépris) retrouvé〉, in *André Malraux visage du romancier*, n° 2 de 〈la Série d'André Malraux〉 de la *Revue des lettres modernes*, 1973, p.75.
4) J.-F. Lyotard, *Signé Malraux*, Grasset, 1996, p.144 참조.

상징시학에 다가가지 못한 결과가 아닐 수 없다. 문제의 밀림은 불교적 시간관과 세계관을 탁월하게 형상화시킨 뛰어난 상상력의 소산이며,[5] 앞으로 보겠지만 악몽들 역시 소설의 신화 구조 속에서 이해되어야 할 전략적 내용을 담아내고 있다.

한편 장 클로드 라라는 카스너가 감옥에서 운명에 저항하기 위해 전개하는 시적 이미지들이 "어떠한 윤리적 혹은 정치적 가치도 없으며, 따라서 그것들의 매혹은 오직 그것들이 지닌 신비한 '아름다움'에 기인한다"고 주장하면서 이 허구적 인물을 통해 '작가/시인'이 나타나고 있다고 말한다.[6] 이러한 해석 역시 작가가 서문에서부터 암시한 '고대의 세계,' 즉 '비극의 세계'가 무엇을 말하고, 또 그것이 어떻게 시학적으로 정교하게 코드화되었는지에 대한 심층적 검토가 결여된 데서 비롯되었다고 생각된다.

끝으로 하나만 더 예를 든다면, 크리스티안 모아티는 작품 속에 녹아 있는 신화적 탐구와 명상의 깊이를 간과한 채, 소설이 비인간적 히틀러주의의 현실에 대한 고발과 파스칼적 인간 조건/감옥의 부각이라는 "매우 다른 의미의 두 차원에서 전개되기" 때문에 '불균형'이 비롯된다고 단정하고 있다.[7] 《인간의 조건》에서부터 감옥만 나왔다 하면 파스칼을 갖다 붙이는 이와 같은 읽기 방식은 말로가 동서양을 넘나들며 소설들 속에서 전개하는 다양한 지적 모험들과 풍요로운 사유들을 획일화시키는 환원주의적 단순화로서 경계해야 할 대상이라 할 것이다. 그것은 그의 소설이 '탐구 소설'로 규정된 것과도 모순된다.

---

5) 이에 대해서는 필자의 《말로와 소설의 상징시학》, *op. cit.*, p.101-107 참조.

6) J.-C. Larrat, *André Malraux*, Grasset, 〈Livre de poche〉 n° 578, 2001, p.72.

7) C. Moatti, *Le Prédicateur et ses masques, op. cit.*, p.329 참조.

따라서 필자는 위와 같은 해석들과는 전혀 다른 지평에서 《모멸의 시대》에 접근하고자 한다. 우리는 이 작품이 이데올로기적 투쟁의 단순한 차원을 넘어 프로메테우스 신화의 '부활' '변모' '정복' '재창조'를 통해 그것에 시대적 생명력을 부여하면서 그리스의 신화적 인간관에 대해 "탐구"[8]하고 있음을 밝혀 보고자 한다. 말로의 모든 소설이 실용적-이데올로기적 차원과 종교적-신화적 차원을 동전의 양면처럼 결합하고 있음을 놓쳐서는 안 될 것이다. 방법적으로는 지금까지 다른 소설들을 연구하면서 발굴한 '소설의 상징시학'을 적용할 것이다. 왜냐하면 작가는 이 상징시학을 통해서 텍스트의 의미망을 완벽하게 코드화시켜 놓았기 때문이다. 그러니까 상징시학의 검토가 이루어질 때 비로소 소설의 신화 구조는 그 진정한 형태를 드러내게 되어 있는 셈이다.

2. 불연속성과 코드화

《모멸의 시대》에서 불연속성은 카스너가 감옥에서 운명과 싸우기 위해 전개하는 시적 몽상과 같은 예외적인 부분을 제외하면, 텍스트를 코드화시키는 데 강력하게 작용하지 않는 것처럼 보일 수 있다. 그것은 일차적으로 소설을 8개의 장(章)으로 재단하고 있으나 독자는 큰 어려움 없이 이것들을 연결시킬 수 있다. 나아가 그것은 극히 난해하여 해독에 많은 노력을 필요로 하는 '파편화'된 담화나 정교

---

8) 말로의 예술관에서 '부활' '변모' '정복' '탐구'는 중요한 개념들로 받아들여지고 있지만, 필자의 연구를 제외하면 그것들이 소설들에 적용되어 연구된 사례는 없다. 여기에 그의 예술관이 총체적으로 다시 연구되어야 할 필요성이 있다.

하게 잘려진 문장을 생산하는 데 많이 활용되고 있지는 않다. 이런 측면은 이 '중편 소설'이 "단순하고 심지어 지나치게 단순하다"[9]고 성급하게 평가되는 데 일조했을 것이다. 그러나 작품을 좀더 심층적으로 읽어보면, 독자의 적극적 참여와 상당한 유추적 사유를 요구하는 불연속성이 여기저기 표출되어 나타난다. 특히 그것은 문제의 예외적인 부분에서 시적 표현들로 집중적으로 나타나면서 중요한 역할을 한다. 왜냐하면 그것은 카스너가 감옥에서 전개하는 투쟁의 내면 풍경들, 다시 말해 '사실주의'와 '초현실주의'가 결합된 이른바 '악몽들(cauchemars)' 혹은 '환각들(hallucinations)' 속에 코드화된 의미 단위들을 배치하는 데 작용하고 있기 때문이다.[10]

불연속적으로 잘려진 시적 표현들은 쉽게 알아볼 수 있으므로 제외하고 다른 예를 들어 보자. 우선 하나의 불연속성이 나타나는 전후 관계를 살펴보면, 카스너는 간수가 복도에서 흥얼거리는 노래를 듣게 되자 음악을 통해 '절대적인 밤'의 어둠과 운명을 극복하고자 한다. 그리하여 그는 "러시아의 노래들, 그리고 바흐와 베토벤"(TM, p.791)[11]을 생각하며 음악 속에 빠져든다. 이 세 개의 음악은 주인공이 펼쳐내는 이미지들과 관련이 있기 때문에 숙고를 요한다. 러시아의 노래는 어떤 것인지 구체적으로 언급되지 않아 일단 보류하고 바흐와 베토벤을 되돌아보면 '서양 음악의 아버지'로 통하는 전자는 독

---

9) Jean Carduner, *La création romanesque chez Malraux*, op. cit., p.80.

10) 카스너의 의식에 떠오르는 외관상 '무질서한 이미지들'은 로베르 주아니가 생각한 것처럼 '현재의 무(無)'로부터 벗어나게 해주는 단순한 '지표들'로서 '비논리성'과 '근거 없음'으로 귀결되는 것은 아니다. Robert Jouanny, 〈Notice〉sur *Le Temps du mépris, in Œuvres compmètes*, vol. 1, op. cit., p.1377. 잎으로 보겠지만, 이러한 부정적 비판은 말로의 소설들을 코드화시키는 불연속성에 전혀 주목하지 못한 데서 비롯된 것이다.

11) *TM*은 *Le Temps du mépris*(in *Œuvres compmètes*, vol. I, *ibid.*)의 약자임.

실한 기독교 신자로서 그리스도의 드라마를 담아내면서 신의 절대적 사랑을 노래하는 종교 음악을 많이 작곡했다. 그는 신에 대한 봉사자로서 일생을 보낸 음악가로 알려져 있다.

반면에 '악성'이자 '고전 음악의 완성자'로 불리는 후자는 종교적 측면에서 별로 알려진 게 없으며, 종교 음악을 거의 남기지도 않았다.[12] 그 대신 그는 초인적인 불굴의 정신으로 운명에 저항하는 삶을 살았으며 이러한 삶을 통한 인간 승리 자체가 그의 위대한 음악 속에 구현되어 있다. 뿐만 아니라 그는 저명한 이탈리아 무용가 살바토레 비가노를 위해 발레 음악인 《프로메테우스의 창조물》 작품 43을 작곡했다.[13] 두 작곡가의 이와 같은 대조적인 측면은 카스너의 상상력과 추억 속에 그대로 반영되고 있다. 먼저 음악은 카스너를 사로잡으면서 그를 과거로부터, 생과 사의 비극으로부터 해방시켜 영원의 초월적 세계로 향하게 한다. 그것은 "사랑의 부름"과 "종교적인/신성한 노래" 곧 성가(聖歌)로 표현됨으로써 기독교의 신을 통해 운명을 극복하라는 유혹을 함축하고 있다.(*TM*, p.792-793) 그런데 "감옥을 넘어, 시간을 넘어, 고통 자체가 승리를 거두는 세계"(p.793)로, 곧 신의 품안으로 되돌아오라는 외침과 상반되는 또 다른 목소리-이미지가

---

12) 그의 종교 음악으로는 그가 타계하기 4년 전에 작곡한 《장엄미사》가 대표적이며, 이 작품에서 그의 종교적 고뇌와 불안을 엿볼 수 있다. 그러나 이 작품이 나오기 전까지 그는 무신론자였던 것으로 전해지며 부패한 종교에 대해 반감을 가졌던 것으로 알려져 있다.

13) 이 작품은 현재 서곡만 남아 있으며, 발레의 시나리오 역시 분실되어 그것의 내용은 '당시의 비평들을 통해서' 알려지고 있다. "여기서 프로메테우스는 인류에게 의식과 예술을 가져다 준 은인으로 찬양되었다." 한편 "서곡은 (…) 폭풍을 묘사하고 있으며, 폭풍이 몰아치는 가운데 프로메테우스는 제우스의 벼락으로부터 벗어난다". *Dicionnaire des Œuvres de tous les temps et de tous les pays*, tome 4, Laffont-Bompiani, Société d'édition de dictionnaires et encyclopédies, 1962, p.161.

의미적 불연속성을 드러내면서 갑자기 나타난다.

　"음악이 주는 그 격정은 언제나 사랑의 부름이다. 그런데 고통 아래서 광기는 그가 걷기를 멈춘 이래로 사지 속에 매복하고 있듯이 기다리고 있었다. 그는 자신과 함께 감옥 속에 갇힌 독수리의 악몽에 사로잡힌 바가 있었다. 그 독수리는 그것이 탐욕스럽게 갈망하는 그의 눈을 끊임없이 바라보면서, 곡괭이 같은 뾰족한 부리로 찍을 때마다 그의 살점들을 뜯어내고 있었다. 그것은 온통 어둠의 검은 피로 부풀어 터질 듯한 모습으로 몇 시간 전부터 접근하곤 했다. 그러나 음악은 보다 강했다. 그것은 카스너를 사로잡고 있었다. 그는 그것을 더 이상 지배하지 못했다."(p. 792)

　이 인용문에서 핵심은 '사랑의 부름'과 '독수리'의 공격이 나타내는 충돌인데, 그것들이 심층적으로 엮어내는 의미적 관계가 설명되지 않음으로써 불연속성을 나타내고 있다. 코드화된 이 충돌이 해독될 때 불연속성은 해소된다. 우선적으로 우리는 독수리의 이미지에서 프로메테우스 신화를 떠올릴 수 있다.[14] 여기서 유추를 좀더 밀고 나가면, 특히 베토벤의 《프로메테우스의 창조물》을 상기할 때, 사랑의 신인 기독교 신과 폭군인 제우스 신이 교차되고 있지 않은지 자문

---

14) 클린은 카스너에게 떠오르는 이미지들 가운데 '독수리'의 이미지가 세 번 나타나는 점과 감옥이 '거대한 돌'로 변모된다는 점을 들면서 "바위 위에 독수리에게 내던져진 채 카스너는 현대의 프로메테우스가 된다"고 단순하게 언급하는 데 그침으로써, 아쉽게도 작품 전체를 이 신화 구조로 해석해 내지 못하고 있다. 〈Le Temps (du mépris) retrouvé〉, op. cit., 주 20 참조. 녹수리의 이미시는 세 번만 나오는 게 아니라 다섯 번, 아니 반과거 시제 속에 담긴 반복을 고려하면 아주 많이 나온다 할 것이다. 앞으로 보겠지만, 클린이 말한 두 가지 점 이외 여러 다른 요소들이 텍스트를 프로메테우스 신화로 구조화시키고 있다.

할 수 있다. 보다 정확히 말하면 전자가 후자로 이동하는 것이 아닌 지를 말이다. 그렇다면 신은 사랑의 이미지와 폭군의 이미지 사이에 서, 다시 말해 바흐와 베토벤 사이에서 흔들리고 있는 것이 아닐까? 이런 의문들에 대한 대답은 카스너의 의식을 스쳐가는 반복적·변형 적 이미지들의 검토를 통해서 도출될 수 있을 것이다. 불연속성의 예 를 하나만 더 들어 보자.

"그러나 음악 속에는 소리들의 이 숙명, 다시 말해 끝없는 분해(désa-grégation)를 강제하고, 인간으로 하여금 계속되는 평정 속에서 위안의 패배 영역으로 슬며시 이동하게 만드는 그 숙명과는 다른 무엇이 있었 다. 이제 그것으로부터 무한히 반향된 어떤 부름이 솟아올랐다. 반항을 드러내는 최후 심판의 계곡처럼, 음악이 그 자체의 손으로 인간의 머리 를 붙잡아 남성적 형제애를 향해 서서히 들어올리는 그 은밀한 지역의 모든 목소리들까지 동참하는 외침의 일체감처럼(il en surgissait main-tenant un appel indéfiniment répercuté, vallée du Jugement dernier en révolte, communion du cri jusqu'à toutes les voix……)." (p.793)

인용문에서 원문을 병기한 문장을 보면 특히 "반항을 드러내는 최 후 심판의 계곡"이 코드화되어 불연속성을 표출하고 있다. 이 표현을 생략하면 '부름'이 형제애적 투쟁의 '외침(의 일체감)'으로 되받게 됨 으로써 의미의 연결이 자연스럽게 이루어진다. 그것을 해독하기 위해 서는 이 텍스트를 앞서 인용한 것과 접근시켜 상호 보완적으로 다루 어야 한다.

이처럼 불연속성은 많지는 않지만 주인공의 의식의 흐름 속에서 여기저기 산발적으로 나타나며, 독자의 유추적 사유와 참여를 유도

하고 있다.[15] 이제 앞의 예들을 해석하여 텍스트의 의미망 속에 자리 잡게 하기 위해 환기·암시·상징을 함께 고찰해 보자.

3. 환기·암시·상징의 그물: 프로메테우스 신화

1) 서방 기독교와 동방 정교 사이에서: 제우스와 프로메테우스

앞에서 우리는 이미 강력한 암시로 작용하는 바흐와 베토벤, 그리고 러시아 노래 가운데 두 음악가의 세계에 잠시 주목했다. 그리고 카스너가 기독교 신과 제우스 신 사이에서 갈등하고 있음을 유추해 보았다. 여기서 카스너의 의식 속에서 들려오는 "반복된 세 개의 곡조(trois notes répétées)"(*TM*, p.794)에 관심을 기울여 볼 필요가 있다. 왜냐하면 그것들은 '반복' 됨으로써 환기되며 암시 및 상징과 결합되어 있기 때문이다. 그것들은 세 개의 노래를 구성하는데, 첫번째 노래는 앞서 언급한 운명과 결합된 "종교적 노래(성가)"이고, 두번째는 "혁명의 노래"(p.794)와 결합된 것이며, 세번째는 숙명을 강제하는 "새로운 노래"(p.794)이다.

첫번째 노래를 보면 신은 기독교의 신과 제우스 신, 다시 말해 사랑과 압제 사이에서 반복적 흔들림을 드러낸다. 보다 정확히 말하면 바흐의 음악에 따라 펼쳐진다고 추정해 볼 수 있는 기독교의 비전/신관 속으로 베토벤적 프로메테우스와 결합된 제우스 신의 관념이 단속적

---

15) 불연속성의 다른 사례들은 경우에 따라 앞으로 다른 기법들과 맞물려 검토될 것이다.

으로 침투하고 있다. 불연속성이 나타나는 첫번째 인용문에서 독수리가 '접근하곤 했다'가 이 점을 뒷받침한다. 그러나 결국 사랑의 신이 승리를 거두는 쪽으로 방향이 잡힌다.

"독수리와 감옥은 둔중한 폭포처럼 울리는 조곡(弔曲) 속에 파묻혀 결국 어떤 무한한 일체감 속에 사라져 갔다. 이 일체감 속에서 음악은 모든 과거를 영속시키고 있었다. 음악은 그 모든 과거를 시간으로부터 해방시키고, 생과 사가 별이 총총한 하늘의 부동성 속에 사라지듯이 모든 것을 결실의 명백함을 간직한 모습으로 뒤섞고 있었기에(Vautour et cachot s'enfonçaient sous une lourde cascade de chant funèbre jusqu'à une communion inépuisable où la musique perpétuait tout passé en le délivrant du temps, en mêlant tout dans son évidence recueillie comme se fondent la vie et la mort dans l'immobilité du ciel étoilé)."(p.792−793)

이 텍스트에서 독수리와 감옥은 이미지화된 죽음의 노래 속에 묻혀 영원의 세계 속에 사라지고 있다. 그런데 '무한한 일체감'으로 표현된 이 영원과의 합일 속에서 과거는 시간으로부터 벗어나 숙명처럼 영원히 그대로 고정되고 있다. 그것은 무(無) 속에 소멸되는 것이 아니다. 뿐만 아니라 음악 속에서 모든 것은 '결실의 명백함'을 유지한 채 삶과 죽음처럼 '부동의 하늘,' 곧 영원 속에 뒤섞이고 있다. 우리가 '결실의'로 번역한 'recueillie'라는 낱말에 주목해야 한다. 그것은 형용사로 쓰일 경우 사람이나 사람의 얼굴과 결합해 '명상에 잠긴'이라는 의미로 사용된다. 하지만 인용문에서 그것은 'son'이 '모든 것(tout)'을 받기 때문에 형용사로 사용될 수 없다. 따라서 그것은 ~의 '결실을 거두다'라는 동사의 과거분사로 형용사 역할을 하고 있다고 보아야 할 것이다. 이렇게 될 때 과거가 영원 속에 영속화되듯이, 모든 것은 결실을 맺은 상태에서 영원 속에 뒤섞여 영속화된다. 다시 말해 죽음에 임하여 각 개별자는 씨를 뿌린 대로 거두어 그 명백한 결과를 가지고 영원 속으로 들어간다. 결국 각자가 살아온 과거와 결산 내용, 곧 삶과 죽음까지 영원 속으로 사라지지만 그 속에서 그것들은 시간으로부터 해방되어 그대로 영원히 존재한다는 유추가 가능하다. 그렇다면 각 존재자는 유일한 삶을 살고 죽으며, 그의 삶과 죽음에 대한 심판에 따라 영원 속에 자리매김된다는 것이 아닌가! 이것이 '성가'가 들려주는 부동의 진리이다. 그러니까 갈등의 드라마와 의미를 생성시키는 양극적 패러다임——선과 악, 행복과 불행, 기쁨과 고통 등——들[16]이 영원 속에 사라지는 것 같지만 사실은 그것들이 그 속에서 영구히 지속된다는 것이다. 이러한 측면은 기독교 내세관을 반영한다. 그것은 기독교가 내세에서 천국과 지옥의 패러다임을 영속화시키고 있다는 점을 상기하면 어렵지 않게 이해될 수 있다. 반면에 불교의 구원관은 이러한 갈등의 패러다임을 완전히 넘어서 무(無)의 순수 의식이 우주적 의식과 합류하는 것으로 나타난다. 따라서 카스너의 의식은 기독교의 비전으로 기울어지고 있으며, 그리하여 앞서 인용했듯이 "감옥을 넘어, 시간을 넘어 고통 자체가 승리를 거두는 세계"(p.793)가 영원 속에 드러나고 있다.[17] 결국 이와 같은 기독교의 구원관을 통해서 파스칼적 인간 조건, 다시 말해 카스너가 "자신의 흩어진 육체를 천체들의 끝없는 숙명성과 혼동"(p.793)하는 그 인간 조건이 순간적으로 극복된다.[18]

그런데 여기서 '몽골의 하늘'과 '고비 사막'이 불연속적으로 나타

---

16) 바르트적 의미에서 패러다임에 관해서는 본서 31-32쪽 참조.

나면서 '타타르인 낙타꾼들이 엎드려' 부르는 '찬가'가 다음과 같은 '밤의 시편 영창'에 의해 단절된다. "(…) 이 밤이 운명의 밤이라면 ──새벽이 올 때까지 이 밤에 축복이 있기를……."(p.793)[19] 이 문장은 주아니에 의하면 《코란》에 나오는 것으로 되어 있다.[20] 그것은 이

---

17) 이러한 해석의 관점에서 다음과 같은 모호한 표현 역시 접근되어야 할 것이다. "고통 자체가 승리하는 세계에서, 원초적 동요들의 소멸하는 황혼(un crépuscule balayé d'émotions primitives) 속에서 그(카스너)의 삶이었던 모든 것은 세계들의 저항할 수 없는 운동과 더불어 결실의 영원한 거둠 속(dans un recueillement d'éternité)으로 흘러들어 갔다."(TM, p.793) 여기서 '세계들'은 무한한 공간 속에 펼쳐진 천체들을 말함으로써 숙명성을 담아내고 있다. 또 'recueillement'이라는 낱말은 (종교적) '명상'이라는 의미로 보통 사용되나 '결실의 거둠'이라는 뜻도 있다. 우리가 앞서 're-cueillie'라는 낱말을 '결실의'로 번역한 사실을 고려할 때 후자로 번역한다. 물론 '명상'으로 번역해도 우리의 관점을 유지하는 데는 문제가 없지만 말이다. 삶의 고통에 대한 보상이 이루어지는 승리의 세계는 이를 뒷받침해 주고 있기 때문이다. 뿐만 아니라 소설의 결정판이 나오기 전에 문예 잡지 《누벨 르뷔 프랑세즈 Nouvelle revue française》에 실린 것을 보면, 인용문에 없는 삭제된 표현이 나온다. "그의 삶이었던 모든 것은 **빛과 깊이를 바꾸었고 한번 더** 세계들의(…)."(R. Jouanny, 〈Notes et variantes〉, in Œuvres complètes, vol. I, op. cit., p.1401) 카스너의 모든 과거가 '빛과 깊이를 바꾸어 한번 더' 영원 속으로 잠긴다는 이 표현은 우리의 해석을 견고하게 해준다.

18) 《누벨 르뷔 프랑세즈》에 실린 부분을 보면 이 점은 더욱 확실해진다. 삭제된 대목을 보면 이런 문장이 나온다. "그러나(교향곡은 보다 장중해지고 있었다) 마치 그 자신 관조로 충만한 것처럼, 조금씩 별들의 행렬은 카스너 자신이 위협받고 있는 만큼이나 위협을 받아 보다 덜 펼쳐졌다. 하늘의 장엄한 공작좌는 세계의 극단까지 물러나고 있었다."(R. Jouanny, 〈Notes et variantes〉, Ibid., p.1401) 공작이 "꼬리를 펼칠 때, 그것은 천체들의 우주를 상징한다"(J. Chevalier et A. Gheerbrant, Dictionnaire des symboles, Robert Laffont/Jupiter, 1982, p.726)는 사실을 고려할 때, 천체들의 물러남은 바로 인간 조건의 극복을 함축하고 있다 할 것이다. 여기서 천체들로 형상화된 인간 조건을 파스칼적으로 보느냐 프로메테우스 신화의 관점에서 보느냐의 문제가 제기될 수 있다. 그것은 기독교 신과 관련될 때는 파스칼적으로, 제우스 신과 관련될 때는 프로메테우스적으로 보는 게 타당할 것이다.

19) 사실 이 문장은 《누벨 르뷔 프랑세즈》에 실린 부분을 보면, 카스너가 파스칼적 인간 조건을 극복하는 대목보다 먼저 나와 있다. R. Jouanny, 〈Notes et variantes〉, Ibid., p.1401 참조. 말로는 결정판을 내기 전에 카스너가 음악에 따라 전개하는 시적 이미지들을 대폭적으로 추가하고, 수정하고, 교정하고 재조직하여 난해함으로 줄이면서 보다 일관성을 부여하고 있다.

슬람 낙타꾼들이 부르는 성가로서 운명 앞에서 초월적 신에게 올리는 기도를 나타낸다. 따라서 그것은 위에서 우리가 도출한 기독교의 구원관과 모순되지 않으며,[21] 둘은 모두 '사랑의 부름/호소'를 명하는 절대자에 의지하고픈 유혹을 담아낸다. 그렇다면 이 시편 영창은 카스너가 유혹을 받고 있는 기독교의 비전 속에 수용되는 셈이다.

요컨대 첫번째 노래에서 카스너는 바흐의 《교향곡》 혹은 칸타타 제4번으로 추정되는[22] 성가를 따라 펼쳐내는 이미지들을 통해 기독교의 비전에 기울어지면서 프로메테우스 신화의 도전을 단속적으로 받고 있지만, 결국 전자가 파스칼적 인간 조건을 극복하면서 승리하고 있다. 그러니까 일단은 제우스 신의 폭군적 이미지는 기독교의 사랑의 신에 의해 수면 아래로 가라앉고 있다.

이제 두번째 노래로 넘어가 보자. 그것은 이미 첫번째 노래가 "위

---

20) R. Jouaany, 〈Notes et variantes〉, *ibid.*, p.1402 참조. 카스너는 안나와 만나 이 시편을 음악과 더불어 다시 상기하고 있다.(*TM*, p.837) 이러한 상기는 종교적 기도와 프로메테우스적 저항이 운명의 극복이라는 동일한 차원에서 만나고 있음을 함축한다. 말로는 1959년 아테네에서 행한 연설인 〈그리스에 보내는 경의 Hommage à la Grèce〉에서 그리스의 신화에 나타나는 이와 같은 저항 정신의 '메시지'와 '동방의 극히 오래된 주문'인 이 시편을 접근시킴으로써 운명 극복의 차원에서 서방과 동방의 접점을 언급하고 있다. *Oraisons funèbres*, in *Œuvres complètes*, vol. III, *op. cit.*, p.924 참조. 그러니까 카스너의 상기는 소설의 신화 구조와 직접적으로는 상관없는 것이지만, 그가 감옥에서 '반운명(antidestin)'의 한 형태로서 이 시편을 떠올렸다는 사실을 나타낼 뿐이다.

21) 특히 기독교와 이슬람교가 모두 유대교에 뿌리를 두고 있다는 점을 상기하자.

22) 이렇게 추정하는 근거는 앞서 주 18에서 보았듯이 《누벨 르뷔 프랑세즈》에 실린 부분에서 '교향곡'이라는 낱말이 나타나 있기 때문이다. 바흐의 교향곡은 칸타타 가운데 가장 유명한 제4번 《그리스도는 죽음의 어두운 감옥에 누워 있었네 Christ lay in death's dark prison》를 말하는 것으로, 다른 주요 종교적 작품들(보통 두 시간 이상)에 비해 연주 시간이 짧다.(30분) 이 곡은 부활절 예배를 위해 작곡된 것으로 '비통한 정취와 중세풍의 신비주의적 분위기'를 자아내면서 그리스도의 수난과 부활을 통한 죽음과 삶의 드라마를 펼쳐내고 있다. 《명곡 해설》, 세광출판사, 1979, p.45-46 참조.

안의 패배의 영역"으로 전도되면서 "숙명"(*TM*, p.793)을 강제하는 노래로 변모되는 의식의 전환을 전제한다. 카스너의 내면에서 이러한 전환이 이루어지는 과정은 생략되어 있다. 다시 말해 기독교 비전에 대한 긍정에서 부정으로의 이동이 연결고리 없이 이루어짐으로써 둘 사이에는 의미적 불연속성이 내재하고 있는 것이다. 그렇기 때문에 우리가 앞서 불연속성을 다루면서 제시한 두번째 사례에 나오는 "반항을 드러내는 최후의 심판의 계곡"은 "남성적 형제애"의 노래 속에 코드화되어 삽입되어 있다. 이제 우리는 이 표현이 무엇을 의미하는지 해독할 수 있게 되었다. 개별 존재자의 모든 과거를 심판을 통해 영속화시키는 최후의 심판이 이루어지는 계곡이 반항/반란 상태에 있다는 것은 기독교의 비전을 거부한다는 의미가 아니겠는가! 이와 같은 부정을 통해서만이 이 표현은 형제애의 외침을 통한 '일체감'과 동격을 이룰 수 있다. 따라서 두번째 노래는 기독교의 위안에 대한 거부이며, 운명에 대한 베토벤적 투쟁의 의지, 나아가 프로메테우스적 저항을 담아낸다 할 것이다. 그것은 카스너의 추억 속에 자리잡은 몇몇 혁명적 이미지들을 잠시 불러일으킬 뿐이지만(p.793-794) 〈인터내셔널〉을 포함한 '혁명의 노래들'을 포함함으로써 '러시아의 노래들' 속에 포함되리라는 추측이 가능하다. 그러나 그것은 이윽고 새로운 노래에 의해 대체된다.

이 세번째 노래에서 음악은 모든 것을 "무한한 잠"으로 끌고 가면서 두번째 노래의 "영웅적인 호소"마저 극복하고, 마침내 "세상의 끝없는 예속" 속으로 카스너를 몰아넣는다.(p.794) 그리하여 그것은 그로 하여금 "별이 총총한 숙명의 하늘" "감옥 속에 갇힌 저 별들"(p.794)로 이미지화된 프로메테우스적 인간 조건에 다시 절망하게 만든다.[23] 바로 여기서 독수리의 이미지가 다시 환기된다.

"그런데 종을 두드리는 소리처럼 반복되고, 첫번째 곡이 그의 모든 상처들 위에 동시에 다시 내려오곤 했던 세 개의 곡조 속에서, 하늘의 마지막 조각들이 불안의 세계 극단까지 물러나서 점차로 독수리의 형태를 띠었다."(p.794)

그러니까 세 개의 노래가 반복되는 가운데 첫번째 곡조, 즉 기독교 성가가 그의 모든 상처들을 어루만지러 다시 내려오곤 했지만, 이제 숙명을 상징하는 천체들 가운데 마지막 남은 것들까지 불안의 저 깊은 심연 속으로 빠져들었다가 독수리의 형상을 하고 나타나고 있다. 결국은 기독교 신과 제우스 신 사이에서 최후 승리자는 후자인 셈이다. 그리하여 카스너는 독수리의 공격에 사로잡히는 프로메테우스가 된다. "눈꺼풀을 조인 채 이제 가슴을 움켜잡은 두 손에서 가벼운 열기를 느끼면서 그는 기다렸다. 사방에는 오직 거대한 돌과 다른 밤, 죽어 버린 밤만이 있었다."(p.794) 그는 거대한 바위에 묶인 채 그의 가슴속 간을 파먹는 독수리를 생각하며 감옥의 밤 속에 갇혀 있다. 아이스킬로스의 《결박당한 프로메테우스》를 보면 프로메테우스 역시 자신을 감옥 속에 갇힌 신세로 표현하고 있다.[24] 카스너는 미래에도 "끝없이 영원히 지속되는 것(un perpétuel 'à jamais)"(TM, 795), 곧 저 신화적 존재의 영원한 형벌, "검은 거미"로 형상화된 영원한 "시간"(p.795) 속에 지속될 그 고통의 강박관념에 사로잡힌다.[25]

그런데 주인공이 '몽롱한 마비'를 통한 적응의 유혹을 느끼는 순간에 또 다른 노래, 즉 '동방 정교의 평가(平歌)'가 '낙오자'처럼 따라

---

23) 필자가 파스칼적 인간 조건보다는 프로메테우스적 인간 조건으로 본 것은 바로 다음에 나오는 독수리와의 관계 때문이다.

24) 아이스킬로스, 조우현 외 역, in 《희랍비극 1》, 현암사, 1992, p.31 참조.

오면서 "잡동사니" 같은 온갖 제의적 도구들을 그의 의식 속에 불러들인다. (p.795) 그 노래는 "그가 체포당하기로 결정했던 순간의 모든 힘으로 강박관념처럼 따라다니다가 (…) 무(無) 속에 용해"(p.795)되지만 카스너는 이 제의적 도구들, 다시 말해 "정교의 그 금은세공품들과 더불어, 마비와 끈적끈적한 시간에 대항한 이 싸움을 무한히 다시 체험할 것이라"(p.795)고 생각한다. 우리는 여기서 중요한 몇 가지 점들을 유추해 낼 수 있다. 첫째로 앞서 분석한 세 개의 노래에 이어서 마지막으로 나온 것이 정교의 노래이다. 두번째로 이 노래는 바흐 및 베토벤과 함께 언급된 러시아 노래들에서 저항의 혁명적 노래와 반대되는 정교의 예속적 노래이다.[26] 세번째로 이 노래는 카스너의 체포 순간과 연결됨으로써 운명과 일체를 이루고 있다. 네번째로 그의 의식 속에서 정교에 대한 강박관념이 지속될 것이며, 이 교회와의 투쟁 역시 그러리라 예고되고 있다.

따라서 문제의 성가는 '시편(psalmodie)'으로 변모되어 여러 번에 걸

---

25) 제우스의 사자 헤르메스는 프로메테우스에게 이렇게 말한다. "이런 고통이 끝날 날이 오리라곤 생각도 말란 말야. 어떤 신이든 제발로 걸어와 네 대신 벌을 받겠다고 하기 전에는 말야." 아이스킬로스, 《결박당한 프로메테우스》, ibid., p.55. 여기서 동료 하나가 카스너로 자처하면서 체포되어 대신 처형당하고 후자가 구출되는 도식이 이 신화를 재현하고 있음을 알 수 있다. 이 점은 앞으로 다시 다룰 것이다. 감옥에서 카스너의 '카프카적 변신'을 드러내는 '곤충들(insectes)'의 이미지는 인간의 '존엄성 상실,' 곧 '모멸'을 나타내는 상징이자 메타포로 많이 등장하고 있다. 그러나 소설을 심층에서 구조화시키는 신화의 관점에서 볼 때 결국 그것은 제우스가 반항에 대한 응징으로서 가하는 형벌적 성격을 띤다. 그것은 《왕도》에서 불교의 비전과 결합된 곤충의 이미지와는 전혀 다른 것이다. 그러니까 말로의 소설에서 이미지 분석은 각각의 작품을 떠받치는 문화적 참조 코드에 따라 전혀 다르게 이루어져야 할 것이다.

26) 그러니까 러시아의 노래들은 양분되어 있다 할 것이다. 한쪽에는 앞서 다룬 프로메테우스적 '혁명의 노래'가 있고 다른 한쪽에는 정교의 예속적 '성가'가 자리하고 있는 셈이다. 러시아 혁명을 정치 권력과 결탁한 부패한 정교 세력과의 싸움으로 본다면, 두 노래가 러시아의 노래들을 대립적으로 갈라 놓고 있다 할 것이다.

처 환기된다. 그것은 '무덤의 노래'가 되어 옆방에서 문을 두드리는 소리의 "숫자들을 뒤섞어 버림"(p.796)으로써 카스너가 동료와의 소통을 통해 투쟁하려는 시도 자체를 봉쇄한다. 그것은 '집요한' 존재를 드러내며 혁명의 '여명'이 밝아오는 것을 막는다.(p.797) 그러니까 그것은 러시아 정교의 교회와 성직자들이 반프로메테우스적 전선을 형성하고 있음을 내다보게 한다. 그것은 제3장에서 재구성되는 러시아 혁명의 이미지들과 더불어 다시 한번 환기되는데, 바로 여기서 독수리의 이미지와 결합되어 나타난다.

"그들(정교의 사제들)은 몇 시간 전부터 감옥 속에 감돌고 있는 (…) 시편을 분노에 찬 증오로 부르면서 다가온다. 무언가가 밤 속에 지나간다. 날개를 펴고 맴돌고 있는 새의 그림자처럼 존재하는 개가 멀리서 짖어대는 소리이다."(p.799)

러시아 정교의 사제들이 시편을 부르면서 다가오는데, 개가 지나가면서 독수리의 공격이 임박했음을 알리고 있다. 그렇다면 성직자들은 제우스가 보낸 독수리와 같은 존재들인가? 이러한 은유를 받아들이면, 《침묵의 소리》에서 전능한 "우주의 지배자" 즉 "판토크라토르(Pantocrator)"[27]로 나타나는 동방 정교의 신은 제우스와 이미 동일시되고 있는 것이 아닌가? 이와 같은 유추는 혁명 전쟁에서 죽은 사제들

---

27) 말로는 이 예술평론서에서 로마 가톨릭의 서방 예술과 동방 정교의 예술을 비교하면서 후자에서 제우스, 곧 "주피터는 판토크라토르가 되었다"고 말한다. *Les Voix du silence, op. cit.*, p.212. 《모멸의 시대》기 출간된 연도는 1935년인데, 《침묵의 소리》가 집필되기 시작한 때 역시 1935년인 것으로 되어 있다. 동방 정교와 관련해서 우리는 말로가 이 예술평론서를 구상하고 집필하는 과정에서 얻은 착상들을 소설 속에 응용했으리라 추정해 볼 수 있다.

의 시체 묘사에서 정당성을 확보할 수 있는 근거를 만난다. "검은 땅 위에 쓰러진 몸뚱이들은 날개가 뽑힌 채 거대한 부리를 지닌 흰색의 커다란 독수리를 그려내고 있다."(*TM*, p.801)

제3장은 '붉은 광장'에 상징적으로 서 있는 러시아 정교의 '성 바실리 성당(église Saint-Basile)'이 카스너의 의식에 떠오르면서 시작된다. 이 성당이 굽어보는 "부패한 반혁명의 도시"가 표상하는 것은 "종들에 매달려 있는 혁명 당원들의 시체들을 제대로 은폐하지 못하고 있는, 피로 물든 신비주의의 오랜 러시아"(p.798)이다. 혁명군을 지원하러 온 '외인부대'가 나타나고, '성채'와 그 안의 '감옥들'이 떠오르며, '감옥 하나에 한 사람의 포로'가 '탈주'를 몽상한다. 그리고 그는 '비행기'를 타고 "프라하에 있는 자신의 아내"와 다시 만난다.(p.798)

이미 정교는 운명이 되어 있으며, 당원들은 이 운명과 싸우다가 숨진 채 종들에 걸려 있는 모습으로 널브러져 있다. 카스너가 갇힌 감옥은 러시아의 성채 안에 있는 감옥으로 변모하고, 이 감옥은 러시아 정교와 결합되어 있다. 앞서 본 바와 같이 그것이 프로메테우스가 갇힌 감옥이고, 동시에 러시아 정교 세력이 혁명 당원들을 가두는 감옥이라면 정교, 곧 그것의 신인 판토크라토르가 제우스와 동일시되는 것은 자연스러운 유추이다.

그렇기 때문에 이 세력은 온갖 제의적 도구들 및 성직자들과 더불어 끊임없이 위협적으로 밀려온다. 이러한 측면은 "몽둥이처럼 휘둘리는 정교의 십자가들"(p.798) "곤봉의 모습을 띠는 십자가"(p.799) "위협적인 십자가들"(p.800) 등과 같은 표현들에서 환기되어 나타난다. 이와 같은 압제적 이미지는 앞서 보았듯이, 결국 죽은 성직자들이 독수리의 형상으로 변모됨으로써 제우스 신과 연결된다. 카스너가 외인부대원으로 참여한 혁명은 승리하고 독수리는 죽었다. 그리고 "당원들의 카니발"(p.801)이 벌어지고 혁명의 이미지는 "강과 바다처럼 살아 있는 대지"(p.802) 다시 말해 프로메테우스의 "거룩한 어머니 대지"[28]가 찬미되는 노래로 마감된다. 요컨대 정교와 싸우는 혁명 자체가 제우스에 반항하는 프로메테우스의 투쟁과 중첩됨으로써 카스너의 의식 속에서 신화가 혁명으로 재탄생되고 있다.

지금까지 우리는 독수리와 감옥/바위라는 두 주요 요소의 환기-암시를 중심으로 프로메테우스 신화가 어떻게 텍스트 속에 부활되고 있는지 검토해 보았다. 특히 그것은 매우 복잡한 메커니즘을 통해서 서방의 기독교 및 동방의 정교와 관련됨으로써 기독교의 신 자체가 이원적 양상을 띠면서 결국 제우스 신과 결합되는 특수한 변모를 드러내고 있다.

2) 신화의 다른 암시적 · 환기적 요소들

이제 소설 텍스트 전체를 이 신화 구조로 재구성하게 해주는 다른 요소들을 도출하기 위해 카스너의 현실적 상황 속에 나타나는 암시들을 검토해 보자. 첫째로 그는 자신의 신분을 털어놓지 않음으로써, 즉 비밀을 지킴으로써 나치즘을 쳐부수기 위해 싸우는 동료들과 공산당을 보호한다. 이 점은 제우스가 어떤 혼인으로 인해 권좌에서 쫓겨나리라는 예언적 비밀을 간직한 프로메테우스가 사자 헤르메스의 협박에도 불구하고 이 비밀을 털어놓지 않는 입장[29]에 대응한다.

---

28) 아이스킬로스, 《결박당한 프로메테우스》, op. cit., p.57. 대지에 대한 프로메테우스의 애착은 새삼 언급할 필요도 없을 것이다. "그의 반항적 지성은 지상의 욕망들을 폭발시켰고, 이러한 폭발은 대지에 사로잡힌 애착에 불과하다." J. Chevalier et A. Gheerbrant, op. cit., p.787.

두번째로 카스너의 거의 전설적인 전기와 능력에 주의를 기울여 보자. 그는 "광부의 아들"(*TM*, p.783)이면서도 다양한 예술적 · 지적 · 혁명적 경력이 부여됨으로써 방대한 교양을 지닌 보편적이고 이상적인 작가로 나타나고 있다. 그는 "프롤레타리아 연극(…)의 기획자; 러시아인들의 포로, 공산당원들과 합류했다가 붉은 군대와 합류함; 중국과 몽골에 파견된 대표; 작가, 1932년에 독일에 돌아와 파펜 법령에 반대해 루르 강에서의 파업 준비, 불법 정보기구 조직자, 붉은 구조단의 부의장"(p.783)의 경력을 지녔으며 "시베리아 내전의 연대기 작가"(p.783)였다. 카스너의 이와 같은 이력은 그가 감옥에서 전개하는 다양한 내용의 투쟁을 정당화시키는 장치로서 우선적으로 중요하다 할 것이다. 그러나 그것은 근본적으로 프로메테우스의 신화적 이미지에 부합한다. 프로메테우스의 어원적 의미는 "선견지명이 있는 사유(pensée prévoyante)"이며, 그가 훔친 불은 "반항적 지성"[30]을 상징한다. 뿐만 아니라 그는 "모든 예술의 모체가 되는 상상력"[31]의 소유자로서 이것을 인간에 전수했다.[32] 그러니까 그가 표상하는 반항 · 지성 · 예술의 3중적 역량은 그대로 카스너의 과거 속에 표현되고 있으며, 이 주인공이 감옥에서 펼쳐내는 투쟁의 범주들과 일치한다. 음악과 시를 결합하거나 연극 공연을 떠올려 운명과 싸우는 카스너의 예술적 능력(제2장 및 제4장), 그 자신이 참여한 혁명의 이미지들을 통

---

29) 아이스킬로스, *ibid.*, 특히 p.53 이하 참조.
30) J. Chevalier et A. Gheerbrant, *op. cit.*, p.786.
31) 아이스킬로스, *op. cit.*, p.39.
32) 말로는 예술가를 프로메테우스에 접근시키며 이렇게 말하고 있다. "최초의 예술가가 서양 혹은 러시아의 마지막 유령-도시의 폐허 속에 다시 나타날 때, (…) 그는 불을 발견한 오래된 언어를 다시 빌릴 것이다." 〈Sur la liberté de la culture〉, in Pierre de Boisdeffre, *André Malraux*, Editions Universitaires, 1960, p.145-146. T. J. Klin, *op. cit.*, p.92에서 재인용.

한 저항(제3장), 숫자들을 해독하여 동료 포로와 소통하고(제4장), 연설/담화를 재구성하는 그의 지적 역량(제5장) 등은 카스너-프로메테우스의 위상을 충분히 확립하게 해준다.

세번째로 소설 속에서 동료 한 명이 자기가 카스너라고 자백하여 대신 처형당함으로써 카스너는 석방된다.(p.813-814) 그런데 아이스킬로스의 《결박당한 프로메테우스》에서 헤르메스는 프로메테우스에게 그를 대신해 형벌을 받겠다고 나서는 자가 있다면 풀려날 수 있다고 말하고 있다.[33] 전설에 따르면 케이론(Chiron)이라는 켄타우로스가 프로메테우스를 대신해 형벌을 받겠다고 나서자 제우스는 이를 받아들였고, 프로메테우스는 풀려났다.[34] 따라서 카스너와 프로메테우스의 석방은 유사한 수순을 따르고 있다.

네번째로 카스너가 석방된 후 비행기를 타고 프라하로 가는 과정은 우주적 힘과의 또 다른 '원초적 투쟁'을 담아내고 있는데, 여기서 운명적인 자연적 요소들 가운데 '폭풍'은 '우주적 격분'을 드러내면서 "오랜 적대적 힘"(TM, p.821-822)의 중심을 이루고 있다. 폭풍은 제우스가 번개·천둥 등과 함께 반항자를 벌주기 위해 사용하는 개인적 무기이다. 《결박당한 프로메테우스》에서 그가 헤르메스의 회유를 거부한 후 후자가 퇴장하자 즉시 "천둥 번개가 섞인 폭풍우가 몰아친다."[35] 그러니까 카스너가 석방된 후 창공에서 벌이는 운명과의 싸움은 제우스에 저항하는 프로메테우스의 이미지와 접근된다. 이 점은 다시 다루겠다.

다섯번째로 폭풍과의 싸움에서 승리한 후 카스너의 내면에 나타나

---

33) 아이스킬로스, op. cit., p.55.
34) E. Hamilton, La Mythologie, Marabout, 1978, p.80 참조.

는 중요한 암시는 의식이다. "인간의 자유란 무엇인가, 자신의 숙명에 대한 의식이자 그것의 조직화가 아니라면? (…) 이 지상에는 (…) 아마 단순히 의식이 있을 것이다."(TM, p.824) 프로메테우스의 신화가 "의식의 도래, 인간의 출현을 나타낸다"[36]는 점을 상기하면, 이 표현은 분명 이 신화로 귀결된다. 의식의 중요성은 제2장에서 카스너가 옆방에서 벽을 두드리는 소리를 들을 때에도 나타난다. "각각의 타격은 카스너를 암흑 속에 남아 있을 수 있는 의식의 어떤 것(ce qu'il peut rester de conscience dans les ténèbres)으로 되돌아가게 했다."(p.795)[37]

여섯번째로 카스너가 프라하로 돌아와 안나와 만나는 장면에서 그의 신격화와 불멸화가 나타난다. "하나의 신이 막 탄생했다는 것을 인간들에게 믿게 만드는 순간들 가운데 하나가 이 집을 휘감고 있었다. (…) 그(카스너)는 눈을 다시 떴고, 자신이 그것의(눈의) 영원성, (…) 죽은 자들이 아니라 산 자들의 영원성을 붙들고 있는 것 같았다."(p.837-838) 이 인용문은 프로메테우스가 켄타우로스 케이론이 자신의 불멸성을 그에게 양도함으로써 신의 지위에 도달하는 내용을 환기시킨다.[38] 특히 '눈의 영원성,' 곧 불멸성은 프로메테우스가 '선견지명이 있는' 혹은 '미리 내다보는'으로 번역되는 'prévoyant'을 의미한다는 사실과 관련이 있다. 바이런은 〈프로메테우스〉라는 시에

---

35) 아이스킬로스, op. cit., p.56. 뿐만 아니라 프로메테우스는 헤르메스의 협박에 굴하지 않고 이렇게 외치고 있다. "(…) 천지를 울려 보아라 폭풍아, 지구를 뿌리째 흔들려무나. (…) 저 하늘의 별과 바다의 파도를 함께 반죽이라도 하려무나." Ibid., p.55.

36) J. Chevalier et A. Gheerbrant, op. cit., p.786.

37) 《결박당한 프로메테우스》에서 이 반항자는 이렇게 말한다. "인간이 겪고 있는 고통이 어떤 것이었는가. 어쩔 바를 모르고 있는 인간을 보고 그들에게 생각하는 능력을 부여해 주었지. (…) 마치 가냘픈 개미떼들이 햇볕도 안 드는 저 땅속 깊이 묻혀 살 듯이 이들은 동굴 속에서 살고 있었어." op. cit, p.39.

서 "티탄이여! (…) 불멸의 눈을 가진 이여!"[39]라고 노래하고 있다. 물론 이러한 신격화와 불멸화는 결국 개체는 소멸하지만 세대의 연속성을 통한 인간의 영원성에 의해 성립되며, 이는 '산 자들의 영원성'에 의해 뒷받침된다. 그렇게 될 때 그것들은 "그(카스너)가 독일에서 죽게 되는 날 그와 함께 이 순간도 죽게 될 것이다"(*TM*, p.838)라는 모호한 표현과 모순되지 않는다.

우리는 이상과 같은 요소들, 다시 말해 독수리에서부터 인간의 불멸화까지 많은 요소들을 고려할 때[40] 소설이 작가의 예술관에 따라 프로메테우스 신화를 '부활' '정복' '변모' 시키고 있음을 도출해 낼 수 있다.

마지막으로 이러한 해석을 뒷받침하는 또 하나의 암시로서 우리는 말로의 서문을 들 수 있다. 그는 "이런 작품과 같은 작품의 세계, 다시 말해 비극의 세계는 언제나 고대의 세계이다"(p.775)라고 말함으로써 고대의 그리스 비극을 단번에 떠올리게 하고 있다. 앞에서 우리가 밝혀낸 요소들을 고려할 때 비극은 당연히 프로메테우스와 관련된 비극, 예컨대 아이스킬로스의 《결박당한 프로메테우스》와 같은 것이라 할 터이다. 뿐만 아니라 말로는 예술의 가치를 그 무엇보다도 우선시하는 플로베르가 "나는 그들(인물들)을 모두 동일한 진흙 속에 뒹굴게 했다"(p.775)고 말한 점을 상기시키면서 개인적 인물들은 예

---

38) J. Chevalier er A. Gheerbrant, *op. cit.*, p.786 참조.

39) 토마스 벌핀치, 이윤기 옮김, 《그리스와 로마의 신화》, 대원사, 1989, p.47에서 재인용.

40) 여기다가 참고적으로 덧붙이자면, 카스너가 9일 동안 감옥에 갇혀 있었던 사실(p.817)은 제우스가 인간계를 쓸어 버리기 위해 폭풍을 일으켜 9일 동안 밤낮을 계속해 장대비가 내리게 한 신화 이야기를 상기시킨다. 이 대홍수로부터 살아남은 자가 프로메테우스의 아들인 데우칼리온과 그의 아내 피라이다. E. Hamilton, *op. cit.*, p.81 참조.

술을 위한 종속적 수단에 불과함을 지적한 뒤, "코르네유와 마찬가지로 아이스킬로스에게도 그런 생각은 받아들일 수 없었을 것이다"(p.775)고 주장하고 있다. 필자가 그동안 말로의 '상징시학'을 연구해 온 결과에 따르면, 그는 독자가 피상적으로는 전혀 감지하지 못하도록 여기저기 암시나 환기 장치 혹은 불연속성을 배치해 놓고 있다. 이런 사정을 고려할 때, 아이스킬로스의 언급은 예술관들의 차이를 나타내면서도 하나의 암시로 작용하고 있다 할 것이다.[41]

3) 신화의 삼중 구조에서 투쟁의 차원

우리는 앞서 동방 정교의 신, 곧 판토크라토르와 제우스가 동일시되고 있음을 밝혀냈다. 또한 카스너가 갇힌 감옥은 정교와 결합된 감옥으로 변모되고 있음도 보았다. 그런데 그는 자신이 석방되고 있는 사실을 모른 채, 나치의 돌격대원의 안내를 받으며 감옥에서 나오고 있다. 다음 인용문을 보자.

"바다코끼리(돌격대원)는 가을 들판과 나무들의 흐릿한 배경으로 이

---

41) 프로메테우스 신화를 다룬 고대의 비극들 가운데 압권이 아이스킬로스의 작품이라는 사실은 이론의 여지없이 받아들여지고 있다. 그러나 필자는 말로가 이 극작품 이외에도 신화와 관련된 다양한 텍스트들을 참조했다고 생각한다. 예컨대 헤시오도스의 《일과 나날》은 물론이겠지만, 앞서 언급된 베토벤의 작품을 생각할 수 있다. 혹은 소설이 서방 기독교와 동방 정교를 프로메테우스 신화와 연결시키고 있다는 점을 고려할 때, 우리는 스피틀러(Spitteler)의 산문시 〈프로메테우스와 에피테메우스〉를 떠올릴 수 있고, 앞으로 보겠지만 괴테의 시 〈프로메테우스〉로 시선을 돌릴 수도 있다. 물론 말로는 지드의 《잘못 결박된 프로메테우스 Le Prométhée mal enchaîné》도 읽었을 것이다. 프로메테우스 신화와 관련된 모든 예술 작품들에 관해서는 Dictionnaire des œuvres de tous les pays…, op. cit., p.157-161 참조.

제 두 송곳니를 선명하게 드러낸 채 (⋯) 미소지었다. 카스너에게는 말하는 게 입이 아니라 이 송곳니인 것처럼 보였다.[42]

'좀 나아지는 게 보이는군' 이라고 바다코끼리는 말했다.

카스너는――정교 사제들의 단조로운 노래를 즐거운 리듬으로――흥얼거렸고, 결국 이를 의식했다. 그의 정신만이 위협받고 있음을 느꼈다. 그의 육체는 자유로웠다. 아마 바다코끼리는 없어지고, 자동차는 사라지며, 그 자신은 감옥으로 되돌아갈 것이다."(*TM*, p.814-815)

이 텍스트에서 중요한 암시는 카스너가 정교 사제들의 노래를 흥얼거린다는 점인데, 그것도 의미적 불연속을 드러내면서 갑자기 나타나고 있다. 석방 절차가 진행되기 전을 보면 그는 연설/담화를 기억하여 재구성하면서 싸우고 있었다. 나치의 돌격대원은 카스너가 석방되는 것을 알기에 카스너의 상황과 관련해 이야기하고 있지만, 주인공은 그를 자신을 위협하는 괴물처럼 인식하고 있다. 이때 카스너는 자신도 모르게 정교 사제들의 노래를 유쾌하게 흥얼거렸고, 이를 곧 자각했다. 여기서 앞서 이 사제들이 독수리와 동일시되면서 판토크라토르-제우스의 하수인처럼 그의 의식 속에 각인되었다는 점을 상기하자. 그렇다면 돌격대원들 역시 이 사제들과 같은 존재들로 다가오고 있으며, 카스너는 이들의 폭력으로부터 벗어나기 위해 자신도 모르게 사제들의 노래를 흥얼거렸다는 것이 아니겠는가! 그리고 나서 자신이 이것을 의식하면서 육체보다 오히려 정신이 위협받고 있

---

4) 〈누벨 르뷔 프랑세즈〉에 실린 것을 보면 "말하는 게 이 송곳니와 손톱인 것처럼 보였다"로 되어 있다. R. Jouanny, 〈Notes et variantes〉, *op. cit.*, p.1414. 이 손톱은 인용문 바로 위에서 "이상하게 구부러진 볼록형의 손톱"(p.814)으로 묘사되고 있다. 그러니까 돌격대원은 바다코끼리 같은 뾰족한 두 송곳니를 지니고 손톱을 볼록하게 기른 위협적인 괴물, 악마의 화신 같은 모습을 하고 있다.

음을 느낀다. 하지만 결국 그는 그들이 사라지고 자신은 감옥에 다시 처넣어질 것이라 생각한다. 그러니까 그는 운명과 투쟁하는 무기인 정신/의식——프로메테우스의 상징인 의식——이 위협받고 있음을 느낀 것이다. 달리 말하면 그는 판토크라토르-제우스에게 항복하는 노래를 무의식중에 부르고 만 것이다. 이렇게 볼 때 그는 지금까지 폭군인 이 최고 신과 싸웠다는 유추가 성립한다. 요컨대 그는 석방되기 전까지 감옥에서 프로메테우스의 능력과 결부되어 있음이 다시 한번 확인되는 셈이다.

제5장 마지막에서 카스너가 석방될 때까지 감옥에서의 투쟁이 3중적 신화 구조의 제1부에 해당한다면 제6장에서 전개되는 우주적 힘과의 투쟁, 다시 말해 폭풍을 중심으로 한 자연적 요소들과의 싸움은 제2부에 해당한다 할 것이다. 그것은 제우스가 내리는 또 다른 징벌에 대항하는 프로메테우스의 저항을 재현하고 있다. 이와 같은 해석은 특히 《결박당한 프로메테우스》에서 마지막 장면을 참조하면 타당성을 획득한다. 앞서 보았듯이 프로메테우스가 제우스의 사자 헤르메스의 회유를 받아들이지 않자, 곧바로 "천둥 번개가 섞인 폭풍우가 몰아친다. 바위가 갈라진다. 코오로스가 좌우로 흩어지며 프로메테우스는 천천히 가라앉는다."[43] 물론 이 극작품에는 프로메테우스가 어떻게 이러한 징벌에 저항하는지 나타나지 않는다.[44] 소설가는 이 저항을 상상력을 통해 재창조하고 있다고 보아야 할 것이다.

이런 근본적 측면을 고려하면서 제6장을 문제의 신화와 접근시키

---

43) 아이스킬로스, *op. cit.*, p.56. 프로메테우스는 이렇게 외치고 있다. "천지가 흔들리는군. 벼락치는 소리가 울려 오는군. 무서운 번개가 번쩍거리네. (…) 돌풍이 서로 얽혀 이리저리 부딪치네. 하늘과 땅이 맞붙었도다. 제우스가 분풀이를 하는군 (…)." *Ibid.*, p.56-57.

게 해주는 다른 환기적·암시적 요소들을 보자. 우선 막 이륙한 비행기 안에 자리잡은 카스너의 의식 속에 나타나는 코드화된 불연속적 문장 하나에 주의를 기울여 보자.

"그러나 바로 저 지평선 속에 집단수용소가 있으리라. 그곳에서는 인간들이 어린아이들의 지칠 줄 모르는 잔인성을 드러내면서 다른 인간들을 희망 없는 단말마에 이를 때까지 고문하고 있었다. 암흑의 추억은 카스너의 가슴속에 무한한 공간을 박아넣고 있었고, 그의 눈 속에서 예언가의 이 풍경(ce paysage de prophète)은 고통과 잔인함에 대한 생각들을 빼놓고 모든 생각을 내쫓고 있었다. 마치 그것들만이 그것들 뒤로 숲들과 평원들처럼 동일한 수천 년의 세월을 그려내고 있는 듯이 말이다."(p.819)

이 인용문을 보면 "그의 눈 속에서 예언가의 이 풍경"이라는 표현이 난해하게 코드화되고 암시되면서 의미적 불연속성을 표출하고 있다. 이를 해독하기 앞서 집단수용소로 표현된 감옥, 그 속에서 자행되는 고문, 그리고 어린아이의 잔인성을 함께 고찰해 보자. 앞서 보았듯이 감옥은 카스너-프로메테우스가 제우스의 신이 강제하는 운

---

44) 연구자들에 따르면 아이스킬로스는 보통 3부작으로 작품을 썼다 한다. 그렇기 때문에 《결박당한 프로메테우스》가 3부작 가운데 제1부이며, 제2부는 《석방된 프로메테우스》, 제3부는 《불의 운반자 프로메테우스》라는 제목으로 씌어졌다는 게 일반적인 추정이다. 아이스킬로스, *ibid.*, p.13 참조. 그러나 또 다른 주장에 의하면 제3부와 제1부의 순서가 뒤바뀌었을 가능성도 배제되지 못하고 있다. *Dictionnaire des œuvres de tous les pays*…, *op. cit.*, p.157 참조. 그렇다면 제1부의 미지막 장면을 고려할 때, 2부에서 프로메테우스는 폭풍과 싸우는 모습이 그려졌을 것이라는 추정이 가능하다. 《모멸의 시대》는 카스너가 석방된 이후에 다시 폭풍과 싸우게 됨으로써 아이스킬로스의 작품을 변형시키고 있다고 생각된다.

명에 저항하는 공간이다. 그런데 이 운명의 하수인들, 나아가 이들을 조종하는 제우스 신이 어린아이의 잔인성과 결합되고 있다. 여기서 우리는 괴테의 시 〈프로메테우스〉에 나오는 구절, "엉겅퀴의 머리 자르는(décapiter) 놀이를 하는/어린아이처럼/그대의 힘을 시험해 보라 (…)"[45]를 떠올릴 수 있다. Décapiter라는 동사의 일차적 의미는 '참수하다'이므로 제우스의 무자비한 잔인성을 나타내고 있다. 그러니까 인간성의 양면성 가운데 악마적 요소는 전적으로 제우스 신으로 신격화 · '외면화' 되어 있는 셈이며, 독수리는 이를 나타내는 하나의 포괄적 상징물이다.

따라서 카스너가 감옥의 어둠 속에서 독수리에 의해 간을 파먹히는 프로메테우스가 되었다는 점을 상기할 때 이 기억과 연관되어 '무한한 공간,' 나아가 그것을 통해 전개되는 운명의 힘이 그의 가슴속에 뚫고 들어온다는 것은 무한한 우주적 힘이 이미 독수리와 동일한 운명적 차원으로 다가오고 있음을 의미한다. 여기서 유추를 좀더 밀고 가면 문제의 표현을 해독해 낼 수 있다. 그러니까 '불멸의 눈을 가진' 프로메테우스-카스너는 선견지명이 있는 '예언가'가 된 채 창공에 펼쳐지는 '풍경'을 다가올 운명의 또 다른 상징적 이미지로 감지하고 있는 것이다.[46]

두번째로 카스너는 자신을 삼켜 버리고자 하는 폭풍의 "우주적 격분"(*TM*, p.822)[47]과 대결하면서 감옥에서의 투쟁을 다시 상기하고 있다. "감방들에 씌어진 낙서들, 외침들, 벽을 두드리는 소리들, 복수의

---

45) *Dictionnaire des œuvres*…, *ibid.*, p.158에서 재인용.
46) 카스너-프로메테우스의 예언가적, 다시 말해 선견지명적 측면은 앞서 보았듯이 그가 감옥에서 탈주하여 비행기를 탄 후 아내와 만나는 몽상을 하는데, 이것이 그대로 실현된다는 점에서도 나타난다.

욕구가 폭풍에 대항하는 기체 안에서 그들과 함께하고 있었다."(p.821) 세번째로 감옥에서 음악이 그러했듯이 광포한 우주적 힘은 의식——프로메테우스 신화는 '의식의 도래'를 상징한다는 점을 다시 한번 상기하자——을 마비시키고자 하는 "잠"(pp.794, 820)을 운명의 요소처럼 몰고 온다. 네번째로 무한한 공간 역시 동일한 숙명성(p.820)으로 다가오고 있다. 다섯번째로 감옥의 어둠처럼 창공의 어둠이 환기된다.(p.821) 여섯번째로 앞서 밝혔듯이 폭풍에서 벗어나자마자 '의식'의 중요성이 '운명' 및 '자유'와 더불어 암시된다.(p.824) 일곱번째로 대지에의 애착이 나타난다.(p.823-824)

이러한 여러 요소들, 그리고 프로메테우스 신화와 관련된 아이스킬로스의 작품 및 여타 작품들을 고려할 때 폭풍과의 싸움은 이 신화의 제2부를 구성하고 있음을 알 수 있다.[48] 결국 감옥에서의 저항, 그리고 우주적·자연적 힘과의 투쟁은 신화를 운명의 차원에서 이중적으로 구조화시키고 있다. 그것들은 동일하게 "지옥"(p.825)[49]으로 표현됨으로써 신화로부터 분리할 수 없는 투쟁의 중층적 구조를 이루고 있다.

---

47) 폭풍은 "(…) 웅크린 채 살아 있는 살인적인 거대한 구름"(p.820)을 몰고 오면서 "오랜 적대적 힘의 원초적 목소리들(voix primitives)"(p.821)을 냄으로써 제우스의 분노를 상기시키고 있다. 제6장에서 자주 나타나는 "안개"와 "구름"(p.820-824)은 폭풍을 수반하는 요소들로 이해해야 할 것이다. 괴테의 시 〈프로메테우스〉를 보면 이렇게 시작된다. "제우스여, 그대의 하늘을 뒤덮어 보아라/안개와 구름으로(…). 하지만 나의 대지/그것은 나에게 남겨 다오(…)." *Dictionnaire des œuvres…*, *op. cit.*, p.158.

48) 소설의 결정판이 나오기 전에 《누벨 르뷔 프랑세즈》에 실린 것을 보면, 폭풍과 관련된 프로메테우스 신화는 유프라테스 강가의 바빌론 신화로까지 확장되면서 인간과 신들의 투쟁을 보다 먼 '흔적'——데리다적 의미에서——으로 이동시키고 있다. 〈Notes et variantes〉, *op. cit.*, p.1419 참조.

4) 되찾은 대지

"지옥"(*TM*, p.825)에서 어둠과의 투쟁 끝에 "되찾은 대지"(p.824)
는 "멀리 나타나는 프라하의 빛"(p.825)으로 다가온다. 여기서 우리
는 아이스킬로스의 작품이 원래 3부작으로 되어 있었을 것이라는 일
반적 추정에 유념할 필요가 있다. 프로메테우스의 석방 시점이 다르
긴 하지만, 우리는 이 작품과 《모멸의 시대》가 똑같이 제1부와 제2부
에서 독수리와 폭풍으로 상징되는 이중의 내적·외적 운명을 재현하
고 있음을 유추해 낼 수 있다. 그러나 엄밀하게 말한다면 소설에서
카스너-프로메테우스의 완전한 해방과 자유는 제6장, 즉 제2부에서
폭풍으로부터 벗어남으로써 획득된다고 말할 수 있으므로 두 작품의
연관성은 매우 깊다고 할 수 있을 것이다. 그렇다면 아이스킬로스의
작품에서 제3부를 이룬다고 생각할 수 있는 《불의 운반자 프로메테우
스》는 소설에서 제7장과 8장으로 이루어진 제3부와 자연스럽게 접근
된다 할 것이다. 하지만 《석방된 프로메테우스》에 대한 전개가 《결박
당한 프로메테우스》의 결말을 통해서 어느 정도 유추될 수 있는 것과
는 달리, 그것의 내용은 추정이 불가능하다. 따라서 우리는 소설가가
상상력을 발휘해 그것에 대응하는 장치들과 내용을 창조해 배치했으
리라 생각할 수 있다.

우선 되찾은 대지가 "프라하의 불빛"으로 표현되고 있음을 주목하

---

49) 그리스 신화의 지옥에는 샹젤리제처럼 제우스 신에게 복종한 자들이 가는 낙
원 같은 곳이 있는가 하면, 시시포스와 같이 저항하는 자들이 가는 타르타로스도 있
다. *Dictionnaire de la mythologie grecque et romaine*, Larousse, 1965, p.111 참조. 여
기서 카스너의 의식 속에 새겨진 지옥은 타르타로스라 할 것이다.

자. 지금까지 우리가 소설 해석에 끌어들인 신화와 관련해서 볼 때, 기의적 미끄러짐을 통해 이 불빛은 단번에 대지와 인간에게 불을 가져다준 프로메테우스를 환기시킨다. 그러니까 그것은 제1,2부의 감옥과 지옥의 어둠에서 빛으로의 이동을 보여주면서 신화의 암시로 작용하고 있는 셈이다.

카스너는 프로메테우스가 전수한 예술/기술(arts), 곧 창조성으로 이룩된 꿈 같은 삶의 풍요 속에 빠져들면서 도시 상점의 그 모든 상품들이 '손'으로 창조되었음을 되새긴다. "그를 둘러싸고 있는 것 가운데 손에 의해 잡혀지지 않거나 창조되지 않은 것은 아무것도 없었다(…)."(*TM*, p.825-826) 여기서 손은 신화의 주인공이 전수한 창조성을 상징하는 장치로 활용되고 있다.[50] 그렇기 때문에 카스너는 감옥에 갇힌 "9일 동안 자신의 손은 거의 죽어 있었다"(p.826)고 회상하고 있다.

이러한 창조물들로 풍요로운 대지의 자유로운 '삶'은, 여러 번에 걸쳐 '감옥' = '무(無)' = '지옥' = '눈먼 왕국' = '무한한 공간'이 환기됨으로써 제우스가 인간에게 강제한 운명과 강력하게 대비되고 있다. 그러니까 그것은 이 운명과 갈등의 양극적 패러다임[51]을 구성함으로써 "삶의 의미"(p.775)와 "세계의 의미"(p.838)를 창출시키고 있다. 갈등과 차이의 패러다임 없이는 의미가 생성되지 못함을 고려할 때, 이러한 운명은 역설적으로 절대적 의미 생성의 필연적 조건이 되고 있다.

---

50) 그런데 장 프랑수아 리오타르는 이 손의 이미지를 죽음의 강박관념과 연결시켜 부정적으로 해석하고 있으니 참으로 놀라울 수밖에 없다. *Signé Malraux*, *op. cit.*, p.8 참조.
51) 본서 31-32쪽 참조.

또한 "인류애에 취한"(p.827) 카스너-프로메테우스는 그의 아내를 만나기 위해 간 반파시즘 미팅에서 노동자의 어머니인 한 늙은 여인이 군중을 상대로 행하는 매우 서툰 연설을 보면서 의식을 환기시킴으로써 신화가 암시되고 있다. "저기서 발버둥치고 있는 것은 그 자신의 의식처럼 보였다."(p.828) 이 인용이 프로메테우스와 "의식의 도래"를 환기시킨다는 사실은 그뒤에 나오는 지옥의 복수의 여신 "에리니에(Erinye)"(p.828)——신들에 저항하는 인간들을 벌주거나 불안을 야기하는 세 여신 에리니에스 가운데 하나——에 의해 뒷받침된다. 늙은 여인이 제대로 말을 잇지 못하자 다른 여인이 거들지만 그녀는 여전히 움직이지 않는다.

"카스너는 복수심이 촉발된, 목이 졸린 늙은 에리니에(la vieille Eri-nye étranglée à qui on soufflait la vengence)의 움직이지 않는 등짝을 엿보았다. 얼굴들에 나타난 불안을 보고 그는 그녀가 자신의 말을 찾아내지 못하고 있음을 알아챘다. 그녀는 마치 그녀가 찾고 있는 문장들을 대지로부터 뽑아내야 하듯이 조금씩 조금씩 몸을 구부렸다.

'(…) 그가 죽임을 당했습니다(on l'a tué…). 이게 바로 내가 모두에게 말해야 하는 것입니다(…).'"(p.828)

누가 이 여신에게 복수심을 불러일으켰는가? "on'[52]으로 표현된 주체는 당연히 신들, 여기서는 제우스일 수밖에 없다. 그러나 에리니에는 '목이 졸린' 상태로 표현되고 있다. 무엇 때문인가? 인간과의 싸움에서 패퇴 직전에 있기 때문일 것이다. 이 상태에서 연설하는 여인

---

52) 프랑스어에서 on은 모든 인칭에 사용되는 대명사이다.

도 다른 사람들과 마찬가지로 불안을 드러낸 채 움직이지 않고 있다. 그러면서 그녀는 해야 할 말을 바로 '대지'로부터 뽑아내고자 하며, 마침내 그것을 찾아냈다. 여기서 우리는 카스너가 감옥에서 투쟁할 때 나치의 돌격대원들, 나아가 나치즘이 제우스(주피터)-판토크라토르와 연결되고 있음을 상기할 필요가 있다. 여인의 아들을 죽인 주체는 역시 'on'으로 표현된 나치즘이라면, 결국 제우스 신이 그를 죽인 셈이 된다. 정리하자면 되찾은 대지에서 제우스-에리니에와 인간-대지 사이에 대립각이 세워지면서 운명과의 투쟁 의식이 민중 속에도 뿌리내리고 있다. 민중의 내면에는 신화의 주인공이 인류에게 가져다준 의식 · 위대함 · 존엄성이 이미 자리잡고 있다. 그리하여 당연한 것이지만, 프로메테우스와 제우스와의 대립은 인류 전체의 차원까지 확대되고 있다. 이와 같은 해석은 군중의 대표나 지도자의 연설이 카스너가 감옥에서 독백으로 한 연설과 결합되고, 그들의 얼굴이 감옥의 갇힌 사람들과 중첩됨으로써(p.830-831) 더욱 정당성을 확보한다.

이제 제7장과 제8장이 프로메테우스 신화의 제3부를 구성한다는 해석을 확고하게 해주는 다른 두 개의 암시적 대목을 검토해 보자. 첫 번째 대목은 카스너가 안나를 만난 뒤 나누는 대화의 일부이다.

"— 이제 나는 음악이 아주 싫어졌어.'

그녀는 이유를 물으려 했다가 본능적으로 그만두었다. 그는 그녀가 정신만큼이나 육체를 통해 그의 말에 귀를 기울이고 있고, (…) 그가 말하는 것 이상으로 그를 잘 이해하고 있음을 느꼈다. 그는 인간이 감옥들에도 불구하고, 잔인성에도 불구하고 인간이 되는 데 성공했으며, 아마 존엄성이 고통에 대항할 수 있으리라 막연히 생각했다……. 그러

나 그는 생각하는 것이 아니라 안나를 바라보고 싶었다."(p.817)[53]

이 인용문에서 필자가 강조한 문장은 앞뒤 내용과 의미적 불연속성을 드러내면서 코드화된 암시를 담아내고 있다. 지금까지 우리가 전개해 온 독서의 관점에서 보면, 그것이 프로메테우스 신화와 결부됨을 어렵지 않게 포착할 수 있다. '감옥들'과 '잔인성'은 인간성의 운명적 측면들을 나타내지만, 텍스트의 의미적 관계망은 그것들을 제우스 신의 압제와 단번에 연결시킨다. 특히 "인간이 인간이 되는 데 성공했다"는 말은 프로메테우스 신화가 상징하는 '인간의 출현'을 환기시킴으로써 이와 같은 연결이 무리없이 성립될 수 있다. 그러니까 '의식의 도래'는 민중의 차원에까지 확고하게 자리잡음으로써 마침내 인간의 완성이 이루어졌다는 생각이 카스너의 뇌리를 막연하게 스쳐가고 있다.

이런 인식의 연장선상에서 또 하나의 대목은 소설의 신화 구조를 마감짓는 최후의 암시적·환기적 요소로 나타난다. 그것은 앞서 밝혔듯이 카스너, 나아가 인간의 불멸화와 영원성을 대지 속에서 노래함으로써 대미를 장식하고 있다.

"하나의 신이 막 탄생했다는 것을 인간들에게 믿게 만드는 순간들 가운데 하나가 이 집을 휘감고 있었다. (…) 카스너에게는 세계의 의미가 그가 이제 막 통과해 온 모든 피로 끈적인 채 탄생하고 있고, 만물의 가장 은밀한 삶이 완성되려 하고 있는 것 같았다. (…) 그의 손가락들에 댄 안나의 관자놀이만이 대지의 평온과 일체를 이루고 있었다.

---

53) 강조는 필자가 한 것임.

그는 눈을 다시 떴고 자신이 그것의(눈의) 영원성을 붙들고 있는 것 같 았다. 지난날 자신과 함께 한 포로들, 어린아이의 신뢰 있는 뺨, 자신 과 같이 고문당한 자들, 폭풍 속에서 비행사의 얼굴, 카스너라고 자처 한 자, 자신은 독일로 곧 돌아가야 할 예정과 같은 그 모든 것으로 이 루어진 그 영원성을. 죽은 자들이 아니라 산 자들의 영원성을. 그것(영 원성)은 (…) 남자보다 더 큰 것으로 남자 안에 있는 유일한 것, 남성적 천품과 합류하고 있었다."(p.838)

카스너의 신격화를 통한 불멸화, 피로 물든 시련의 극복을 통한 삶 과 세계의 의미, 안나와 대지의 일체성, 미래를 내다보는 의식의 창 으로서 눈의 영원성, 자유를 향한 운명과의 그 모든 투쟁으로 이루어 진 그 영원성, 세대의 연속성——카스너와 안나의 어린아이——을 통한 인간의 영원성과 불멸화, 천성으로서 남성적 자질까지 담아내 는 이 텍스트는 프로메테우스 신화의 소설적 재창조를 완성하는 화 룡점정이라 할 것이다. 이 점은 필자가 끌고 온 해석의 줄기를 고려 한다면 굳이 설명이 필요없으리라. 신화에서 켄타우로스 케이론의 희 생을 통한 프로메테우스의 불멸화, 그가 지닌 선견지명의 불멸의 눈, 대지에의 애착, 운명과의 싸움은 텍스트에서 신화와 관련된 직접적 암시-환기들을 단번에 포착하게 만든다. 이 직접적 장치들로부터 기 의적 미끄러짐을 통한 소테마들의 확장이 이루어지면서 신화는 풍요 롭게 채색된다. 예컨대 카스너-프로메테우스의 남성성과 안나-대지 의 여성성으로 표현된 하늘과 땅의 결합이나, 신들의 영원성과 경쟁 하는 인간들의 영원성을 들 수 있다.

이렇게 하여 제7장과 제8장으로 구성된 제3부는 '되찾은 대지'에 서 카스너-프로메테우스와 인간의 불멸화가 성화(聖化)되면서 마감된다. 결국 제1장에서 제5장까지는 제1부를 이루면서 감옥의 카스너-프로메테우스로 규정될 수 있다. 제6장은 단독으로 제2부를 구성하면서 폭풍과 싸우는 카스너-프로메테우스로, 그리고 제7장과 제8장은 제3부를 성립시키면서 (대지로) 돌아온 카스너-프로메테우스로 정리될 수 있다. 그럼으로써 소설의 3중 구조는 아이스킬로스의 3부작 《결박당한 프로메테우스》《석방된 프로메테우스》《불의 운반자 프로메테우스》와 대응된다 할 것이다.

4. '졸작'의 자평과 상징시학

주지하다시피 《모멸의 시대》는 출간 당시에 작가의 지명도 때문이기도 하겠지만 많은 관심을 불러일으켰다. 그럼에도 이 소설에 대한 비평가들과 연구자들의 최종적 평가는 부정적이었다. 말로 또한 이 평가를 받아들여 그것은 '졸작'이라 자평하고 말았다.[54] 사실 소설가가 결정판이 나올 때까지 삭제·수정·보완을 통해 이 작품에 기울인 노력과 정성을 고려한다면, 이와 같은 평가는 그에게 많은 아쉬움을 남겼다고 할 것이다.

여기서 필자는 다음과 같은 질문들을 제기해 보고 싶다. 비평가들과 연구자들의 평가에 이어 작가까지 인정한 것처럼 이 소설은 실패작인가? 실패작이라면 그 진정한 원인은 무엇인가?

---

54) 말로는 로제 스테판과의 대담에서 이 소설을 '졸작(navet)'이라고 규정했다. R. Stéphane, *Fin d'une jeunesse*, La Table ronde, 1954, p.51. In R. Jouanny, 〈Notice〉 sur *Le Temps du mépris*, A. Malraux, *Œuvres complètes* I, *op. cit.*, p.1368 에서 재인용.

당연한 일이겠지만, 말로는 이 작품의 평가가 부정적으로 내려지리라 기대하지 않았을 것이다. 필자가 지금까지 펼쳐 온 해석의 입장에서 보면, 소설은 공산주의편에 서서 나치즘에 대항해야 한다는 현실적 상황과 명분에 따른 이데올로기적·실용적 투쟁과 프로메테우스 신화의 '정복' '변모' '부활' '탐구'라는 두 개의 차원이 결합되어 있다. 이와 같은 결합이 문제가 되는지 우선 말로의 다른 소설들을 살펴보자.

《모멸의 시대》 이전에 출간된 아시아의 3부작 모두가 이와 같은 이중적 구도를 내재시켜 놓고 있으며, 소설들 속에서 추구되는 형이상학적·종교적 탐구의 내용은 상징시학을 통해 완벽하게 코드화되어 있다. 《정복자》는 그가 노장 사상을 역시 공산주의 혁명 속에 녹여내어 빚어낸 소설이다. 한편 《왕도》의 경우, 밀림에서의 현실적 모험의 전개는 탄트라 불교에 따른 '시적 구도의 길'과 동전의 양면처럼 결합되어 있다. 그리고 《인간의 조건》은 소설가가 불교와 노장 사상을 이데올로기 혁명과 융합시켜 창조한 작품이다.

비록 다른 연구자들이 소설들을 코드화시키고 있는 상징시학을 비켜가긴 했지만, 그것들이 실존적 비극의 문제를 다루고 있다고 주장했다는 점을 감안할 때 문제의 이중적 구도는 새삼스럽게 문제될 게 없다 하겠다. 공쿠르상을 받은 《인간의 조건》에서 혁명의 주요 인물들은 그 내용의 문화적 정체성이 어떠하든 형이상학적 혹은 존재론적 고뇌를 심층적으로 드러내고 있을 뿐 아니라 공산주의 이데올로기와도 일정한 거리를 유지하고 있다. 그런데도 이 작품은 걸작으로 인정되지 않았는가! 그렇다면 파시즘의 현실 고발과 이른바 파스칼적——부분적으로 잘못 해석된 파스칼적——인간 조건 사이의 불균형 때문에 《모멸의 시대》가 실패작이라는 주장은 설득력이 없다. 특히 주인공 카스너는 공산주의 이데올로기와도 '문제적' 갈등이 없지 않은가!

여기서 동양의 3부작에 나오는 인물들이 골드만의 주장에 따라 '문제적'으로 인식된 심층적 원인을 살펴보자. 앞서 밝혔듯이 필자가 연구한 바에 따르면, 그들의 비전을 은밀하게 받쳐 주는 것은 동양의 불교와 노장 사상이다. 그러니까 이러한 사상들에 입각해 그들은 자신들이 속해 있거나 참여하는 현실 혹은 이데올로기와 일정한 거리를 두고 있기 때문에, 그들이 세계를 '문제적'으로 바라보고 있음은 너무도 당연하다. 요컨대 동양 사상의 초월적 존재론과 구원론이 서구 사회의 위기나 혁명 이데올로기를 대변하는 인물들 속에 투영됨으로써 문제들이 생성되고 있다. 따라서 골드만의 주장처럼 마르크스주의적 입장에서 그들이 자신들이 속해 있는 암묵적 집단의 문제의식을 대변하기 때문에, 또는 혁명 주체들과 집단 사이의 갈등 때문에 문제적이라고 보는 것은 극히 제한된 시각이다.

반면에 《모멸의 시대》의 주인공 카스너가 문제적이지 않은 인물로 그려지고 있는 근본적 이유는 우리가 앞에서 드러낸 신화적 해석의 방향에서 찾아야 할 것이다. 프로메테우스 신화는 운명을 초월적 세계로의 탈주나 순응을 통해 극복하는 것이 아니라, 대지에의 애착과 인류애에 기저한 저항을 통해 극복하고자 한다. 따라서 그것은 혁명 이데올로기와 갈등을 드러낼 소지가 없다. 그것은 **보편적 인간 조건**과의 투쟁 속에서 현세 긍정적 가치들의 창조와 인류의 영속성을 부각시킴으로써 공산주의와 아무런 문제 없이 양립할 수 있다. 다만 소설이 드러내는 신화 구조의 복잡성에 일정 부분 기여하는 측면, 즉 바흐와 관련된 기독교의 내세 지향적 구원관에 카스너가 유혹을 느끼는 부분이 문제될 수 있으나 전체적 구도로 볼 때 쟁점이 될 수 없

다 할 것이다.[55]

그렇다면 소설이 출간될 당시의 비평들과 그동안의 연구들이 작품을 해독하는 데 한계를 보여준 이상, 그것이 '실패작'이라는 평가는 재검토되어야 하지 않겠는가! 필자가 발굴한 "소설의 상징시학"을 통해 코드화시킨 작품의 구조는 아이스킬로스의 프로메테우스 3부작을 근간으로 삼아 신화를 현대적으로 재창조하고 부활시켜 그것에 생명력을 부여하고 있다. 이 구조의 골격을 이루는 제1부·제2부·제3부의 이른바 '불균형적' 비중[56]은 작가가 작품을 창조하는 데 기울이는 기하학적·형태적 고심을 고려할 때,[57] 그 나름의 어떤 필연성에서 기인한다 할 것이다.

특히 쓸데없는 내용을 많이 담고 있다고 비판받은 제1부가 문제인바, 이것을 중심으로 이 필연성을 추정해 보자. 우선 신화에서 가장 중요한 부분은 주지하다시피 제우스의 징벌을 받은 프로메테우스가 바위에 사슬로 묶인 채 독수리에게 간을 파먹히면서 운명과 싸우는 부분이다. 소설에서 감옥에 갇힌 카스너와 신화에서 바위에 결박된 프로메테우스가 등가적 관계에 있다면, 이 혁명가가 그곳에서 전개하는 투쟁이 중심을 이루며 가장 비중이 크다는 것은 당연하다. 앞서

---

55) 《희망》에서 마누엘을 비롯한 좌파 혁명가들이 문제적이지 않은 이유도 다른 데서 찾아야 한다. 필자가 연구한 결과에 따르면 이들 대부분은 기독교의 비전을 내면에 간직한 종교적 인물들이다. 하지만 《모멸의 시대》에서 카스너가 받는 내세적 유혹과는 달리, 이 비전은 고딕적 인간관에 의해 구현된 이미 구원된 인간과 지상, 다시 말해 대지의 영원성과 풍요를 향해 열려 있다. 그렇기 때문에 그들의 비전은 좌파 이데올로기와 충돌하지 않고 양립할 수 있는 것이다. 이에 관해서는 앞으로 다루어질 것이다.

56) 플레야드판을 참고해 페이지의 양을 볼 때 제1부(제1장에서 제5장까지)는 39쪽, 제2부(제6장)는 7쪽 그리고 제3부(제7장과 8장)는 14쪽이다.

57) 예컨대 《왕도》의 기하학적 구성을 들 수 있다. 이에 관해서는 김웅권, 《말로와 소설의 상징시학》, *op. cit.*, 특히 p.227-231 참조.

보았듯이, 특히 카스너가 상상력을 통해 전개하는 아름다운 시적 몽상은 그가 예술/기술의 전수자 프로메테우스의 분신과 같은 존재라는 점을 상기할 때, 신화를 풍요롭게 채색하면서 비극적 인간 조건과의 투쟁을 다각화시키는 뛰어난 장치로 배치된 것이다. 그러니까 그것은 감옥/바위라는 특수한 폐쇄된 공간에서 파시즘/제우스-판토크라토르가 강제하는 '모멸'/운명에 대항하는 인간의 존엄성과 의식의 차원에서 설정되지 않을 수 없는 필연성에서 비롯되었다 할 것이다. 프로메테우스의 신비한 자질들 가운데 예술적 힘의 중요성을 고려할 때, 카스너가 예술가/시인으로서 운명을 초극하는 면모를 드러내야 함은 필연적 귀결이라 생각된다.

다음으로 우리가 좀더 숙고해야 할 것은 제1부와 제2부의 관계이다. 신화의 관점에서 볼 때, 그리고 소설을 보면 현실적으로 카스너-프로메테우스의 완전한 석방과 해방은 제2부가 끝났을 때 이루어진다고 할 것이다. 특히 제우스가 반항자들에 내리는 징벌의 주요한 도구로서 폭풍을 사용한다는 점을 감안할 때, 제6장 단독으로 구성되는 제2부는 제1부에 이어 계속되는 투쟁의 또 다른 전개를 보여주지만 후자에 종속적이다. 그것은 카스너가 자유를 되찾는 데 있어 최후의 궁극적 장애물로서의 시련과 이것의 극복을 담아내고 있기 때문이다. 그렇다면 응징과 저항의 차원에서 불가분의 관계에 있는 두 부는 하나로 묶여질 수 있다. 이렇게 될 때 제6장까지, 즉 제2부까지가 전체 페이지 분량에서 대략 4분의 3을 차지하고 나머지 제3부를 이루는 제7장과 제8장이 4분의 1을 차지한다. 이에 대응하여 전체 8개의 장에서 6개의 장이 카스너-프로메테우스의 직접적 투쟁을 그려내고 있으며, 나머지 2개의 장이 되찾은 대지에 할애되고 있다. 장의 배분 역시 3 대 1이다. 따라서 장의 배분과 페이지의 배분은 일치하면서 균형을 이루고 있다. 요컨대 텍스트의 구조적 분할에서 운명과의 투쟁 및 완전한 자유의 쟁취가 4분의 3, 그리고 이에 따른 지상과 인류에로의 회귀가 4분의 1을 점유하고, 전자의 4분의 3을 다시 감옥과 폭풍이 5 대 1로 분할하고 있다.[58] 이와 같은 구성을 불균형적이고 비대칭적이라 평가할 수 있을까? 소설의 심층적 읽기라는 관점에서 볼 때, 천상의 압제로부터 지상으로의 운명 탈출 과정을 담아내는 텍스트의 역동적 형태는 운명과 반운명의 패러다임적 대결 구도이며, 이 구도는 다원적 투쟁에서 클라이맥스를 거쳐 반운명의 승리로 마감된다. 이것이 3 대 1의 분할이 지닌 진면목이며, 3 속에 5 대 1은 수렴적인 정점으로의 이동 구조를 나타낸다.

이상과 같이 텍스트 속에 숨겨진 상징시학을 통해 《모멸의 시대》를 새롭게 해석하고 작품의 구조를 살펴본 결과, 우리는 왜 이 소설이 실패작으로 규정되어야 하는지 납득이 가지 않는다. 새로운 연구는 새로운 해석을 낳고, 새로운 해석은 새로운 평가를 낳는다. 이제 이 작품에 대한 재평가가 이루어져야 할 시점에 왔다 하겠다. 작가가 마지못해 인정했을 실패작이라는 멍에를 이 훌륭한 소설에서 벗겨 주어야 하지 않을까 생각된다.

맺음말

우리는 지금까지 작품을 정교하게 코드화시키는 은밀한 상징시학

---

58) 페이지의 양 역시 39쪽과 7쪽으로 전체 46쪽 가운데 대략 6분의 5와 6분의 1을 차지하고 있다.

을 추적함으로써 《모멸의 시대》를 프로메테우스 신화의 현대적 '부
활' '정복' '변모'로 읽어보았다. 이 '잠자는' 신화는 고대 이후로
'차이'와 '반복' 속에서 수많은 작품들을 통해 부활되어 생명력을 새
롭게 부여받아 왔다.[59] 다른 작가들의 작품들이 이 신화에서 프로메
테우스라는 이름을 그대로 차용해 제목을 붙이고 있는 데 반해, 《모
멸의 시대》는 소설 속에 도입된 상징시학의 원리에 따라 독자가 이
시학을 역으로 추적해 신화를 읽어내도록 유도하고 있다.[60] 바로 여
기에 말로 소설의 차원 높은 경지가 자리잡고 있다. 그러니까 소설가
는 그 어떤 다른 소설가들보다 뛰어난 상징시학의 운용 능력을 통해
서 고도한 독서놀이를 제시하고 있는 셈이다.

그의 상징시학은 극도의 정치함으로 인해 독보적이며, 기호학적 텍
스트 분석에 새로운 장을 열어 줄 수 있을 것이다.[61] 그것은 《정복자》
를 노장 사상 소설로, 《왕도》를 불교 소설로, 《인간의 조건》을 불교-
노장 사상 소설로, 《모멸의 시대》를 프로메테우스 신화로 재해석해
내는 데 필수적인 길잡이 노릇을 하고 있다.[62] 이제 그것은 말로의 소
설 세계가 동·서양의 정신적 보고를 대칭적으로 탐구하면서 육화시
키는 문학으로 구축되었음을 밝혀내는 데 열쇠임을 알 수 있다. 그것
을 통해 건축된 각각의 작품은 독특한 형상미를 드러내며 종교적·

---

59) 말로의 이와 같은 예술론은 이미 《왕도》에서 클로드를 통해 대체적 윤곽이 그
려지고 있다. 이에 대해서는 La Voie royale, in Œuvres complètes, vol. I, op. cit.,
p.397-399 참조. 이 예술론의 해설과 이에 따른 《왕도》 읽기는 필자의 졸저, 《말로
와 소설의 상징시학》, op. cit., p.137-144 참조.

60) 물론 다른 소설들의 경우도 작가가 탐구하는 세계가 절대 직접적으로 드러나
지 않고 있다.

61) 필자는 말로 소설에 내재된 상징시학이 기호학과 코드 이론에 접목될 때 새
로운 연구 과제들이 생성될 수 있다고 생각한다.

62) 《희망》과 《알튼부르그의 호두나무》는 앞으로 다루어질 것이다.

신화적 절대의 빛을 담아내고 있다.

서양의 3부작 가운데 앞으로 다룰 두 작품까지 고려한다면 이 3부작의 세 소설은 그리스 신화 → 기독교 → 그리스 신화-기독교로 이어지는 탐구적 여정을 드러내고 있다. 《모멸의 시대》에서 신에 대한 관념은 서방 기독교 신의 유혹을 뿌리치고 동방의 기독교 신인 판토크라토르와 결합된 제우스 신으로 이동함으로써 인간과 신은 대립적·갈등적 양상을 나타내고 있다. 《희망》에서 제시되는 기독교 신관은 이신론에 가까운 불가지적(agnostique) 입장을 취하고 있다. 그것은 신이 인간사에 개입하지 않으며, 개입한다 할지라도 그 시점이나 상황은 인간의 인식을 초월한다는 것으로 요약된다. 비극과의 투쟁 그리고 그것의 극복은 일단 인간의 몫으로 남는다. 그러나 신과 인간은 대결하지 않으며 갈등의 양상도 나타나지 않는다. 이미 신은 인간에게 운명을 강제하는 초월적인 압제자의 이미지를 벗어나 인간과의 화해쪽으로 기울어지고 있다. 이러한 화해는 《알튼부르그의 호두나무》에서 기독교의 고딕적 인간관을 통해 확실하게 구현되고 있으며, 이 인간관 속에 그리스의 신화적 인간관이 포용되고 있다.

《모멸의 시대》가 절대의 추구라는 말로의 소설적 여정에서 어떤 위상을 차지하고 있는지 분명하다. 말로는 아시아가 자신에게 "정신의 다른 극점(l'autre pôle de l'esprit)"[63]을 형성하고 있다고 술회한 바 있다. 소설 세계로 국한시켜 볼 때,[64] 그는 아시아의 3부작을 통해 동양 정신으로의 지적 순례를 마감하고 《모멸의 시대》를 통해 서양 정신의 뿌리로 회귀하고 있다. 그러니까 이 소설은 절대에 대한 작가의

---

63) Roger Stéphane, *op. cit.*, p.48.
64) 《서양의 유혹》을 다룰 때 언급했듯이, 소설 이후에 나온 《반회고록》에서 말로는 동·서양의 대화를 직접적으로 시도하고 있다.

탐구 도정에서 동양에서 서양으로의 이동을 나타내는 지표이다. 그것은 서양의 위기 앞에서 탈자아적 · 탈주체적 동양 사상에서의 인간 탐구를 마감하고 주체 중심적인 서구 사상으로의 회귀를 나타낸다. 그것은 서양 문화의 신화적 뿌리에서 인간에 대해 성찰하기 시작하는 작품으로서 《정복자》와 대칭 관계를 이룬다.

　말로는 20세기에 탄생한 지구촌 통합 문명을 '탐구 문명 (civilisation d'interrogation)' 혹은 '불가지론적 문명(civilisation agnostique)' 이라 규정한 바 있다. 그는 이 문명이 낳은 정신적 방황과 어둠을 직시하고, 소설 세계를 통해 제3의 길을 모색하는 구도적(求道的) 열정을 치열하게 펼쳐내고 있다. 모험과 혁명에 형이상학적 생명력을 부여하면서 지하 수맥처럼 흐르는 종교적 · 신화적 사상과 그 미학적 구조물에 다가가는 길잡이로서 상징시학을 생각할 때라 생각된다.

제2장
―――
《희망》과 기독교

"나는 종교적 현상에 매우 예민하다. (…) 종
교의 명상 수준은 철학의 명상 수준보다 무한
히 더 심층적인 방식으로 구상된 그 무엇이다."
앙드레 말로, 한 대담

"나는 소설을 쓰기 위한 소설을 쓴 적이 없
다. 나는 계속적인 형태를 취하는 명상과 같은
것을 추구했으며, 소설은 이 형태들에 속한다."
앙드레 말로, 한 대담

1. 몽타주의 문제

《희망》에 나타나는 상징시학의 단면들을 가운데 우선 가장 많이 언
급되는 것은 불연속성이다. 먼저 필자가 그동안 해온 작업 결과에 비
추어 주목되는 점은 지금까지의 연구가 소설의 서사 구조를 중심으
로 이 테마를 다루고 있으며, 인물들의 담화 속에 내재된 불연속성에
는 전혀 접근하지 못하고 있다는 것이다. 그런데 필자가 앞서 밝혀냈

듯이, 이미 《정복자》에서부터 불연속성은 인물들의 담화 속에 도입되어 텍스트의 의미망을 코드화시키는 강력한 장치로 활용되고 있다. 그러니까 그것은 서사적 차원뿐 아니라 담화적 차원에서 동시에 이루어지고 있으며, 이 두 차원은 불가분의 관계에 있다. 따라서 그것들을 함께 고찰해야만 텍스트의 의미망이 도출될 수 있는데, 이 점이 간과되고 있는 것이다.

다음으로 지적할 것은 《정복자》에서부터 상징시학의 주요 기법으로 자리잡는 불연속성이 몽타주를 포용한다는 점이다. 우리가 앞서 제2부 〈불연속성의 미학과 코드화〉에서 보았듯이, 말로가 몽타주를 생략과 같은 것으로 간주하고 "모든 예술은 생략의 체계에 기초한다"고 언급한 점을 상기하자. 이 표현은 생략을 통한 의미적 불연속성을 강조하고 있다. 그렇다면 영화의 몽타주 기법은 말로의 소설에 내재한 상징시학 가운데 불연속성을 풍요롭게 해주기 위해 추가된 세부적 요소에 불과한 것이지 주요 요소가 되지 못한다. 뿐만 아니라 불연속성을 드러내는 '장면'들 가운데 직접적으로 영화 기법과 연결될 수 있는 것들은 제한적이다. 다시 말하면 장면들이 불연속적이라 해서 모두 몽타주 기법으로 취급될 수 없다는 말이다. 그러나 《희망》에 가시적으로 나타나는 이와 같은 불연속적 장면들이 대부분 통칭 몽타주로 접근되고 있는데,[1] 이는 말로의 소설 속에 도입된 상징시학을 포착해 내지 못한 결과이다. 그러니까 앞서 보았듯이, 몽타주는 생략의 영화적 형태로서 불연속성을 구축하는 다양한 세부적 기교들에 속한다고 말하는 게 정확하다 할 것이다. 예를 하나 들어 보자. 도입부의 제1편 1부 〈서정적 환상(L'Illusion lyrique)〉의 1장 2절과 3절은 각기 바르셀로나와 마드리드의 전쟁 상황을 다루고 있는데, 두 절이 불연속성을 이루고 있다.(E, p.30)[2] 이것을 무조건적으로 영화적 몽타주 기법으로 볼 수 있겠는가? 그것은 단순히 상황 설명을 생략한 불연속적 서사 구조에 속할 뿐이다.[3] 따라서 영화의 몽타주 기법이 무시할 수 없는 비중을 차지한다 할지라도 소설의 불연속적 장면들을 모두 이 기법을 통해 바라보는 것은 타당하지 않다 할 것이다.

쉽게 드러나는 이런 불연속적 단위들이 기호들로 작용하면서 구축하고 있는 의미망은 이 단위들 속에 은밀하게 내재된 '상징시학'의 다른 기법들에 대한 검토가 이루어질 때 드러날 것이다. 다시 말해 이 단위들이 연결되어 의미적 연속성을 구축하기 위해서는 환기 · 암시가 유추를 통해 분석되어야 한다.[4]

---

1) 예컨대 장 카르뒤네르는 《희망》이 고대의 "비극의 리듬 자체를 재현한다"고 말하고, "몽타주의 영화적 기법 덕분에 그것이 장면들을 미묘한 관계망으로 직조해 책에 근본적 통일성을 부여한다"고 주장함으로써 작품의 불연속적 단위들을 모두 영화적 몽타주를 통해 이해하고 있다. *La Création romanesque chez Malraux, op. cit.*, p.143. 뿐만 아니라 소설이 재현하는 것은 앞으로 보겠지만, 그리스의 비극의 3원적 구조가 아니라 기독교 사상의 신화적 구조다. 국내에서 《희망》을 전적으로 몽타주의 관점에서 연구한 경우로는 조영훈, 〈전쟁 이야기체와 몽타주 기법—《희망》과 《자유의 길》 연구〉, in 한국 사르트르연구회 엮음, 《사르트르와 20세기》, 문학과지성사, p.27-55 참조.

2) *E*는 *L'Espoir*(in *Œvres complètes*, vol. II, Gallimard, 〈Bibliothèque de la Pléiade〉, 1996)의 약자임.

3) 불연속성을 몽타주 기법으로만 본다면 이런 질문에 어떻게 대답할 것인가? 즉 《희망》 이후에 나온 《알튼부르그의 호두나무》는 불연속성을 통한 '파편의 미학'을 구현하고 있음으로써 '글쓰기의 현대성'을 탁월하게 드러내고 있는데노 왜 몽타주 기법과 관련해서는 한마디도 언급되지 않는가? 이에 관해서는 Freistas, *op. cit.*, p.71-81 참조. 필자는 이 불연속성을 말로가 이미 《정복자》에서부터 소설적으로 재창조한 '상징시학'의 관점에서 접근했다.

2. 담화 차원의 불연속성

서사 차원의 불연속적 단위들보다는 그동안의 연구들이 간과한 불연속성, 다시 말해 인물들의 담화 속에 코드화되어 있는 불연속성의 사례를 고찰해 보자.[5] 《희망》의 제2편 1부 〈존재와 행위〉의 1장 7절에서 스칼리는 하이메의 아버지 알베아르와 예술·죽음·고통·희망, '인간의 품성/자질(la qualité de l'homme)' 등에 대해 대화하고 있다. 그런데 다음과 같은 난해한 대목이 나타난다.

"저는 제가 있는 곳에서 사태에 지쳐 있습니다. 그러나 인간의 본질은 말하자면 그런 영역들(혼자서는 접근하지 못하는 영역들)에 있다고 봅니다. '이마에 땀을 흘린 대가로 빵을 얻으라'고 합니다. 아시다시피 우리에게도 역시 그렇습니다. 설령 특히 땀이 차갑게 식어 버릴 때조차도…….

― 참! 당신들은 인간 안에 있는 근본적인 것에 매혹되어 있습니

---

4) 이것은 전적으로 독자의 몫이며 독자의 역량과 교양에 따라 폭넓은 해석의 스펙트럼이 전개될 수 있다. 그러니까 기독교와 혁명을 융합시키는 읽기 작업은 얼마든지 다양하게 이루어질 수 있는 것이다. 독자의 입지는 결코 축소되는 것이 아니다. 필자가 앞서 비판한 글들은 이와 같은 상징시학, 그리고 코드화된 담화들과 묘사들을 도출해 고찰했다면 전혀 다른 내용을 드러내면서 훨씬 풍요로운 결실을 맺었을 것이다. 말라르메가 독자의 몫을 강조한 사실에서도 나타나듯이, 독자를 중시하는 상징시학은 수용미학과 결코 모순되는 것이 아니다. 더구나 말로는 자신의 소설 속에 내재시켜 놓은 상징시학에 대해 한번도 언급한 적이 없고 소설이 잘못 읽혀졌다고 말한 바도 없다. 필자는 말로의 소설을 연구하는 과정에서 그것에 대한 문제 의식을 갖게 되었으며, 소설 자체 속에서 상징시학을 발굴했던 것이다.

5) 서사 구조 차원에서 이야기의 불연속성은 담화 및 묘사의 차원에서 불연속성을 포괄한다 할 것이다. 그러나 후자가 해독되지 않고는 전자가 해독될 수 없다는 점에서 양자의 비중을 논하기는 어렵다 생각된다.

다……. 근본적인 것의 시대가 다시 시작되고 있습니다, 스칼리 씨. 알
베아르는 갑작스러운 엄숙함을 드러내며 말했다. 이성은 **새롭게 토대
가 설정**(fondée à nouveau)되어야 합니다…….

— 당신은 하이메가 전쟁에서 싸운 것이 잘못이었다고 생각합니까?"
(E, p. 277)[6]

이 대화를 보면 생략 부호(…)가 세 번 나오는데, 두 번이 의미적 불
연속성을 드러내고 있다. 특히 '근본적인 것의 시대'와 '이성'의 재
확립이라는 주제들에 대한 알베아르의 설명은 생략되어 있으며, 스칼
리는 엉뚱한 말로 이것들을 비켜가고 있다. "근본적인 것의 시대가
다시 시작되고 있다"는 표현은 뒤에 가서 알베아르에 의해 갑자기 다
시 반복된다.(p. 278) 문제의 주제들은 소설의 전체적 의미 구조와 맞
물려 있으며, 이것이 밝혀져야 해석될 수 있다. 인물들의 담화 속에
나오는 이런 불연속성의 예를 하나만 더 들어 보자. 제3편 〈희망〉의
마지막에서 두번째 제5절을 보면 히메네스와 마누엘이 나누는 대화
에 이런 대목이 나온다.

"그래, 자네군. 그러니까 나를 위해 미사곡을 연주한 게 자넨가? 일
부러 연주해 준 것이지, 그렇지 않은가?

— 그렇게 하는 게 즐거웠습니다.

히메네스는 그를 바라보았다.

— 자네는 서른다섯 살이 되기 전에 장군이 될 걸세, 마누엘…….

— 저는 16세기의 스페인 사람입니다라고 진지하고 겸손한 미소를

---

6) 강조는 작가가 한 것임.

지으며 말했다.

— 그런데 자네는 직업 음악가가 아닌데, 대체 어디서 오르간을 배웠는지 말해 보게."(p.423)

이 대화는 마누엘이 교회에서 팔레스트리나의 《키리에》를 연주한 뒤의 상황 속에 위치한다. 여기서 불연속성을 표출하는 것은 "저는 16세기의 스페인 사람입니다"라는 표현이다. 이 코드화된 표현은 전후 맥락으로부터 의미적으로 단절됨으로써 독자를 어리둥절하게 만들고 있다. 대체 왜 갑자기 그것이 끼어들고 있으며, 그것의 참뜻은 무엇인가? 이런 의문을 풀기 위해서는 팔레스트리나가 16세기 인물이라는 점 이외에도, 독실한 가톨릭 신자로 명시된 히메네스와 마누엘의 관계는 물론이고 후자와 관련된 여러 암시적·환기적 장치들을 검토해야 하며, 16세기가 어떤 세기였는지에 대한 역사적 고찰도 요청된다. 물론 앞으로 보겠지만 히메네스는 이 말의 참뜻을 알아차렸다 할 것이다. 문제는 독자가 그것을 꿰뚫는 데 있다. 미리 조금 언급하자면 문제의 표현은 기독교와 종교 개혁, 그리고 혁명이 의미론적 차원에서 밀접하게 결합되어 있음을 함축한다. 이 점은 뒤에 가서 구체적으로 밝혀질 것이다. 필자가 예로 든 두 가지 사례 이외에도 소설 속에는 불연속성을 표출하는 담화들이 여기저기 산재해 있지만, 다른 맥락에서도 검토될 것인 바 본고의 경제성을 고려해 불연속성을 연속성을 이어 주면서 텍스트의 의미망을 재구성하고 해독하는 데 열쇠를 제공하는 암시와 환기로 넘어가 보자.

3. 암시 및 환기의 배치와 구도

1) 묵시록의 욕망

이제 소설이 기독교의 비전을 혁명과 융합시켜 구현하고 있음을 뒷받침하는 암시와 환기[7]를 인물들을 중심으로 집중 조명해 보자. 혁명과 기독교의 메시아니즘이 불가분의 관계가 있음을 뒷받침하는 두 장치들은 혁명의 전개 과정에 따라 인물들을 중심으로 리듬과 균형을 드러내며 세심하게 배치되어 있다.

먼저 제1편 〈서정적 환상〉의 제1부 〈서정적 환상〉을 살펴보면, 주요 인물들 가운데 마누엘이 처음부터 문제의 암시 및 환기와 결합되어 나타난다. 이 점은 이 인물의 비중을 고려할 때 당연하다 할 것이다. 마누엘(Manuel)이라는 이름이 "우리들 가운데 신" 다시 말해 "하느님께서 우리와 함께 계시다"[8]를 의미한다는 사실을 염두에 두고, 그에 대한 신체적 묘사를 보자. "음향 기사"였던 그의 외모는 "몽파르나스풍"에도 불구하고 "프롤레타리아"(E, p.9)적인 측면을 지니고 있지만, 무엇보다 암시적인 것은 그가 "면도를 제대로 하지 않음에 따라, (…) 로마인의 얼굴"을 하면서 "지중해의 뱃사공"(p.49) 모습으로 변한다는 점이다. 이런 모습에 바르카 노인으로 대변되는 "농민들"[9]은 그에 대한 "친근감"(p.49)이 깊어간다. 여기서 중요한 낱말은

---

7) 필자가 암시와 환기를 함께 다루는 것은 그것들이 중첩되어 나타나기 때문이다. 하나의 낱말이나 표현, 묘사나 담화는 때때로 암시, 환기로도 읽혀질 수 있다.

8) 그리스도의 메시아적 이름이 임마누엘이고, 그 뜻이 히브리어로 "하느님께서 우리와 함께하시다"(《마태복음》, 1, 21-23)임을 상기할 때, 이 이름에서 나온 마누엘이란 이름 역시 암시적 장치이다.

'뱃사공'이다. 그것은 그리스도의 제자들이 어부들이었다는 점을 상기시키면서 마누엘이 사도들과 비슷한 역할[10]을 수행하리라는 유추를 가능하게 하는 단초이기 때문이다.[11] 이와 같은 성급한 해석이 무리인지 아닌지는 앞으로 검증되리라.

마누엘의 기독교 의식과 관련된 또 다른 암시적·환기적 장치는 그가 함께 싸우다 부상당한 늙은 바르카를 '산 카를로스 병원'으로 위문갔을 때 나타내는 내면 풍경이다. 그의 시선 속에서 부상자들은 "사순절 세번째주 목요일에 입는 의상처럼 붕대를 감고"(p.77) 있는 것처럼 나타나며, 중상자들의 방은 "붕대를 감은 유령들이 미끄러지듯 지나가는 종교재판소의 지하실과는 판판으로 밝지만, 신음 소리는 이 지하실의 진정한 삶을 표현하고 있는"(p.78) 것으로 묘사된다. 그러니까 마누엘은 혁명에 참여해 싸우다 부상당한 민중들을 모두 진정한 신앙을 통해 참회하거나 혹은 그 때문에 박해받는 존재들처럼 바라보고 있는 셈이다. 이와 같은 시선은 그의 순수한 신앙심을 암시하는 장치가 아닐 수 없다. 이러한 상황 속에서 그는 형제애적 사랑과 '연민'을 통해 환자의 '고통'을 자신의 고통처럼 느끼면서 농부 바르카의 이야기를 듣는다.(p.78-82) 바르카는 내면에 "그가 감추고 있

---

9) 여기서 독자가 상기해야 할 점은 혁명 당시 스페인 국민의 거의 1백 퍼센트가 가톨릭 신도였다는 사실이다. 민중의 신앙 문제는 앞으로 다시 언급될 것이다.

10) 사도들이 고기를 낚듯이 민중들을 기독교로 개종시키면서 로마 교회를 세워가는 과정은 마누엘이 다른 인물들과 민중들을 교화시키고 훈련시키면서 공화국 군대를 창설하는 과정에 대응한다 할 것이다. 이 과정에서 기독교의 원초적 정신이 부활되는 것이다. 뱃사공이라는 낱말의 의미는 배를 부리는 사람이며, 어선에서 일하는 자들을 포함해 배를 가지고 일을 하는 사람들 전체를 가리킨다. 따라서 그것은 어부의 뜻까지 함축할 수 있다. 아니면 시적 연상에 의해서 혹은 '기의적 미끄러짐'을 통해 뱃사공은 어부로 자연스럽게 이동할 수 있다.

11) 말로 소설 세계에서 인물 묘사가 인물의 비전을 암시하는 중요한 장치로 활용되고 있음은 주지의 사실이지만, 문제는 이 묘사에 대한 해석이다.

는 고귀함"(p.80)을 드러내면서 '인류' '평등' '형제애'에 대한 자신의 사유를 마누엘에게 펼쳐낸다. 따라서 마누엘과 바르카의 대화는 기독교적 비전 내에서 이루어지고 있음을 추론할 수 있다. 단순한 농군에 불과한 후자의 사유하는 이미지는 《알튼부르그의 호두나무》에서 구현되는 '고딕적' 영혼의 '근본적 인간'으로서 농부 커플을 이미 예고하고 있다.[12]

제1부의 〈서정적 환상〉에서 기독교적 비전과 관련된 두번째 암시적·환기적 장치는 무정부주의자 푸이그와 히메네스의 대화에서 나타난다.[13] 독실한 가톨릭 신자인 히메네스는 우선 푸이그를 "카를 5세 휘하의 중대장"(p.26)처럼 바라보며 그와 기독교에 대해 논쟁을 벌인다. 여기서 카를 5세는 코드화된 중요한 암시적 장치로 등장하고 있다. 그는 신성로마제국의 황제이자 스페인의 왕으로서 16세기 종교 개혁이 한창이던 시기에 가톨릭 교회를 개혁적으로 구하려 했던 인물이다. 그러니까 푸이그는 종교 개혁 당시, 즉 16세기에 부패한 가톨릭 교회를 개혁하는 데 동참했던 전사처럼 그려지고 있다. 이러한 묘사는 앞서 불연속성을 다루면서 언급한 마누엘의 수수께끼 같은 표명, 즉 "저는 16세기의 스페인 사람입니다"라는 코드화된 언급과 의미적 관계망을 형성하고 있다.[14] 이제 우리는 마누엘이 자신을 카를 5세 당시 가톨릭의 개혁을 위해 싸운 인물로 생각하고 있음을

---

12) 이 농부 커플의 신화적 해석에 관해서는 다음장에서 다루어질 것이다.

13) 혁명군에서 마누엘을 포함한 공산주의자들과 무정부주의자들은 두 흐름을 구성한다. 이 점은 소설의 도입부 제1절이 공산주의자인 라모스 및 마누엘과 함께 마드리드에서 시작되고, 제2절이 무정부주의자인 엘 네구스 및 푸이그와 함께 비르셀로나에서 시작됨으로써 처음부터 드러나고 있다.

14) 따라서 히메네스가 이 언급의 참뜻을 이해했으리라는 필자의 주장은 부인될 수 없다.

유추해 낼 수 있으며, 혁명은 교회의 개혁과 하나가 되어 있음을 알 수 있다.

하지만 히메네스는 푸이그와 입장 차이를 분명히 한다. 그리스도를 "유일하게 성공한 무정부주의자"(p.28)로 간주하면서 "접신론"(p.27)을 내세우는 푸이그[15]에게 그는 "신은 도둑의 주머니에 속에 있는 성합(聖盒)처럼, 인간의 놀이에 개입하도록 만들어진 게 아니야"(p.27)라고 대답한다. 전자는 '아포칼립스'를 통해 '지금 여기서' 즉각적인 구원을 외치고 있으며, 따라서 16세기의 교회 개혁 차원을 넘어서고 있다. 반면에 후자는 신의 의지를 알 수 없다는 입장, 다분히 이신론에 가까운 입장을 취하고 있다. 식자공이었던 푸이그는 '4세기 전부터,' 즉 16세기 이후로 민중의 "영혼들을 책임지고 있는"(p.27) 성직자들을 비판하면서 히메네스를 작가들과 나란히 놓고 이렇게 말한다.

"내가 당신들에게 신부들에 대해 이야기하면, 당신들은 성녀 테레사에 대해 이야기합니다. 내가 교리문답에 대해 이야기하면 당신들은 (…) 토마스 아퀴나스에 대해 이야기합니다."(p.28)

성녀 테레사는 누구인가? 그 역시 16세기에 성 프란체스코의 원시 기독교 정신으로부터 영향을 받아 카르멜 수도회를 개혁한 신비주의적 인물이다. 또 푸이그의 언급은 교리문답의 기본 내용이 토마스 아퀴나스의 신학으로부터 나왔음을 알려 주고 있다. 아리스토텔레스의 계보인 토마스 아퀴나스의 신학은 플라톤 계보인 아우구스티누스의

---

15) 뒤에 가서 보겠지만 무정부주의자의 또 다른 전형으로 나타나는 엘 네구스 역시 접신론자임을 상기하자. 물론 그는 결국 공화국 군대의 규율과 조직에 동참하게 된다.(p.354-355)

신학과 대비되며, 그리스도의 대속(代贖) 의미를 적극적으로 해석해 원죄로부터 해방되어 무한을 꿈꾸는 '고딕적 인간'의 출현을 뒷받침하고 있다.[16] 그러니까 12세기에서 시작된 고딕 시대로부터 16세기 종교 개혁 당시까지 4세기 동안은 추락의 무거운 짐에서 해방된 자유로운 인간의 도래로부터 성직 매매를 통한 로마 가톨릭의 위기까지를 담아낸다.[17] 예수의 수난은 이 고딕적 인간의 이상을 향한 출발점이다. 그런데 4세기 만에 이 인간상은 위협받고 기독교 자체가 흔들린 것이다. 따라서 가톨릭교 및 개신교의 개혁은 이 인간상의 회복을 향한 기독교의 원초적 정신으로의 회귀를 함축한다. 그렇게 하여 기독교는 위기를 넘긴 셈이다. 하지만 그로부터 4세기 이후 20세기에 위기는 다시 찾아온 것이다.[18] 푸이그의 언급은 재현된 이 위기 상황을 함축적으로 담아내고 있으며, 혁명은 이러한 위기의 극복과 맞물려 있음을 알 수 있다.

제1부에서 세번째 암시적·환기적 장치는 마니앵의 신체 묘사와 관련해서 나타난다. "마니앵에게는 (…) 포부르 생 앙투안(성 안토니오)의 전통적 고급 목재 가구 세공인의 무언가가 있었다."(E, p.97) 여기

---

16) M. D. Chenu, *St. Thomas et la théologie*, Seuil, 〈Maîtres spirituels〉, n° 17, 1986, p.109-135 참조. 고딕 시대와 고딕적 인간에 대한 말로의 애착은 다음장에서 보겠지만, 《알트부르그의 호두나무》에 잘 나타나 있다. 말로는 《초자연의 세계》에서 고딕 시대에 인간과 지상이 이미 그리스도의 대속을 통해 구원받았다는 관념이 12세기의 성 베르나르(Saint Bernard)에서부터 나타나고 있음을 밝히고 있다. *Op. cit.*, p.186-187 참조.

17) 16세기의 이러한 부패와 위기는 《알튼부르그의 호두나무》에서도 환기된다. "(…) 루터 이전에 수많은 열렬한 기독교들이 로마에 왔지만 성직 매매를 보지 **못했**다."(강조는 작가가 한 것임) *Les Noyers de l'Altenburg, in Œuvres complètes*, vol. II, *op. cit.*, p.650.

18) 이 점은 뒤에 가서 게르니코가 가르시아에게 "우리 교회는 이단이 아니라 성직 매매의 죄를 짓고 있네"(p.266)라고 말하는 데서 확인된다.

서 주목되는 표현은 '생 앙투안(Saint Antoine)'이다. 말로의 소설에서 인물 묘사에 동원된 용어들은 중요한 전략적 암시라는 점을 상기할 때, 성 안토니오는 마니앵의 종교적 비전 혹은 방향을 감지하게 해주는 중요한 요소라 할 것이다. 그는 12-13세기의 스콜라 철학자로서 역시 대속의 개념을 적극적으로 해석하여 그것을 "새로운 창조"로, "인류가 지녔던 최초의 삶을 총체적으로 복원시키는 회귀"로 간주한다. 또 그는 상실한 순수 신앙을 비롯한 "잃어버린 것들을 되찾아 주는" 성인으로 알려져 있다. 고딕적 인간관을 지닌 그는 '헌신'과 '연민'의 수도자이다. 따라서 마니앵의 종교적 비전 역시 그리스도의 순수 정신과 이 인간상이 결합된 틀 속에서 전개되리라는 추론이 가능하다.[19]

제1부에서 기독교와 관련된 마지막 네번째 암시적·환기적 장치는 가르시아에 의해 제시된다. 이 인물은 기독교의 '묵시록(apocalypse)'을 혁명과 관련시켜 최초로 언급한다. 창문을 통해 감동적으로 들려오는 가톨릭 민중의 "형제애의 묵시록"(p.99)이 지닌 폭발력을 직시하면서, 그는 마니앵에게 이렇게 말한다. "위험은 모든 인간이 아포칼립스의 욕망을 자신 안에 지니고 있다는 것입니다."(p.101) 역사를 단번에 절멸시키면서 기존 세계를 단번에 쓸어 버린 뒤, 무정부주의적·절대적 자유를 보장하는 잃어버린 낙원을 건설하고자 하는 욕망이 '천복년설'의 꿈처럼 혁명을 떠받치는 민중의 피 속에 강렬하게, 위험하게 작용하고 있음을 가르시아는 알고 있다. 《성서》를 보면 〈다니엘서〉에서 최초로 나타나는 종말론과 천복년설은 그리스도를 거쳐

---

19) 이런 해석은 그가 특히 제3편 〈희망〉에서 농부들을 통해 되찾는 원초적·근본적 인간의 모습에 의해 뒷받침된다 할 것이며, 이 농민들은 마누엘을 통해 부각되는 농군 바르카 노인과 일체를 이룬다.

요한의 〈묵시록〉에 구체화되어 있다. 일반적으로 서양에서 혁명과 새로운 시대의 출현은 거의 언제나 이 천복년설과 연결되어 있으며,[20] 소설 속에서도 이와 같은 측면이 나타나고 있는 것이다. 그러나 가르시아는 이런 종류의 묵시록을 통한 새로운 세계의 창조가 환상(illusion)이며[21] 불가능하다는 것을 냉철하게 지적하고 있다. 그는 "우리의 겸손한 기능은 묵시록을 조직하는 것이다"(p.101)라고 강조하면서 이 욕망을 미래를 건설하는 원동력으로 재편하는 방향을 내세운다. 그러니까 소설은 묵시록을 통한 천복년설의 구조로 나아가는 것이 아니라 다른 골격으로 짜여진다는 것을 알 수 있다. 이 점은 뒤에 가서 다시 다루도록 하겠다.

이제 위와 같은 배치에 따른 구도를 종합해 보자. 우선적으로 생각해야 할 것은 혁명 주체 세력의 두 흐름인 공산주의자들을 대변하는 마누엘과 무정부주의자들을 대변하는 푸이그(혹은 엘 네구스)가 차이를 드러내면서도 똑같이 기독교 정신의 울타리 속에 있다는 점이다. 그렇다면 차이는 무엇인가? 그것은 전자들이 조직과 규율 속에 미래의 지평쪽으로 나아간다면, 후자들은 기존 세계의 즉각적인 종말을 통해 절대적 자유와 해방을 현재 속에 갈구한다는 것이다. 기독교도로서 마누엘이 혁명에서 아포칼립스를 갈구하지 않는다면, 그의 종교

---

20) 이에 관해서는 뤼시앵 보이아, 김웅권 역, 《상상력의 세계사》, 동문선, 2000년, p.181 이하 참조. 저자는 '혁명의 길'과 '천복년설'을 결합해, 역사의 종말을 꿈꾸었던 마르크스주의 혁명까지 다루고 있다. 그에 따르면 그리스도의 수난을 전후해서 기독교가 공인되기 전까지 천복년설은 강력한 힘을 발휘했으며, 중세가 종말을 고하면서 종교 개혁이 이루어진 16세기에도 위세를 떨쳤다 한다. 그러나 헤겔 철학이나 마르크스주의에서 나타나는 역사 종말이 뿌리가 기독교적 메시아니즘에 있다는 주장은 새삼스러운 것이 아니다.
21) 제1편의 제목 〈서정적 환상(l' Illusion lyrique)〉은 이러한 점을 이미 시사하고 있다.

적 비전은 히메네스의 신관을 바탕에 깔고 있다고 보아야 할 것이다. 이 점은 나중에 두 사람이 사제지간으로 맺어지는 관계에 의해 뒷받침된다. 따라서 마누엘의 종교관은 당장에 문제될 게 없으며, 또 그렇기 때문에 그것은 보다 은밀하게 깔려 있다.

마누엘의 진정한 스승이 될 신비주의자 히메네스가 먼저 접하는 인물이 무정부주의자들을 대변하는 푸이그이며, 두 사람이 종교적 논쟁을 벌이고 있다는 사실은 이들의 비전이 안고 있는 '위험'을 이미 함축하고 있다. 문제는 가톨릭 민중의 대부분이 무정부주의자들의 편에 서 있다는 점이다.[22] 푸이그가 그리스도를 유일하게 성공한 무정부주의자, 다시 말해 묵시록의 선구적 체험자[23]로 간주하면서 은연중에 모방하려 한다면, 로마 교회 성립사와 관련해서 볼 때 그와 무정부주의자들, 나아가 민중의 묵시록적 욕망, 곧 〈서정적 환상〉은 그리스도의 수난 이전의 단계에 대응한다. 그러니까 종말과 죽음의 체험을 통한 부활 혹은 낙원의 욕망이 혁명의 초창기에 타오르는 불꽃에 에너지원 구실을 하고 있다. 그러나 궁극적 의미를 낳는 극단적 패러다임[24]의 갈등을 통한 극에서 극에로의 즉각적 이동 혹은 '탈주'의 길 자체가 과거에 위세를 떨쳤던 말세론과 천복년설처럼 '서정적 환상'인 것이다. 이렇게 볼 때 제1부 〈서정적 환상〉에서 혁명과 기독교의 융합을 코드화한 환기적 · 암시적 장치들은 한편으로 12-13세기

---

22) 이 점은 "무정부주의자들이 아닌 수백만 명의 사람들이 그들과 함께 생각하고 있는 것"(p.179)을 통해서 확인된다. 수백만 명의 스페인이라면 억압받는 민중 (성인)의 대부분이 "삶과 투쟁에 대해"(p.179) 묵시록적 태도를 드러내고 있음을 말한다.

23) 그리스도는 수난과 부활을 통해 묵시록을 선구적으로 체험하면서 증거하고, 요한으로 하여금 〈묵시록〉을 남겨 놓게 만들었다 할 것이다.

24) 필자는 패러다임을 바르트적 의미로 사용한다. 본서 31-32쪽 참조.

의 고딕적 인관관을 재정복하기 위한 16세기의 대항 개혁(Contre-réforme)과 현재의 교회 개혁에, 다른 한편으로 이와 같은 미래의 기다림을 거부하는 접신론과 묵시록적 욕망에 연결되어 있다고 요약할 수 있다. 전자가 마누엘과 공산주의자들의 방향이라면, 후자는 무정부의자들과 민중의 움직임을 떠받치고 있다. 그러나 상징시학의 차원에서 볼 때, 텍스트는 현실주의적인 전자를 위한 적극적 활동보다는 몽상적인 후자의 상황에 더 비중을 두고 있다.

2) '묵시록의 실천'과 대응

제2부 〈묵시록의 실천〉은 제목부터가 혁명이 기독교와 불가분의 관계에 있음을 암시하고 있음을 상기하자. 먼저 마누엘과 관련한 암시적·환기적 장치를 보면, 그는 전쟁 문법의 "살아 있는 언어"(E, p.147)인 히메네스로부터 지휘를 처음 배운다.(p.147-148) 그러니까 그는 이 가톨릭교도 스승으로부터 기독교적 지휘와 전쟁 방식을 배우는 것이다.[25] 화재가 난 교회의 안과 밖[26]에서 이루어지는 두 사람

---

25) 특히 여기서 히메네스의 신체 묘사와 관련해 상기해야 할 것은 그가 오리처럼 "절름발이(boiteux)"(p.24, 145, 149)라는 사실이다. 절름발이의 상징적 의미는 기독교에서 야곱이 치명적 위험을 안고 신과의 영웅적 싸움을 벌인 뒤 신의 비밀을 알게 된 상처/흔적으로 나타난다. 그는 하느님을 보았기 때문에 절름발이가 된 것이다. 그리스 신화에서도 불의 신이자 대장장이인 헤파이토스 역시 절름발이이다. 그의 불구는 그가 "최고 신(제우스)의 감추어진 어떤 비밀을 보았다는 기호"이다. 이에 관해서는 J. Chevalier et A. Gheerbrant, *Dictionnaires des symboles, op. cit.*, p.137 참조. 따라서 히메네스의 절름발이 상태는 그의 비전이 신의 비밀과 맞닿아 있다는 짐을 나타낸다. 그렇다면 그로부터 지휘를 지도받는 마누엘이 기독교 세계관 속에서 성숙해 간다는 유추는 자연스럽다.

26) 히메네스의 가르침이 교회에서 이루어지고 있다는 점 또한 마누엘의 정신 세계가 어느쪽으로 깊어지는지를 암시하는 것이리라.

의 대화에서 드러나는 가르침, 그리고 그들과 농부들의 만남에서 주요하게 주목되는 점들을 짚어 보자. 1) 히메네스는 마누엘에게 "당신을 지금 이 순간에 바라보는 자의 거룩한 대의와 그의 사제들이 내세우는 대의를 혼동해서"(p.150)는 안 된다고 말한다. 그는 대부분의 사람들이 종교——《성서》의 하느님과 그리스도의 말씀——와 교회——부패한 사목 권력——를 혼동하는 데서 비롯되는 혼란을 지적하고 있다. 따라서 그는 타락한 성직자 집단을 통해 하느님의 섭리를 헤아리는 오류를 저질러서는 안 된다는 점을 강조하고 있으며, 혁명은 이 교회 세력을 정화하는 과업과 한덩어리가 되어 있음을 시사하고 있다. 2) 이 교회 세력과 정치 권력 집단의 결탁을 비난하는 농부들 가운데, 과거 수도승이었고 무정부주의자인 구스타보란 인물이 그리스도의 강림을 즉석에서 꾸며내 이야기한다.(p.153-155)[27] 이 이야기를 듣고 난 마누엘과 히메네스의 대화는 중요한 암시를 제공하고 있다.

"우리들 각자가 그랬듯이 저도 사제들로부터 교육을 받았습니다. 그래요, 제 안에는 무언가가 있습니다. (…) 저 사람을 이해하는 무언가가 있습니다——다른 사람들보다 말인가?——그렇습니다."(p.155-156)[28]

마누엘은 그 어떤 **다른 사람보다** 구스타보를, 나아가 그리스도의 정신을 이해할 수 있다고 대답하고 있다. 그러니까 그는 원시 기독교

---

27) 이 그리스도 이야기는 에르난데스의 처형과 의미망을 형성하면서 민중의 묵시록적 욕망을 대변하고 있다.
28) 마누엘의 종교적 과거는 그가 톨레도를 떠나기 전에 회상하는 "그리스도 성체 행렬"(p.205)에서도 암시된다.

정신이 부활되어야 한다는 점에 공감하는 종교적 정신의 소유자임이 다시 한번 드러나고 있다.

두번째로 가르시아의 경우를 살펴보자. 톨레도의 산타쿠르스 미술관에서 그의 몇몇 동작들은 그의 종교적 내면을 암시하는 환기적 장치들로 작동하고 있다. "그는 한 사도상(使徒像)이 앞으로 내민 집게 손가락 위에 자신의 가죽옷을 걸었다."(p.109) 이 동작은 메르스리가 조각상들의 안전한 보호를 언급하자 반응하는 가르시아의 다음 동작과 짝을 이룬다. "그렇게 희망해 보자구, 가르시아는 사도상의 손 하나를 자신의 손 안에 간직한 채 생각했다."(p.109) 이 두 동작은 그가 미술관을 벗어나기 위해 가죽옷을 집어드는 세번째 동작과 더불어 그 심층적 의미가 확실하게 암시된다. "가르시아는 사도상의 집게손가락에서 옷을 다시 집어들었다. 그러나 안감이 걸려 있었고, 성인은 그것을 놓아 주기를 거부하고 있었다."(p.111) 가르시아가 이처럼 하나의 사도상과 연결되어 있음은 다시 한번 혁명의 전진이 초기 기독교 교회 성립사, 나아가 교회의 재탄생 과정과 결합되어 있으며, 이 인물의 역할 역시 한 사람의 사도의 역할과 접근되고 있다는 것을 유추하게 해준다.

세번째로 산타크루스 미술관에서 마누엘로 대변되는 공산주의자 그룹과 엘 네구스로 대변되는 무정부주의자 그룹(여기에는 에르난데스도 포함될 수 있다),[29] 그리고 마누엘편에 선 가르시아 등이 점심 식사를 하면서 토론을 벌이는 장면은 매우 암시적이다.(p.169-180) 이미 이 장면이 그리스도의 '최후의 만찬'과 접근되고 있음은 다른 연

---

29) 이런 주장은 가르시아의 언급을 통해서도 확인된다. 그는 "엘 네구스가 에르난데스는 아니지만 자유주의자(libéral)와 무정부주의자(libertaire) 사이에는 용어와 기질의 차이밖에 없습니다."(p.179)

구자에 의해 다루어진 바 있다.[30] 지금까지 전개해 온 우리의 관점에서 이 접근을 새롭게 해석해 보자. 먼저 상기해야 할 점은 주요 공산주의자들과 무정부주의자들이 모두 종교적 성향을 지니고 있으나 다만 혁명에서 이 종교적 성향이 다르게 표현되고 있다는 점이다.[31] 이와 같은 지적은 필자가 앞서 밝혀낸 인물들의 비전들을 통해서도 확인된다. 뿐만 아니라 토론이 '성 십자가(Sainte-Croix)'를 의미하는 산타크루스 미술관에서 이루어지고 있다는 점도 하나의 암시 정치이며, 이를 뒷받침하듯이 그것은 "보나풍의 그리스도 수난도"(p.172)가 내려다보는 가운데 "직각으로 양분된 두 개의 테이블"(p.169)에서 두 그룹 사이에 전개된다. 그러니까 십자가의 그리스도를 수렴점으로 두 세력이 양분되어 논쟁을 벌이고 있는 것이다. 이 점은 러시아인 공산주의자 프라다스가 "결국 당신들은 기독교도들이요. 그러나……"(p.173)라고 말하는 데서도 나타나고 있다.[32] 갈라진 두 식탁과 두 노

---

30) F. Hébert, *Triptyque de la mort*, Québec, 1978, p.225 참조. 그러나 여기서 저자는 눈에 띄게 그리스도를 흉내내는 엘 네구스만을 중심으로 간단하게 '최후의 만찬'과 이 식사 장면을 접근시키고 있다.

31) 독자는 말로가 작품을 집필할 당시에 "절대의 문제가 행동에 연결되고" "종교적인 것과 공산주의자"의 관계가 세심하게 배려되어야 한다는 점을 분명하게 염두에 두었다는 점을 상기할 필요가 있다. 이에 관해서는 François Trécourt, 〈Notice〉 sur *L'Espoir, Œuvres complètes*, vol. II, op. cit., p.1312 참조. 그러나 이에 관한 구체적 연구 사례는 지금까지 나오지 않았다.

32) 인용문에서 마누엘과 엘 네구스가 둘 다 기독교도라는 점을 고려해 생략 부호를 채워 보면 그러나 "당신들은 노선만 다를 뿐이오" 정도가 될 것이다. 프라다스는 뒤에 가서 다시 한번 "기독교들……"(p.176)이란 말을 암시적으로 언급하고 있다. 여기서 독자가 오해해서는 안 될 부분은 프라다스의 최초 주장에 엘 네구스가 "우리는 전혀 기독교도가 아니오!"(p.173)라고 반박하는 말이다. 이 말은 그가 "접신론"(p.173)을 옹호한다는 사실, 또 '그리스도 수난도'에 대한 그의 관심(p.172), "가르침을 주는 그리스도의 몸짓"(p.172)을 흉내내는 모습 등과 모순된다. 따라서 그의 말은 "성직자 집단을 타도하라!"(p.173)는 표현에서 알 수 있듯이 스페인 교회 세력, 곧 성직자들의 지배를 받는 기독교도가 아니다는 의미에서 이해해야 할 것이다.

선은 그리스도의 이상을 실현시키는 중심적 두 파벌의 갈등을 나타 낸다.[33] 양대 진영은 각기 미래 지향적 "승리"와 묵시록적 "순교" (p.172)로 가닥이 잡혀 있다. 이상적 공산주의자 마누엘과 무정부주 의자 엘 네구스(나아가 에르난데스)는 똑같이 교회 세력, 곧 성직자 집 단을 규탄하는 인물들이다. 그러나 전자가 혁명의 승리를 통해 교회 를 정화시키고 원시 기독교 정신을 회복하는 방향으로 가고자 한다 면, 후자는 그 어떤 조직도 거부하면서 '지금 여기서' 절대적 형제애 를 통해 묵시록적 욕망을 달성하고자 한다. 그러나 마누엘의 지적처 럼 "무정부주의자가 아닌 수백만의 사람들"(p.179)이 무정부주의자 들편에 서서 이 욕망에 동참하고 있다는 데 혁명의 어려움이 있다. 이 단계를 가르시아는 "혁명의 청년기"(p.179)로 규정한다. 결국 두 노 선의 갈등은 기독교적 관점에서 볼 때, 그리스도의 수난을 둘러싼 해 석의 차이와 관계된다 할 것이다. 앞으로 좀더 구체화될 마누엘의 비 전은 이를 확실히 드러내게 될 것이다.

끝으로 에르난데스의 경우에 주요 암시적·환기적 지표들을 지적 해 보자. 1) 〈묵시록의 실천〉의 도입부와 마지막에 나타나는 그의 등 장 자체가 의미심장하다. 그는 무정부주의자들을 대표하여 묵시록적 삶의 전범을 보여주게 되는 것이다.[34] 우선 가르시아의 눈을 통해 드 러나는 그의 모습은 "젊은 카를 5세"(p.103)를 닮아 있다. 우리가 앞 서 언급한 카를 5세를 상기하면, 이와 같은 묘사는 혁명의 종교적 성 격을 다시 한번 암시하고 있다.[35] 게다가 그는 단번에 성인들과 비교

---

33) 참고적으로 말하면, 그리스도가 순교한 후 로마 가톨릭 교회가 성립되는 과 정에서 주요 분파들의 갈등이 있었음을 상기할 필요가 있다.(《고린노선서》1, 11-12) 특히 기독교신학의 핵심을 다지고 교회 성립에 중심적 역할을 한 바울로파가 공산 당에 대응한다면 어느 단체에도 속하지 않고 그리스도 안의 절대 자유를 주장한 그 리스도파는 무정부주의자들의 노선에 대응한다 할 것이다.

되고 있다. "스페인의 성인들이 짧은 빛줄기들에 둘러싸여 있듯이 그는 일정한 반점들에 둘러싸여 있었다."(p.103) 이러한 묘사는 그가 그리스도를 본받는 성인과 같은 존재임을 함축한다. 2) 톨레도에서 그가 감옥에서 구사일생으로 탈출한 모레노와 나누는 대화의 한 대목을 보자.

"나는 단순한 것을 배웠네. 우리는 자유로부터 즉시 모든 것을 기대하지만 인간을 1센티미터 전진시키기 위해서 많은 사람들의 죽음이 필요하네……. 이 거리는 카를 5세 치하의 어느 날 밤과 거의 같았음에 틀림없어……. 그렇지만 카를 5세 이후로 세상은 변했네. (…) 자네 추억만큼이나……. 막중한 것은 아무 말 없이 우리 앞을 지나가는 자들에게 우리가 갖다줄 수 있는 도움이네."

— (…)

— 모든 낟알은 우선 썩지만 싹이 트는 낟알들이 있네……. 희망 없는 세계는 숨을 쉴 수 없네(…)."(p.196-197)

---

34) 자유주의자로서 무정부주의적 성향을 지닌 그는 무정부주의자인 엘 네구스(실스)와 함께 등장함으로써 이를 뒷받침하고 있다.(p.102-103) 또 그렇기 때문에 가르시아는 에르난데스에게 이렇게 말하고 있다. "공산주의자들은 무언가를 하고(faire)자 합니다. 당신과 무정부주의자들은 다른 이유들로 무언가 되고(être)자 합니다. (…) 우리를 살아가게 하는 신화들은 모순적입니다. 평화주의와 방어의 필요성, 조직과 기독교 신화, 효율과 정의 등이 말입니다."(p.183) 강조는 작가가 한 것임. 이 언급은 기독교 신화가 혁명 속에 자리잡고 있음을 분명히 드러내고 있다. 이러한 전망에서 가르시아는 그에게 "당신이 하고 있는 게임(내기)은 이미 진 거요."(p.183)라고 단언하고 있다. 이런 단언은 그의 묵시록적 죽음을 예언하고 있는 셈이다.

35) 그러나 프랑수아 장 오티에는 이런 종교 개혁과의 관련성을 간파하지 못하고, 이런 닮음을 단지 '미적 범주'에서 해석하고 있다. F.-J. Authier, *André Malraux L'Espoir*, Ellipses, 1996, p.81 참조.

이 인용문에도 '카를 5세'가 앞뒤로 생략 부호를 통해 의미적 불연속성을 드러내면서 나타나고 있다. 이제 이 인물이 어떤 의미론적 차원을 획득하는지는 더 이상 언급할 필요가 없으리라. 한편 에르난데스가 묵시록적 욕망을 지니고 있다는 점은 "자유로부터 즉시 모든 것을 기대한다"는 표현 속에 담겨 있다. 그러나 이 욕망은 민중의 삶을 구제하는 방향으로 잡혀 있다. 그렇기 때문에 이런 대화를 나누는 가운데 "농부(農婦)들," 곧 민중이 "이집트 탈출의 아주 오래된 비탄"(p.197)을 드러내면서 지나가고 있다. 뿐만 아니라 '낟알'의 비유는 《성서》의 그리스도 말씀을 단번에 상기시킨다.(〈마가복음〉 4:18) 따라서 에르난데스는 성인들처럼 순교적 죽음을 통해 밀알이 되리라는 유추가 가능하다. 3) 이런 연장선상에서 포로가 되어 처형되는 그의 내면 풍경은 우리가 앞서 언급한 그리스도 강림 이야기와 접근되고, 그가 '묵시록의 실천'을 구현하면서 그리스도처럼 농부 두 명과 함께 처형되는 장면을 중심으로 한 시퀀스는 그리스도의 수난과 연결되고 있다.[36]

정리하자면 제2부 〈묵시록의 실천〉에서 혁명은 분명하게 두 갈래 선을 그리고 있다. 한편으로 공산주의자 그룹의 대변자인 마누엘의 신앙심이 그 깊이를 드러낼 뿐 아니라, 그가 신의 비밀을 간파한 히메네스로부터 민중의 조직화와 지휘를 배움으로써 혁명군 창설의 출범과 교회의 (재)탄생이 동전의 양면을 이루고 있음을 드러내고 있다. 여기다가 가르시아의 종교적 비전까지 어느 정도 드러남으로써 이와 같은 양면적 통일성을 뒷받침하고 있다. 다른 한편으로 엘 네구스와 에르난데스의 담화가 '묵시록의 실천'을 대변하고 민중의 종말론적

---

36) 이 점은 뒤에 가서 다시 다루겠다.

욕망도 구스타보와 관련한 상징적 일화를 통해 정점을 향하고 있다. 이와 같은 두 진영의 대립은 산타크루스 박물관의 장면에서 부각됨으로써 갈등의 해소와 새로운 전환점이 임박했음을 예고하고 있다. 그리하여 그리스도의 수난을 상기시키는 에르난데스의 순교적 죽음은 작품의 분수령을 이루고 있다. 그렇다면 한쪽에는 그리스도를 묵시록을 실천한 선구자로 간주하면서 그를 따라 순교의 절대적 선(善)을 구현하는 무정부주의자들과 자유주의자들 그리고 많은 민중이 자리잡고 있으며, 다른 한쪽에는 그리스도의 가르침을 받아 민중을 조직하고 지휘하면서 교회를 재탄생시키며 혁명을 이끌고자 하는 공산주의자들 그리고 이들과의 연합 세력이 자리잡고 있다고 말할 수 있다. 그러나 아직은 전자의 진영이 위세를 떨치는 가운데 '효율'과 '규율'의 문제를 제기하면서 국면의 전환점을 향해 전진하고 있다. 그러니까 에르난데스의 사라짐과 더불어 묵시록의 욕망은 진정되어 하향 곡선을 그리며 혁명 속에 흡수될 것이다. 교회의 재탄생은 예수의 수난과 같은 중심적 사건을 거침으로써만 새로운 전기를 맞이하고 있다. 따라서 〈묵시록의 실천〉의 마감은 로마 교회 성립 과정에서 예수의 수난에 대응하고 있다.[37] 이처럼 암시와 환기의 배치는 혁명의 단계가 초기 교회의 탄생 단계를 신화적으로 변형시켜 재현함으로써 교회를 재탄생시키는 수순을 밟아가고 있도록 구도화되어 있다.

---

37) 이와 관련해 텍스트의 전체적 분량에서 에르난데스의 죽음과 제2편의 시작은 중앙에 위치하고 있음을 유념해야 한다. 이 점은 앞으로 보겠지만, 기독교의 3원적 시간 구조에서 예수의 수난이 중심점을 이루고 있음과 일치한다.

3) 부활과 교회 재탄생의 서광

이제 제2편 〈만사나레스 강(江)〉으로 넘어가 보자. 제1부 〈존재와 행위〉는 마누엘이 톨레도를 도망한 민병들과 패잔병들을 재조직해 아군을 부활시키는 시퀀스로 시작된다. 앞서 보았듯이 에르난데스의 상징적 죽음이 그리스도의 수난과 접근된다면, 아군의 부활은 그리스도의 부활에 대응한다. 이 점은 다른 측면에서 뒤에 다시 다룰 것이나, 우선 이를 보다 확실하게 뒷받침해 주는 보완적 장치로서 환기와 암시를 검토해 보자. 아란후에스의 한 수도원에 임시로 자리잡은 마누엘이 그의 지휘에 감동한 도망병들의 대표단을 맞이하는 모습의 세심한 묘사는 그의 깊은 종교적 심성을 헤아리게 해준다. "'뭐요!' 하고 마누엘은 성모상들과 성심상들의 후광에 둘러싸여 말했다. '뭐가 아직도 잘 안 되나요!'"(E, p.231) 성모상과 성심상은 바로 패잔병들을 "먹여 주고" "재워 주며" "형제애"(p.228-233)를 통해 그들을 재조직하는 마누엘의 근본적 심성의 뿌리를 암시하고 있다. 이와 같은 그의 종교적 내면 풍경은 잠자는 패잔병들을 바라보는 그의 시선 속에서도 드러나고 있다. "그가 바라던 바대로 수도원의 침실과 둥근 천장의 홀 안에서는 남아 있는 담청 및 황금빛 성인상들이 내려다보는 가운데(전사(戰士) 성자들의 창들에는 깃발들이 걸려 있었다) 기진맥진한 사람들이 전쟁의 잠을 자고 있었다."(p.233) 인용문에 동원된 단어들과 장치들은 혁명이 교회를 개혁해 새롭게 부활시키는 성전(聖戰)의 성격을 부여받고 있음을 충분히 암시해 주고 있다. 이로부터 우리는 마누엘이 가톨릭 민중을 조직해 기존의 부패한 성직자 집단을 추방하고 재편하는 '전사 성자'와 같은 위상을 차지하고 있음을 유추해 낼 수 있다.

다음으로 가르시와와 열렬한 가톨릭 작가인 게르니코의 대화는 혁명의 종교적 성격뿐 아니라 가르시아 및 마누엘의 기독교 정신까지 다시 한번 암시하고 환기시켜 준다. 상황을 보면 마드리드가 위협받아 정부는 발렌시아로 이동했고(p.257), 파시스트들이 민중에 대한 무차별 공격으로 공포를 조작하고 있으며(p.260), 게르니코는 "구급차대"(p.261)를 개편하고자 애쓰고 있다. 이와 같은 상황에서 이루어지는 대화에서 우선 독자가 주목해야 할 점은 가르시아가 게르니코를 "진정으로 자신이 좋아하는 유일한 인물"(p.261)로 간주하며, 이 작가의 사유를 묵묵히 경청하며 수용하고 있다는 점이다. 이러한 측면은 그가 다른 인물들과의 대화들에서 드러내는 비판적·해명적 태도를 고려하면 더욱 분명해진다. 그러니까 소설가는 게르니코라는 인물을 이용해 가르시아의 종교적 세계를 암시하고 있는 셈이다. 스페인 교회 세력과 싸우는 게르니코는 혁명 속에, 다시 말해 민중 속에 "그리스도의 말씀이 살아 있네"(p.267)라고 말하면서 이렇게 단언한다. "이 나라에서 무언가 시작되고 있네. (…) 아마 교회의 재탄생이라 할 무언가가 말이야."(p.268) 그렇다, **교회의 재탄생**이 혁명을 통해 이루어지고 있는 것이다. 그렇다면 혁명의 과정이 이 교회의 재탄생 과정과 일체를 이루며, 로마 교회의 성립 과정과 나아가 기독교의 비전을 "차이와 반복"[38]을 통해 신화적으로 재현하고 있음이 틀림없다.

대화에서 게르니코는 혁명이 터지기 전 가르시아 및 마누엘 등의 친구들과 함께 보낸 밤을 기억해 낸다. 여기서 마누엘은 게르니코를

---

38) 문학 작품이 '기원의 부재' 속에서, 혹은 '기원의 흔적' 속에서 동일 주제들에 대한 끝없는 '차이와 반복'을 통해 흔적을 재생산한다면, 《희망》과 그 속에서 전개되는 혁명은 이와 같은 과정을 통해 기독교 비전을 재생산하고 있다.

위해 "탄툼 에르고(Tantum ergo)"(p.268)[39]를 불렀고, "신부들에 의해 교육을 받은 모든 사람이 합창으로, 라틴어로 이 노래를 끝마쳤다." (p.268) 가르시아가 게르니코를 하나밖에 없는 유일한 친구로 생각한 다면, 그가 이 작가의 종교적 정신을 누구보다 공감한다는 말이 될 것이며, 주요 인물들 가운데 당파들을 초월하여 가장 지적인 그 역시 그런 내면 세계를 지향하고 있다 할 것이다. 여기서 종교의 초월성은 세속적 이데올로기들을 모두 넘어서고 있음을 도출할 수 있다.

특히 그의 혁명 참여와 관련하여 주목되는 점은 혁명이 발발하기 대략 한 달 전에 친구들과 함께 보낸 밤이다. 이 밤은 그가 어디론가 "출발하는 전날 밤"(p.268)이다. 문제는 그가 어디로 떠나는가이다. 프랑수아 트레쿠르는 이 출발이 시점으로 볼 때 혁명 발발 직전이 아 니다는 이유로 "군사적이 아닌 민족학적 사명"을 띤 것이라고 추정한 다.[40] 물론 가르시아가 민족학자이기 때문에 그런 추정을 해볼 수 있 을 것이다. 그러나 이 밤을 추억하는 게르니코의 내면적 상황, 대화의 종교적 성격, 그리고 친구들이 "동이 틀 때 마드리드를 굽어보는 언덕 으로 가르시아를 데리고 가"(p.268)서 노래를 불렀다는 점[41] 등을 고 려할 때, 그의 출발은 민족학적 사명보다는 혁명과 관련이 있다 할 것이다. 내전이 발발하기 몇 달 전부터, 다시 말해 2월 총선에서 공 화파와 좌파가 연합하여 가까스로 승리해 정권이 바뀐 이후, 이미 스

---

39) '탄툼 에르고(오로지 찬양할지어다)'는 성 토마스 아퀴나스가 13세기에 작곡 한 《팡즈 린구아(나의 입이여 구세주의 영광을 노래하라) *Pange Lingua*》의 다섯번째 및 여섯번째 절을 구성하며, 미사에서 성체 강복식 때 찬송된다. François Trécourt, 〈Notes et variantes〉, in *Œuvres complètes*, vol. II, p.1501, note 5 참조.

40) *Ibid.*, p.1501, note 6 참조.

41) 마드리드를 굽어보는 언덕에서 노래를 부른 것은 스페인의 운명과 관련된 상 징적 의미를 띠지 않겠는가?

페인은 긴장 상태에 있었기에 정치적 테러가 증가하고 군부의 음모가 진행되고 있었으며, 공화국은 전복될 위기에 놓여 있었다.[42] 따라서 가르시아는 위험에 처한 공화국으로부터 혁명이 일어나기 이전에 어떤 부름을 받았을 것이라 생각되며, 이러한 부름은 결국 스페인 교회 및 기득권 세력과의 투쟁을 예고한다 할 것이다. 트레쿠르의 추정대로 그가 민족학자로서 외국으로 학문 연구를 위해 떠났다면, 혁명과 종교를 하나로 묶어 생각하는 게르니코가 이 밤을 추억할 이유가 없다. 뿐만 아니라 마누엘이 성가(聖歌)를 부를 이유도 없었을 것이다. 그러니까 가르시아의 출발에는 스페인의 교회 세력을 혁파해 개혁시키는 사명이 담겨 있다고 유추할 수 있다. 마누엘이 선창하고 친구들이 합창한 성가는 고딕적 인간관의 신학을 확립한 토마스 아퀴나스가 작곡한 것이다. 대속의 개념을 심화시켜 원죄로부터 해방된 이 인간관에 대한 말로의 애착은 필자가 앞서 언급했다. 그러니까 성가의 함축적 의미는 12세기에 개화한 이상적 인간관의 회복을 향한 초석으로서 원초적 기독교 정신으로의 회귀와 교회 개혁을 위한 전투적 사도로서 가르시아의 사명이라 할 것이다. 물론 마누엘의 종교적 심성 역시 가르시아와 같은 맥락에서 이해될 수 있으리라. 요컨대 게르니코와 가르시아의 대화와 추억은 혁명이 교회의 재탄생과 결합되어 있으며,[43] 소설에서 주요 인물들이 이와 같은 종교적 소명을 은밀하게 부여받고 있다는 사실을 암시·환기하고 있는 것이다. 물론 이같은 사실은 앞으로도 계속 확인될 것이다.

---

42) 이에 관해서는 François Trécourt, 〈Note historique〉, in *Ibid.*, p.1322-1323 참조. 뿐만 아니라 소설의 첫 장을 열자마자 "며칠 전부터 파시스트들의 반란이 임박해 있다"(p.3)는 정보가 제공되고 있음을 고려할 때, 이미 오래전부터 진행되어 온 그들의 음모를 유추할 수 있다.

〈존재와 행위〉에서 세번째로 혁명의 종교적·신화적 성격을 드러 내는 인물은 예술사가 알베아르이다. 스칼리와의 대화에서 그의 다 음과 같은 통찰력은 지금까지 필자가 전개해 온 논지를 압축하여 표 현하고 있다. "혁명은 다른 어떤 역할보다도 예전에 영원한 삶이 맡 았던 역할을 하고 있습니다."(p.276) 그러니까 혁명은 종교적 구원과 동일한 '탈주선'으로 열려져 있으며, 바로 이런 관점에서 알베아르 는 "근본적인 것의 시대가 다시 시작되고 있습니다"(pp.277, 278)라 고 단언하고 있다. 우리가 상징시학의 불연속성 기법을 다루면서 인 용한 이 문장은 바로 이러한 종교적 정신의 부활을 의미하고 있다. 따라서 "이성은 **새롭게 토대가 설정**되어야 합니다"(p.277)라는 말은 이와 같은 맥락에서 이해되어야 할 것이다. 여기에는 특히 데카르트 의 코기토 이후로 종교를 껍데기만 남기고 서서히 권좌를 차지하게 되는 이성, '신격화'에 이르게 되는 그 이성에 대한 비판이 담겨 있 다.[44] 그러니까 문제의 코드화된 표현은 이성의 한계와 위상이 데카 르트를 비판한 파스칼식으로 재정립되어야 한다는 주장을 펴고 있는 셈이다.[45] 이상과 같이 볼 때 〈존재와 행위〉에서 암시와 환기는 아군

---

43) 이와 같은 재탄생에서 성직자들 역시 새롭게 탄생할 것이다. 이 과정에서 신 의 의지에 대한 게르니코의 입장은 히메네스의 입장과 동일하다. "신만이 성직에 부여될 시련을 알고 있네. 나는 성직이 다시 어려워져야 **한다고** 생각하네. (…) 아 마 기독교도 각각의 삶이 그러해야 하듯이…… 말이네."(p.269) 강조는 작가가 한 것임. 그러니까 신의 의지는 인간의 인식을 초월한다는 예측 불가능성은 작품에 깔 린 인식론적 기저임을 알 수 있다.

44) 니체로 거슬러 올라가는 이성철학 혹은 주체철학에 대한 비판이 프로이트를 거쳐 20세기 후반에 라캉 같은 정신분석학자나 푸코와 같은 철학자들에 의해 절정 에 이르고 있음은 주지의 사실이다. 그러나 이들과는 달리 종교적 정신으로의 회귀 를 통한 설대의 탐구로 방향이 잡힌 게 밀로 문학의 특징이다.

45) 파스칼이 "데카르트가 될 수만 있다면 자신의 철학 속에서 신 없이 지내려고 했다"고 비판하면서 "그를 용서할 수 없다"라고 말한 것을 상기하자. 파스칼, 홍순 문 역, 《팡세》, *op. cit.*, p.38.

의 부활을 통한 공화국 군대의 조직화 착수가 교회 재탄생의 시작과 겹쳐지고 있음을 드러내는 역할을 수행하고 있다. 뿐만 아니라 그것들은 가르시아와 게르니코의 관계를 통해서 전자의 은밀한 종교적 사명, 곧 교회를 재탄생시키는 데 중요한 역할을 부여받았음을 코드화시키는 장치로 작용하고 있다. 많은 연구자들이 가르시아를 '사상가' 말로의 대변자로 간주하면서 가장 지적이고 현명한 현실주의자 정도로 해석하고 있으나,[46] 이는 소설 속에 도입된 상징시학의 철저한 검토가 결여된 데서 비롯된다 할 것이다. 가르시아는 행동과 결과를 중시하면서 자신의 내면 세계를 철저하게 감추고 있다. 그러나 이제 분명한 것은 이데올로기와 당파를 넘어선 그의 초월이 게르니코의 것과 동일한 차원의 종교적 정신에 뿌리내리고 있다는 점이다. 나아가 마누엘 역시 게르니코의 절친한 친구로 설정된 것은 그의 역할을 추가적으로 암시한다. 끝으로 '존재'를 대변하는 알베아르는 혁명에 대한 그의 수동적 입장에도 불구하고 혁명의 전환점을 넘어서자 '근본적인 것의 시대가 다시 시작되고 있음'을, 다시 말해 기독교 정신과 교회가 재탄생되고 있음을 직관적 통찰을 통해 암시하고 있다. 로마 교회 성립사의 관점에서 본다면, 〈존재와 행위〉는 그리스도의 부활에서부터 사도들이 전도를 통해 교회를 세워 가는 초기 단계까지 해당한다 할 터이다. 요컨대 암시와 환기는 한편으로 인물들의

---

46) 예컨대 장 크리스토퍼 발타(J.-C. Valtat)는 가르시아를 "많은 이데올로기적·윤리적 논쟁에 고정점 역할을 하는 지적인 실용주의자"로 보고 있다. *Premières leçons sur L'Espoir d'André Malraux*, PUF, 1996, p.24. 한편 말로에 대해 매우 비판적인 장 프랑수아 리오타르는 가르시아를 말로와 동일시하면서 심지어 이렇게 말하고 있다. "(…) 가르시아에 따르면 혁명의 가장 '현실적인' 결과는 민중의 변모가 전혀 아니고, 혁명이 하나의 지배 장치를 다른 하나의 지배 장치로 바꾸었다는 것이다. 이 가르시아는 스탈린주의자이며 실망한 트로츠키주의자이다." *Signé Malraux*, Grasset, *op. cit.*, p.229.

종교적 세계를 보다 확고하게 뒷받침하고, 다른 한편으로 공화국 군대의 조직화 착수와 부활을 통한 교회 재탄생을 엮어내는 장치로 배치되고 있다.

4) 내부 결속과 박해에의 저항

제2편 제2부 〈좌파의 피〉에서 먼저 염두에 두어야 할 것은 좌파와 기독교가 전적으로 양립한다는 사실이다. 예수가 모럴리스트, 몽상적 이상주의자, 사회주의의 사자(使者), 혹은 혁명가로 다양하게 규정되어 왔음을 상기할 때, 또 스페인 민중이 모두 가톨릭교도라는 점을 고려할 때, '좌파의 피'는 곧 기독교 정신의 부활을 위한 순교적 피와 하나가 된다.[47] 이런 전제를 토대로 마누엘의 종교적 입장과 관련된 암시적·환기적 부분을 보자. 마누엘은 배신한 부하들을 처형토록 하고, 자신의 새로운 연대를 사열하는 가운데 "피의 동맹"을 느끼면서 히메네스를 생각한다.(E, p.346) 그는 이 스승에게 달려가 자기 "일생의 가장 중요한 날을 체험했다"(p.347)고 고백하면서 이렇게 말한다. "저는 매일같이 조금씩 덜 인간적이 됩니다. 당신도 필연적으로 결국 똑같은 ~을 직면하였겠지요."(p.347) 목소리를 상실할 정도로 자신의 생애에서 가장 중요한 사건을 겪은 후 히메네스를 찾았다는 것 자체가 마누엘의 종교적 심성을 함축하고 있다. 특히 두번째 인용 문장에서 생략 부호로 불연속성을 드러낸 부분에 주목할 필요가 있다. 이 부분은 독자가 유추해 채워야 할 몫으로 남겨져 있다. 그

---

47) 뿐만 아니라 마르크시즘의 메시아니즘적 성격의 뿌리 역시 기독교에 있다는 점은 주지의 사실이다.

안에는 경험들 혹은 상황들 같은 말이 들어갈 수 있을 것이다. 그러니까 마누엘은 히메네스가 지휘를 하고 군대를 조직해 가는 과정에서 동일한 고뇌와 어려움을 겪었을 테지만, 이를 독실한 신앙을 통해 자신보다 쉽게 극복했을 것이라 생각하고 있다. 따라서 정신적 차원에서 마누엘은 신의 비밀을 꿰뚫은 신비주의자 히메네스와 자신을 동일화시키고 있는 셈이다. 그렇다면 이 신비주의자가 생각하는 바, 즉 마누엘이 조금씩 덜 인간적이 되는 "그 형제애는 그리스도를 통해서만 만날 수 있다"(p.347)는 관념은 마누엘의 것이 되는 것이다. 이런 두 인물의 사제적 · 형제애적 일체감을 뒷받침하는 또 하나의 암시적 장치는 "히메네스는 자신의 팔을 그의 팔 아래 밀어넣었다"(p.348)라는 표현이다. 결국 마누엘은 지휘와 관련한 히메네스의 기독교적 가르침(p.346-348) 모두를 받아들이면서 성숙한 지휘자로 성장해 가고 있는 것이다.[48] 그러니까 그는 히메네스를 통해서 기독교적으로 조직 윤리와 규율을 확립해 가고 있다. 나아가 이와 같은 전범적 사례를 통해서 우리는 혁명군 전체의 기강이 잡히는 정신적 토대를 유추해 볼 수 있다.

〈좌파의 피〉에서 혁명과 기독교의 재탄생을 결합시키는 두번째 장치는 게르니코와 관련되어 있다. 파시스트들의 의도적 폭격으로 불타는 마드리드에서 그가 구조 활동을 펴고 있는 상황에서, 민중이 대피해 있는 지하실은 로마의 "지하 공동 묘지들"(p.292)처럼 간주됨으로써 네로 황제가 저지른 대화재와 가톨릭교도 박해 사건을 떠올리게 한다. 말하자면 초기 기독교도들이 박해를 피해 모임을 가졌던 지

---

48) 히메네스에 이어 공산주의자 하인리히의 부수적 가르침 역시 동일한 차원에 위치하지만(p.350), 그의 종교적 정체성을 가늠할 수 있는 장치들이 주어지지 않기 때문에 다루지 않겠다.

하 공동묘지처럼, 지하실은 민중이 기독교 정신의 부활을 꿈꾸며 신앙으로 버티는 특수한 공간으로 자리매김되고 있는 셈이다.

이러한 해석을 뒷받침해 주는 것이 미국인 기자 쉐이드가 "자신이 본 것"(p.328)을 전문으로 보내는 내용이다. 그는 방화용 칼슘탄을 사용한 폭격으로 참혹하게 죽어가는 자들을 묘사하면서 이렇게 쓰고 있다. "배가 터진 이 모든 사람들, 목이 잘린 이 모든 사람들은 헛되이 고통을 받고 있다. 포탄이 떨어질 때마다 마드리드의 민중은 더욱더 그들의 신앙 속으로 빠져들고 있다."(p.328) 로마의 네로가 방화범으로 지목해 박해를 가하자, 더욱더 믿음을 굳건히 하면서 순교를 기꺼이 받아들였던 초기 기독교도들처럼 "불의 시대"(p.330)를 연출하는 마드리드에서 민중은 신앙심으로 보다 깊이 무장하면서 순교의 피, 곧 '좌파의 피'를 흘리고 있는 것이다. 기자의 눈에 비친 전화(戰火)의 마드리드 풍경이 먼 시대로 거슬러 올라가 불타는 로마와 중첩되고 있음은 코드화된 하나의 불연속적 문장을 통해, 그리고 그 다음에 묘사되는 대목 속에 암시되어 나타난다.

"'이게…… 첫날이야'라고 쉐이드는 생각했다. (…) 쉐이드가 몸을 내밀어도 잘 보이지 않은 그란비아 가(街) 깊숙한 안쪽으로부터 (…) 거친 신도송(信徒頌) 같은 것이 올라오기 시작했다. 쉐이드는 아주 먼 시간 속에서 오고 불의 세계와 잔인하게 조화된 이 소리에 아주 주의 깊게 귀를 기울였다. 규칙적으로 간격을 두고 발음되는 하나의 문장 뒤에 거리 전체가 답창(答唱; répons) 식으로 동-통공-동 하는 장례의 북소리를 흉내내고 있는 것 같았다."(p.330)

이 인용문에서 쉐이드의 "이게…… 첫날이야"라는 생각은 "화염만

이 살아 있는"(p.330) 마드리드가 "자연의 원소들로 회귀"(p.330)하는 상황에서 나온 것이다. 쉐이드가 어떤 첫날을 생각하는지 그 의미가 코드화되어 있는 게 분명하다. 그런데 쉐이드는 그 다음에 들리는 신도송을 '불의 세계'와 연결시키면서 그것이 '아주 먼 시간(très loin dans le temps)' 속에서 오는 것처럼 귀를 기울인다. 뒤에 나온 '답창(répons)'은 가톨릭에서 사용하는 용어이다. 화염에 휩싸인 마드리드, 박해받는 가톨릭교도들, 그들의 깊어지는 신앙심, 그들의 신도송과 답창, 그 뿌리를 아주 먼 시대로부터 이동시키는 상상력 등 이 모든 것을 종합해 볼 때, 쉐이드에게 떠오른 '첫날'은 바로 네로가 로마를 불바다로 만든 그 첫날일 것으로 유추된다. 그러니까 그의 상상력 속에서 마드리드의 가톨릭 민중은 로마의 초기 가톨릭교도와 겹치고 있는 것이다. 물론 그의 기억 속에서 이 신도송과 답창은 과부로서 열렬한 여류 혁명가이자 공산주의자인 파시오나리아(정열의 꽃)가 "겁쟁이 과부가 되느니 영웅의 과부가 되자"(p.331)라고 쓴 깃발 아래 외치는 어떤 불분명한 선창과 여인들의 답창인 "노 파사란(no pasarán; 파시스트들을 통과시키지 마라)"(p.331)으로 뒤바뀐다. 어쨌든 그가 혁명과 기독교를 동전의 양면처럼 상상하고 있음이 분명하다. 여기서 우리가 알 수 있는 것은 텍스트가 하나의 일관성 있는 세계를 구축하도록 부차적 인물들까지 역할이 배분되어 있다는 점이다. 말로의 소설 집필에서 내용과 장면들이 먼저 구상되어 씌어지고, 이것들에 인물들이 배분되며, 때로는 인물들의 역할이 뒤바뀌는 경우가 종종 나타난다는 사실은 잘 알려져 있으며 《희망》의 경우도 예외는 아니다.[49] 그러니까 쉐이드라는 기자의 '객관적인' 눈을 통해서도 혁명은 기독교 정신의 부활 및 구원의 문제와 긴밀하게 결합되어 있어 일관성의 구도를 형성하고 있다. 필자가 네로 황제의 방화와 기독교 박해를 끌어들인 것은 제3편에서 다른 암시에 의해서도 뒷받침될 것이다.

〈좌파의 피〉는 공화국 군대가 조직을 갖추어 가면서 안팎의 이중적 시련을 겪는 과정을 부각시키고 있다. 마누엘이 배신자들을 처형하면서 정신적 위기를 겪는 사건은 혁명군 내부의 진통을 상징적으로 드러내 준다. 반면에 화염에 싸인 채 폭격당하는 마드리드를 탈환하는 데 치러야 할 피의 대가는 외부의 적으로부터 오는 고난을 나타낸다. 따라서 혁명군은 내외의 도전과 역경을 극복함으로써 윤곽이 잡히게 되는 것이다. 그런데 암시적·환기적 장치들은 이와 같은 양면적 측면을 초기 로마 교회가 조직을 확립해 가면서 안팎으로 겪는 어려움 및 박해와 연결시키고 있다. 따라서 〈좌파의 피〉가 보여주는 혁명의 단계, 나아가 교회의 재탄생 단계는 원시 교회의 성립 역사에서 내부 결속 및 박해의 단계와 조응하도록 되어 있다. 이것이 암시와 환기의 치밀한 배치의 구도를 통해 드러나는 참다운 모습이자 실체이다.

5) 공화국 군대의 창설과 교회의 재탄생

이제 소설의 마지막 제3편 〈희망〉으로 넘어가 보자. 공화국 군대의 탄생과 함께 '희망'이 농부들을 중심으로 한 민중에 주어져 있음은 어렵지 않게 읽을 수 있다.[50] 여기서 우리는 혁명의 전개 과정이 교회의 재탄생 과정, 보다 정확히 말하면 로마 가톨릭이 앞에서 언급한 박해를 극복하면서 성립하는 과정과 맞물려 있다는 또 하나의 결정

---

49) 이 점에 관해서는 François Trécourt, 〈Notice〉 sur *L'Espoir*, *op. cit.* 특히 p.1311 이하 참조.
50) 특히 원래 제3부의 제목이 '농부들'이었다는 점을 상기하자.

적 암시를 발견한다. 마니앵은 농부들의 감춰진 위대한 모습에 대해 줄곧 생각하면서(*E*, p.429)[51] 가르시아와 대화를 하고 있다.

"— 그런데 농부들은? 그는 다만 이렇게 물었다.

— 이곳에 오기 전에 나는 구아달라하라에서 아니스를 탄 커피를 마셨소(설탕은 여전히 없소). 술집 주인은 글을 읽을 줄 아는 어린 딸에게 신문을 읽게 했소. 프랑코는 그가 승리자가 된 곳에서 우리가 하는 일을 하게 되거나 끝없는 게릴라전에 들어갈 겁니다. **그리스도는 콘스탄티누스 대제를 통해서만 승리를 거두었지요.** 나폴레옹은 워털루에서 분쇄되었지만 프랑스 헌장을 폐지하는 것은 불가능했소(…)."(p.429)[52]

인용문을 보면 대화에 의미적 불연속성이 이중적으로 나타나고 있다. 우선 마니앵은 농부들에 대한 생각에 사로잡혀 무심코 그들에 대해 질문을 하고 있는데, 가르시아는 엉뚱한 이야기로 이를 비켜가고 있다. 다음으로 후자의 언급은 프랑코의 미래에 대한 예측에서 갑자기 그리스도와 기독교의 승리로, 나폴레옹의 패배로 넘어가고 있다. 가르시아의 담화 자체가 앞뒤로 불연속성을 드러내며 코드화되어 있는데, 여기서 가장 중요한 것은 필자가 강조한 표현이다. 이 표현을 둘러싼 앞뒤의 문장들은 그것을 은폐하는 언어의 유희를 구성한다. 기독교가 로마 교회의 탄생을 거쳐 공식적으로 국교로 인정된 것은 콘스탄티누스 대제 때임을 상기할 때 혁명과 교회의 재탄생은 로마 교회의 성립에 대응하지만, 운명으로부터 해방된 미래에 대한 '희망'

---

51) 마니앵이 농부들에게서 발견한 것은 일찍이 마누엘이 농부의 전형으로 떠오른 바르카 노인에게서 발견한 '고귀함'(p.80)과 일치한다.
52) 강조는 인용자가 한 것임.

이 정초되는 단계에 해당할 뿐이다. 그러니까 민중이 가야 할 투쟁의 길은 아직 많이 남아 있는 것이다. 예술적 차원에서 볼 때, 로마 교회는 국교로 인정된 후 로마네스크 양식의 내세 지향적 인간관을 거쳐 고딕 양식의 그리스도의 왕국과 '지금 여기서'의 해방된 인간관으로 이동하고 있다. 이와 같은 해방까지의 기나긴 여정은 앞으로도 계속되어야 하며, 그 끝에 출현하는 근본적 인간, 곧 원죄로부터 해방되어 "운명의 무한한 가능성"을 추구하는 인간이 미래에 대한 마누엘의 의식을 통해 드러난다.(p.433)

제3편의 마지막이자 소설의 대미를 장식하는 마누엘의 이와 같은 비전은 한편으로 그가 한 성당에서 히메네스를 위해 연주하는 미사곡 《키리에》(p.422)와 연관되고, 다른 한편으로 필자가 앞서 불연속성을 다루면서 언급한 그의 코드화된 문장 "저는 16세기의 스페인 사람입니다"(p.423)와 의미망을 형성하고 있다. 문제의 미사곡은 팔레스트리나가 16세기에 작곡한 것이다. 그러나 이 성가(聖歌)를 듣는 마누엘의 내면 풍경은 그것의 의미 작용에 관한 해석에 상당한 어려움을 주고 있다.

"텅 빈 중앙 홀 안에서 주름진 고딕식 휘장처럼 팽팽하고 장중한 성가가 울려 퍼지고 있었다. 그것은 전쟁과는 잘 어울리지 않았으나 죽음과는 너무나 잘 조화되고 있었다. 조각난 의자들과 트럭들, 그리고 전쟁에도 불구하고 내세의 목소리가 교회를 다시 점령하고 있었다." (p.422)

《키리에》는 〈kyrie(주여 긍련히 여기소서)〉라는 기도문에 곡을 붙인 것으로 여러 가지가 있다. 우선 팔레스트리나가 16세기 인물이라는 사실, 그리고 앞서 우리가 살펴본 바와 같이 혁명이 16세기의 카를 5세 및 종교 개혁과 연결되어 있다는 점을 고려할 때, 그의 음악 선택이 텍스트의 의미적 분절에 깊이 있게 개입하고 있음을 알 수 있다. 카를 5세는 개신교의 종교 개혁 운동이 한창일 때 교황 바오로 3세에게 세계주교회의를 개최토록 요청했으며, 이에 따라 세 차례에 걸쳐 트렌토 공의회가 열렸다. 이 공의회에서는 가톨릭 교리의 모든 근본적인 요점들이 재검토되었고, 대부분의 성직 제도들이 수정을 겪게 되었다. 이 종교회의에 따라 교회 음악의 대폭적 개편도 착수되었는데, 팔레스트리나는 "미사 음악을 정화하고 쇄신하는 임무를 부여받은 것으로 알려지고 있다."[53] 이러한 역사적 상황을 검토함으로써 우리는 카를 5세와 팔레스트리나의 미사곡의 관계를 유추해 낼 수 있게 된다. 그러니까 《키리에》는 카를 5세가 추진한 원시 기독교 정신의 회복 및 성직 개혁과 동일한 의미적 차원에 속하고 있는 것이다. 뿐만 아니라 "저는 16세기의 스페인 사람입니다"라는 마누엘의 코드화된 문장 역시 다시 한번 분명하게 이해되는 것이다.

이러한 관점에서 인용문에 나타나는 의문을 검토해 보자. 문제는 성가와 '고딕식 휘장'과의 관계 설정이다. 《키리에》가 원시 기독교 정신의 복원쪽에 기울어져 있다면, 그것이 그리스도의 대속(代贖)의 의미를 심화시켜 현세에서 이미 구원된 인간을 내세운 고딕적 인간관보다는 내세쪽으로 기울어진 인간관, 다시 말해 로마네스크 양식에서 나타나는 그런 금욕적 인간관에 접근된다는 것은 당연하다 할 것이다. 그렇기 때문에 그것은 현세의 '전쟁'보다는 초월로 가는 '죽

---

53) *Dictionnaire des grands musiciens*, vol. 2, sous la direction de Marc Vignal, Larousse, 1988, p.540.

음'에 훨씬 더 어울리며, '내세의 목소리'로 다가온다. 따라서 성가와 '고딕식 휘장'은 십자가의 두 측면, 다시 말해 속죄와 구원처럼 양면을 이루며 긴장 상태를 나타내고 있다. 속죄하는 인간에서 구원된 인간으로 변모는 미래에 이루어질 몫으로 남아 있다. 그것은 소설의 대미에서 마누엘의 의식 속에 나타나는 미래의 시간 속에 자리매김되고 있다.

제3편 〈희망〉에서는 대다수가 농민인 민중의 조직화로 탄생된 공화국 군대가 위용을 드러내면서 승리를 구가하고 있다. 그러니까 교회의 재탄생이 이루어져 전진을 계속하고 있는 것이다. 그러나 최후의 승리까지는 갈 길이 멀다. 다시 말해 공화국 군대가 국가를 재정복하고 정화된 교회가 국가 종교로 재탄생하기까지는 아직도 험난한 여정이 남아 있다. 이 점을 콘스탄티누스 대제와 관련한 가르시아의 코드화된 암시적 표현은 분명히 하고 있다. 그러나 마누엘이 연주한 음악과 그의 내면 의식에 나타나는 비전은 이와 같은 승리를 넘어서 보다 먼 미래로 향하고 있다. 그 먼 미래에 속죄가 끝난 고딕적 인간이 "저 영원한 하늘과 저 들판"(p.453)처럼 자유와 해방의 물결 속에 무한한 변모의 가능성을 향해 손짓하고 있다.

4. 상징의 문제와 새로운 해석 방향

지금까지 우리는 한편으로 불연속성, 암시-환기를 검토하고, 다른 한편으로 코드화된 의미망을 역추적하는 힘으로서의 유추를 지속적으로 작동시키면서 《희망》을 기독교에 관한 탐구 소설로 읽어냈다. 우리는 소설 속에 풍부하게 배치된 상징들의 연구를 별도의 과제로 남기면서 본고에서 제외시켰다. 우리가 발굴한 상징시학의 다른 기법들과 내용들의 분석 결과를 볼 때, 상징들에 대한 연구는 전혀 새로운 접근을 기다리고 있다. 여기서는 그것들이 어떻게 해석되어야 하는지 기본적인 방향을 제시하는 데 만족하고자 한다.

우리가 제시한 해석의 전망에서 볼 때, 상징들을 다루면서 우선적으로 전제해야 할 점은 소설에서 기독교의 신관 혹은 섭리사관이 어떻게 정립될 수 있는지를 명확히 알아야 한다는 것이다. 앞서 우리가 고찰한 인물들의 종교적 세계를 종합해 볼 때, 인간의 역사와 신과의 관계는 이신론에 가까운 불가지적(agnostique) 입장으로 정리될 수 있다. 다시 말해 신은 인간사에 거의 개입하지 않으며, 개입한다 할지라도 그 시점이나 상황은 인간의 인식을 초월한다는 것이다. 이런 입장을 직접적으로 대변하는 것이 '신의 비밀을 꿰뚫고 있는' 히메네스와 게르니코이다. 그러니까 '신의 의지'를 예측할 수 없다는 불가지론과 인간 비극에 대한 신의 일반적 무관심이 인물들의 사관을 규정한다 할 것이다. 세계의 불행과 비참함은 일단은 인간 스스로 해결해야 할 몫으로 남게 되며, 인간은 기독교의 원초적 순수 정신으로 무장한 채 역사를 전진시키기 위한 필사의 노력을 경주한 후 신의 불투명한 의지가 나타나기를 기다려야 한다.

이와 같은 사관을 전제할 때, 우주와 자연은 상황에 따라 파스칼적 색채를 띠며 인간사에 무관심하게 그려질 수도 있으며, 비극적으로 다가올 수도 있고, 인간의 의지와 일치할 수도 있다. 따라서 소설 속에 산재된 많은 상징물들은 혁명의 전개 과정이 드러내는 명암과 인물들이 처한 상황들에 부합하도록 활용되고 있다 할 것이다. 그렇다면 그것들의 연구는 이중적으로 이루어져야 한다. 한편으로 그것들은 교회의 재탄생 드라마와 연결되어야 하고, 다른 한편으로 혁명의 실질적 단계 및 인물들의 현실 인식과 결합되어야 한다. 그렇게 될 때 우리는 그것들이 외관상 복잡하고 다양하게 배치되어 있지만, 하나의 정연한 상징 체계를 드러내면서 암시-환기와 더불어 텍스트를 일관된 의미망으로 엮어내고 있음을 밝혀낼 수 있을 것이다.

5. 시간의 서사 구조

이상과 같은 원시 기독교의 '정복'을 시간의 서사 구조을 통해 텍스트의 움직임을 살펴보자. 이런 운동은 몽타주와 생략을 중심으로 한 불연속적 서사 단위들로 엮어진 의미 작용을 나타낸다. 필자는 그것을 검토하면서 필요에 따라 상징과 이미지를 극히 제한적으로 다룰 것이다.

1) 우주적 시간과 운명

《희망》에서 광의로 볼 때 지구의 자연 현상을 포함한 우주(Cosmos)는 다양한 이미지를 띠고 나타난다. 그것은 혁명이 전진되는 상황의 명암 정도에 따라, 인물의 심리 상태에 따라 전혀 다른 상징적 의미를 부여받고 있다. 사실 그것 자체는 누보 로망의 기수 로브 그리예가 주장하듯이 인간사, 나아가 인간의 비극과 거리를 두고 존재한다고 할 수 있다. 무한한 우주에 단지 존재하고 있을 뿐인 밤하늘의 별들과 눈부신 태양, 또는 외부 세계는 그것을 바라보는 욕망 주체에 따라 전혀 다른 의미체로 다가온다. 그것들이 메타포로 기능하는 것은 작가가 인본주의의 전통에서 작품을 쓰고 있음을 드러낸다.

코스모스에 대한 연구 가운데 카라르의 작업은 가장 구체적이고 세분화되어 있다. 그는 이미지를 다섯 개의 범주로 분류하고 있다. 첫째는 혁명 투쟁에 코스모스를 '극적으로 통합시키는 것,' 둘째는 인간 운명의 계시, 셋째는 인간의 드라마에 무심함, 넷째는 고요함이고, 다섯째는 인간 의지와의 합일이다.[54]

물론 이 코스모스의 이미지들 속에는 시간에 대한 관념이 녹아 있다. 추상적 실체로서 시간은 공간 현상을 떠나 생각할 수 없기 때문이다. 그럼 여기서 코스모스가 인간 운명의 비극성과 이에 대한 무심함을 드러내는 대목 하나를 보자.

> "해가 저무는 저녁은 대지의 그림자와 무관심에 조금씩 감싸이는,
> 인간들의 영원한(éternel) 노력에 무한한(infine) 허무감을 주고 있었다."
> (E, p.148)

이 인용문은 '저녁'과 '대지'로 대변된 코스모스의 공간적 변화 속에서 포착되는 순환적인 영원한 시간과 '무관심' 앞에 인간 존재의 무상함, 나아가 비극과 끝없는 투쟁의 허망감을 표출하고 있다. 두 개의 형용사 '영원한'과 '무한한'이 각각 인간과 코스모스와의 운명적 대립을 나타내고 있지만 문장은 후자의 승리를 표현하고 있다. 이 비극적 인식의 주체, 다시 말해 외부의 우주적 변화를 비관적으로 받아들이는 주체(rélecteur)는 중심 인물 마누엘이다. 이 인식이 기독교적 비전을 어떻게 반영하고 있는지 이해하기 위해서는 우선 그것이 이루어지고 있는 상황을 살펴보아야 한다. 그것은 마누엘이 독실한

---

54) P. Carrard, *Malraux ou le récit hybride*, Minard, 1976, p.219 이하 참조.

가톨릭 신자인 히메네스로부터 지휘와 지휘자의 덕목을 전수받는 가운데 이루어지고 있다. 그는 부하들로부터 "사랑받으려 하는 것은 언제나 위험한 것이다"라는 스승의 가르침에 앞서 "유혹하지 않고 사랑받는 것은 인간의 아름다운 운명 가운데 하나"(p.149)라고 생각한다. 이런 입문 가운데 마누엘이 우주적 시간 앞에서 존재의 비극을 느끼고 있다. 그런데 두 사람은 마을의 교회에서 민병이 된 농부들로부터 성직자들의 부패 이야기와 즉석에서 꾸며낸 그리스도 이야기를 듣는다. 스페인을 편력한 그리스도는 "진정 인간들과 할 수 있는 일이란 대수로운 게 없구나. 인간들은 너무 혐오스러워 영원히 밤과 낮을 그들을 위해 피를 흘리지만 결코 그들의 죄를 씻을 수 없으리라"(p.154)고 생각하며 사라진다.

다음으로 이 인식의 상황이 혁명의 전반적 흐름 가운데 어떤 위치를 차지하고 있는지 보아야 한다. 후에 미래의 시간을 다루면서 보겠지만, 마누엘 자신이 소설의 말미에 가서는 코스모스와 인간의 의지가 합일하는 전혀 다른 인식을 드러내기 때문이다. 비극적 인식의 상황은 혁명의 전개에서 제1편 제2부 〈묵시록의 실천〉의 2장 1절에 위치한다. 제2부는 아직 군대가 조직화되지 않은 상태에서 민병들이 시간을 벌기 위해 끝없이 죽어가고, 이데올로기의 갈등이 첨예화되고, 톨레도가 적군에 넘어가며, 신비주의적·이상주의적 자유주의자 에르난데스가 포로가 된 민병들(농부와 노동자들)과 함께 상징적으로 마지막에 처형되어 사라지는 내용을 담고 있다. 기묘하게도 처형을 기다리는 에르난데스의 생각은 앞에서 인용한 그리스도의 생각과 접근되고,[55] 처형 장면은 그리스도의 십자가 수난을 환기시킨다. 이 점은 다시 언급하겠다. 그리하여 '묵시록적 실천'은 막을 내린다. 이와 같은 혁명의 단계는 우주적 시간과 운명에 대한 마누엘의 인식이 비극적일 수밖에 없음을 뒷받침해 준다.

이러한 인식은 기독교 사상에서 볼 때 원죄에 의해 추락/타락된 상태에서 속죄되지 않은 인간의 조건을 드러낸다. 그것은 그리스도가 십자가의 수난을 통해 구원의 메시지를 남기기 전의 인간, 다시 말해 구원의 가능성이 없는 유배된 인간의 의식에 대응한다. 이 유배된 세계 속에서 인간은 스스로 싸우면서 운명으로부터 해방의 길을 개척해 나가야 한다. 신은 인간 자신이 만들어 낸 비극적 현상에 개입하지 않는다. 신은 무관심과 침묵을 드러낸다. 신이 메시아의 강림과 같은 자신의 의지를 인간사에 현현시키는 시점은 인간의 인식을 초월한다. 앞서 보았듯이 이러한 신학관을 우선적으로 대변하는 자가 히메네스이다.[56] 푸이그와의 대화에서 그의 신학관은 이신론에 가깝다. 이 대화(p.27)가 소설의 도입부, 즉 제1편 제1부 1장 2절에 위치한다는 사실은 주목할 만하다. 왜냐하면 그것은 앞으로 전개되는 혁명에서 비극에 대한 주요 인물들의 인식이 어떻게 해석되어야 하는지를 시사하는 단초이기 때문이다.

인간들 사이의 역사적 싸움에 신은 개입하지 않는 가운데 시간은 이원성을 띠고 나타난다. 그것은 한편으로 원죄에 대한 징벌적 속성을 띠며 인간의 운명을 각인시키는 절대적 힘으로, 다른 한편으로 구원으로 가는 성숙의 벡터로서 인간의 정신을 고양시키는 힘으로 작용한다. 신의 침묵 속에 인간은 이 구원의 순간을 앞당길 수도 후퇴시킬 수도 있다. 이로부터 '영원한 삶'에 비유된 종교적 소망을 담은

---

55) 에르난데스는 "살아 있는 인간들에게만 혐오와 고뇌가 있다"고 생각하면서 종말론적 피의 살육이 그치지 않을 것이라고 느낀다. "폐쇄된 공장과 폐허가 된 성(城)의 이 황색 풍경은 묘지의 영원성을 띠고 있구나. 시간이 다할 때까지 이곳에서는 끊임없이 새로 나타나는 세 사람이 서서 피살을 기다릴 것이다."(p.222)

56) 앞서 보았듯이, 이것을 명시적으로 반복하는 인물이 게르니코이다.

혁명의 상황과 인물들의 심리적 상태에 따라 코스모스와 코스모스에 구현된 시간의 영원성은 카라르가 시도한 것처럼, 몇 개의 범주로 분류될 수 있는 다양한 의미의 층을 부여받는다. 그리하여 그것들은 마누엘의 의식이 드러내듯이, 우선적으로 추락과 더불어 주어진 인간 조건의 비극성과 이 비극성에 대한 신성(神性)의 무관심을 구현하고 있다.

2) 역사적 시간과 과거

이러한 비극적 인간 조건의 인식 속에서, 운명과의 대결을 반영하는 역사적 과거는 알베아르이 중세의 고딕적 삶을 혁명의 희망과 접근시키듯이 공동체적 투쟁과 구원의 지평에 연결되어 있다. 그것은 역사적 사건의 원용(référence)가 되었든 예술 작품의 원용이 되었든, 혁명의 상황과 메타포로 결합되어 조형적 이미지들로 나타난다. 카라르는 소설가가 역사적 사건들 및 조형 예술의 이미지들을 혁명 투쟁의 장면들과 접근시키면서 국지적 전쟁에 "인간과 운명의 영원한 대결"이라는 "보편적 측면"을 부여하고 있다고 본다.[57] 그는 이 전범적(exemplaires) 이미지들을 직접 · 간접의 두 부류로 분류하여 다시 세분하여 고찰하고 있다. 그러나 그의 결론은 실존적 차원에 머물고 만다. 필자는 이러한 고찰에 대한 해석의 확장을 통해 기독교적 비전의 '부활'과 '변모'라는 관점 속에 이 이미지들을 수용하고자 한다. 불필요한 인용의 반복을 피하고 그가 도출해 낸 결론을 필자의 방향

---

57) P. Carrard, ⟨Malraux et l'inscriptiom de l'art⟩: les images plastiques dans L'Espoir, in A. Malraux 4, La Revue des lettres modernes, sous la direction de W. G. Langlois, Minard, 1974, p.55-72 참조.

에서 좀더 밀고 나가 보자. 카라르의 초점은 혁명이라는 현재적 투쟁에 보편성과 항구성을 부여하는 데 맞추어져 있다. 과거의 정신적 문화 유산은 운명에 대한 저항의 표본으로 현재의 역사적 장면들과 중첩되어 이것들 자체가 역사적 정당성을 부여받아 전범적 가치를 획득하게 된다. 문제는 비(非)종교적이고 기독교의 비전과 직접적으로 관련이 없는 여러 부류의 이미지들을 어떻게 이 비전에 통합시키느냐이다. 필자는 앞서 코스모스와 시간을 다루면서 히메네스가 대변한 신의 입장을 인간들이 스스로 만들어 내는 비극에의 불간섭과 무관심으로 표현했다. 절대자의 개입은 인간의 인식을 초월하기 때문이다. 이 불간섭과 무관심은 역사의 비극적 현상을 해석하는 데도 인간은 자유롭지만 그 책임은 인간 자신에게 있음을 함축한다. 이것 역시 인간들의 놀이에 불과하기 때문이다. 따라서 이 해석이 반종교적이 되었든 종교적이 되었든 불가지론적이 되었든 그 어떠한 관점을 취할지라도, 기독교적 시각에서 보면 그것은 신의 불개입이라는 초월적 원리에 종속된다.

그렇다면 악과 부조리와 싸우면서 신세계를 열어 가는 인간의 치열한 역사적 삶 역시 그것이 어떻게 규정되든, 추락 이후 인간 스스로 구원의 길을 가야 한다는 기독교적 비전 안으로 들어올 수 있지 않겠는가. 그리하여 비극적 운명과 대결하는 인간의 위대함을 보여 주는 과거의 이미지들은 이 비전을 반영하는 것이 된다.[58]

이 이미지들은 지상의 낙원을 꿈꾸는 신화적 소망을 담아내는 이미지, 즉 중세의 고딕적 인간상이 구현하는 이미지로 수렴된다.[59] 그것

---

58) 여기서 역사의 종말을 주장한 마르크시즘 자체가 기독교적 메시아니즘에 뿌리를 두고 있다는 이미 진부한 해석이 되었음을 상기하자.

들은 과거의 시간을 현재화시키면서 이 인간상이 궁극적으로 도달한 운명으로부터 해방된 삶을 혁명의 미래에 실현시키기 위해 투쟁으로 점철되는 역사적 현재를 전진시키는 견인차 역할을 한다. 여기서 고딕적 영혼은 과거와 현재의 모든 이데올로기의 갈등을 넘어 그것들을 포괄하는(englonbant) '근본적인 것(le fondamental)'과 일치한다.

이제 우리는 인간의 인식적 차원에서 볼 때 신의 불개입으로 이루어지는 역사의 전진에서 초월자의 의지가 현현한 그리스도의 수난을 작품 속에 변모시켜 재현하는(réactualiser) 장면을 검토해 보자. 앞서 필자는 신비주의적 자유주의자 에르난데스가 처형되어 사라지는 장면이 기독교적 세계관에서 볼 때 역사를 가르는 분기점이 된 그리스도의 십자가 수난을 환기시킨다고 말했다. 한 비평가는 기독교적 섭리사관을 고려하지 않았지만, 이 접근을 훌륭하게 시도하고 있다.[60] 필자는 그의 연구를 작품 전체에 내재된 작가의 기독교 문화의 정복과 변모라는 차원으로 확대 해석하고자 한다. 그는 〈마태복음〉에 기술된 그리스도의 십자가 수난과 부활을 에르난데스의 죽음과 제2편 도입부의 장면에 연결시키면서 복음서 저자의 문체와 말로의 문체까지 비교하고 있다. 이 인물의 의식, 그와 함께 처형되는 두 사람, 그리고 장면의 분위기 모두가 성서의 기술과 접근된다. 그리스도의 이미지를 반영하면서 마지막으로 사라지는 에르난데스의 모습을 보자.

"에르난데스를 포함한 다른 세 사람이 뜨거운 강철과 파헤쳐진 흙냄새 속에서 올라간다."(E, p.223)

---

59) 그렇기 때문에 알베아르는 혁명에 대한 총체적 인식을 "근본적인 것의 시대가 다시 시작되고 있다"고 표현하고 있다.

60) F. Hébert, *Triptytique de la mort*, Québec, 1978, p.225-231 참조.

두 명의 강도와 함께 십자가에 못박혀 사라진 그리스도처럼 에르난데스도 다른 두 명의 포로와 함께 처형된다. 여기서 예수가 골고다 언덕을 올라가듯이 그가 '올라간다' 라는 표현을 써 상승의 이미지가 부각되고, 그의 처형 자체는 묘사되지 않는다. 필자의 관점에서 에르난데스의 죽음과 관련해 세 가지를 주목하고자 한다. 첫째, 그가 포로로서 처형장으로 끌려가 사라질 때까지 사건의 서술과 배경 및 인물의 심리 묘사가 전부 현재 시제로 되어 있다는 점이다.[61] 이 사건 앞뒤는 시제가 과거로 되어 있다. 이러한 측면은 우선 소설의 전개에서 이 사건이 가지는 무게를 가늠케 한다. 그것은 한편으로 기독교의 비전에서 인류의 구원에 이르는 3단계적 시간의 운동, 즉 천지창조(원죄), 그리스도의 강림(수난), 그리고 최후의 심판(구원)이라는 3원적(ternaire) 시간의 흐름[62] 가운데 중심에 위치한 역사적 대사건을 에르난데스의 사건 속에 변모 · 부활시킴으로써 이 대사건의 영원한 현재성을 부각시키고 있다. 현재 시제로 표현된 이러한 현재성은 구제자의 수난이, 혁명의 장면들과 중첩되는 다른 역사적 사건들을 압도하고 이것들의 대표성을 띤다는 것도 함축한다 할 터이다. 특히 그리스도의 복음은 영원한 삶이 올 때까지는 계속적으로 살아 있는 메시지임을 감안할 때 현재 시제의 사용은 매우 암시적임을 알 수 있다. 다른 한편으로 이 시제는 혁명의 시간 속에서 에르난데스의 상징적 사건이 그리스도의 수난처럼, 계속적으로 현재적 의미를 띠며 살아

---

61) 소설에서 현재 시제로 된 부분들이 많이 나타나는데 이것은 별도의 연구 대상이 될 것이다.

62) 이 흐름을 보다 구체적으로 설명하면 1단계는 천지창조로부터 추락/타락까지, 2단계는 추락부터 그리스도의 부활(대속)까지, 그리고 3단계는 대속(代贖)에서부터 최후의 심판(영원한 삶)까지이다. 성서에 나타나는 시간과 공간의 분할은 J.-P. Jacques, *La Bible*, Hatier, coll. ⟨profil littéraire⟩, n° 78, 1982, p.67-72 참조.

있음을 의미한다 할 것이다. 그의 부활을 현실적으로 알 수 없지만, 제2부 〈묵시록의 실천〉을 마감하는 그의 죽음은 원시 기독교 교회 탄생에 대응하는 혁명의 새로운 지평과 역사의 전진을 이끌며 살아 있게 되는 것이다. 그렇게 그는 부활되는 것이다.

두번째로 그는 묵시록적 세계의 종말(apocalypse)을 갈망하는 다른 모든 자유주의자들과 무정부주의자들을 포함한 신비주의자들을 대변한다는 것이다. 이들은 극단적 영혼의 소유자들로서 에르난데스가 사라짐과 동시에 대부분 자취를 감춘다. 그들은 모두 어느 누구도 어느 누구를 구속하지 않는 절대적 자유와 정의를 외친다는 점에서, 통제와 계층 구조를 피할 수 없는 국가 권력을 부정한다. 그들은 자신들이 인지하든 인지하지 않든 에르난데스처럼 그리스도를 닮는다. 은연중에 그리스도는 아포칼립스를 꿈꾸는 무정부주의자들의 사표 같은 구실을 한다. 소설이 시작되면서 투쟁의 전위적 역할을 하는 무정부주의자들이 혁명 운동의 불꽃을 지피는 가운데 접신론에 관심을 보인 푸이그가 그리스도는 "성공한 무정부주의자입니다. 유일하죠"(p.28)라고 말한 점을 상기하자. 어떤 의미에서 그리스도는 자신의 수난을 통해 "즉시 모든 것을 원하는" 아포칼립스를 선구적으로 체험하면서 최후의 아포칼립스를 예언한 무정부주의자이다. 그런데 왜 성공한 유일한 존재인가? 그의 부활에 대해선 모른다 할지라도 그가 영원한 삶을 향한 기독교의 전진 속에 현재적으로 살아 있다는 것은 확실하게 말할 수 있기 때문일 것이다. 그렇다면 무정부주의자들은? 접신론에 대해 푸이그가 나타낸 관심이 암시하듯이, 그들이 아포칼립스의 실전을 통해 접신될지, 다시 말해 부활될지는 모르지만 에르난데스처럼 혁명에 밑거름이 되어 살아 있는 것은 틀림없다.

세번째로 주목할 것은 그리스도의 이야기(강림 · 수난 · 부활)가 기독교적 시간의 3단계적 흐름에서 중앙의 분기점을 형성하고 있듯이, 에르난데스의 죽음은 소설의 전체에서 중앙을 가르며 분기점을 형성하고 있다는 것이다. '플레야드판'에서 제1편은 3페이지에서 223페이지까지이고, 나머지 제2,3편이 225에서 443까지이므로 정확히 중앙은 아니지만 제2부 도입부의 부활에 해당하는 장면까지 합치면 정확히 중앙을 가른다. 소설이 세 개의 편으로 이루어져 있지만, 그리스도의 수난을 변모시켜 재현하는 이 죽음에 의해 아포칼립스가 마감되고 있는 중앙에 위치시킨 것은 기독교 문화의 변모와 정복을 시도하는 작가의 세심한 기하학적 배려에서 나온 것이라고 보여진다. 제2편이 시작되자마자 거센 바람에 나뭇잎들이 회오리를 일으키고, 대포 소리가 대지를 진동시키며, 종소리가 울려 퍼지는 신비한 분위기 속에서 톨레도를 도망한 민병들과 패잔병들이 아란후에스 역(驛)을 소요 속으로 몰아넣으면서 역 앞 공원으로 몰려든다. 그리고 이들은 중심 인물 마누엘의 지휘 아래 곧바로 혁명의 전의를 되찾으며 재조직되고 아군은 되살아난다.(E, p.225-226) 이 장면과 더불어 중앙 가르기를 고찰하면 그것은 〈마태복음〉에서 예수가 죽자 성소의 휘장이 위로부터 아래로 갈라져 양분되면서 벌어지는 성도들의 부활 장면을 충분히 연상시킨다.[63] 아군의 부활과 혁명의 전진은 예수의 순교적 정신을 이어받은 에르난데스의 죽음, 나아가 수많은 무정부주의적 신비주의자들의 죽음으로 이루어지고 있다. 이 부활과 계승을 인식하는 것은 사라진 인물들이 아니라 소설가의 체험을 통한 독자의 몫이다. 예수의 수난과 부활의 재현이 전범적으로 보여주듯이 운명과의 대결을 반영하는 역사적 과거는 소설 속에서 그렇게 혁명의

---

63) 이 비교는 앞서 인용한 에베르(Hébert)에 의해 다른 각도에서 이루어졌다.

현재로 되살아난다.

3) 혁명의 시간과 현재

이제 혁명의 시간적 전개가 어떻게 기독교의 시간관을 반영하여 미
래의 새로운 세계를 열어 가는지 살펴보자. 여기서 필자의 초점은 신
화적 낙원을 꿈꾸는 혁명의 역사적 전진이 소설의 시간적(chronologi-
que) 구성과 어떻게 엮어져 있느냐에 맞추어져 있다. 피상적으로 보
면, 불연속적 단위들로 이루어진 이와 같은 구성이 스페인 내란이라
는 역사적 사건을 충실하게 따라가고 있는 것처럼 보인다. 그러나 좀
더 자세히 들여다보면, 그것은 작품의 의미 생산에 심층적으로 기여
하도록 용의주도하게 이루어져 있다.

소설이 시작되는 제1편 제1부 1장의 처음 두 절(節)은 혁명의 연대
적 표시가 분명하게 나타나 있지 않다. 물론 우리는 제3절의 날짜 표
시를 통해 그것을 짐작할 수 있다. 작가는 "밤"(p.3)과 "새벽"(p.12)을
두 절이 전개되는 시점으로 선택하고 있다. 이 선택은 물론 의도적이
라 할 것이다. 왜냐하면 그것들은 상징적으로 긍정적 가치를 띠고 있
기 때문이다. 밤은 역사적 현재로서 "모호하지만 무한한 희망"(p.11)
의 시간으로 혁명이라는 공동체적 운동이 새로운 시대를 창조하는 에
너지로 전환되어야 할 온갖 잠재성을 가지고 배태되는 순간이다. 그
것은 최초의 역사적 구현점으로서, 말로가 《검은 삼각형》에서 말하
듯이 "꿈을 고무시키고, 정열을 정당화시킨다."[64] 그것은 혁명의 전
사들이 라모ㅅ처럼 형제애에 들떠 "뛰는 가슴"(p.11)을 안고 여명의

---

64) A. Malraux, *Triangle noir*, Gallimard, 1970, p.101.

빛을 초조하게 기다리는 밤이다.

두번째 절이 시작되는 새벽은 적과의 교전이 직접적으로 시작되는 시점으로 적절하다. 이 시점에서 아포칼립스를 꿈꾸는 무정부주의자들이 영혼 깊숙한 내면에서 분출하는 자연 발생적 힘으로 최초로 투쟁의 몸짓을 보여준다. 그들은 정치와 전략을 초월한 전위적 투사들로서 혁명의 불꽃을 점화시키면서 아포칼립스를 향해 질주한다. "모든 정치적 문제는 그(푸이그)에게 대담함과 성격에 의해 해결되고 있었다."(p.23) 그들의 행동과 새벽이라는 시점은 상징적 차원에서 완벽하게 일치한다. 왜냐하면 태양이 떠오름에 따라 여명은 흩어져 사라지듯이, 그들은 인민 군대가 점차적으로 조직됨에 따라, 달리 말해 아포칼립스가 막을 내림에 따라 숙명적으로 사라져야 하기 때문이다.

이렇게 시작된 소설의 시간적 분절은 제1편 제1부에서 2부 〈묵시록의 실천〉으로 넘어가면서 점차적으로 횟수가 줄어들어 제2부에서는 더 이상 나타나지 않는다. 제1부를 구성하는 세 개의 장은 각기 4개, 2개 그리고 1개의 시간적 흐름 표시(repère temporel)를 보이는 반면에, 제2부를 구성하는 2개의 장은 전혀 드러내지 않는다. 이러한 리드미컬한 시간 표시의 조절은 혁명 이야기의 의미론적 전개에 따라 이루어지고 있다. 역사의 전진이라는 관점에서 볼 때, 혁명의 드라마는 미래의 승리로 나아가기보다는 제자리걸음하는 시기가 많기 때문이다. 따라서 그것은 처음 시작되자마자 4개의 절에 걸쳐 계속적으로 날짜 표시가 되어 있지만,[65] 아포칼립스의 제2부가 다가옴에 따라

---

65) 제3절에 의해 제1절과 제2절은 날짜를 알 수 있으므로 그것들은 날짜 표시가 된 것이나 다름없다. 이러한 계속적 구획은 역사의 방향을 변화시키고자 하는 의지로 충만한 집단적 에너지의 폭발에 의해 점화되어 나아가는 혁명 초기 단계의 특별한 중요성을 부각시킨다.

시간적 구획이 점진적으로 줄어드는 현상을 보여주고 있다. 그러니까 제2부에서 시간의 구획이 완전히 사라지는 것은 민중의 역사적 행위가 혁명을 한 단계 더 높이 끌어올리지 못하고, 미래의 전망이 불투명한 현재에서 답보 상태에 있음을 나타낸다. 그것은 후퇴냐 전진이냐의 기로에서 불안한 정지(suspens)의 긴장을 유지하며 하나의 분수령을 만들고 있다. 답보 상태에서 아포칼립스가 이루어지는 이 분수령 자체가 역사적 순간을 이루고 있는 것이다. 따라서 제2부는 혁명이라는 현실적·가시적 차원에서는 전진이 정지된 것이지만, 아포칼립스가 통과되면서 순교적 피와 살로 깎아낸 보이지 않는 전진의 초석이 놓이는 중요한 과정이다. 그것은 전진은 아니지만 전진을 만들어 주는 과도적 다리 역할을 하면서 그 자체가 역사의 한 획을 긋는 특별한 부분이다. 그것이 끝났을 때 이야기의 분기점은 이루어지는 것이다.

소설의 제2편은 장(章)이 생략되고 수많은 절(節)로 이루어진 2개의 부(部)로만 구성되어 있다. 하지만 '존재와 행위(Etre et faire)' 그리고 '좌파의 피(Sang de gauche)'로 제목이 붙여진 이 두 부는 각각 시간의 분절 표시가 된 절을 하나씩밖에 포함하지 않고 있다. 이러한 특징은 혁명의 역사적 운동이 각 단계마다 그것을 가로막는 현상(現狀; statu quo)을 어렵게 뛰어넘고 있음을 말해 준다. 비록 제1편의 마지막에서 아포칼립스를 뛰어넘으면서 재도약의 발판을 마련했지만, 그것은 희망을 향한 전진에서 극복해야 할 장애물이 많은 것이다. 이 점은 이미 두 부의 제목에 암시적으로 나타나 있다. 왜냐하면 이 제목들은 대립과 갈등 그리고 투쟁을 예시하고 있기 때문이다. 이것들이 아군의 혁명 진영 내부에서 이질적 세력들 사이에 일어나든, 아니면 아군과 적군 사이에 일어나든 말이다.

제3편 〈희망〉은 하부적 구분이 전혀 없이 곧바로 일련의 절들로 구성되고 있다. 그런데 여기서 우리는 제1편의 도입부처럼 소설의 드라마가 시간적 구획을 다시 계속적으로 드러내고 있음을 발견하게 된다. 마지막 2개의 절에는 시간 표시가 인쇄상으로 나타나 있지 않지만, 6개로 된 모든 절이 다 날짜 표시가 되어 있다고 말할 수 있다. 왜냐하면 제4절 이후 5절, 그리고 마지막 6절까지는 시간적 단절이 존재하지 않고 연속성을 보여주기 때문이다.[66] 이처럼 시간의 분절이 계속적으로 나타나는 것은 이 시간들이 모두 혁명군의 승리를 구현하면서 역사를 영광된 미래로 전진시키고 있기 때문이다.[67] 물론 이러한 전환은 제2편 말미에 윤곽을 드러낸 "공화국 군대의 창설"(p.420)과 관련되어 있다. 이 창설은 제2편이 전개되는 동안 줄곧 훈련된 병사들을 양성하여 이들을 조직한 결과이다.

소설은 대낮에 대단원의 막을 내린다. 대낮이라는 배경은 소설의 초기에 밤에 배태된 희망이 확실한 희망으로 변모되었음과 일치하고 있다. 이 희망은 밤에서 새벽 그리고 아침을 거쳐 대낮에 완전하게 그 모습을 드러낸 것이다. 그것은 농민들과 노동자들이 주축을 이룬 민중이 조직된 군대로 변모됨으로써 드러난 것이다. 그 속에는 '근본적인 것'으로 표현된 고딕적 영혼의 신화적 꿈이 담겨 있다. 소설의 결정판이 나오기 전에 제3편의 제목이 '농부들(Les Paysans)'로 되어 있었다는 사실을 상기하면, 희망은 국민의 기층을 이루는 농민들의 이 고딕적 영혼을 되찾아 이루어 낸 결과이다. 그리하여 비행대장 마니앵은 이들의 이미지에 사로잡히게 되고, 제3편의 저 유명한 장면인

---

66) 제2절에는 시간 표시가 여러 번 나타난다.
67) 이와 관련하여 작품에서 특기할 만한 점은 시간적 구획이 표시된 절들 가운데 혁명 진영의 패배를 부각시키는 절은 하나도 없다는 것이다.

추락한 비행사들의 하산 풍경은 이들이 드러내는 영원한 인간상의
승리를 보여준다.

"검은 옷을 입은 농부들과 세월을 모르는 숄로 머리를 감싼 여인들
의 저 모든 행진은 부상자들을 따라간다기보다는 엄숙한 개선 속에서
하산하는 것 같았다."(*E*, p.411)

우리는 역사적 투쟁을 넘어서 미래의 낙원을 건설할 수 있다는 확
실한 희망의 탄생 과정, 즉 혁명의 현재적 전개가 시간적 구성과 어
떻게 맞물려 펼쳐지는가를 살펴보았다. 혁명의 전진은 추락에서 구
원으로 향한 기독교적 시간관을 반영하고 있다. 그것은 시간이 진보
와 창조의 벡터로 작용하고 있음을 의미한다. 소설에 나타난 시간의
전반적 흐름은 우리가 도입부와 결말부를 연결하면 알 수 있다. 그것
은 1936년 7월 19일 밤부터 1937년 3월 18일까지 8개월이다. 이와
같은 실용적·기계적 시간의 흐름 속에서 신화적 이상향을 향한 또
다른 시간의 전개가 이루어지고 있는 것이다. 이 또 다른 시간은 운
명의 어둠에서 해방의 빛으로 이동하는 과정이며, 이 과정이 진보적
개념에 의한 단계적 분절을 드러내고 있다. 제1편 제1부 〈서정적 환
상〉에서는 7개의 절이 시간 구획을 나타내고 있고, 제2부 〈묵시록의
실천〉에서는 전무하다. 이어서 제2편 제1부 〈존재와 행위〉, 그리고
〈좌파의 피〉에는 각기 1개씩 시간 표시가 상징적으로 드러난다. 마지
막 제3편에 오면 6개의 절이 모두 시간적으로 분절된다. 이 분절들을
혁명의 전진이 이루어지는 지표로 보면, 도입부는 혁명의 불꽃이 점
화되는 폭발적 에너지에 의해, 결말부는 이 에너지가 조직화됨으로
써 역사가 빠르게 진행되고 있음을 보여준다. 반면에 그 사이는 두

번의 전환점을 제외하고는 전진을 위한 길로 험한 투쟁의 과정이 계속되고 있음을 말해 준다. 광의에서 보면, 이 과정 역시 전진의 한 단면임은 틀림없다.

제1편 1부에서 '서정적 환상'처럼 일어난 불꽃의 점화를 통한 전진은 이질적이고 다양한 전투적 신비주의자들이 아포칼립스를 꿈꾸며 말세론을 들고 나와 혁명을 주도하고 있음을 나타낸다. 그들은 낡고 부패한 세계를 단번에 무너뜨리고 '즉시 여기에' 신세계를 건설하려는 급진주의자들이다. 그들이 폭발적 힘을 발휘해 혁명의 서막에서 분위기를 장악하면서 대세의 가닥을 잡는다. 그들은 핍박받는 민중의 내면에 도사린 '아포칼립스의 욕망'에 길을 터주면서 리드한다. 하지만 그들은 초반 득세로 끝날 수밖에 없고, 혁명은 정체 상태에서 발버둥친다. 그들은 절대적 자유와 정의를 외치며 피끓는 정신 하나만으로 싸운다. 그들은 본질적으로 계층적·계급적 조직 세계를 거부한다. 상하 조직이 생기자마자 자유와 정의가 위협받기 시작하기 때문이다. 조직은 권력을 낳고 인간은 권력 지향적이다. 하지만 이런 조직 없이는 적과의 싸움에서 궁극적 승리를 거둘 수 없다. 조직과 방법이 없는 투쟁 속에서, 목표와 방법 사이의 모순과 괴리 속에서 그들은 이 괴리를 극복하지 못하고 전쟁의 불꽃 속에 스스로를 산화하면서 아포칼립스를 실천할 수밖에 없다. 따라서 그들을 심리적으로 추종하는 민중은 혼란 속에서 표류한다. 제2장 〈묵시록의 실천〉이 단 하나의 시간적 분절도 보여주지 않고 있는 것은 바로 이러한 무정부주의자들의 행동 때문이다. 혁명이 이러한 상황을 극복하면서 한 단계 더 전진하기 위해서는 국면 전환의 계기가 마련되어야 한다. 이 전환이 신비주의자들 가운데 가장 지적이고 인간적인 에르난데스의 순교적 죽음이다. 그의 죽음으로 아포칼립스는 막을 내리며 역사의

운동은 새로운 단계로 진입한다.

제2편 제1부의 시작, 즉 제1장 1절은 앞서 밝힌 바와 같이 조직의 시작을 알리고 있다. 그것은 마누엘이 도망병들과 패잔병들을 조직하면서 아군을 부활시키는 장면을 보여준다. 이것 자체는 전진이 아니다. 바로 그 다음절이 아군의 승리를 나타내면서 시간적으로 분절된다. 발레아레스 제도(諸島)에 정박중인 적군의 배들을 폭격하여 성공한다. 이와 더불어 국제 여단들이 조직되며 인터내셔널의 노래가 울려퍼진다. 제2편 제1부에서 이 절이 유일하게 시간적으로 분절되어 있다. 아포칼립스를 뛰어넘었지만, 승리의 전진은 쉽게 이루어지지 않는다. 제2부에서도 단 하나의 절만이 시간적으로 구획되는데, 그것은 마지막 절이다. 여기서 파시스트들은 심대한 타격을 받아 후퇴하게 되고 러시아로부터 비행기들이 도착하고, 마드리드가 상징적으로 탈환된다. 그렇다면 나머지 그 많은 시간들은 무엇을 의미하는가? 단지 패배만이 있는가? 그렇지 않다. 그것은 정규군이 조직되는 과정인 것이다. 그리하여 제2편 말미에 공화국 군대가 대체적 골격을 드러낸다. 그 시간들은 역사적 승리의 순간들을 준비하는 데 할애된 것이다. 그것들은 아포칼립스의 욕망을 내면에 지닌 민중을 하나의 조직으로 창조해 내는 긴 고통의 연속인 것이다.

제3편에서는 공화국 군대의 탄생과 더불어 승리의 행진이 이어진다. 시간은 혁명의 전진을 계속해서 가시적으로 드러낸다. 그것은 운명으로부터 해방된 미래의 공간을 열며 멈추어지고 있다.

이렇게 3단계로 되어 있는 구성에서 시간은 창조적 가치를 획득하는데, 이것이 기독교의 시간관에서 비롯된다는 것은 말할 필요도 없다. 그리스의 시간관에서 시간은 순환적이며, 니체가 말한 '영원 회귀'에 의해 특징지어진다. 역사철학이나 역사신학이 헬레니즘 정신에서 개발되지 못한 것은 바로 이와 같은 순환적 시간관 때문이다. 따라서 이 시간관에는 알파에서 오메가로 직선적으로 가는 진보의 개념이 존재하지 않는다. 이것을 파괴한 것이 기독교의 비전이다.[68] 따라서 앞서 인용한 카르뒤네르가 소설의 3단계적 구성이 그리스 비극을 재현하고 있다[69]는 주장은 설득력이 없다. 그보다 텍스트는 시간의 기독교적 진보 개념에 따라 3단계로 전개된다. 이 3단계는 기독교가 초기에 정착되는 과정에서 교회(l'Eglise)가 탄생되는 단계를 재현한다. 가톨릭 교회는 3단계로 완성되었다. 이것을 아주 간단하게 살펴보자. 예수가 활동할 당시 팔레스타인은 로마의 지배를 받고 있었으며, 기근·세금·강제사역 등으로 백성들은 압제적 상황에서 허덕이고 있었다. 이러한 현상은 새로운 종교와 교회를 태동시키는 첫걸음의 역할을 한다. 이런 가운데 예수가 진정한 메시아로 나타나 십자가의 수난을 통해 이 종교적인 무정부주의적 상황에 종지부를 찍고 새로운 전환점을 마련했다. 예수 자신은 종교를 세우지 않았음을 상기할 필요가 있다. 여기까지가 1차적 단계이다. 제2단계는 예수의 수난 이후 사도들과 주교들이 교회들을 조직하는 과정이다. 이 과정에서 그들은 내적으로는 교리상의 이질적인 다양한 주장들을 4개의 복음서로 정리하고, 외적으로는 박해를 극복해 갔다. 그들이 안팎으로 수많은 어려움과 장애를 뛰어넘어야 했음은 교회의 역사가 입증해 준다. 그리하여 대략 2세기 초엽까지 이러한 과정을 거쳐 마침내 로마 교회를 정점으로 하는 통일적 가톨릭 교회가 탄생되었다. 이때부터 모든 나라의 신도들은 로마 교회의 권위를 따르게 된다. 이 탄

---

68) 이에 관해서는 H.-C. Puech, *En quête de la Gnose, 1 La Gnose et le temps*, Gallimard, 1978, p.1 이하 참조.

69) J. Carduner, *op. cit.*, p.143 참조.

생에서부터가 제3단계이다.[70] 여기서부터 교회는 고딕 시대의 성당이 드러내는 구원된 왕국을 향해 전진한다.

이렇게 해서 공화국 군대의 탄생으로 이어지는 혁명의 3단계적 구성은 초기 로마 가톨릭 교회의 탄생 과정을 재현한다. 마침내 체계화된 군대는 조직화된 교회에 대응한다. 이 재현은 초기 기독교 정신의 순수성을 혁명 속에 '정복' '부활' '변모' 시키면서 탐구하는 작가의 창조적 정신이 낳은 미학적 산물이다.

4) 미래의 지평

소설 《희망》에 나타나는 미래의 시간은 역사가 전진을 멈추는 지평 위에 있다. 그것은 신화적 낙원의 꿈이 실현됨으로써 역사가 완성되어 사라지는 시점에서 시작된다. 인간의 조건으로부터 해방된 구원의 세계가 열릴지는 작품 속에서 가르시아와 알베아르의 간접적 대화[71] 속에 진지하게 고려된다. 후자는 '근본적인 것'의 시대가 다시 도래하고 있다고 말하고 있지만, 혁명의 내일은 경제적 대가로 "정치적·군사적·종교적 또는 경찰적 질곡을 강화하는"(p.275) 방향으로 나아갈 수도 있음을 내비치면서 이원적 입장을 취한다. 반면에 게르니코의 유일한 친구인 전자는 윤리적 현실주의자로서 불가지적 태도를 나타내면서 미래를 "우리가 만드는 것(ce que nous ferons)"(p.340)으로 규정한다. 이러한 두 입장은 중심 인물 마누엘에 의해 초월된

---

70) 예수가 활동을 시작할 당시의 상황과 예수 수난 후 교회의 탄생 과정에 대해서는 *Encyclo-paedia Universalis*, Encyclopaedia Universalis France S.A. 1968, onzième publication, vol. 5, p.995-997 et vol. 9, p.426-428 참조.

71) 두 사람이 직접적으로 만나는 경우는 한번도 없지만 그들 양자를 만나고 있는 스칼리를 통해 대화가 이루어진다 할 것이다.

다. 마누엘은 혁명의 파동을 따라감과 동시에 리드하는 긴 입문적 시련을 통해 정신적 성숙을 이룩했다. 그는 철도 노조 일개 조수에서 여단정이 되어 민중의 변모와 함께 새로 태어난 혁명의 상징적 인물이다. 따라서 미래에 대한 그의 비전은 혁명의 비전을 대변한다.

"그는 자신을 둘러싸고 있는 삶이 전조들로 가득 차 있음을 느꼈다. 마치 이제는 포성도 흔들지 못하는 구름 뒤로 어떤 눈먼 운명들이 그를 조용히 기다리고 있는 것 같았다. (…) 언젠가는 평화가 올 것이다. (…) 그의 과거 속에서 전개되면서 계속되었던 그 악장들은 모로족을 막아냈던 저 도시가 할 수 있을 것처럼 이야기를 하고 있었다. 그리고 저 영원한 하늘과 들판도. 마누엘은 처음으로 인간들의 피보다 더 엄숙한 소리를 듣고 있었다(…)──그들의 운명이 지닌 무한한 가능성을."(p.443)

소설의 대미를 장식하는 이 인용문에서 마누엘은 혁명의 시간이 끝난 후 먼 미래에는 '평화'가 오리라 내다보고 있다. 그러면서 그는 "어떤 맹목적인 운명들이 그를 기다리고 있는 듯, 삶이 전조들로" 풍요로움을 느낀다. 왜 미래의 운명들은 '맹목적(aveugles)'인가? 아마 현재로선 그 내용이 분명하지 않기 때문일 것이고, 동시에 혁명이 끝나는 미래에 펼쳐지는 삶 자체가 맹목적일 수 있기 때문일 것이다. 역사의 전진이 멈춘 시간에는 방향이 없기 때문이다. 그것은 운명으로부터 해방되어 있으므로 자연 발생적일 것이며, 풍요로운 전조들이 말하듯이 다양한 욕망과 가치로 채색되는 삶 자체일 것이다. 그것은 마누엘이 침묵의 소리처럼 '무한한 가능성'으로 단지 열려 있을 뿐이다. 그것은 현재의 시점에서 화해의 음악을 통해 과거와 연결되어 3개의 시간이 연속성을 이룬다. 미래의 이 삶은 중세 고딕적 인간상이 구현해 낸 구원된 삶으로 향해 있다. 혁명이 끝난 먼 미래의 지평에서 이 고딕적 영혼이 초월의 빛을 뿜으며 서 있다.

그 미래에는 코스모스와 인간이 완전히 화해하는 세계이다. 인용문에서 이미 화해는 시작되고 있다. '저 영원한 하늘과 들판'은 인간의 존재의 무상성을 심어 주는 우주적 시간의 힘을 드러내는 실체가 더 이상 아니다. 그들은 마누엘이 〈묵시록의 실천〉에서 체험한 것처럼 추락된 인간 조건을 환기시키는 이미지가 더 이상 아니다. 그것들은 인간의 의지와 하나가 되어 영원한 삶을 노래한다.

맺음말

필자는 《희망》에 나타나는 불연속성과 암시-환기를 집중 조명하고 불연속적 서사 구조에서 시간관을 고찰해 소설이 혁명과 종교가 하나로 융합되도록 창조되었으며, 완벽하게 코드화된 작품임을 밝혀 보았다. 그것은 상징시학의 뛰어난 운용 능력을 통해 다층적 의미망을 형성함으로써 독자로 하여금 유추적 사유를 강도 높게 요구하고 있으며, 기독교의 비전과 역사를 탐구하지 않을 수 없게 만들고 있다. 우리가 이러한 작업을 거쳐 해석해 낸 소설은 공화국 군대의 창설 과정이 로마 교회의 탄생 과정을 창조적으로 재현하고, 혁명과 교회의 재탄생이 동전의 양면처럼 결합되도록 정교한 직물로 짜여져 있다. 그리하여 그것은 원초적 기독교 정신의 '부활' '변모' '정복'을 담아 내면서 작가의 종교적·신화적 명상이 혁명의 현장에서 펼쳐지는 장을 구축하고 있다. 따라서 소설은 그의 예술관에 따라 기독교라는 위대한 유산이 탐구되는 예술적 무대이다.

말로는 20세기 지구촌 문명의 탄생과 함께 해체된 정신의 공황 상태를 극복하기 위해 동·서양이 남겨 놓은 문화의 정수들에 대한 탐구를 자신의 소설적 여정 속에서 펼쳐내고 있다. 이와 같은 순례적 도정에서 《희망》은 유럽의 3부작 가운데 두번째 작품이다. 프로메테우스 신화를 육화시킨 첫 소설에 이어 그것은 서양 정신의 또 다른 뿌리인 기독교 정신을 녹여낸 고도한 미학적 성취를 담아낸다. 그것은 말로의 개인적 '에피스테메'인 절대로부터 솟아오른 하나의 예술적 봉우리이다.

말로에게 종교적·신화적 정신은 한편으로 인간의 영혼을 숭고하게 고양시켜 인간 조건의 극복과 희생의 위대함을 낳게 하는 토대이며, 다른 한편으로 인간의 존재론적·인식론적·윤리적 탐구를 그 어떤 철학보다도 고차원적으로 펼쳐내는 사유의 보고이다. 동과 서(나와 타자)를 아우르는 제3의 길을 모색하는 작가의 원대한 형이상학적 구도 내에 이 혁명 소설이 자리하고 있음을 새롭게 인식할 때라고 생각된다.

제3장

《알튼부르그의 호두나무》와
그리스-기독교 사상

> "나에게 슈펭글러는 제1의 적이 될 정
> 도로 엄청나게 중요했으며, 나는 그에
> 대항해서 나의 사상을 구축했다."
>
> 앙드레 말로, 한 대담

1. 머리말

《알튼부르그의 호두나무》는 서양의 3부작 가운데 마지막 작품이
며, 말로가 소설적 여정을 마감하는 소설이기도 하다. 최근에 이 소
설에 대한 집중적인 연구가 이루어져 여러 연구자들의 논문들이 전
문 학술지의 단행본으로 출간됨으로써,[1] 작품 해석에 새로운 전기가
마련되었다. 특히 여기서 드 프레이타스는 〈현대성의 글쓰기〉라는

---

1) *André Malraux*, 〈Les Noyers de l'Altenburg〉, 〈La Condition Humaine〉. *Roman 20-50*, *op. cit.*

글을 통해 이 소설에 나타나는 '다음조성(polytonalité)과 불연속,' 단일 장르 내에 '장르들의 다양성과 풍요로움,' '이야기의 파편화'와 '순환성' '상호 텍스트성과 재글쓰기(réécriture),' 다른 텍스트들을 해석하고 비판하는 '메타 텍스트' 동일 주제의 다양한 '변주' 등을 도출해 냄으로써 이 작품이 지닌 탁월한 현대성을 부각시키고 있다.[2] 그러나 이러한 훌륭한 분석에도 불구하고 그녀는 상징시학과 관련해서는 전혀 언급이 없다. 나아가 그녀는 가장 일반적으로 지적되는 불연속성을 다루면서 가시적인 것에만 관심을 기울일 뿐, 작품에 은밀하게 내재된 불연속성에는 접근하지 못하고 있다. 후에 필자는 이 점을 다시 논하겠다.

또 제2부에서 보았듯이, 라라는 말로의 소설 속에 도입된 상징시학에 전혀 접근하지 못하고 이 작가의 문학 이론을 펼쳐내고 있다. 그렇기 때문에 그는 《알튼부르그의 호두나무》가 제시하는 '근본적 인간'의 진정한 신화적 차원에 다가가지 못하고, 이 인간을 "인류가 모든 자신의 변모를 미리 받아들이면서 모험들과 새로운 문명들에 뛰어들 수 있는 집요한 적성"으로서의 "잠재성"[3]으로 이해하고 있다. 이런 연속선상에서 그는 아주 최근에 나온 저서에서 이 '근본적 인간'을 '민중주의(populisme)'와 결부시키면서, 말로를 이렇게 비판하고 있다. "이것이 바로 경험을 갈구하지만 지적인 학문은 불가능한 저 말로의 가장 위험한 성향들 가운데 하나이다!"[4]

토인비까지 가지 않더라도 역사적 대전환과 새로운 시대, 혹은 문

---

2) M. T. de Freitas, 〈Une écriture de la modernité〉, *ibid*, p.71-81.

3) J.-C. Larrat, *Les romans d'André Malraux*, PUF, 1996, p.111.

4) J.-C. Larrat, *André Malraux*, Librairie Générale Française, 〈Livre de poche〉 578, 2001, p.186.

명 탄생에서 민중이 중요한 역할을 했다는 점은 역사가 입증하지 않는가? 기독교는 민중과 노예 계급이 흘린 순교의 피로 탄생하지 않았던가? 또 중국 혁명과 러시아 혁명에서 민중의 역할은 어떻고? 부르디외가 지적했듯이, 상아탑의 지식인들은 자신들의 역사적·정치적 영향력을 과대 평가하면서 환상을 품고 있고 있다.[5] 일반적으로 말해, 특히 파멸로 가는 문명의 내리막길에서 지식인들의 역할은 미미하다. 그렇지 않다면 문명의 종말은 오지 않을 테니까. 주지주의에 사로잡혀 민중을 폄하하는 이와 같은 라라의 입장은 역사에 대한 진정한 이해가 결여되어 있다 할 것이다. 농민은 천하지대본이라는 말도 있지 않은가? 문화(culture)의 어원적 의미만 생각해 보아도 될 것이다. 레비 스트로스의 저서들을 어떻게 읽었는지? 사회의 부패와 파멸을 막지 못하는 위기적 상황에서 프로메테우스적 지식인들은 얼마나 되는가? 서구 문명의 종말론적 상황을 담아내는 《알튼부르그의 호두나무》에서 말로의 입장은 반주지주의적이고 지식인들에 대해 냉소적이다. 뱅상과 그 아들 화자가 말하는 "인간과의 만남"(NA, p.629-630)[6]은 지식인들——이들에게 "하나의 관념은 결코 하나의 사실에서 나오는 것이 아니라 언제나 또 다른 관념에서 비롯된다"(p.673)——과의 만남이 아니다. 그것은 삶의 현장에서 사유하고 변모하는 인간들, 특히 민중과의 만남이다.

이처럼 지금까지 《알튼부르그의 호두나무》에 대한 많은 연구들은 여전히 주지주의적 입장에서 벗어나지 못하고 있으며, '근본적 인간'

---

5) P. Bourdieu, 김웅권 역, 《파스칼적 명상》, 동문선, 2001, p.11. 이 책에서 부르디외는 학문과 현실과의 거리를 낳게 한 학구적 성향의 역사적 상황과 조건들을 근원에서부터 분석해, 학구적 이성의 허와 실을 철저하게 파헤치고 있다.
6) NA는 Les Noyers de l'Altenburg(in Œuvres complètes, vol. II, op. cit.)의 약자임.

이 '고딕적 인간'으로서의 농부로 설정된 것에 대해 다분히 비판적 입장을 취하고 있다. 설령 일부 비평가들이 농민, 나아가 민중에 대한 말로의 경의에 대해 긍정적 입장을 취한다 할지라도 말로가 이 소설에서 '역사의 단죄'를 드러내고 있다고 본다.[7] 최상의 경우 르카르므 같은 연구자는 이 소설의 말미에서 농부와 더불어 계시되는 농경 풍경을 "존재와 시간에 대한 새로운 비전"으로, 혹은 변모로 이어지는 "새로운 탄생"[8]으로 해석하고 있지만, 이 변모 자체가 소설 속에서 이루어지고 있음을 간파해 내지 못하고 있다.

이와 같은 전반적 연구 상황에서 소설에 도입된 상징시학의 고찰을 통한 작품의 새로운 해석은 말로가 동·서양의 3부작을 두 축으로 펼쳐낸 절대의 탐구 속에 자리매김될 것이다. 다시 말해 그것은 20세기에 최초로 탄생한 지구촌 통합 문명이 당면한 존재론적 어둠, 혹은 종교적 해체 앞에서 새로운 빛 혹은 제3의 길을 모색하는 작가의 지적 모험의 구도 속에 자리잡는다. 다른 한편으로 보다 제한적인 차원에서 보면, 그것은 제1,2차 세계대전을 통한 서구의 파산이라는 역사적 대변혁 앞에서 새로운 문화 창조에 토대가 되는 정신적 원형의 탐구와 관계된다.

---

7) 예컨대 M. Khemiri, ⟨Frontières et expériences des limites⟩, in *Roman 20-50*, *op. cit.*, p.15-25.

8) J. Lecarme, ⟨Apologie pour *Les Noyers de l'Altenburg*⟩, in *ibid.*, p.142. 사실 필자는 많은 연구자들이 농부 및 민중 신화와 관련해 최근에 밝힌 긍정적 측면들을 이미 학위 논문에서 드러낸 바 있다. 그러나 아쉽게도 그들은 필자의 이 논문에 전혀 주목하지 않고 있다. Woong-Kwon KIM, *La Quête et structuration du sens dans l'univers romanesque d'A. Malraux*, *op. cit.*, pp.489-522.

2. 다층적 불연속성과 코드화된 담화

프레이타스는 앙리 르페브르를 따라 불연속성을 "후기 사실주의적 현대성의 한 전형적 범주"[9]로 규정하면서 《알튼부르그의 호두나무》에서 나타나는 단절과 불연속성의 내용을 다각도로 검토하고 있다. 우리는 이런 검토에 대해 세 가지 문제를 제기할 수 있다. 우선 현대 소설들 속에 폭넓게 활용되고 있는 이 불연속성이 어디에서부터 비롯되는지는 전혀 언급이 없다. 필자는 말로가 상징주의를 이어받았다고 언명한 점을 고려해, 또 이미 우리가 연구해 발굴한 상징시학을 감안해 그의 소설 속에 도입된 불연속성을 이 상징주의 시학의 소설적 재창조로 보는 것이다. 두번째로 프레이타스는 불연속성의 존재를 도출할 뿐, 이에 대한 자신만의 해석을 내놓지 않는다. 그녀는 소설 속에 드러나는 '파편의 미학(esthétique du fragment)'을 "아방가르드르들이 근대 서구 사회의 전반적 해체에 대해 채택한 훌륭한 예술적 표현으로"[10] 일반화시킨다. 이것은 그녀가 기존의 일반적 해석을 받아들인다는 점을 함축한다. 세번째로 그녀는 작품의 전체적 의미망과 관련해 중요한 암시와 결합된 불연속적 담화들, 혹은 은폐된 불연속성에 주목하지 못하고 있다.

이런 상황에서, 먼저 가장 많이 흔하게 지적되는 뱅상 베르제 가계의 세 세대 이야기가 드러내는 불연속성을 보자. 필자는 이것을 상승 운동과 하강 운동으로 나누어 분석해 각각을 헤겔의 역사철학과 슈

---

9) M. T. de Frestas, *op. cit.*, p.72.
10) M. T. de Freistas, *ibid.*, p.76.

펭글러의 역사관을 부정하는 상징적 의미로 해석한 바 있다.[11] 주지하다시피 이야기는 세 개의 불연속적인 서술 단위로 이루어져 있다. 중심에는 제1세대인 발테르가 알튼부르그의 '토론회(le colloque)'를 주재하는 제1세대 서술 단위가 자리잡고 있다. 이어서 이를 중심으로 제2세대인 뱅상의 이야기가 양쪽으로 갈라지며 펼쳐진다. 이것이 두 번째 서술 단위이다. 마지막으로 뱅상의 아들 화자의 이야기가 제2 서술단위를 둘러싸며 양쪽으로 나누어 전개된다. 이것이 세번째 서술 단위이다. 그러니까 이야기는 그것의 '수렴점'이라 할 중앙의 서술 단위를 중심으로 불연속적이면서 '동심원적 순환 구조'를 이루고 있다.

중심에 있는 제1서술 단위를 구성하는 토론회는 1913년에 이루어지는데, 그것의 쟁점은 1960년대 프랑스 구조주의의 열풍 아래서 전개된 "신구논쟁"[12]을 방불케 한다. 토론회는 전반부와 후반부로 나누어지는데(*NA*, p.681), 전반부에서는 역사라는 에피스테메 속에 자리잡은 고전적 인간관, 다시 말해 예술과 사유를 통해 무(無)와 운명에 대항에 싸우는 주체-인간으로서의 인간관을 중심으로 '근본적 인

---

11) 필자의 두 졸고, 〈앙드레 말로의 《알튼부르그의 호두나무》에 나타난 이야기의 불연속성의 한 단면〉, in 《불어불문학연구》, 제32집, 한국불어불문학회, 1996, p.159-178. 〈앙드레 말로의 《알튼부르그의 호두나무》에 나타난 이야기의 불연속성과 근원의 신화〉, in 《불어불문학연구》, 제35집, 한국불어불문학회, 1997, p.169-184 참조. 간단히 소개하면, 토론회를 수렴점으로 베르제 가계의 3세대(화자)로부터 2세대(화자의 아버지 뱅상)를 거쳐 1세대(화자의 할아버지 디트리히)까지 거슬러 올라가는 상승 운동에서는 하나의 문화로부터 두 개의 문화를 거쳐 수많은 문화로 문화적 다원성이 증폭되어 나타남으로써 반헤겔적 역사관이 형상화된다. 반면에 수렴점인 1세대로부터 2세대를 거쳐 3세대까지 내려오는 하강 운동에서는 베르제 가계와는 별도로 민중의 세 세대가 새로운 문화 창조의 사이클을 가동시킴으로써 반슈펭글러적 역사관이 구현된다.

12) 이에 관해서는 프랑수아 도스, 김웅권 역, 《구조주의의 역사 2》, 동문선, 2002, p.9-23 참조.

간' 이 주장되고 있다. 뱅상과 묄베르그를 제외한 발테르와 여타 인물들이 이와 같은 헤겔철학(p.691)의 보편사관과 인간관을 대변한다. 토론의 공간적 차원이 유럽에서 지구촌으로 이동하는 후반부는 슈펭글러와 인류학자 프로베니우스를 합성한 인물로 해석되는 묄베르그의 무대이다. 원래 "헤겔적 (…) 종합"(p.670)을 꿈꾸었던 그는 아프리카의 인류학적 현장 경험과 연구를 통해 슈펭글러적 역사관으로의 변모를 드러낸다. 그리하여 그는 "고전주의적 편견에서 벗어나"(p.691) 불연속적 역사관을 제시하며, 시공을 초월한 "근본적 인간은 존재하지 않는다"(p.690)고 주장한다. 그에 따르면 인류가 과거 속에 남긴 문화 구조들, 즉 "정신 상태들은 (…) 환원할 수 없게 상이하다." (p.691) 그러니까 그는 근대의 에피스테메인 역사와 주체-인간을 부정하고 있는 것이다. 이렇게 볼 때 토론회는 역사에서 민족의 "사명" (p.686-687)을 강조하는 헤겔적 역사관과 슈펭글러적 역사관의 대결을 담아내고 있다. 따라서 그것은 근대의 에피스테메가 낳은 인간이 위기에 직면하였음을 나타내고 있다. 물론 여기에는 "문명의 다원론" (p.670)을 이끌어 낸 인류학과 민족학이 중요한 몫을 담당하고 있다. 여기서 주목해야 할 점은 묄베르그가 소개하는 다양한 문화들, 다시 말해 인류의 아득한 과거로부터 근대까지 생성 소멸했던 그 자율적이고 독립적이며 자족적인 문화들이 베르제 가계의 제1세대 이야기 속에서 나타나고 있다는 것이다.

두번째 불연속적 서술 단위는 제2세대인 뱅상이 중동에서 체험한 모험과 제1차 세계대전에의 참전 내용을 담고 있다. 왼쪽 사면에 속하는, 중동에서의 체험은 다지로서의 이슬람 문명을 서구 문명과 대조하면서 상호 접근 불가능한 두 문명의 평행적인 2원성을 부각시킨다. 그러니까 우리는 이 체험을 통해 두 문명을 낳은 두 개의 인간관이 대립되고 있다고 유추해 낼 수 있다. 반면에 오른쪽 사면에 속하는 제1차 세계대전에의 참전은 뱅상이 "인간과의 만남"(p.629)이라 명명한 내용의 중심을 이룬다. 이 만남은 물론 민중과의 만남이며, 이를 통해 "근본적 인간"이 발견된다.[13] 따라서 왼쪽 사면에서는 분열된 인간의 두 모습이 자리잡고 있고, 반대로 오른쪽 사면에는 통일적인 보편적 인간이 드러나고 있다. 또 첫번째 서술 단위에서 대립되는 헤겔적 역사관과 슈펭글러적 역사관을 고려할 때, 뱅상이 체험하는 제1차 세계대전은 두 역사관의 실제적 대결장으로 설정되고 있음을 유추해 낼 수 있다.

베르제 가계의 제3세대인 화자, 즉 뱅상의 아들에 관한 세번째 불연속적 서술 단위로 넘어가기 전에 한 가지 중요하다고 판단되는 점을 지적하고자 한다. 그것은 두번째 서술 단위와 세번째 서술 단위 사이에 베르제 가계의 1세대인 디트리히(뱅상의 아버지)의 자살 사건과 발테르에 관한 짧은 이야기가 불연속적으로 삽입되어 있다는 점이다.(p.631-636)[14] 그러니까 2세대와 3세대 이야기 사이에 다시 1세대 이야기가 불규칙적으로 끼여 있다는 것이다. 사실 중심의 1세대로부터 3세대까지 내려오는 리듬 있는 전체적 불연속성을 고려할 때, 삽입된 내용은 1세대 토론회 이야기의 도입부에 위치해야 한다. 필자는 앞으로 이 내용을 삽입된 제1서술 단위라 부르도록 하겠다. 그렇다면 이와 같은 리듬의 파괴와 예외적 배치는 무엇을 의미하는가? 뒤에 가서 보겠지만, 그것들에 대한 해석은 두 상징적 인물 디트리히와 발테

---

13) 이와 관련해서는 김웅권, 〈앙드레 말로의 《알튼부르그의 호두나무》에 나타난 이야기의 불연속성과 근원의 신화〉, *op. cit.*, p.171-174 참조.
14) 물론 이 1세대의 내용은 알튼부르그의 토론회처럼 뱅상이 증인으로서 이야기하고 있다.

르를 서구 문명의 위기와 관련해 분석할 때 나오게 될 것이다.

세번째 불연속적 서술 단위는 3세대인 뱅상의 아들인 화자가 이야기하는 제2차 세계대전 경험이며, 양쪽에서 두번째 서술 단위를 둘러싸고 있다. 그런데 그것은 다른 두 서술 단위들과는 달리 현재 시제를 사용해 이탤릭체로 씌어짐으로써 불연속성을 더욱 부각시키고 있다. 그것은 양쪽 사면에서 모두 '고딕적 인간'을 근본적 인간으로 제시하고 있다. 농부로 드러나는 이 고딕적 인간에 대한 평가야 어떠하든, 이 점은 이제 모든 연구자들이 인정하고 있다.

그렇다면 이제 소설이 전개되는 순서를 따라 왼쪽 사면 전체를 보자. 3세대인 화자를 통해 드러나는 인간관은 '고딕적 인간'으로 통일되어 있다. 2세대인 뱅상을 통해 드러나는 인간관은 두 개로 분열되어 있다. 마지막으로 1세대인 발테르의 토론회에서 드러나는 인간관은 수없이 증폭되어 나타나고 있다. 그러니까 과거의 세대로, 과거의 시간으로 거슬러 올라갈수록 인간의 모습은 이원성에서 다원성으로 분열이 심화되면서 근본적 인간은 완전히 사라진다. 이와 같은 기호가 의미하는 것은 세 개의 불연속적 서술 단위가 헤겔의 역사관을 부정하면서, 근대의 에피스테메인 역사와 주체-인간을 해체하고 있다는 점이다. 따라서 그것은 슈펭글러의 역사관을 인준하는 구조를 이루고 있는 셈이다.[15]

오른쪽 사면의 불연속성을 통해 드러나는 슈펭글러 역사관의 극복은 다소 복잡한 구조를 통해 이루어진다. 따라서 필자는 이 극복의 구조를 점차적으로 드러낼 것이다. 그대신 우선적으로 그동안 연구

---

15) 이에 관한 자세한 분석은 김웅권, 〈앙드레 말로의 《알튼부르그의 호두나무》에 나타난 이야기의 불연속성의 한 단면〉, *op. cit.*, p.159-178 참조.

자들이 전혀 주목하지 못했던 또 다른 불연속적 측면에 관심을 기울여 보자. 그것은 비가시적인 것으로, 오른쪽 사면(하강 운동)의 불연속성 속에 의미론적으로 은밀하게 내재하고 있다. 뱅상이 제1차 세계대전에서 만난 병사들은 민중의 제1세대로 설정될 수 있다. 농부들이 대부분인 이들 민중은 화자가 소설의 마지막에 만나는 늙은 농부 커플과 동일한 세대이다. 이 1세대는 전적으로 비개성적이고 익명화되어 있다.(p.718) 이어서 화자가 제2차 세계대전에서 생사고락을 함께하는 동료들은 민중의 제2세대가 된다. 이들은 보노를 필두로 익명성에서 벗어나 강력하게 인격화되고 개성화되어 있다.(p.747-754) 마지막으로 화자의 동료들 가운데 한 인물인 프라데의 11세 난 아들(p.754)이 민중의 제3세대이다. 이 아들은 상징적으로 처리되어 있으며, 그의 세계는 미래의 희망으로 제시된다. "그의 아들은 삶이라 불리는 이 굴욕적이고, 음울하고 불안한 모험에서 유일한 절대적 부분이다."(p.754) 이 세 세대의 이야기 역시 불연속성을 표출한다. 왜냐하면 베르제 가계의 세 세대의 불연속적 이야기와 맞물려 돌아가기 때문이다. 민중의 제1세대 이야기와 제2세대 이야기가 불연속적이라는 것은 말할 필요가 없다. 다만 제2세대 이야기와 제3세대 이야기의 단절은 상상적으로 유추될 뿐이다. 왜냐하면 프라데 아들의 이야기는 미래적 차원에서 암시되기 때문이다. 이 점은 후에 다시 다루어질 것이다.

흔히 여백으로 표시되어 쉽게 간파할 수 있는 여타의 다양한 불연속적 단편들, 혹은 많이 나타나는 불연속적 파편화는 접어두기로 하자. 연구의 경제성을 고려해, 그 대신 중요하다고 판단되는 한 부분만 검토해 보자. 불연속적 내용으로 이루어진 이 부분은 제2차 세계대전에 참여하는 뱅상의 의식을 드러내는 텍스트로서 작품 해석에 매우 중요하다고 판단되기 때문이다.

"금속성의 커다란 곤충 한 마리가──녹청을 띠지 않고──빛나고 윤나는 모습으로 날아올랐다. 대호 속에서 들었던 웅성거리는 말들이 바닷바람 소리보다는 이 곤충의 윙윙거리는 소리를 동반하고 있었다. 이 곤충 소리가 그를 사로잡았었던 저 눈부신 순간을 지워 버리는 임무를 띠고 모퉁이로 사라지는 군대를 동반하고 있듯이…… 방금 그의 목을 죄었던, 인간의 이 종말(종말론적 · 계시적 풍경(cette apocalypse))과 관련해, 숨겨진 괴물들과 신들로 가득한 인간의 저 깊이와 숲 같은 혼돈을 한순간 비추어 주었던(illuminé) 이 섬광과 관련해 라이흐바흐의 창문 뒤에서 발생했던 그 뜻밖의 사건(모험)은 대체 무엇이란 말인가? 숲 속에서는 정신 나간 자들(possédés)과 죽은 자들이 동지애를 보이면서, 피로 물들어 바람에 날리는 외투 속에 묻혀 미끄러져 넘어지고 있었다. 자신의 비밀을 드러내지 않고 다만 자신의 현전만을 드러내는 어떤 신비. 이 현전(présence)은 매우 단순하고 매우 압제적이기 때문에 그것과 관련된 어떠한 사유도 무(無)로 던져 버렸다──아마 죽음의 현전이 그렇듯이 말이다."(p.742-743)

이 난해한 문장이 의미적 불연속성을 내포하면서 코드화되어 있다는 것은 쉽게 알아볼 수 있다. 그것은 상징과 암시까지 포함하고 있다. 지옥의 색채를 띤 '금속성의 곤충(insecte métallique)'이 악과 죽음 혹은 종말론적 풍경과 상징적으로 연결되어 있음은 어렵지 않게 읽어낼 수 있다. 또 "대호 속에서 들었던 웅성거리는 말들" "그를 사로잡았었던 저 눈부신 순간" 같은 표현들의 해석은 인용문 이전의 내용을 고찰하면 된다. 그러나 무엇보다도 중요한 것은 중간에 생략 부호를 통해 불연속성을 표출하면서 이어지는 부분이다. 왜 갑자기 이 종말론적 상황에서 "라이흐바흐의 그 뜻밖의 사건" 즉 뱅상의 아버지 디트리히가 감행한 자살 사건이 튀어나오는가? 또 '신비'는 구체적으로 어떤 신비인가? 단순히 삶의 신비인가? 뿐만 아니라 위의 인용문 다음에 몇 줄 건너 이런 내용이 나온다. "그는 무릎만이 고통스러웠다……. 황폐한 한순간에 라이흐바흐의 방과 그곳의 푸른 거리, 볼카코의 별들 아래서 윙윙거리는 교수의 목소리가 뒤얽혔다(…)." (p.743) 갑자기 불연속적으로 튀어나오는 라이흐바흐의 방, 즉 디트리히의 자살과 호프만 교수의 목소리는 어떤 연관성이 있는가? 나아가 디트리히의 자살, 종말론적 상황, 그리고 호프만 교수는 어떻게 연결되는가?

이런 여러 의문들을 풀어내기 위해서는 유추적 사유의 힘이 강력하게 작용해야 한다. 이를 염두에 두고 이제 이 코드화된 불연속적 담화들을 해석하여 이해하기 위해 상징시학의 다른 장치들을 검토해 보자. 필자가 다른 소설들을 다루면서 밝혔듯이 상징시학의 여러 기법이 개별적으로 작용하는 경우도 있지만, 하나의 대상에 동시에 중첩되어 작용하는 경우도 많다. 다시 말해 하나의 상징은 환기되어 여러 번에 걸쳐 나타날 수 있고, 또 암시로서도 기능할 수 있다는 것이다. 시학이 정교해짐에 따라 자유자재한 이와 같은 활용은 강화되는 것으로 나타난다. 이런 현상을 고려해 여기서는 이 세 가지 기법을 묶어서 다루도록 하겠다.

3. 환기 · 암시 · 상징의 관계망:
소멸과 생성의 신화적 회귀점 — 고딕적 인간

1) 고딕적(고딕식, 고딕 시대의): 환기적 '산종'의 원점

우선적으로 소설의 제3서술 단위부터, 즉 도입부에서부터 가장 중요하게 환기되는 것은 '고딕적(gothique)' 세계와 농경적 요소들이다. 이것들은 '근본적 인간'으로 설정된 농부와 관련해 작품의 의미 구조를 파악하게 해주는 핵심적 단초이다. 소설의 첫 페이지에서부터 포로가 되어 샤르트르의 "성당"(NA, p.624) 안으로 들어온 화자와 그의 동료들은 "결코 다시 보지 못하리라 생각했던 지푸라기"와 "이삭 다발"에 "사로잡힌다."(p.621) 성당은 왜 성당인가라는 "해석학적 코드(code herméneutique)"와 고딕식 및 고딕 시대라는 "의미론적 코드(code sémantique)"[16]를 제공하면서 농경적 요소들과 결합되어 있다. 우선 성당은 '고딕식(고딕적)'이라는 정보를 제공하는데, 이 형용사가 제3서술 단위만 고찰해도 여러 번에 걸쳐 환기됨을 주목할 수 있다. 도입부에서 그것은 포로들의 얼굴이 "고딕적 모습(visages gothiques)"(pp.627, 629)으로 묘사되거나, "중세"(p.629)와 "기독교"(p.629)로 연결되어 환기된다. 그리고 결말부에서 늙은 농부 부부와 함께 펼쳐

---

16) 바르트는 《S/Z》에서 텍스트를 접근하는 5개의 작동적 코드를 제시한다. 그의 코드 이론에 따르면 소설에서 샤르트르의 성당은 '해석학적 코드' 및 의미론적(의 소적) 코드 이외에도, 중세의 고딕 문화에 속한다는 점을 내포함으로써 '참조적 코드'를, 또 뒤에 구원적 이미지와 연결됨으로써 '상징적 코드'를 중첩시키고 있다. 따라서 '행동적 코드(code proaïrétique)'만이 빠져 있다. R. Barthes, *op. cit.*.

지는 계시적 농경 풍경이 "고딕 시대"(p.765)와 "성서의 새벽"(p.766) 속에 자리잡으며, 성서적 내용들(p.765-767)이 "산종 (dissémination)"[17] 을 통해 나타난다. 여기서 고딕적(고딕식)이라는 낱말이 산종됨으로써 나타나는 모든 정보들, 즉 기독교 관련 내용들이 이와 같은 포괄적 환기의 망 속에 편입될 수 있음을 알 수 있다.

그러나 왼쪽 사면에서 뱅상의 중동에서의 모험과 관련된 제2서술 단위에서는 '고딕적'이란 핵심어 혹은 이 낱말과 직접적으로 관련된 기독교적 내용의 환기는 그가 이슬람 세계로부터 마르세유 항에 귀국할 때 딱 한번 이루어진다. 이때 그는 이 항구의 풍경이 드러내는 "삶"과 "순수성"(p.654)을 "기독교 시대 두번째 천년의 말엽"(p.655) 과 연결시키면서, 어린 시절 라이흐바흐에서 체험한 "최초의 영성체" "고해성사" 그리고 "자유"(p.655)를 회상한다. 이 자유는 해질녘 마르세유 사람들의 모습에서 나타나는 "폐부를 찌르는 듯한 자유"(p.655) 와 동일한 것으로 인식된다. 그러니까 "무(無)와 영원"(p.654)에 연결된 타자로서의 이슬람 문명과 강력히 대조되는 기독교 문명(p.653-654)은 뱅상의 의식 속에서 자유를 근간으로 하고 있음이 드러난다. 이 점은 제3서술 단위에서 보편적·근본적 인간으로 설정된 고딕적 인간과 맥을 같이한다.

그런데 '삽입된 제1서술 단위'에서 뱅상의 아버지 디트리히가 죽은 장소, 다시 말해 베르제 가계가 뿌리내린 라이흐바흐가 "중세의 '생트 포레(Sainte-Forêt; 신성한 숲)'의 자취로 뒤덮인"(p.633) 지역에

---

17) '산종'은 데리다의 용어로서 하나의 기표가 씨앗을 뿌려 기표의 연쇄 작용을 만들어 내는 현상을 말하는데, 여기서는 데리다가 언급한 '중심의 부재'나 '제1원인'의 부재는 배제한 기표의 연쇄 작용적 의미로 사용했음. *La Dissémination*, minuit, 1972.

위치되면서 중세, 나아가 '사순절'과 관련된 로마 교황청의 부패 (p.633)가 환기되고 있다.[18] 그러니까 중세는 베르제 가계의 "뿌리뽑을 수 없는"(p.633) 기원이며, 디트리히의 죽음, 중세 그리고 기독교의 부패는 어떤 식으로든 연결되어 있다는 유추가 가능하다. 또 토론회가 열리는 알튼부르그의 "역사적 소수도원"(p.636)도 이 지역에 설정됨으로써 중세와 연결된다. 따라서 이 수도원에서 디트리히 동생 발테르의 주재하에 열리는 '토론회'도 결국 기독교 문명의 위기와 깊은 함수 관계를 띠고 있는 것이다.

2) 종말론적 상황과 새로운 문화 사이클의 태동

이제 오른쪽 사면의 제2서술 단위로 시선을 옮겨 보자. 뱅상이 참여하는 제1차 세계대전의 종말론적 풍경을 보면, '고딕적'이라는 핵심어로부터 산종되어 '의미 작용적 연쇄'를 이루는 기독교적 요소들이 환기된다. 우선 '루터파의 십자가'를 언급한 한 익명의 병사(하사관)가 "십자가의 가지들과 (…) 위그노파의 비둘기 장식"(*NA*, p.715)이 드러나는 십자가를 가슴에 드러내고 있는 모습이 나타난다. 프랑스의 칼뱅파인 위그노파의 이 십자가는 후에 이 병사가 가스 공격에 질식된 한 러시아 병사를 짊어지고 가는 과정에서 "위그노파 십자가의 두 반점인 비둘기와 예수 수난상"(p.733)으로 보다 구체적으로 명시된다. 따라서 종교 개혁의 두 인물 루터와 칼뱅이 환기되면서 기독

---

18) 교황청의 부패는 뱅상이 중동에서 모험을 하는 동안 루터와 관련해 환기된다. "(…) 루터 이전에 수많은 열렬한 기독교늘이 로마에 왔지만 성직 매매를 **부지 못했다.**"(p.650)(강조는 작가가 한 것임) 루터가 살아 남아 칼뱅과 더불어 로마 교회의 부패로부터 기독교를 구출하는 데 결정적 기여를 했다면, 디트리히의 자살은 구출이 불가능하다는 것을 암시할 것이다.

교의 역사가 함축적으로 암시되고 있다. 여기서 상기해야 할 점은 루터와 칼뱅의 종교 개혁이 원시 기독교 정신, 다시 말해 그리스도의 정신으로의 회귀를 부르짖으면서 이 종교의 생존에 절대적으로 기여했다는 것이다. 그럼으로써 앞에서 언급된 베르제 가계가 중세에 뿌리내리고 있음이 설명된다. 예수의 수난상과 비둘기는 십자가의 양면성을 드러낸다. 십자가는 한편으로 예수가 대속을 위해 고통받는 "교수대의 십자가"이며, 다른 한편으로 원죄의 숙명에 종지부를 찍는다는 "종말론적 의미에서 이해되어야 하는 영광의 십자가"[19]이기 때문이다. 그런데 이상하게도 이 십자가를 가슴에 단 하사관은 자신이 "신자가 아니다"고 하면서도 "때때로 교회에 가는 것을 좋아한다"(p.715)고 말한다. 그렇다면 그는 무신론자인가? 무신론자라면 그가 교회에 가지는 않을 것이며, 위그노파 십자가를 가슴에 달고 다니지는 않을 것이다. 그는 신앙을 잃어버린 자나 불가지론자(agnostique)일 가능성이 높다. 칼뱅의 교리대로 그는 에덴 동산으로부터의 추락 이전부터 신이 계획한 예정조화설을 믿는 것일까? 그렇다면 예정 조화설의 선구자인 성 아우구스티누스의 경우처럼, 신앙을 잃어버렸든 아니든 그의 운명은 예측 불가능한 신의 의지에 의해 결정되어 있는 셈이다. 왜 그는 졸병이 아니라 하사관(sous-officer)으로 설정되었을까? 소설은 전쟁을 이끄는 장교보다는 중간 계급인 하사관을, 하사관보다는 대다수가 농민인 졸병을 더 부각시킨다. 소설 속에서 지식인 계급이 다분히 평가 절하되어 있는 것과 마찬가지이다. 제1차 세계대전이라는 서구의 총체적 위기를 생각하면 군인이든 지식인이든 지배 계급이 그 책임을 져야 하는 건 당연하다 할 것이다. 민중은 오

---

19) J. Chevakier et A. Cheerbrant, *Dictionnaire des symboles, op. cit.*, p.323.

히려 역사의 종말론적 상황에서 기독교 문명의 위기를 자초한 지배 계급에 저항하면서 새로운 역사의 중심점으로 설정되기 때문이다. 위기를 자초한 역사의 주도층이 이 문명을 잉태한 순수 정신을 완전히 상실했다면, 문제의 하사관이 대표하는 중간층은 순수 정신을 반쯤 상실하지 않았을까? 그렇기 때문에 하사관은 신자가 아니지만 위그노파의 십자가를 걸고 다니지 않는 것일까? 그는 지배 계급보다는 민중의 편에 가깝게 있다. 반면에 농민이 대부분인 졸병들, 즉 하층 민중은 이 순수 정신을 간직한 영원한 인간상을 구현한다. 어쨌거나 하사관을 통해서 환기되는 것은 기독교 문명이 겪었던 역사상 최대 위기와 동시에 종교 개혁을 통한 이 위기의 극복이다. 나아가 그것은 슈펭글러의 진단처럼, 결국 제1차 세계대전을 통해 이 문명이 총체적 위기에 봉착했음과 결부되고 있다.

다음으로 가스전이 펼쳐지는 볼카코 계곡이 "약속된 땅의 이 계곡"(p.735)이란 표현으로 지칭되고 있다. 여기서 약속된 땅은 성서의 가나안이 아니라 지구를 나타내고 있다. 지구가 그렇게 표현된 것은 인간이 이미 그리스도의 대속을 통해 구원되어 자유를 찾았기 때문에, 이 지상은 이미 유배지가 아니라 인간이 자유와 무한한 가능성의 역사를 전개시켜 온 무대인 것이다. 그러나 이 역사는 그 주기를 다하고 종말론적 상황에 처하고, 동시에 새로운 역사가 태동되는 시점이 도래하고 있는 것이다. 주기가 끝날 때 혼돈 속에 타락과 부패와 방황이 만연하는 것은 신화적 순리이다. 종말과 시작은 결합되어 있다. 그렇기 때문에 "선사 시대의 침묵"(736)과 같은 표현이 이 상황을 묘사하는 데 동원되고 있다. 뿐만 아니라 이 상황은 "악마의 존재" 및 "악의 정신"(p.736)을 "천지창조의 힘" 및 "성서적 천벌"(p.737)과 연결시키고 있다. 머시아 엘리아데의 신화론을 빌리자면, 혼돈과 창조의 원형 신화가 기독교적 형태를 띠면서 신의 부름을 받은 악마가 새로운 세계가 열리도록 낡은 세계를 철저히 청산하는 임무를 부여받고 있다. "진정으로 무언가 새로운 것이 시작될 수 있기 위해서는 낡은 주기의 잔재와 폐허가 완벽하게 소멸되어야 한다."[20] 여기서 완벽하게 소멸하는 것은 근대의 에피스테메, 즉 역사와 함께 주체로서 등장한 "인간의 죽음"(p.737) 혹은 "인간의 종말"(p.742)을 의미한다. 기독교 문명의 역사는 제1차 세계대전에서 정점을 이루고, 이 역사의 마지막 단계를 이끌어 온 주체적 부르주아 집단의 광기와 몰락을 드러낸다.

이와 같은 종말론적 상황에서 뱅상의 아버지, 즉 디트리히의 자살이 환기되고, 이 자살이 이루어진 라이흐바흐와 화학무기 개발자인 호프만 교수의 목소리가 불연속적으로 환기된다.(p.742-743) 앞서 필자는 불연속성을 다루면서 이 환기된 부분을 인용한 바 있다. 이제 이 환기가 무엇을 암시하는지 고찰해 보자. 앞에서 본 바와 같이, 베르제 가계가 정착한 라이흐바흐는 중세에 뿌리내리고 있다. 디트리히는 "공장 경영주"(p.632)이면서 "시장"(p.633)을 지냈고, "신성로마 제국의 반항적인 부르주아 성주"(p.633)처럼 묘사되고 있다. 그런데 그가 사순절 규칙에 대한 로마 교회의 위반에 대해 항의해 교황청을 방문하고 돌아온 뒤(p.633-634) 절망해 돌연 자살했다. "설명할 길 없는"(p.633) 것으로 판단된 어 자살이 제1차 세계대전의 종말론적 상황에서 환기된 것은, 그것이 기독교 문명의 마감을 예고한 상징적 사건임을 암시한다 할 것이다. 게다가 디트리히는 그를 매장하는 "무덤 파는 자(fossoyeur)와 놀랍도록 닮았다."(p.631) Fossoyeur는 '파괴자'

---

20) M. Eliade, *Aspects du mythe*, idées/Gallimard, nº 32, 1963, p.69.

라는 의미도 있다. 그러니까 그는 슈펭글러의 예언처럼 몰락을 앞둔 이 문명의 무덤을 스스로 판 상징적 인물이다. 그의 자살이 무한한 가능성을 향해 열려진 '고딕적 인간'의 자유로부터 나왔다는 점은 슈펭글러가 규정한 '파우스트적 영혼'의 자유와 맥을 같이한다. 그의 입장은 부르주아 계급의 역사 의식에서 구제할 수 없는 막다른 골목에 다다른 자기 문명에 대한 자발적이고 신성한 대응이다. 반면에 거미의 일종인 "커다란 좌두충"(p.714)으로 묘사된 호프만 교수는 이 문명을 파괴하는 악마의 하수인이다.[21]

그런데 바로 이 종말론적 상황에서 새로운 세계, 새로운 문화의 사이클을 알리는 암시적 장치가 환기되어 나타난다. 그것은 다름 아닌 '지푸라기'이다.

"독가스가 모든 것을 동일한 화농 상태 속에 뒤섞어 버렸듯이, 생명은 단 하나의 물질, 이 지푸라기로부터 다시 태어나는 것 같았다. 지푸라기의 시계 태엽처럼 팽팽한 긴장감은 더없이 가벼운 풀들에, 그리고 태양빛으로 온통 뿌옇게 된 먼지 속에 이미 자취를 감춘 메뚜기의 예리한 도약에 동시에 생기를 불어넣고 있었다."(p.742)

메뚜기는 성서의 구약(〈출애굽기〉, 10장)과 신약에서 동시에 재앙의 이미지에 상징적으로 연결되어 있다. 특히 〈요한계시록〉(9장 1-11)을 보면, 지옥의 악신을 모시는 메뚜기는 식물들을 제외한 인간들만을 표적으로 삼고 있다. 따라서 지푸라기는 불가분의 종말과 시작,

---

21) 이런 측면에서 호프만 교수는 "원숭이"(p.704) "개미"(p.708) "사냥개"(p.739)로 비유되기도 하며, 그의 아이들까지도 "불독"(p.703)으로 그려진다.

죽음과 삶에 동시에 연결되면서 새로운 삶의 사이클을 가동시키는 무정형의 기원에 자리잡고 있다. 이 지푸라기는 소설의 제3서술 단위에서 포로들을 사로잡는 지푸라기를 포함한 농경적 요소들과 동일한 상징적 의미의 차원에 속한다. 이와 같은 의미 작용적 연쇄 과정을 통해 "알튼부르그"의 "호두나무"(*NA*, p.742)가 삶의 무한한 가능성과 변모의 상징으로서 다시 환기되며, 이 환기는 새로운 역사의 사이클을 태동시키는 민중, 즉 병졸들이 절대적 "동지애"와 어우러진다. (p.742-743) 그러나 종말과 시작, 죽음과 삶의 이와 같은 교대, 가고 옴의 순환은 '신비'로밖에 인식되지 않는다. 뱅상의 아버지 디트리히의 모험, 즉 그의 자살은 이와 같은 거대한 역사적 소용돌이의 신비한 비밀을 담고 있는 것이다. 이 비밀을 뱅상은 "현전만을 드러내는 신비"(p.743)로 인식할 뿐이다. 그렇기 때문에 그는 이 비밀 앞에서 불꽃처럼 "타오르는 부조리"(p.743)를 느낀다. 이제 우리는 앞서 불연속성을 다루면서 인용한 텍스트를 해석할 수 있게 되었다. 이 텍스트의 내용 중에서 "숨겨진 괴물들과 신들로 가득한 인간의 저 깊이와 숲 같은 혼돈을 한순간 비추어 주었던 이 섬광"이 문제이다. 여기서 "숨겨진 괴물들과 신들"은 기독교와 그리스 신화에 동시에 연결되어 있다고 보아야 할 것이다. 왜냐하면 후에 가서 보겠지만, 뱅상이 그리스 신화들도 여러 번에 걸쳐 환기하고 있기 때문이다. 문제의 표현은 독가스전의 극한 상황이 존재와 세계의 어둠과 빛, 악과 선, 죽음과 삶, 무와 유, 종말과 시작이란 심층적 양면의 결합을 신화적으로 드러내고 있다.

3) 눈먼 지식인의 초상과 대재앙의 그림자

이제 제1서술 단위의 토론회로 넘어가 보자. 이 중심 단위에서 '고딕적'이란 핵심어와 관련해 맨 먼저 환기되어 나타나는 것은 "알튼부르그의 도서관" 구조의 "로마네스크 양식의 궁륭"과 그 안에 놓여 있는 "고딕식 조각상들"(*NA*, p.657)이다. 토론회가 열리는 이 도서관은 중세의 "역사적 소수도원"(p.636)으로 설정됨으로써 이 토론회가 기독교 문명과 깊은 연관이 있음을 암시한다. 로마네스크 양식과 고딕 양식은 십자가가 지닌 상징적 양면성을 잘 드러낸다. 전자는 죄·악·불행·족쇄·종말, 즉 고통받는 그리스도의 수난상과 연결되어 있다. 반면에 후자는 대속을 통해 도래한 무구함·선·행복·자유·시작, 즉 그리스도의 영광과 연결되어 있다.[22] 그러니까 기독교는 전자에서 후자로의 이동을 보여주는데, 역사적으로 볼 때 이 이동은 로마네스크 시대로부터 고딕 시대로의 전환이다. 고딕 시대로의 전환에서 19세기 부르주아 계급의 역사 의식에 이르러 기독교는 정점을 맞고 있다. 그렇다면 발테르가 주재하는 토론회는 "인간의 영속성과 변

---

22) 이같은 양면성은 문제의 고딕식 조각상들이 "회개한 도둑과 회개하지 않은 도둑"(p.689)을 형상화한 두 조각상으로 드러나는 데서도 암시된다. 뿐만 아니라 그 것은 제3서술 단위에서 화자가 동원령을 회상할 때, 한편으로 볼리외 쉬르 도르도 뉴(Beaulieu-sur-Dordogne)의 로마네스크 양식 교회와, 다른 한편으로 이 교회 앞에 있는 성모 마리아 및 아기 예수상을 통해서도 다른 방식으로 환기된다. 이 교회의 합각머리에는 "조각가가 세상을 향해 벌린 그리스도의 팔, 즉 십자가의 팔 뒤로 위협적인 그림자 같은 것을 표현하고 있다."(p.746) 말로는 '최후의 심판'을 재현하는 이 합각머리를 《초지연의 세계》에서 다루고 있다. *op. cit*, p 220-222. 반면에 "5백 년 전부터 매년 포도 수확 축제를 벌이기 위해" 성모 마리아가 안고 있는 "아기 예수상의 손에 포도 재배자들은 가장 아름다운 포도송이 하나를 매달아 놓았다." (*NA*, p.746)

모"(p.669)라는 주제 뒤에서 기독교 문명의 위기 앞에 선 지식인들의 의식 세계를 조명하고 있는 셈이다.

여기서 토론회를 주재하는 발테르, 다시 말해 도서관에 고딕식 조각상들을 배치해 놓은 이 인물의 상징성에 대해 고찰해 보자. 그는 자살한 뱅상의 아버지 디트리히와 형제지간이지만 불화로 "15년 동안 단절"되어 있는 것으로 설정되어 있다.(pp.632, 657) 그럼에도 불구하고 디트리히는 뱅상과 함께 "그를 자신의 유언 집행지로 지명했다."(pp.632, 657) 유언의 구체적 내용은 종교적으로 장례를 치러 달라는 것(p.659) 이외에는 언급되지 않는다. 그런데 주목되는 점은 토론회가 시작되기 전에 하나의 장(章)이 디트리히의 죽음을 중심으로 한 뱅상과 발테르의 대화에 할애되어 있다는 것이다.(p.656-665) 마치 이 죽음의 신비를 푸는 과제가 명시되지 않은 또 다른 유언인 것처럼 말이다. 이 대화에서 뱅상은 디트리히의 죽음을 운명에의 저항과 자유의 차원에서 언급하면서, 중동에서 돌아왔을 때 마르세유의 저녁 풍경이 드러냈던 "불안한 자유"(p.661)를 다시 회상한다. 우리는 앞서 이 자유와 기독교적 자유가 같은 것임을 확인한 바 있다. 그렇다면 뱅상이 디트리히의 죽음에서 끌어내는 "인간의 신비한 자유"(p.660)가 기독교의 자유와 모순되지 않고, 후자가 전자를 포용하고 있음이 다시 확인된다. 반면에 발테르는 니체와 관련된 기차 터널의 에피소드(p.662-664)와 파스칼이 언급한 감옥(p.664-665)을 환기하면서 무(無)와 운명에 저항하는 선택된 인간들의 위대함을 이야기한다. 그러면서 그는 그리스 예술, 즉 "아크로폴리스의 박물관에 있는 청년의 머리"(p.664)를 예로 들지만, 정작 자신의 도서관에 있는 "고딕식 작품들"(p.665)은 이 위대함으로부터 제외시킨다. 그러니까 발테르는 이미 중세라는 자신의 뿌리와 기독교적 자유를 망각하고 있는 셈이다. 중세라는 뿌리는 뱅상이 대화가 끝난 뒤 발테르의 용모에서 자신의 아버지 디트리히의 모습을 보는 데서 환기된다.

"그는 자신 앞에 있는 거의 똑같은 얼굴, (…) 그리고 테이블 위에서 떨리고 있는 동일한 손, 자신의 손이 보다 튼튼하기는 하지만 그것과 같은 손, 라이흐바흐의 베르제 가문의 나무꾼들 손을 바라보았다." (p.665)

이 인용문은 극히 중요한 의미를 지닌 암시 장치이다. 왜냐하면 베르제 가계의 뿌리가 중세의 나무꾼들로, 다시 말해 농부들로 거슬러 올라가고 있기 때문이다. 디트리히 · 발테르 · 뱅상 모두 이 흔적을 '손'에 지니고 있는 것이다. 또한 이와 관련해 주목해야 할 것은 베르제(Verger)가 보통명사로 쓰일 때 과수원을 의미한다는 사실이다. 그러니까 농경과 연결된 가문의 성(姓) 자체가 뿌리를 암시하고 있다. 요컨대 그들의 조상은 **나무꾼**이고 **농부**인 것이다. 이 나무꾼들은 토론회에서 슈펭글러적 역사관을 대변하는 묄베르그가 자신의 논지를 개진하는 가운데 뱅상의 의식 속에서 다시 암시적으로 환기된다.

"그는 이제 열정적으로 이야기했다. 밖에서는 사람들이 나의 할아버지가 40년 동안 라이흐바흐의 시청 앞에 쌓아 놓게 했던 것들과 유사하고, 중세의 태양 아래 생트 포레(신성한 숲)의 나무꾼들이 쌓아 놓곤 했던 것들과 유사한 통나무들을 채우고 있었다."(p.688)

여기서 중세의 나무꾼들이 베르제 가문의 조상이다는 점은 앞서 '손'과 관련해 인용한 대목을 생각하면 분명하게 유추된다. 묄베르

그는 누구인가? 뱅상의 사촌으로서 그 역시 라이흐바흐의 베르제 가
계와 동일한 뿌리를 지니고 있다. 하지만 발테르와 마찬가지로 뿌리
를 망각하고 헤매고 있는 지식인이다.

디트리히와 발테르로 다시 되돌아가 보자. 사실 두 사람은 동일한
중세에 뿌리내리고 있으면서도 다른 길을 걸었고, 다른 역사적 상황
인식을 보여주고 있다. 불화는 이와 같은 전혀 다른 상황 인식을 상
징적으로 나타낸다. 디트리히는 앞서 다룬 바와 같이 위기의 본질을
이해했고 자살을 선택했다. 반면에 자신의 뿌리와 인식론적으로 단
절된 발테르는 무언가 위기감을 느끼지만 이 위기의 본질을 이해하
지 못하고 방황하는 인물이다. 그의 신체적 묘사는 이러한 측면을 상
징적으로 드러낸다. 그는 "두 다리가 마비된" 병에 걸려 "불구 상태"
에 있으며 "지팡이"에 의지하고 있다.(pp.633, 656) 이와 같은 병은
뿌리를 망각한 그의 헤겔적인 에피스테메와 고전적 인간관이 불구
상태에 있음을 나타내는 중요한 상징 장치가 아닐 수 없다.[23] 게다가
그는 자식이 없어 양자를 들였으나 실패했다. 그러니까 그의 역사 의
식, 즉 부르주아지의 헤겔적 역사관 자체가 이미 미래가 없이 죽음을
기다리는 역사관인 것이다. 후손도 없이 늙고 병에 걸린 그 자신처럼
말이다.

그러나 그는 이러한 자각을 하지 못하고 있다. 어쨌거나 그가 주재
하는 토론회가 디트리히의 죽음이 지닌 수수께끼와 관련이 있음은 분

---

23) C. Moatti는 발테르의 신체적 불구 상태가 "생각하지만 행동할 수 없는 이 지
식인의 운명을 상징한다"고 말하면서, "자신의 무(néant; 無)를 부정할 만큼 '충분히
강력한 이미지들'을 항상 찾고 있지만 자신 안에 뿌리박힌 이상을 실현할 수 없는
낙담한 인물"로 그를 규정한다. *Le Prédicateur et ses masques, Les personnages
d'André Malraux, op. cit.*, p.94. 이러한 해석은 소설에 도입된 상징시학의 심도 있
는 검토가 결여됨으로써 이루어진 피상적 해석이 아닐 수 없다.

명하다. 앞으로 이 점에 대해선 다시 언급하겠다. 다시 발테르의 도서관으로 시선을 옮겨 보자. 토론회가 본격적으로 시작되는 장소인 도서관의 풍경에서 독자의 시선을 끄는 것은 하나의 아틀란티스인 조각상과 고딕식 두 성인 조각상이다. 이것들을 묘사하는 부분을 보자.

"(…) 간밤에 어둠 속에 잠겼던 벽 중앙에(전에는 그곳에 십자가 있었을 터이다) 햇빛이 들어와, 그는 정성껏 밀랍을 칠한 하나의 선수상(船首像), 즉 바다 사람의 형상들이 지닌 웅장하면서도 거친 양식의 아틀란티스인상을 보았다. 그 아래에는 똑같은 거무칙칙한 나무로 된 고딕식의 두 성인상이 있었다."(p.671)

이 텍스트를 보면 원래는 중앙에 그리스도의 십자가가 있었고, 그 아래에 고딕식의 두 성인상이 있었을 것이다. 그런데 십자가를 없애고 그 자리에 아틀란티스인상[24]을 갖다 놓았다. 이러한 조치와 조각상들의 공간적 배치가 암시하는 것은 자신의 뿌리를 망각한 발테르가 기독교 예술을 평가 절하하고, 그리스 예술을 숭배하고 있다는 점이다. 더구나 중세의 고딕 시대는 그의 베르제 가문의 뿌리가 시작되는 시점이며, 그가 속한 부르주아 계급의 헤겔적 역사 의식이 출발한 기원점이다. 뿐만 아니라 나중에 보겠지만, 선수상과 두 고딕식 상이 같은 나무로 되어 있다는 것은 두 문명의 뿌리가 같다는 중요한 암시 장치이다. 그러나 발테르는 이 사실을 모르고 조각상들의 배치를 바꾸어 놓은 것이다. 그러니까 인용문은 발테르의 지적인 미망 상태를

---

24) 아틀란티스인은 플라톤의 《크리티아스》에 나오는 전설적인 섬나라 아틀란티스의 주민으로서 이상적 인간상으로 그려진다.

다시 한번 드러내고 있다. 그리고 토론회에 참여하는 지식인들의 미망도 함께 예고하고 있다. 왜냐하면 발테르는 자신이 구상하고 있지만 "쓰지 못하는 상상의 책을 (…) 다른 사람들로 하여금 말하지 않을 수 없게 만들기"(p.668) 때문이다.

발테르가 토론회의 주제를 자신의 예술관에 따라 "예술의 영원한 요소들"로 정했다가 "인간의 영속성과 변모"로 바꾼 것은 형 디트리히의 죽음 때문인 것으로 설명되고 있다.(p.669) 그렇다면 이 죽음이 이러한 주제 변화를 유도했고, 디트리히의 명시되지 않은 또 다른 유언은 두번째 주제의 선택이라는 유추가 가능하다. 그의 죽음의 신비가 이 주제를 무언의 유언으로 남기고 있다는 해석의 확대가 이루어지는 것이다.

그런데 앞에서 분석된 내용을 토대로 하면, 이처럼 디트리히의 또 다른 유언으로서 새롭게 채택된 주제의 해답은 베르제 가계 자체가 심층에서 제시하고 있다. 왜냐하면 베르제 가계의 뿌리가 중세의 나무꾼-농부로 판명된 이상, 이 인간이 이때부터 디트리히와 발테르까지 **영속**되면서 **변모**되어 왔기 때문이다. 뿐만 아니라 이 작품에서 고딕적 인간, 즉 농부가 '근본적 인간'으로 설정되어 있다는 점을 상기하면, 베르제 가계도의 뿌리에 있는 나무꾼-농부는 묄베르그가 부정한 것과는 달리 "자신이 생각하고 믿는 것을 통해 시대들에 따라 성장한 근본적 인간"(p.690)이다. 한편으로 알튼부르그의 거대한 호두나무는 바로 이 나무꾼-농부가 "끝없는 의지와 변모"(p.693)를 통해 이룬 이 가문의 번영과 영광을 상징하는 것이다. 따라서 작품의 제목은 이미 작품이 추구하는 주제를 상징적으로 담아내고 있다.

토론회에서 핵심적 인물인 묄베르그가 이 가문에 속해 있으므로 그 역시 나무꾼-농부의 후손이다. 그런데 토론회를 압도하는 그는 자신의 뿌리를 완전히 망각하고 있다. 그렇기 때문에 그는 이렇게 말한다. "근본적 인간은 농부들과 관련해 지식인들이 지닌 하나의 신화, 하나의 꿈이다."(p.690)[25] 원래는 묄베르그도 발테르처럼 헤겔적 역사관에 사로잡혀 있었던 인물이다. 그가 부르주아 계급의 에피스테메인 역사를 인류학적 발견을 통해 재정립하려 했다가 단념하고, "무(無) 속의 영속성"(p.690)을 주장한 것은 자신의 뿌리와 단절된 가장 극적인 상황을 함축한다. 그 자신의 현 존재가 나무꾼-농부의 기나긴 변모가 낳은 산물이라는 사실을 까맣게 망각하고 농부를 폄하하고 있다. 토론회가 열리는 도서관 밖에는 "가장 아름다운 (…) 두 그루의 호두나무"(p.693)가 그 위용을 자랑하고 있는데 말이다. 뱅상을 제외한 여타 참여자들도 역시 마찬가지이다. 소설이 주장하는 바를 받아들이면, 이들 지식인들의 뿌리 역시 거슬러 올라가면 농부일 테니까! 그러니까 토론회는 추상적 지식 속에 갇혀 있는 지식인들의 미망을 드러내는 공간이자 무대인 것이다. 특히 묄베르그는 "등잔 밑이 어둡다"는 속담처럼 자신이 속한 가계의 뿌리도 모르면서 인류의 뿌리를 캐겠다는 야심을 보인 전형적인 정신적 맹인인 셈이다.

이런 관점에서 볼 때, 근본적 인간과 관련해 토론회에서 제시되는 다양한 주장들은 지식인들에 대한 비판을 담아내면서 소설의 내용을 복잡화시키고 풍요롭게 해주는 훌륭한 장치이다. 그것은 미로의 유

---

25) 슈펭글러 역시 '영원한 인간'으로서의 '무역사적' 농민을 이야기하지만, 역사를 변혁시키는 주체로서 인정하지 않는다. 따라서 그는 묄베르그처럼, 농부를 근본적 인간으로 인정하지 않고 있다. 박광순 옮김, 《서양의 몰락》, op. cit., 제2권, p.353-354 및 제3권 p.383 참조. 말로는 이라비아의 로렌스에 대한 전기적 에세이 《절대의 악마》에서 농부를 '영원한 인간'으로, '근본적 인류'로 언급하고 있시만, 《알튼부르그의 호두나무》에서처럼 역사의 중심 주체로 고찰하지는 않는다. Le Démon de l'absolu, in Œuvres complètes, vol. III, op. cit., p.1210.

희를 구성한다. 토론회에서 '고딕적 인간'은 '중세' '기독교'와 함께 여러 번에 걸쳐 언급(환기)되고 있는데(pp.677, 679, 686, 687, 689), 우선 주목되는 것은 뱅상의 발언이다. 그에 따르면 "기독교의 쿠데타는 인간 안에 숙명을 자리잡게 했다"(p.679)[26]는 것이다. 그리고 그리스도의 '대속'을 통해서 구원의 길이 열려졌기 때문에 서양에 "심리학이 존재한다"(p.679)는 것이다. 이런 시각은 십자가의 양면성과 접근되면서 자유가 이 둘 사이에 존재함을 의미한다. 그렇기 때문이 그는 이미 마르세유로 돌아왔을 때 이 자유를 "매우 불안한 자유(an-goissante liberté)"(p.661)로 느꼈던 것이다. 그런데 뱅상은 운명에 대한 자신의 주장을 펴는 가운데 갑자기 "스트라스부르의 방"(p.680)을 불연속적으로 환기한다. 이 방은 디트리히가 라이흐바흐로부터 스트라스의 병원으로 옮겨졌을 때의 방으로 추정된다. 그러니까 여기서도 뱅상은 디트리히가 자살을 감행한 그 기독교적 자유를 생각하고 있는 것이다.

이 자유를 근원적 차원에서 언급하는 인물이 스티그리츠이다. 그는 "독일 중세에 대한 가장 독창적 해석가들 가운데 한 사람"(p.677)이다. 그는 "고딕적 인간의 사유에서 기적의 위치"(p.689)를 이야기하면서, 이 기적의 내용을 "모든 것을 언제나 단번에 변할 수 있는 것으로 생각하고, 만물이 고유한 무게도 숙명성도 없으며——단지 신의 예측 불가능한 의지의 무게만 존재하고——모든 과거가 분명한 의미에서 환상적(fantastique)인 세계"(p.689)로 규정한다. 따라서 그는 "중세는 영원한 현재이다"(p.687)라고 주장한다. 그러니까 스티그리츠에 따르면 중세의 고딕적 인간은 대속을 통해,[27] 다시 말해 그

---

26) 강조는 작가가 한 것임.

리스도의 승리를 통해 완전한 자유를 재정복한 인간이다. 하지만 신의 의지는 예측 불가능하다. 그렇기 때문에 도서관에 놓여 있는 "두 아름다운 고딕식 조각상은 언제나 맹인의 모습을 하고 있는"(p.689) 것처럼 묘사된다. 신의 의지가 무엇인지 '찾고 있는' 것처럼 말이다. 스티그리치가 지적하듯이, 이와 같은 해방의 지평에서 고딕적 인간은 "일종의 (…) 변모"(p.689)를 시작하는 것이다.

여기서 제3서술 단위의 도입부에서 문화의 다양성을 뛰어넘는 '근본적 인간'이 고딕적 인간으로 나타나고 있는 점을 상기해 보자.[28] 그렇다면 농부로 대변되는 고딕적 영혼은 변모의 출발점으로서 인류의 다양한 문화를 여는 기원점에 위치하고 있다. 그러니까 이 영혼은 지구상 어디에나 존재하는 보편적 인간상인 것이다.[29] 그것은 '초역사적인' 것이다. 그것이 어떤 알 수 없는 신비한 모험, 즉 '변모'를 통해 정신적 구조가 다른 다양한 문화들과 문명들을 낳았다. 그렇다면 근본적 인간은 일반적으로 말하면 농부인데, 작품에서는 기독교적 관점에서 고딕적 인간으로 표현된 것이다. 여기서 이 보편적 소여로부터 생성된 문화들과 문명들은 헤겔적 역사관에 따라 자리매김될 수 있는 것이 아니다. 그것들은 독립적이고 자율적이기 때문에 인류의 보편적 역사를 구성하는 것이 아니다. 오히려 그것들은 슈펭글러적 역사관으로 정리되어야 한다.

---

27) 말로는 예술평론서 《초자연의 세계》에서 고딕 시대의 예술을 다루면서 고딕적 인간은 '속죄가 끝났다는 감정'을 드러낸다고 말하고 있다. *op. cit.*, p.235.

28) 이에 관해서는 김웅권, 〈앙드레 말로의 《알튼부르그의 호두나무》에 나타난 이야기의 불연속성의 한 단면〉, *op. cit.*, p.161-162 참조.

29) 이런 관점에서 스티그리츠는 '중세의 인간' '유프라테스 강과 나일 강의 인간'(즉 바빌론 문명과 이집트 문명의 인간), 그리스인, '원시 아시아'의 인간을 역사적 시간의 의식이 없는 동일한 존재로 언급한다.(p.687)

그런데 스티그리츠에 따르면 역사, 즉 "시간을 발견한 것은 근대인의 특징이다."(p.687)[30] 그렇다면 왜 중세에는 시간이 존재하지 않았는데 18세기 이후로 역사와 더불어 시간이 침투하게 되었는가? 사실 유대-기독교는 여타 종교들과는 달리 일직선적 시간관을 확립한 유일한 종교이며, 이미 신의 섭리에 의해 주재되는 시간과 역사를 상정하고 있다. 말로는 《초자연의 세계》에서 이렇게 말하고 있다. "기독교와 유대교의 경우 시간은 원죄로부터 태어나는 것이다."[31] 그러니까 원죄로부터 그리스도의 대속을 거쳐 최후의 종말까지 일직선적 시간의 드라마는 바로 원죄 때문에 생긴 것인데, 대속의 적극적 해석을 통해 이미 속죄가 끝났기 때문에 시간이 사라졌다는 것이다. 그래서 원죄 이전의 현재 중심적 영원의 세계를 회복했다는 감정이 고딕적 인간의 의식 속에 자리잡고 있다. 그렇다면 말로의 종교적 성향에서 볼 때, 또 소설의 내용을 고려할 때, 계몽 시대 이후로 영원의 자리를 역사가 차지하면서 '신의 죽음'까지 몰고 온 것은 타락인 셈이다. 인간-주체와 더불어 역사가 중심으로 떠오름으로써 이미 그것은 운명처럼 인간을 누르는 족쇄가 된 것이다. 그 결과가 제1차 세계대전이다. 말로는 장 라쿠튀르와의 대담에서 "우리 세대의 벌판 위로는 역사가 탱크처럼 마구 휩쓸고 지나갔다"[32]라고 회상하고 있다. 말로는 역사 의식 자체를 단죄하는 것일까? 그보다는 종교성으로부터 멀어진 역사 의식을 문제삼고 있다고 보아야 할 것이다. 따라서 그에 따르면, 종교적 절대로부터 등을 돌린 시간과 역사의 침입은[33] 결국 기

---

30) 말로는 《침묵의 소리》에서 18세기에 "영원성이 세계로부터 물러났고" 역사가 그 자리를 차지했다고 말하면서 "서양에서 사라지기 시작한 것은 절대이다"라고 지적하고 있다. *op. cit.*, p.470-480.

31) *Le Surnaturel, op. cit.*, p.362.

32) J. Lacouture, *op. cit.*, p.9.

독교 문명의 사이클을 위기와 종말로 가속화시키는 기폭제가 되었다 할 것이다. 뱅상이 체험하는 제1차 세계대전의 종말론적 묘사와 기독교적 요소를 감안하면 이 점은 부인할 수 없다. 소설 속에서 발테르와 묄베르그가 부정적으로 그려진 것은 이 때문이다. 후자는 헤겔적 역사 인식으로부터는 벗어났지만, "그의 민족주의는 알려져 있다." (NA, p.670) 또 앞서 본 바와 같이 그는 이미 뿌리와 단절되어 있으며, 대재앙을 상징적으로 예고하듯 그가 만들어 놓은 '괴물들'이나 '흡혈귀'를 닮은 것으로 묘사되어 있다.(pp.669, 681) 뿐만 아니라 이런 대재앙의 가능성을 그는 자신의 인류학적 논지 속에 드러낸다. 그는 각각의 문명이 지닌 '정신적 구조'를 언급하면서, 이렇게 단언한다. 이 구조는 "삶에 질서를 부여하는 하나의 개별적인 명백한 것(une évidence particulière)을 절대적이고 난공불락인 것으로 간주한다. 이것이 없다면 인간은 생각할 수도 없고 행동할 수도 없을 것이다(이 명백한 것이 인간에 보다 낳은 삶을 반드시 보장해 주는 것은 아니다. 물론 그것은 **인간 자신의 파멸에 협력할 가능성이 매우 크다!**)."(p.686)[34]

기독교 문명의 정점에서 묄베르그는 이 명백한 것을 "역사"(p.687)로 제시하고 있다. 그러니까 근대의 에피스테메인 역사가 인간의 파멸, 즉 대재앙을 낳을 수 있다는 점을 분명히 하고 있는 것이다.

이렇게 볼 때 토론회에 참여하는 인물들 가운데 스티그리츠는 뱅상과 가장 가까이 있는 인물이라 할 것이다. 왜냐하면 그가 근본적 인간으로 제시한 고딕적 인간은 뱅상과 뱅상의 아들 화자가 제1,2차 세계대전 경험을 통해 발견하는 인간상과 일치하기 때문이다. 그러

---

33) 이와 같은 시간에 대한 인식은 뱅상이 중동에서의 모험을 마치고 유럽에 돌아왔을 때, "시간 속으로 되돌아왔다"(p.687)고 느끼는 데서도 확인된다.

34) 강조는 인용자가 한 것임.

나 이같은 통찰에도 불구하고 중세의 전문가인 그의 한계는 여전히 "헤겔철학의 큰 줄기가 온전하다"(p.691)고 생각한다는 점이다. 그렇다면 그는 문명의 다원성과 불연속적 역사관을 믿지 않고 있으며, 자신이 언급한 시간의 발견을 부정적으로 보지 않고 있는 셈이다. 그는 자신의 뿌리 역시 나무꾼-농부라는 사실을 의식하고 있을까? 확실하지 않다.

그러나 외관상 토론회는 "근본적 인간은 존재하지 않는다"(p.690)고 단언하는 묄베르그의 주장이 받아들여지는 것으로 끝난다. 이 인류학자는 "하나의 문명은 장식이 아니라 구조이다"(p.690)라고 말하면서 자신의 논지를 뒷받침하기 위해 문제의 두 고딕식 조각상과 아틀란티스인 조각상을 예로 든다.

"이 두 고딕식 조각상과 저 선수상은 여러분도 아시다시피 같은 나무로 되어 있습니다. 그러나 이들 형태에는 근본적 호두나무가 없고 장작이 있습니다."(p.691) 그러니까 두 문명에 공통되는 근본적 인간은 없고 장작으로 표현된 무(無)만이 존재한다는 것이다.[35]

그러나 이를 부정하는 것이 뱅상의 사유이다. "조각상들과 장작들 사이에 나무들이 있다."(p.694) 두 형태의 예술 작품이 동일한 나무로 되어 있다는 것은, 기독교 문명과 그리스 문명이 동일한 근본적 인간——호두나무로 상징된 인간——에서 출발해 서로 다른 변모를 거쳐 이룩되었다는 의미이다. 뱅상은 "도서관의 이들 조각상들"과 "두

---

35) 이런 입장에서 묄베르그는 이렇게 단언한다. "핵심에서 볼 때 플라톤과 성 바울은 서로 일치할 수도 없고, 서로 설득시킬 수도 없다. 그들은 상대방의 세계로 전향할 수밖에 없다."(p.692)

그루의 호두나무"(p.693-694)를 동시에 생각하면서 "사유"와 "문화" (p.694)를 포함한 인간의 모든 활동을 이 생명의 나무, 곧 우주목의 "모호한 의도"(p.694)에서 개화한 결과물로 인식한다. 왜 모호한가? 여기에 삶의 신비가 있다. 이 나무로부터 지구상에 존재한 모든 이질적 문명들이 비롯되었지만, 이와 같은 이질성을 낳은 '왜'가 신비이기 때문이다.

상징적 차원에서 볼 때, 이 나무의 보이지 않는 뿌리에 해당하는 것이 베르제 가계의 뿌리인 나무꾼-농부이다. 앞서 우리는 이 가계의 뿌리가 중세의 나무꾼-농부라는 점을 여러 상징적 · 암시적 · 환기적 장치들의 검토를 통해 밝혀냈다. 토론회에서 발테르와 묄베르그는 땅에 묻힌 이 뿌리를 직접적으로 망각한 인물들이다. "걸작들의 영원성"을 통해 "영원한 인간"(p.672)을 믿는 라보 백작이나, 내면에 감추어진 "비밀들이 인간의 정체를 드러낸다"(p.679)고 말하는 심리학자 티라르 등도 마찬가지라고 추정할 수 있다. 근본적 인간을 고딕적 인간으로 언급한 스티그리츠도 확실하지 않다. 오직 뱅상만이 사유의 '촉매적 매개자(catalyseur)'로서 이 뿌리를 분명하게 인식하고 있으며 화자의 의식을 반영하고 있다. 결국 디트리히의 죽음이 남긴 또 하나의 암묵적 유언처럼 채택된 주제, 즉 '인간의 영속성과 변모'의 해답은 중세의 나무꾼-농부이라는 자신의 뿌리를 알고 있던 상징적 인물인 그 자신을 통해 이미 제시되어 있지만, 화자는 이것을 뱅상의 시선과 의식을 통해 환기적으로 암시하고 있다. 뿌리가 잘려진 지식인들의 이같은 맹목 상태(cécité)는 서구 문명에 드리워지고 있는 대재앙의 그림자를 나타낸다 힐 것이다.

토론회는 헤겔적 역사관(발테르 및 여타 인물들에 의해 대변됨)에서 반헤겔적인 슈펭글러적 역사관(묄베르그)으로 이동한다. 그러나 토론

회가 끝난 직후, 다시 후자에서 뱅상이 대변하는 말로 자신의 반(反)
슈펭글러적 역사관으로 이동하고 있다. 그러나 뱅상의 의식을 통해
확인되는 베르제 가계의 뿌리를 고려하면, 수렴점인 1세대의 토론회
는 두 개의 사면으로 되어 있는 작품의 불연속적 구조가 지닌 상징적
의미를 이미 내포하고 있는 셈이다.

4) 상징적 사건과 삽입된 불연속성

작품의 전반적 구도에서 볼 때 디트리히의 자살 사건은 앞서 본 바
와 같이 '삽입된 제1서술 단위'에서부터 토론회를 거쳐 오른쪽의 제
2서술 단위의 내용, 즉 제1차 세계대전까지 지속적으로 환기되면서
작품 해석에 중요한 암시적·상징적 장치로 작용하고 있다. 디트리
히, 즉 베르제 가계의 역사적 뿌리가 중세의 농부 나무꾼으로 판명된
이상, 이 뿌리로부터 뻗어 나온 나무가 변모를 거쳐 개화된 정점이
제1세대인 디트리히와 발테르의 사회적·문화적 위상이다. 그러니까
이 가계는 중세 이후의 기독교 문명의 역사와 함께 변모하면서 성장
한 것이다. 따라서 이 가계의 변모·영광·위기는 바로 기독교 문명
의 역사적 도정을 상징한다. 디트리히는 자살하고 발테르는 불구자
로 그려짐으로써 이 문명이 처한 상황의 심각성을 드러내 주고 있다.
베르제 가계의 제2세대인 디트리히의 아들 뱅상, 그리고 제3세대인
뱅상의 아들 화자는 이 위기로부터 촉발된 종말론적 상황의 증인의
역할을 한다. 동시에 그들은 자신들의 뿌리인 농부를 중심으로 한 민
중 속에서 근본적 인간을 재발견한다.

그렇다면 한편으로 소설의 화자가 제2차 세계대전에서 근본적 인
간을 재발견하는 도입부, 즉 제3서술 단위와 다른 한편으로 기독교

문명의 종말론적 상황의 도래를 암시하는 디트리히 자살 사건을 담은 '삽입된 제1서술 단위' 사이의 불연속성은 이미 시작된 새로운 문화 사이클과 다가올 종말의 예고를 접합시켜 놓은 것이다. 왜 이미 시작되었는가? 그 이유는 제1차 세계대전에서 뱅상이 목격하는 민중의 제1세대, 다시 말하면 작품의 말미에서 신화적으로 재현된 늙은 농부 커플이 기원점에 자리잡고 있기 때문이다. 그가 참여하는 제1차 세계대전은 종말과 시작이 결합되어 있다. 따라서 문제의 두 불연속적 서술 단위는 시작과 종말이 아니라 시작의 다음 단계와 종말의 예고를 나타냄으로써 이 상징적 기호의 의미론적 심연을 파놓고 있다. 그럼으로써 이 불연속성은 단절의 긴장감을 야기하며 해석상의 유추를 강도 높게 요구하고 있다.

5) 슈펭글러적 역사관의 극복과 고딕적 인간

이제 오른쪽 사면에서 슈펭글러적 역사관이 구체적으로 어떻게 극복되는지 살펴보자. 앞서 본 바와 같이 이 극복은 토론회가 끝난 직후에 '호두나무' 앞에서 뱅상이 드러내는 의식을 통해 이미 암시되고 있다. 제1차 세계대전이 역사라는 에피스테메의 환상이 가져온 기독교 문명의 종말론적 상황, 즉 슈펭글러의 비관론을 반영하고 있다면, 이 대재앙에 참여하는 민중(*NA*, p.713), 다시 말해 뱅상이 목격하는 "비개성적"(p.718)이고 익명화된 병사들은 종말에서 시작되는 새로운 문화를 태동시키는 원동력이다. 농민들을 중심으로 한 이들 기층 계급이 그처럼 익명적·비개성적으로 묘사된 것은 기원점에 서 있는 그들의 보편성과 잠재성을 함축하고 있기 때문이다.[36] 그들 속에 신화적 원형이 내재되어 있다는 사실을 확인시켜 주는 것이 소설의 말미에서, 다시 말해 오른쪽의 제3서술 단위 끝에서 등장하는 늙은 농부 커플이다. 이 커플이 고딕적 영혼으로서 근본적 인간을 구현하고 있다는 것은 이제 더 이상 언급할 필요가 없다. 중요한 것은 그들이 제1차 세계대전에 참여했고, 그들과 동일한 세대라는 점이다. 이 점은 작품의 의미망에서 결정적 요소들 가운데 하나로서, 유추의 힘이 강력하게 발휘될 때만 드러나게 되어 있다. 그만큼 그것이 암시적으로 코드화되어 있다는 말이다. 그것은 화사의 세대인 프라데와 이들 농부 커플의 만남을 통해 암시된다. 늙은 농부는 프라데의 "말투로 또 다른 농부를 알아본다. 그는 무심한 호감을 드러내며 그를 바라본다. 마치 동시에 보다 멀리(plus loin) 바라보듯이."(p.766) 이 문장은 늙은 농부가 프라데를 바라보면서 자신의 젊었을 때 모습을 떠올린다는 것을 암시한다. 그러니까 그는 프라데라는 병사의 이미지에서 자신의 옛 이미지를 추억하고 있는 것이다. 그렇다면 이 옛 이미지는 어떤 것인가? 그가 프라데보다 한 세대 앞선 세대에 속한다는 사실을 고려하면, 그것은 당연히 제1차 세계대전에 참여했을 때 자신의 모습일 수밖에 없다. 그의 늙은 부인이 이를 확인해 주는 역할을 한다. "그래 우리가 무얼 할 수 있겠소? 당신들, 당신들은 젊어요. 늙으면 노쇠한 몸밖에 없지……."(p.766) 이 말은 젊은 시절에는 그들처럼 싸웠고, 또 아직도 젊다면 여전히 싸울 수 있다는 의지의 표현이 아니겠는가! 요컨대 "성서적 여명기"(p.766)와 "고딕 시대"(p.765)가 어우러진 영원한 현재 속에 펼쳐지는 "천국"(p.766)의 농경 풍경[37]을 창조한 이 늙은 농부 커플은 제1차 세계대전 당시 볼카

---

36) 이에 관한 자세한 내용은, 김웅권 〈앙드레 말로의 《알튼부르그의 호두나무》에 나타난 이야기의 불연속성과 근원의 신화〉, *op. cit.*, p.172-173 참조.

코 계곡에서 절대적 형제애를 발휘하면서 싸운 그 민중의 신화적 원형인 것이다. 그들은 묄베르그 혹은 그에 의해 대변되는 슈펭글러가 생각하는 농부와는 전혀 다르다. 호모 하빌리스 혹은 호모 사피엔스로서 그들의 지성은 "사려 깊은 (…) 미소"(p.766) 속에 암시되고 "물뿌리개의 발명"(p.764)에 의해 상징된다. 그들은 사유하고 창조하는 인간으로서의 '근본적 인간'을 구현하고 있다.[38]

이제 유추의 힘을 좀더 밀고 나가보자. 제1차 세계대전에 참여한 민중을 대변하는 늙은 농부 커플은 호두나무의 뿌리처럼 새로운 문화의 근원에 단단하게 자리잡고 있다. 작품에서 이들은 민중의 제1세대를 구성한다. 민중의 제1세대 이야기는 뱅상이 "인간과의 만남이라 불렀던 것에 대한 메모더미"(p.629) 속에 담겨져 있다. 그렇다면 제2차 세계대전에서 화자의 의식의 창을 통해 드러나는 병사들이 민중의 제2세대를 구성한다는 것은 자연스럽게 도출된다. 이들 제2세대를 대변하는 프라데 · 보노 · 레오나르, 다시 말해 화자와 생사고락을 함께하는 전우들은 제1세대와는 달리 강력하게 개성화 · 인격화되어 있다. 이러한 측면이 소설적 우연에 기인하는 것일까? 필자가 말로의 작품에 나타나는 '소설의 상징시학'에 대해 연구한 결과에 따르면 인물들이 드러내는 몸짓 · 표정 · 외모 · 언어 등은 밀도 있는 상징성을

---

37) 이 풍경은 에덴이 상상적으로 재창조된 것이다. 롤랑 바르트는 라이크워크(Rykwerk)의 《천국에서 아담의 집》을 인용하면서, 에덴이 우선적으로 '시골집'을 의미한다고 말하고, 그것을 이상적인 '총체적 장소'의 모델로 다루고 있다. *Comment vivre ensemble*, Cours et séminaires au Collège de France(1976-1977), 2002, Seuil/Imec, p.84-85 참조. 소설 속에서 농가의 전원 풍경은 모든 문화의 잠재적 가능성으로 열려진 신화적 원형이자 성소를 구현한다.

38) 이와 같은 맥락에서 포로수용소에서 화자는 기층민들로 이루어진 동료들을 '지식인'으로 간주한다.(p.628-629) 이와 관련해 화자의 혈통적 뿌리가 농부-나무 꾼임을 상기해야 할 것이다.

띠고 있으며, 작품의 전체적 코드 체계가 밝혀질 때 제대로 된 해석이 이루어질 수 있다. 따라서 인물들의 개성화와 인격화는 소설가의 치밀한 소설적 전략의 산물이며 상징시학의 구도 속에 편입된다. 다시 말해 그것들은 호두나무와 같이 "무한한 변모"(p.693)를 향한 민중의 문화적 상승을 상징한다. 그들의 창조적 문화 역량은 《인간의 조건》에 나오는 클라피크를 연상시키는 보노의 예술가적 잠재력이나,[39] 농부에 불과한 프라데의 철학적 사유 능력과 교육에 대한 열정에 의해 강하게 암시되어 있다.[40] 그러니까 제1차 세계대전의 종말론적 상황에서 모습을 드러낸 민중은 1세대에서 2세대로 이동하면서 새로운 문화 세력을 키워내고 있는 것이다.

그렇다면 기독교 문명의 종말을 예언한 슈펭글러의 역사관은 이와 같은 민중의 출현과 변모를 통해 극복되고 있다. 말로의 연구자들이 그동안 전혀 밝혀내지 못한 이러한 극복의 과정은 그가 에마누엘 베를과의 대담에서 슈펭글러와 관련해 암시한 내용을 분명히 설명해 준다. "1942년에 슈펭글러에게 결산을 해주라고 나에게 권고한 사람은 당신이었습니다."[41] 왼쪽의 제2서술 단위와 제3서술 단위의 불연속적 구조 속에 감추어진 이러한 극복의 과정은 또 하나의 예고된 세대, 즉 민중의 제3세대로 이어지고 있다. 이 세대는 프라데의 아들에 의해 대변되고 있다. "11세 난"(NA, p.753) 이 아들이 제3서술 단위

39) 물론 이러한 비교는 제한적이다. 왜냐하면 클라피크의 예술가적 성향과 변신의 능력은 결국 노장의 도가적(道家的) 세계관 속에 편입되기 때문이다. 이에 관해서는 김웅권, 《앙드레 말로, 세기 속의 삶》, op. cit., pp.202-213 참조.

40) 자세한 내용은 김웅권, 〈앙드레 말로의 《알튼부르그의 호두나무》에 나타난 이야기의 불연속성과 근원의 신화〉, op. cit., p.174-177 참조.

41) Georges Cesbron, 〈Crise de l'Occident, appel de l'Orient, attente des Barbares dans quelques livres des années 1920-1980〉, in L'Ecole des lettres, n° 9, 1985-1986, p.16에서 재인용.

에서 프라데와 화자의 대화 속에 자리잡으며(p.753) 상징적·암시적 차원에서 기능하고 있다. "절대적 부분"(p.753)으로서 그에 대한 희망은 민중의 제3세대가 이룩해야 할 한 단계 더 높은 문화의 실현을 말한다. 이 구현의 내용이 민중의 제3세대 이야기라면, 그것은 미래에 도래할 몫으로 남겨져 있다. 그것은 부재함으로써 단절되어 있다. 결국 작품의 불연속적 구조 속에 내재된 민중의 세 세대는 제1차 세계대전이란 종말론적 상황에서 시작된 새로운 문화 사이클을 통해 "인간의 영속성과 변모"를 구현해 내고 있다. 바로 그들이 새로운 역사를 출범시킨 것이다. 그렇다면 말로가 이 작품에서 역사를 단죄하고 있다는 해석은 설득력을 잃고 만다. 더구나 그것은 제2차 세계대전이 끝난 직후 그가 민중에 대한 희망을 품고 드골 정권에 참여하는 사실과도 모순된다.[42]

여기서 베르제 가문으로 잠시 되돌아가 보자. 필자는 앞서 상징시학의 여러 기법의 검토를 통해 베르제 가문이 중세의 나무꾼-농부에서 시작되었다는 점을 밝혀낸 바 있다. 이 가계의 역사는 기독교 문명의 역사와 궤를 같이하면서 디트리히·발테르·묄베르그라는 상징적 인물들에서 그 절정과 위기를 드러내고 있음도 도출했다. 이 가문에서 뱅상과 화자는 자신들의 잃어버린 뿌리를 되찾으면서 반성적 증인의 역할을 할 뿐이다. 그러니까 중세의 농부, 즉 고딕적 인간에서 시작한 하나의 사이클이 베르제 가문에 의해 상징된 것인데, 그것

---

42) 말로가 문화부장관으로서 민중의 문화적 개화를 돕기 위해 각 지방에 문화원 (maison de la culture)을 건립한 업적은 한국뿐 아니라 다른 나라들의 문화 정책에 중요한 자료로 활용되었다는 점은 잘 알려져 있다. 이에 대해서는 Janine Mossuz, *André Malraux et le gaullisme*, presses de la fondation nationale des sciences politiques, 1970, p.165 이하. 그리고 김희영, 〈프랑스의 문화 예술 정책〉, in 《프랑스학 연구》, 제12권, 프랑스학연구회, 1994, 특히, p.314-316 참조.

이 제1차 세계대전이라는 종말론적 상황을 통해 마감하고, 그 시점에서 새로운 사이클이 출범하고 있는 것이다. 문화 사이클을 태동시키는 기원점에는 영원한 근본적 인간인 고딕적 인간이 항상 자리잡고 있다. 이 인간은 생성과 소멸의 신화적 회귀점으로서 "신이 바라다본" 자유로운 "최초의 인간"(p.767)이다.

자유로운 인간은 동시에 불안한 인간이다. 왜냐하면 "신의 의지"가 "예측 불가능하기"(p.689) 때문이다. 이 자유롭지만 불안한 인간이 모험을 통해 다양한 문명들을 창출했다. 이것이 삶의 신비이다. 자유와 불안의 결합은 인식론적으로 이해 불가능한 하나의 '검은 상자(boîte noire)'를 만들어 냈다. 각각의 문화는 마법의 이 검은 상자를 통과하면서 정신적 구조가 다른 많은 문명들을 낳았다. 이 검은 상자의 내적 기능과 메커니즘은 알려지지 않았다. 그것은 삶의 신비로만 인식된다. 서양의 그리스-로마 문명과 기독교 문명은 이 동일한 근본적 인간이 만들어 낸 결과물들로서, 공통적 측면을 지니고 있다.

6) 그리스 사상의 수용

전체적으로 볼 때 소설 속에서 그리스 사상은 기독교 사상 속에 종속되어 수용되고 있다. 먼저 왼쪽 사면의 제3서술 단위에서 "그리스의 어부들"이나 "로마의 석공들"(p.629)은 고딕적 인간의 모습 속에 수렴되고 있는데, 이러한 측면은 이미 이 작품에서 그리스적 인간관의 위상을 암시하고 있다. 이와 같은 수렴성은 오른쪽 사면의 제3서술 단위에서도 환기됨으로써 긴밀한 상응을 유지하고 있다. 늙은 농부 커플 속에 구현된 근본적 인간의 원형이 그려지는 마지막 대목에서 화자는 이렇게 말하고 있기 때문이다. "이제 나는 죽은 자들로부터 벗어난 존재들에 대한 고대의 신화들이 무엇인지 안다."(p.767) 여기서 고대의 신화에서 죽음을 초월한 존재들이 고딕적 영혼으로 표현된 근본적 인간 속에 수용되고 있음이 다시 확인된다. 그러나 제 2서술 단위로 오면 양상이 다소 달라진다. 왼쪽 사면에서 뱅상의 중동에서의 모험 이야기는 그리스 사상 혹은 신화로부터 '산종된' 요소들은 나타내지 않는다. 반면에 오른쪽 사면에서 그가 참여하는 제1차 세계대전 이야기는 그리스 신화의 반운명적 혹은 운명적 요소들이 여기저기 산종되어 환기된다. 예컨대 뱅상이 병사들의 행동에서 "정지된 운명에 대한 오랜 꿈"과 "신화적 대장장이들의 화석화된 몸짓"(p.718)을 본다든가, 화확 무기의 발명과 관련해 "의사들"과 "수의사들"(p.714)을 "거세시켜 버리고" 싶은 병사들의 "실패한 (…) 광기"를 "사투르누스의 시대의 최후 파랑(波浪)"(p.725)[43]과 연결시킨다든가, 혹은 인간의 심층에 "묻혀 있는 괴물들과 신들"(p.743)을 대재앙의 풍경을 통해 떠올리고 있다. 사실 이런 요소들은 기독교적인 종말론적 상황에 압도되어 있으며, 앞서 검토한 기독교 신화의 재현과 상징 구도 속에 편입되어 있다. 물론 제1차 세계대전과 관련된 제2서술 단위에서 병사들을 통해 주조되는 근본적 인간이 고딕적 인간이라는 명시적 표현은 나타나지 않는다. 그러나 소설의 말미에서 근본적 인간의 신화적 원형으로 제시되는 농부, 즉 고딕적 인간이 이들 병사들과 같은 세대이면서 제1차 세계대전에 참여한 것으로 밝혀진 것을 고려하면, 또 베르제 가계의 뿌리가 중세의 농부-나무꾼이라는 점이 뱅상의 시선을 통해 암시되고 있음을 상기할 때, 문제의 제2서

---

43) 고대 그리스 신화에서 사투르누스는 농경의 신으로서, 그의 농경 시대는 전쟁이 없는 완벽한 평등 사회를 구현한 것으로 나타난다.

술 단위에서 드러나는 인간상은 그리스의 신화적 인간관을 포괄하는 고딕적 인간으로 기울어지고 있다고 보아야 할 것이다.[44] 그러나 이 점은 뚜렷한 명확성을 드러내지 않고 있으며, 제3서술 단위로 이동하면서 확실한 윤곽을 드러낸다.

이제 토론회를 중심으로 한 제1서술 단위에서 표출되는 그리스적 인간관을 검토해 보자. 토론회에서 이 인간관을 가장 확실하게 대변하는 자는 발테르이다. 앞서 보았듯이, 그는 자신의 뿌리를 망각한 채 고딕식 조각상을 폄하하고 아틀란티스인상에 무게를 실어 주고 있다. 이러한 입장에서 그는 뱅상과의 대화에서 "아크로폴리스 박물관에 있는 젊은 청년의 머리"를 "괴물들, 죽음, 신들로부터 해방된 인간의 모습"(p.664)으로 바라보면서 그리스의 인간관을 찬양하고 있다. 파스칼적 인간 조건(p.664)으로부터 벗어난 이 인간은 광증에 사로잡힌 니체가 터널을 통과하면서 노래한 〈베니스〉(p.663)라는 시와 접근되어 있다. 토론회에서 그리스적 인간관의 이같은 환기는 뱅상에 의해서도 이루어진다. 그는 그리스인은 "자신의 악마들을 외면화시켰다(extériorisait)"[45]고 말하면서 그리스 예술이 "세계의 수정이고, 인간 조건으로부터 벗어나는 수단"이며, "세계의 인간화"(p.680)라고 단언한다. 그러니까 그는 그리스 예술을 운명으로부터 벗어난 인간의 승리로서 절대화시키고 있다. 그렇지만 그는 발테르와 달리 고딕식 예술을 평가 절하하지는 않는다. 앞서 고찰한 그의 사상적 측면에

---

44) 필자는 제2서술 단위에서 드러나는 인간관을 그리스의 신화적 인간관과 기독교적 인간관을 포괄하는 '이원적 통일성' 규정한 바 있다. 〈앙드레 말로의 《알튼부르그의 호두나무》에 나타난 이야기의 불연속성과 근원의 신화〉, *op. cit.*, p.172-173 참조. 그러나 본논문에서 보다 심도 있는 고찰을 통해 이를 수정코자 한다.

45) 자신 속에 있는 악마들의 이와 같은 외면화의 관점에서 그는 도서관의 "그리스 대리석 조각상들이 안쪽으로(en dedans) 바라보고 있다"(p.689)고 생각한다.

서 보면, 그는 두 예술을 동일한 차원에서 바라보고 있음에 틀림없다. 그렇기 때문에 그는 토론회가 끝난 뒤 "아틀란티스인상과 고딕적 열기로 가득한 성 마가의 모습"(p.694)이 보편적인 근본적 인간을 상징하는 "호두나무의 동일한 의도"(p.694) 속에 사라지는 것을 보는 것이다. 그리스적 인간상과 고딕적 인간상은 근본적 인간의 두 얼굴처럼 제시되고 있다. 이 두 얼굴과 관련되는 것이 "두 그루의 가장 아름다운 호두나무"(p.693)이다. 이러한 해석을 뒷받침해 주는 암시 장치가 이 두 그루의 나무를 바라보면서 "도서관의 조각상들을 회상하는"(p.693) 뱅상의 모습이다. 그러나 위에서 언급했듯이, 제1차 세계대전의 제2서술 단위로 이동하면서 근본적 인간은 그리스적 인간관을 포용하는 고딕적 인간관으로 기울어지고 있다. 그러면서 제3서술 단위에서는 이것이 확실하게 고착된다.

4. 거대 환기망과 상징적 구조: 내적 미학과 외적 미학

지금까지 필자는 고딕적(고딕식)이라는 낱말로부터 '산종'의 의미적 연쇄 작용을 통해 조직되는 거대한 환기망을 검토함으로써 소설 속에서 추구되는 근본적 인간의 존재를 규명해 보았다. 소설의 상징 시학이라는 관점에서 볼 때, 뱅상의 중동에서의 모험을 제외하면, 환기망의 확장이 지속으로 이루어지면서 암시와 상징이 필요에 따라 자유자재로 결합되고 있음을 알 수 있다. 특히 환기와 암시, 그리고 상징이 유기적으로 중첩되면서 밀도 있게 코드화된 디트리히의 자살 사건을 중심으로 한 '동위소군(isotopie)'은 이 작품 해석에 중요한 열쇠의 구실을 하고 있다. 또한 이 모험과 함수 관계에 있는 두 인물 발테르와 묄베르그의 상징성은 중심에 위치한 토론회의 의미 생산에 결정적 역할을 하고 있다. 뿐만 아니라 베르제 가계가 이미 이루어 낸 '인간의 영속성과 변모'라는 문화 사이클을 민중의 세 세대가 재가동시키고 있음을 유추할 수 있는 것도 그와 같은 환기망과의 관계를 통해서이다. 소설에서 상징시학의 수법들은 다른 한편으로 작품의 형태와 구조, 나아가 형이상학적 의미망과 문화적 코드를 밝혀 주는 도구적 혹은 방법론적 역할을 수행하고 있다. 따라서 소설의 상징시학이 19세기 상징주의 시학의 전통을 이어받아 새롭게 개발된 시학이라면, 이 시학을 통해 구축된 작품의 형태미는 반헤겔적 역사관과 반슈펭글러적 역사관의 극복을 통한 기독교 문화의 소멸과 생성을 형상화하고 있다. 이렇게 볼 때 작품이 구현하는 미학은 양분된다. 한편으로 도구적 차원에서 상징시학은 외적 미학으로 기능하며, 다른 한편으로 이 외적 미학을 통해 구축된 형태와 구조는 내적 미학을 나타낸다. 외적 미학은 내적 미학을 드러내 주는 열쇠 역할을 하지만, 후자가 정체를 밖으로 드러낼 때 전자는 안으로 숨어 버리는 미학이라 할 것이다. 이처럼 작품 속에는 대비되는 외적 미학과 내적 미학이 융합되어 있다.

이제 작품 전체의 상징적 구조를 개괄적으로 살펴보자. 우선 그것을 일목요연하게 도표화시켜 보자.

다음 도표는 외적 미학인 상징시학의 고찰을 통해 밝혀낸 내용과 내적 미학을 도식화한 것이다. 간단하게 정리하면, 왼쪽 사면은 베르제 가계의 제3세대 이야기로부터 삽입된 제1세대 이야기와 제2세대 이야기를 거쳐 제1세대까지 뿌리를 거슬러 올라가는 상승 운동을 하

상징적 구조

상승 운동 　　　　　　　하강 운동

호두나무의 뿌리=농부

르제 가계 3세대	베르제 가계 제1세대	베르제 가계 제2세대	베르제 가계 제1세대	베르제 가계 제2세대	베르제 가계 제3세대
2차 세계대전	디트리히 자살	중동 모험	토론회	제1차 세계대전	제2차 세계대전
재 시제	과거 시제	과거 시제	과거 시제	과거 시제	현재 시제
민중의 제2대 시작의 다음 계	• 중세의 뿌리와 교황청의 부패 • 기독교 문명의 종말 예고	• 이슬람 문명과 기독교 문명	• 베르제 가계의 뿌리: 농부 • 가문의 역사=기독교 문명의 역사 • 눈먼 지식인의 암운	• 민중의 1세대 • 변모의 출발점 • 종말과 시작 (새로운 문화 사이클)	• 민중의 2세대 • 1, 2, 3세대 연결-상승 • 시작의 다음 단계
반헤겔적 역사관			종합과 변모의 역사관(말로)	반슈펭글러적 역사관	
고딕적 인간 통일성	• 틈-단절(불규칙적 불연속성)	• 타자와 나 • 2원성	• 헤겔 → 슈펭글러 → 말로 • 다원성과 통일성	• 그리스적 인간관 ⊂ 고딕적 인간 • 통일성을 향하여	• 고딕적 인간 • 통일성
3서술 단위	• 삽입된 제1서술 단위	제2서술 단위	제1서술 단위	제2서술 단위	제3서술 단위

고, 오른쪽 사면은 반대로 제1세대 이야기로부터 제3세대까지 하강 운동을 한다. 양쪽 모두 불연속적 구조를 이루며 동심원적 순환성을

구축하고 있다. 상승 운동은 통일성에서 다원성으로 이동하는 반헤 겔적 역사관을, 하강 운동은 다원성에서 통일성으로 향하는 반슈펭 글러적 역사관을 상징적으로 구현한다. 중심에 자리잡은 제1세대의 토론회는 이 두 역사관의 대립을 넘어서는 말로의 변모의 역사관을 암시하고 있다. 불규칙적으로 삽입된 제1서술 단위에서 디트리히의 자살은 베르제 가계가 중세에 뿌리내리고 있음을 암시하면서, 교황 청의 부패를 통해 기독교 문명의 종말을 예고한다. 이 상징적 사건은 제1세대의 토론회로 넘어오면서, 베르제 가계의 뿌리가 중세의 농부- 나무꾼이라는 사실이 암시됨으로써 이 가계의 역사와 기독교 문명의 역사가 결합되어 있음이 드러난다. 그러나 토론회를 주재하는, 디트 리히의 동생 발테르와 여타 인물들은 자신들의 뿌리를 망각한 채 헤 겔적 역사관에 사로잡혀 있음으로써 눈먼 지식인의 초상을 드러내며 암울한 그림자를 드리운다.

오른쪽 사면의 제1차 세계대전은 기독교 문명의 종말과 새로운 문 화 사이클의 시작이 결합되어 있는 사건이다. 민중의 제1세대가 변모 의 출발점에 서서 이 사이클을 출범시키고 있다. 제2차 세계대전에서 는 민중의 제2세대가 등장하면서 문화의 두번째 단계로의 상승이 이 루어진다. 그리고 이 2세대는 1세대의 신화적 원형인 고딕적 인간으 로서의 농부와 조우하고, 3세대까지 상징적으로 암시된다. 제2차 세 계대전 이야기는 다시 왼쪽 사면으로 넘어가면서 민중의 2세대 이야 기가 계속된다. 그러나 후자의 이야기는 다시 상승 운동과 맞물리면 서 반헤겔적 역사관의 표상 구조에 편입된다. 시제의 표시에서 두 개 의 현재 시제는 고딕적 인간의 영원성과 현재성을 부각시킨다.

좀더 심층적으로 보면, 순환 구조의 중심에 자리잡은 베르제 가계 의 제1세대의 뿌리가 중세의 농부-나무꾼으로 드러남으로써 이 수렴점의 뒤에는 신과 '최초의 인간,' 즉 근본적 인간이 만나는 '무한원점'으로서 근원의 신비가 숨겨져 있다 할 것이다.[46] 이 근원에서 하나의 마감된 역사적 사이클이 소멸되면서, 제2차 세계대전부터 새롭게 출범하는 사이클이 가동되고 있는 것이다. 이 새로운 역사 사이클을 구축하는 것이 베르제 가계의 제2 및 3세대 이야기의 순환적 구조를 통해 드러나는 민중의 제1세대 및 2세대, 그리고 함축된 제3세대의 연속적인 문화적 변모이다. 그러니까 작품의 동심원적 순환 구조는 생성과 소멸의 순환적 · 변모적 역사관과 불가분하게 결합되어 있으며, 형태와 내용, 기호와 의미가 하나를 이루며 훌륭한 조화를 창조하고 있는 것이다.

5. 그리스-기독교적 인간관: 영속성과 변모

이제 고딕적 인간관과 그리스의 신화적 인간관에 대해 종합적으로 잠시 숙고해 보자. 근본적 인간으로 설정된 고딕적 인간은 "신이 바라다본 최초의 인간"(*NA*, p.767)이다. 그러니까 그는 신이 창조한 최초의 인간이며, 추락 이전의 순수성과 무구함을 회복한 자유로운 존재이다. 그는 그리스도의 대속에 대한 적극적 해석을 통해 이러한 존재의 모습을 "기적"(p.689)적으로 되찾았다.[47] 그러나 그는 신의 의지를 "예측할 수 없고"(p.689) 어떠한 선험적 사유와 가치 체계도 지니

---

46) 소설의 마지막 장면에서 신이 최초로 바라다보는 고딕적 인간, 즉 근본적 인간을 상기할 것. '무한원점'은 유대교 신비주의자들인 카발리스트들의 10개의 동심구에서 중심점의 소실점으로 신의 무한과 비밀이 존재하는 지점이다. 에머 맥젤, 신현용 · 승영조 역, 《무한의 신비》, 승산, 2002, p.37-58 참고.

지 않았으므로 자신의 자유를 통해 모든 것을 창조해야 한다. 그렇기 때문에 그의 자유는 루소적인 자연 상태의 자유와 접근되지만, 실존적으로 "불안하다."(p.661) "불안정한 존재"로서 그는 자신의 환경을 스스로 창조하지 않을 수 없다.

그는 어느 방향으로 튈지 모르는 '잠재태'의 인간이다. 이로부터 인류의 모험이 시작되며, 다양한 문명들이 창조된다. 따라서 그는 모든 인간관들을 선행하는 인간관을 구현하고 있다. 그로부터 '변모'의 과정을 거쳐 상이한 여러 문명들과 세계관들이 비롯되었지만, 그 내적 메커니즘은 '검은 상자'처럼 신비에 싸여 있다.

그런데 그의 원형은 농부로 제시되고 있다. 왜 농부인가? 문화 (culture)의 어원 cultivare(cultiver-경작하다)를 생각하면 문화는 농경으로부터 시작되고 있다.[48] 그래서 농부로서의 고딕적 인간은 소설 속에서처럼 현재적이고 영원하다. 그러나 그는 무한한 변모의 가능성을 배태하고 있는 비역사적이면서도 역사적 존재이다. 말로의 연구자들이 이 점에서 착각하고 있다. 왜냐하면 그들은 말로가 소설 속에서 이 인간을 근본적으로 내세우면서 역사를 단죄하고 있다고 보기 때문이다. 그러나 그는 영원하기 때문에 역사를 초월하지만, 역사를 태동시

47) 고딕적 인간과 관련되는 고딕 시대의 신학은 토마스 아퀴나스의 학설에 의해 대변된다. 현세 부정적인 플라톤 철학과 아우구스티누스 신학에 대립하는 그의 세계관에 대해서는 M. D. Chenu, *St. Thomas et la théologie*, *op. cit.*, p.109-135 참조.
48) 문화의 기원 문제에 대해 culture의 어원과는 별도로 들뢰즈와 가타리는 제이콥스(Jane Jacobs)를 끌어들이면서 스톡(stock)을 지닌 도시로부터 농업이 기원하며, "시골이 점진적으로 도시를 창조한 것이 아니라 도시가 시골을 창조한다"고 주장한다. *Mille Plateaux*, minuit, 1980, p.534. 이진경, 《노마디즘》, 2, *op. cit.*, p.488에서 재인용. 레비 스트로스 같은 경우는 근친 상간의 금지를 자연에서 문화로 이동하는 지점으로 보고 있다. 말로의 입장은 일반적 견해를 따른 것이며, 특히 이 작품이 기독교 정신의 '탐구'와 '부활'을 구현하고 있다는 점을 고려할 때 이 점은 필연적 귀결이라 할 것이다.

키는 출발점에 있으며 잠재적 원동력이다. 베르제 가계로 마감된 하나의 사이클과 제1차 세계대전의 민중에서 시작된 또 하나의 사이클을 생각하면, 그는 회귀적인 '항구적 구조'를 생산해 낸다. 그렇기 때문에 그는 미래에도 역사의 주체로 다시 나타날 그런 존재이다. 따라서 고딕적 인간의 신화 "구조는 과거·현재·미래와 동시적으로 관련된다."[49]

역사의 주체가 농부를 포함한 민중인가, 엘리트인가라는 문제는 늘 논란이 되어 왔다. 그러나 엘리트는 사라져도 민중은 영원하며, 자생적으로 엘리트를 생산해 낸다. 반면에 엘리트는 민중을 생산할 수 없다. 따라서 민중은 역사의 뿌리 자체이며, 엘리트를 창조해 내는 근원이다. 이렇게 볼 때 민중이 엘리트에 우선한다고 해야 할 것이다. 특히 종말론적 상황에서 문명의 파산을 막지 못하는 엘리트는 부정적이다. 이러한 입장이 소설 속에서 말로의 자세이다. 앞서 우리는 농부를 중심으로 하는 민중이 역사와 문화의 새로운 사이클을 태동시킨다는 사실을 입증했으며, 중세 이래로 기독교 문명사와 함께 한 베르제 가계의 뿌리가 나무꾼-농부임도 밝혀냈다. 그러니까 보편자로서의 농부는 역사의 생성과 소멸이 만나는 접합점에 위치하고 있는 것이다.

소설 속에서 제시되는 그리스의 신화적 인간 역시 자유로운 존재이다. 발테르가 이야기하는 "아크로폴리스 박물관의 청년의 머리"(p.664)나, 라보 백작이 언급하는 "신적 부분"(p.672) 혹은 뱅상이 주장하는 "세계의 인간화"(p.680)로서의 예술은 이같은 인간관을 반영하고 있다. 그리스의 인본주의는 신들에게 인간의 이미지를 투영함

---

49) Claude Lévi-Strauss, *Anthropologie structurale*, Plon, 1974, p.231.

으로써 인간을 해방시키고 있다. 그러니까 이 인간관과 고딕적 인간 관은 동일한 자유의 지평 위에 서 있는 셈이다. 예술적 관점에서 보면, 고딕식 예술은 그리스의 인본주의를 받아들여 기독교적 정신 속에 수용한 것으로 해석되고 있다.

그러나 소설에 따르면, 그리스의 신화적 인간관은 농부로 제시된 고딕적 인간이 변모의 과정을 통해 주조해 낸 개별적 인간관이다. 이집트 문명, 이슬람 문명, 중국 문명, 인도 문명이 제시하는 인간관들과 같이 말이다. 작가는 모든 문화들이 지니는 천지개벽의 신화들 가운데 기독교의 창세기 신화를 우선시하고 있다. 하지만 그리스의 인간관이 개별적인 것임에도 불구하고 보편성을 띠는 고딕적 인간관과 유사성을 띠고 있다는 점이 중요하다. 그러니까 보편자인 농부라는 뿌리로부터 나온 두 그루의 나무, 즉 그리스 문화와 기독교 문화는 이 보편자가 영속하는 가운데 이루어 낸 변모인 것이다. 두 문명은 서양에서 주체-인간의 자유가 개화시킨 두 송이 꽃이고 열매이다. 그렇다면 제1차 세계대전이라는 종말론적 상황에서 새로이 출범하는 문화 사이클은 세번째 꽃을 피우기 위한 것이라 할 수 있다.

소설로 국한시켜 본다면, 말로는 기독교 사상을 탐구하면서도 묵시록의 일회적·절대적 종말론은 배제하는 순환적 역사관, 다시 말해 니체의 '영원 회귀'와 접근되는 그런 회귀적 역사관을 드러내고 있다. 따라서 변모의 역사관은 곧 순환적 역사관이다. 앞서 언급했듯이, 이러한 순환성은 작품의 순환 구조와 하나를 이루고 있다. 결국 《알튼부르그의 호두나무》에서 말로의 인간 탐구는 하이데거의 사유를 빌린다면 '존재자' 중심이고, 존재의 양면성인 유(有)와 무(無) 가운데 유 중심인 서구 형이상학[50]의 범주 속에서 이루어진다. 이 점은 이 소설을 동양 사상에 대한 탐구의 걸작인 《인간의 조건》과 대칭적 관계를 이루게 한다. 이 두 작품을 나란히 놓으면 하이데거가 꿈꾸던 존재의 두 측면, '차이'나 '차연'을 가능케 하는 그 두 측면이 제 모습을 드러내게 된다.

맺음말

말로는 서구 문명의 위기에 직면하여 《서양의 유혹》에서 '인간의 죽음'을 선언한 후, 아시아의 3부작에서는 주체가 탈중심화된 동양 사상을 탐구하고, 유럽의 3부작에서는 주체 중심적인 서구 사상의 뿌리로 회귀하고 있는 것이다. 이렇게 볼 때 그는 프랑스 구조주의의 50년 역사가 그리는 궤적, 즉 주체-인간의 배제와 회귀로 이어지는 그 궤적을 아주 일찍이 선구적으로 편력했던 셈이다. 《모멸의 시대》가 출간되는 시점이 1935년이니까, 그는 딱 10년 만에 주체로 되돌아오고 있다. 구조주의의 쇠퇴와 더불어 인문과학에서 주체로서 인간이 회귀하기 시작하는 때는 1980년대 이후이다. 사상사적 관점에서, 말로의 지적 모험은 한 예술가가 지성계를 훨씬 앞질러 가면서 미래를 내다보는 훌륭한 사례가 아닐 수 없다. 《알튼부르그의 호두나무》에서 말로는 주체 중심적 인간의 원형을, 그리스 인간관을 포용하는 '고딕적 인간(homme gothque)'으로 제시하면서 자신의 소설적 여정을 마감한다.

말로는 《인간의 조건》에서 기요를 통해 "나는 무엇인가?(Que suis-

---

50) 존재자 중심의 서양철학 비판에 대한 하이데거의 비판은 김형효, 《하이데거와 화엄의 사유》, 청계, 2002, p.45-66 및 p.295-326 참조.

je?)"(*CH*, p.548)라는 존재론적 질문을 던지고 있다. 여기서 주목해야 할 것은 질문이 "나는 누구인가?"로 제기되지 않고 있다는 점이다. 이 질문의 형태는 소설이 제시하는 해답이 인간적 차원을 넘어선다는 것을 이미 암시하고 있다. 필자는 이에 대한 해답으로 제시된 "광인"[51]이 텅 빈 우주 속으로 회귀하는 탈자아적 존재로서 불멸자이며, 결국 불교의 열반임을 드러낸 바 있다.[52]

《인간의 조건》과 대칭적 관계에 있는 《알튼부르그의 호두나무》의 중심에서 이루어지는 토론회의 주제는 '인간의 영속성과 변모'이다. 소설 전체의 주제인 이 주제는 존재론적 관점에서 이미 인간을 전제하고 있다. 그러니까 그것과 관련된 물음은 "나는 누구인가?"로 제기된다고 볼 수 있으며, 이에 대한 대답이 역사적이면서도 동시에 초역사적인 영원한 '고딕적 인간'으로 제시되고 있다. 소설 속에서 이 인간의 '영속성과 변모'가 문화적 사이클들을 통해 이루어지는 메커니즘은 앞서 살펴본 바와 같다. '차이와 반복' 또는 '변모'를 통해 영속적으로 회귀하는 역사 속의 인간, '자유'와 '불안'으로 규정된 의지적이고 지향적인 존재자, 현상계의 순환과 윤회 속에 존재함을 긍정하면서 모험하는 원심적·확장적 자아, 이것이 바로 소설이 드러내는 주체적 실체이다. 생멸을 초월한 "우주적 의식(Conscience cosmique)" 혹은 진여(眞如)의 세계와 합류하는 저 '광인'이 이 존재자로 이동하는 접점에서 데리다의 표현을 빌리자면, '기원의 흔적'만을 드러내는 '차이'와 '차연'의 세계가 태동한다. 이 지점에서 동양으로부

---

51) 엄밀하게 말하면 'fou'로 제시된 초월적 존재는 사람 인(人)자 들어간 '광인' 보다는 미친 것이라는 의미에서 '광자(狂者)'라 할 것이다. 왜냐하면 소설 속에서 이 존재는 인간과 구분되기 때문이다. 또 그랬을 때 그것은 '나는 무엇인가?' 라는 질문에도 부합한다.

52) 제3부 3장 참조.

터 서양으로의 형이상학적 이동이 이루어진다.

텍스트의 주조 과정은 하나의 존재론을 펼쳐내며 독특한 상징시학의 경지를 구축해 내고 있다. 소설 속에서 근본적 '인간의 영속성과 변모'가 이루어지는 궤적을 추적하는 작업은 이 작품을 제대로 읽는 데 가장 중요하다 할 것이다. 그러한 궤적은 텍스트를 철저하게 코드화시킨 상징시학의 규명을 통해서만 밝혀진다. 따라서 말로가 독창적으로 개척한 소설의 상징시학은 작품을 해석하는 데 열쇠 구실을 하고 있는 것이다. 그것은 다양한 기법들을 자유자재로 엮어내며, 소설을 해독을 기다리는 하나의 거대한 의미망으로 구축해 내고 있다.

소설 속에서 말로는 유럽의 붕괴, 기독교 문명의 몰락, 그리고 역사와 주체-인간의 죽음 앞에서 새로운 사이클의 신세계 창조를 주도할 신화적 인간의 순수 원형으로 고딕적 인간을 빚어내고 있다. 그러나 보다 거시적 차원에서 본다면 이 작품은 다른 구도 속에 편입된다. 말로는 20세기에 역사상 처음으로 탄생한 지구촌 문명을 '불가지론적 문명'이라 규정했으며, 이 문명이 당면한 정신적 어둠을 직시했다. 그는 이 어둠으로부터 빛을 찾는 탐구적 과정으로서 소설을 썼으며, 그 결과가 두 3부작이다. 따라서 아시아의 3부작과 대칭 관계를 이루는 유럽의 3부작 가운데 마지막 작품인 《알튼부르그의 호두나무》는 동ㆍ서양(나와 타자)을 아우르며, 동시에 뛰어넘는 제3의 길(하나의 포괄자)을 모색하는 저자의 구도적 순례 여정 속에 자리잡는다.

이제 말로의 평생 화두가 '절대(l'absolu)'였음을 인식할 때라고 생각한다. 절대를 떠나서는 말로의 작품과 예술 세계를 설명할 수 없게 되었다. 따라서 그것은 가장 근본적인 화두로서 그의 삶과 작품을 관통하고 있다. 그것은 그의 개인적인 '에피스테메'로서 사리잡고 있다.

결 론

"이렇게 영원히 지속될 수는 없다. 우리의 문
명은 근본적 가치를 찾아내지 않을 수 없을 것
이다. 그렇지 않으면 그것은 해체될 것이다."

앙드레 말로

말로의 소설 세계는 《서양의 유혹》에서 출발하여 두 3부작을 통해
동·서양을 양대 축으로 펼쳐지고 있다. 필자는 그가 말라르메의 시
학을 독보적으로 재창조하여 텍스트 속에 내재시켜 놓은 '소설의 상
징시학'과 정교한 언어 유희의 역추적 작업을 통해 그것들을 새롭게
조명해 보았다. 각각의 작품을 분석하여 종합하는 과정에서 '탐구'
'정복' '부활' '변모'와 같은 용어들이 계속적으로 사용되었다. 왜냐
하면 그것들은 말로의 예술관과 세계관을 이해하는 데 필수 불가결
한 요소들이기 때문이다.

그러나 정작 이 개념들이 말로의 소설 세계와 어떻게 결부되는지
연구된 사례가 없다. 주로 그것들은 말로가 내놓은 예술평론서들에
만 사용되고 적용되었을 뿐이다. 당연히 그것들은 그의 작품들에도
적용되어야 할 텐데 그렇지 못했다. 그 결정적 이유는 문제의 상징시
학 때문이다. 텍스트가 극도로 고도하게 코드화되어 있기 때문에 이

것을 풀어내야만 그의 예술관과 소설 세계가 유기적으로 연결될 수 있는 것이다.

이제 필자는 작품들을 제대로 읽게 해주는 코드들을 밝혀냄으로써 작가의 예술관과 소설, 나아가 세계관을 통일적으로 결합할 수 있게 되었다. 말로 자신이 밝혔듯이, 그의 총체적 비전은 "변모의 이론(la théorie de la métamorphose)"[1]으로 규정된다. 그러나 이 이론이 제대로 규명된 적이 없다. 말로 자신이 그것을 해설할 경우 자신의 상징시학 자체를 드러내야 되고, 소설들을 그 자신이 읽어 주어야 하는 꼴이 되고 말기 때문이다. 그렇기 때문에 그는 그것을 한번도 체계적으로 이야기한 적이 없다. 그것은 여타 개념들 가운데 한두 개와 산발적으로 엮어지면서 간단하게 언급되었을 뿐이다. 그것 역시 말로 연구자들이 밝혀내야 할 몫이 되어 있었던 것이다.

'변모'라는 포괄적인(englanbant) 용어는 그의 비전을 집약하는 핵심어지만 다의적 개념이다. 그것의 사전적 의미는 "하나의 형태가 다른 형태로 바뀌는 것"이다. 그러니까 일단 어떤 예술 작품이 변모를 한다는 생각을 해볼 수 있다. 우선 그것은 예술가에 의해 '정복'되어 새로운 형태로 표현될 수 있다. 아프리카 예술과 오세아니아 예술을 정복한 피카소의 작품까지 수많은 작품들이 과거의 작품들을 정복해 탄생되고 있음을 생각하면 된다. 말로는 "예술은 정복이다"라고 의미심장하게 말한 바 있다. 데리다적 의미에서 말하면 예술은 기원은 없고 '기원의 흔적'만 남아 있는 원(源)작품을 연속적으로 정복한 결과들로 이루어진다 할 것이다. 여기서 변모는 '정복'이라는 개념과 연결되어 있음을 쉽게 알 수 있다.

---

1) Entretien accordé pour la Radio-Télévision yougoslave…, *op. cit.*, p.16.

변모는 자연과 더불어 시간 속에 마모되거나 일부가 파손되어 새로운 형태로 나타날 수 있다. 예컨대 우리는 그리스 조각상들 가운데 팔이 잘려지거나 머리가 떨어져 나갔거나, 색깔이 변한 것들을 볼 수 있다. 그것들은 그 나름대로 형태가 변모되어 예술 작품으로서 가치를 지니게 된다.

뿐만 아니라 작품은 추상적 차원에서 새로운 시각과 해석을 통해 심리적 변모를 지속적으로 겪는다. 그러니까 그것은 형태와 의미에서 지속적인 변모의 생을 살아간다. 그러면서 그것은 그것을 낳은 역사적·시간적 세계로부터 멀어져 예술만의 '초시간의 세계'로 진입한다.

이제 변모와 '부활'과의 관계를 검토해 보자. 과거의 예술 작품은 박물관 혹은 도서관에 '신화가 되어' 잠자고 있든 아니면 《왕도》에서 보듯이, 밀림 속에 묻혀 있든 광의의 의미에서 예술 연구자를 포함한 예술가에 의해 발굴되어 생명력이 부여될 때 가치를 지닌다. 인류의 모든 예술과 문화가 발굴되고 해석되어 과거 전체가 부활의 길로 들어선 게 현대 문명의 특징이다. 그리하여 이 문명은 과거의 모든 정신적 유산을 물려받아 부활시키고 있는 역사상 최초의 문명이다. 그러나 그것은 그것을 원래대로 부활시키는 게 아니라 변모된 형태로 부활시키는 것이다. 해석과 의미의 부여는 변모를 낳게 되기 때문이다. 뿐만 아니라 앞에서 보았듯이, 어떤 예술 형태를 정복하여 새로운 형태를 창조하는 것 자체가 부활이다. 그러니까 여기서 변모는 '정복' 및 '부활'과 맞물려 돌아간다.

마지막으로 변모가 '탐구'와 어떻게 연결되는지 살펴보자. 말로는 "변모의 이론, 그것은 근본적으로 하나의 탐구(une interrogation)이다"[2] 라고 말하고 있다. 또는 현대 문명을 '탐구 문명'이라 규정한 바 있다. 필자가 '탐구'로 번역한 'interrogation'을 직역하면 '질문'이다. 끊임없는 변모를 겪는 예술 세계 자체가 질문이라는 것인데, 무엇에 대한 질문인가? 바로 세계와 인간의 의미에 대한 질문이다. 말로의 입장에서 볼 때, 특히 현대 문명이 처한 상황에서 볼 때 예술은 궁극적 해답이라기보다는 질문을 심화시키는 신비한 창조 행위이다. 과거의 모든 예술이 제시한 답들은 질문으로 변모되고 있는 것이다. 우리는 하나의 예술 작품 앞에서 궁극적 해답을 얻는 것이 아니라 새로운 탐구의 형태와 마주하게 된다. 운명에 저항하는 말로 자신의 예술적 행위 자체가 탐구로, 보다 고상한 말로 표현하면 '명상'으로 규정되고 있다. 그래서 그의 소설은 '탐구 소설'로 불리기도 한다.[3] 말로 자신이 "모든 위대한 소설은 탐구한다/질문한다"[4]라고 말하고 있다. 아울러 이 탐구는 과거의 문화적 · 정신적 유산에 대한 탐구이다. 창조는 기원 없는 흔적들의 연속인 예술 작품들이 제기하는 질문의 형태를 변모시키고 심화시키는 탐구 행위로서 나타난다. 그리하여 탐구는 '정복'과 '부활'과 불가분의 관계를 지닌다.

요컨대 예술의 차원에서 볼 때, 변모의 이론은 변모가 정복 · 부활 · 탐구와 역동적으로 엮어져 작용하는 예술관을 나타낸다.[5] 이것이 그대로 말로의 소설들에 적용된다. 왜냐하면 동 · 서양의 3부작은 동서양의 정신적 보고와 예술 형태들의 정복이자 부활이고, 탐구이자 변모이기 때문이다. 그런데 이런 해석을 열어 주는 열쇠가 '소설의 상

---

2) *Ibid.*, p.16.
3) 문제는 소설의 탐구 내용이 코드화되어 제대로 규명되지 않았던 것이다.
4) A. Malraux *L'Homme précaire et la littérature, op. cit.*, p.198.
5) 이 예술관의 개괄적 윤곽이 나타나는 작품이 《왕도》이다. 이에 대해서는 김웅권, 《말로와 소설의 상징시학》, *op. cit.*, p.137–144 참조.

징시학'이었던 것이다.

　이제 역사관과 세계관의 차원에서 변모의 이론을 설명해 보자. 제
2부 제2장 〈죽음과 허무〉에서 보았듯이, 말로는 슈펭글러를 자신의
'제1의 적'으로 간주하여 그에 대항해 자신만의 사상을 구축했고, 이
사상은 '변모라는 주제' 속에 들어 있다고 말하고 있다. 그러니까 그
는 변모의 역사관 혹은 세계관을 구축한 셈이다. 이 역사관은 헤겔적
인 연속적 역사관도 슈펭글러적인 불연속적 역사관도 부정한다. 말
로는 "사라진 문명들 각각은 인간의 한 부분에만 호소하고 있다"[6]라
고 표명한 바 있다. 그러니까 인간의 여러 문화적 자질들 가운데 어
떤 특정적인 것만을 부각시킨 게 각각의 개별적인 특수 문명인 것이
다. 그렇다면 하나의 부분을 집중 개발해 하나의 문명을 낳았다면 그
것이 수명을 다했을 때, 다른 부분을 개발해 다른 문명을 이룰 수 있
는 가능성이 항상 존재한다. 하나의 옷이 낡았을 때 다른 옷을 입고
변모를 할 수 있듯이, 인간은 잠재태의 또 다른 특질을 꽃피우면서
하나의 문명에서 다른 문명으로 이동하면서 변모할 수 있다. 슈펭글
러가 진단했던 '서양의 몰락'이 아니라 '서양의 변모'가 미래를 기
다리고 있다는 것이다. 과거의 민족들도 이처럼 변모를 계속해 왔다.
그런데 20세기에 탄생한 지구촌 통합 문명의 특징은 그것이 과거의
모든 문화 유산을 물려받은 최초의 문명이라는 점이다. 그리하여 인
류는 이 유산을 정복·부활·탐구·변모시키면서 인류적 차원에서
대(大)변모를 겪고 있다.

　그러나 이와 같은 초유의 변모의 상황에 처한 현대 문명은 역사상
가장 강력한 것이지만, 근본적 절대 가치를 찾아내지 못한 허약한 문

---

6) 〈Postface〉 des *Conquérants, op. cit.,* p.273.

명이다. 왜냐하면 그것은 인류를 절멸시키고 지구를 초토화시킬 수 있는 가공할 힘을 최초로 간직했기 때문이다. 그것은 최고의 조정적 원리로서 '근본적 가치'를 찾아 이를 구현하는 전범적 인간상을 창조해 냈을 때 살아남을 것이다. 말로에게 그 가치를 찾는 과정이 동·서양을 넘나드는 구도적(求道的) 탐구의 길이었다. 하지만 그는 절대적 불가지론자로 남았다. 그의 예술적 여정은 인류가 남긴 정신적 보고에 대한 중단없는 탐구 자체로 머물렀지만, 제3의 빛이 떠오르는 미지의 지평을 향해 있었다.

이처럼 그는 인류 문명사에서 최초로 탄생한 지구촌 문명이 당면한 정신적 문제를 직시한 행동적 지성인이다. 그는 운명과의 싸움을 진·선·미의 3각 구도로 펼쳐내고 있다.[7] 이 3각 구도가 전개되는 두 개의 중심축이 동양과 서양이다. 말로는 서구 중심적 울타리를 벗어나 지구촌적 차원에서 동·서양을 무대로 인류의 문제를 성찰하고 있다. 그의 문학과 예술 속에 담긴 지적 풍경과 사유의 열정은 이 두 문화를 축으로 역동적으로 움직이며, 이러한 이원적 운동은 그가 인도차이나에서의 고고학적 모험과 반식민지 투쟁을 끝내고 내놓은 《서양의 유혹》에서부터 시작된다. 동양의 3부작과 서양의 3부작으로 기호학적 대칭 구도를 이루고 있는 소설 세계는 이러한 이원적 운동을 실존적 색채로 포장하면서 고도한 미학적 성취를 이루어 내고 있다.

소설 세계와 유기적으로 연결된 《반회고록》에서부터는 새로운 형

---

7) 진(眞)은 인류의 문화적 보고인 종교 및 신화에 대한 탐구와 성인들에 대한 관심, 선(善)은 혁명과 역사의 현장에서 민중을 위한 투쟁과 역사적 영웅들에 대한 배려, 미(美)는 문학 작품 및 예술 평론서의 창조와 예술가들에 대한 찬사로 나타났다. 이러한 삼각 구도는 소설에 그대로 적용된다. 인물들의 비전 속에 자리잡은 구도적 열정은 진을, 그들의 역사적 참여는 선을, 그리고 이 두 차원을 작품으로 뒷받침하는 소설미학은 미를 구현하고 있기 때문이다.

태와 차원에서 동·서양의 대화가 펼쳐지며 말로 문학의 또 다른 지평이 열리고 있다. 그의 문학이 구축하는 상상계(l'imaginaire)는 프랑스나 유럽의 차원이 아니라 동·서양을 넘나드는 지구촌적 차원에서 펼쳐진다. 그리하여 그것은 필자가 세계적 스타일(style planétaire)이라 부르고자 하는 것을 창조하고 있다. 말로 문학의 통일성은 바로 이와 같은 동·서양의 대칭 구도 속에 있는 것이다.

참고 문헌[*]

I. 말로의 작품

A) 소설

Les Conquérants, Grasset, 1928. Dans *Œuvres complètes* I, Gallimard, 〈Bibliothèque de la Pléiade〉, 1989.

La Voie royale, Grasset, 1930. Dans *Œuvres complètes* I, Gallimard, 〈Bibliothèque de la Pléiade〉, 1989.

La Condition humaine, Gallimard, 1933. Dans *Œuvres complètes* I, Gallimard, 〈Bibliothèque de la Pléiade〉, 1989.

Le Temps du mépris, Gallimard, 1935. Dans *Œuvres complètes* I, Gallimard, 〈Bibliothèque de la Pléiade〉, 1989.

L'Espoir, Gallimard, 1937. Dans *Œuvres complètes* II, Gallimard, 〈Bibliothèque de la Pléiade〉, 1996.

Les Noyers de l'Altenburg, Editions du haut pays, 1943. Dans *Œuvres complètes* II, Gallimard, 〈Bibliothèque de la Pléiade〉, 1996.

Le Règne du Malin, *Œuvres complètes* III, Gallimard, 〈Bibliothèque de la Pléiade〉, 1996.

B) 다른 작품들(에세이 · 선집 · 예술비평 · 회고록)

Lune en papier, Edition des Galleries Simon, 1921. Dans *Œuvres complètes* I, Gallimard, 〈Bibliothèque de la Pléiade〉, 1989.

La Tentation de l'Occident, Grasset, 1926. Dans *Œuvres complètes* I, *ibid.*

D'une jeunesse européenne, dans *Ecrits*, 〈Les Cahiers verts〉 n° 70, Grasset,

---

* 이 참고 문헌 목록은 본서에서 언급된 저서들과 자료들에 한정된 것이다.

1927.

Les Voix du silence, Gallimard, coll. ⟨La Galerie de la Pléiade⟩, 1951.

Le Démon de l'absolu, in *Œuvres complètes*, vol. III, Gallimard. ⟨Bibliothèque de la Pléiade⟩, 1996.

Oraisons funèbres, Gallimard, 1970. Dans *Œuvres complètes*, vol. III, *ibid.*

Triangle noir, Gallimard, 1970.

La Métamorphose des Dieux: 1. *Le Surnaturel*, Gallimard, coll. ⟨La Galerie de la Pléiade⟩, 1957, Gallimard, 1977.

Antimémoires, Gallimard, 1967. Dans *Œuvres complètes* III, Gallimard, ⟨Bibliothèque de la Pléiade⟩, 1996.

Lazare, Gallimard, 1974. Dans *Œuvres complètes* III, Gallimard, ⟨Bibliothè-que de la Pléiade⟩, 1996.

L'Homme précaire et la littérature, Gallimard, 1977.

II. 말로의 서문 · 공저 · 비평 · 대담 · 연구

A) 공저

Picon(G.) *Malraux par lui-même*, avec annotations d'André Malraux, coll. ⟨Ecrvains de toujours⟩, Seuil, 1953, Seuil, 1979.

B) 비평

⟨Défense de l'Occident, par Henri Massis⟩, La N.R.F., 14ᵉ année, nᵒ 165, juin, 1927.

⟨André Malraux et l'Orient⟩, in *Les Nouvelles littéraires*, 1926.

C) 대담

Entretien accordé pour la Radio-Télévision yougoslave et l'hébdomadaire belgradois Nin, le 5 mai 1969, Traduction française sous le titre ⟨Consolation ou apaisement, je ne sais pas⋯." Dans Le Cahier de l'Herne A. Malraux, 1982.

Entretien avec Kommen Becirvic.

III. 말로에 대한 연구 비평서

Authier(F.-J.), *André Malraux L'Espoir*, Ellipses, 1996.

Brincourt(André), *Malraux le malentendu*, Grasset, 1986.

Carduner(Jean), *La Création romanesque chez Malraux*, Nizet, 1968.

Carrard(P.), *Malraux ou le récit hybride*, Minard, 1976.

Godard(H.), *L'autre face de la littérature*, Gallimard, 1990.

Goldberger(A.), *Vision of new hero*, M. J. Minard, 1966.

Grover(Frédzéric J.), *Six entretiens avec André Malraux sur les écrivains de son temps(1959-1975)*, Idées/Gallimard, n° 401, 1978.

Hébert(F.), *Triptyque de la mort*, Québec, 1978.

Kim(W.K.), *Quête et structuration du sens dans l'univers romanesque d'André Malraux*, thèse de doctorat, Université Montpellier III, 1990.

Lacouture(J.), *Une vie dans le siècle*, Seuil, 1973.

Larrat(Jean. C.), *Malraux, Théoricien de la littérature*, PUF, 1996.

———, *Les romans de Malraux*, PUF, 1996.

———, *André Malraux*, Librairie générale Française, 2001.

Moatti(Christiane), *La Condition d'André Malraux, poétique du roman*, editions Lettres Modernes, 〈Archives des lettres modernes〉 210, 1983.

———, *Le Prédicateur et ses masques*, Publications de la Sorbonne, 1987.

Mossuz(J.), *André Malraux et le gaullisme*, presses de la fondation nationale dessciences politiques, 1970.

Picon(Gaëtan), *Malraux*, Seuil, 〈écrivains de toujours〉 4, 1979.

Sabourin(Paol), *La Réflexion sur l'art d'André Malraux*, Klincksieck, 1972.

Stéphane(Roger), *André Malraux, entretiens et précisions*, Gallimard, 1984.

Suarès(Gui), *Malraux, celui qui vient*, Stock+plus, 1979.

Tannery(Claude), *Malraux, Agnostique absolu*, Gallimard, 1985.

J.-C. Valtat(J.-C.), *Premières leçons sur L'Espoir d'André Malraux*, PUF, 1996.

Zarader(Jean-Pierre), *Malraux ou la pensée de l'art*, Ellipses, 1998.

Cahier de l'Herne André Malraux, Edition de l'Herne, 1982.

Les critiques de notre temps et A. Malraux, Editions Garnier Frères, 1970.

Le Livre dans la vie et l' œuvre d' André Malraux, ⟨Actes et colloques⟩ n° 26, Editions Klincksieck, 1988.

Malraux/La Condition humaine, ouvrage collectif, textes réunis par Alain Cresciucci, Klincksieck, collection ⟨parcours critique⟩, 1995.

김웅권, 《앙드레 말로—소설 세계와 문화의 창조적 정복—》, 어문학사, 1995.

——, 《말로와 소설의 상징시학》, 동문선, 2004.

라쿠튀르(장), 김화영 역, 《앙드레 말로》, 현대문학, 1995.

리오타르(프랑수아), 이인철 옮김, 《앙드레 말로》, 책세상, ⟨위대한 작가들⟩ 총서 11, 2001.

IV. 말로 특집호

Revue André Malraux review, vol. 27 1/2, Université de Tennessee, 1998.

La Revue des lettres modernes, Minard, numéros spéciaux André Malraux.

1. *André Malraux visage du romancier*, n° 2 de ⟨la Série d' André Malraux⟩, 1973.

2. *Malraux et l' art*, n° 4 de ⟨la Série d'A. Malraux⟩, 1978.

3. *André Malraux ⟨Les Conquérants⟩ 1. critique du roman*, n° 6 de ⟨la Séried' A. Malraux⟩, 1985.

4. *⟨Les Conquérants⟩ 2. mythe, politique et histoire*, n° 7 de ⟨la Série d'André Malraux⟩, 1987.

5. *André Malraux, réflexions sur les arts plastiques*, n° 10 de la ⟨Série André Malraux⟩ 1999.

André Malaux, ⟨*Les Noyers de l'Altenburg*⟩, ⟨*La Condition humaine*⟩, Etudes réunies et présentées par C. Moatti, *Roman 20-50*(Lille), n° 19, 1995.

Europe, 67° année, n° 727-728/Novembre-Décembre, 1989.

André Malraux, ⟨*Les Noyers de l'Altenburg*⟩, ⟨*La Condition humaine*⟩, études réunies et présentées par C. Moatti, *Roman 20-50*(Lille), n° 19, 1995.

V. 부분적 연구서

Cesbron(G.), ⟨Crise de l'Occident, appel de l'Orient, attente des Barbares dans quelques livres des années 1920-1980⟩, in *L'Ecole des lettres*, n° 9, 1985-1986.

Fitch(B.T.), *Le Sentiment d'étrangeté chez Malraux, Sartre, Camus, de S. de Beauvoir*, Minard, 1964.

Goldmann(L.), *Pour une sociologie du roman*, Gallimard, idées/gallimard n° 93, 1964.

Magny(Claude-Edmonde), ⟨Malraux le fascinateur⟩, in *Esprit*, 1948, cité dans *Les critiques de notre temps et Malraux*, présentation par Pol Gaillard, Editions Garnier Frères, 1970.

Kim(W.K.), ⟨La Conscience de fou dans *La Condition humaine*⟩, in *Revue André Malraux review*, vol. 27 1/2, Université de Tennessee, 1998.

────, ⟨L'Erotisme mystique dans *La Voie royale*⟩, in *La Revue des lettres modernes, André Malraux, réflexions sur les arts plastiques*, n° 10 de la ⟨Série André Malraux⟩ textes réunis et présentés par C. Moatti, Minard, Paris-Caen, 1999.

김웅권, ⟨앙드레 말로의 《알튼부르그의 호두나무》에 나타난 이야기의 불연속'성의 한 단면⟩, 《불어불문학연구》 제32집, 한국불어불문학회, 1996.

────, ⟨앙드레 말로의 《알튼부르그의 호두나무》에 나타난 이야기의 불연속성과 근원의 신화⟩, 《불어불문학연구》 제35집, 한국불어불문학회, 1997.

《사르트르와 20세기》, 한국 사르트르연구회 엮음, 문학과지성사, 1999.

VI. 기타 참고서

Barthes(R.), *S/Z*, Seuil, collection 〈point〉 70, 1970.

————, *Comment vivre ensemble*, cours et séminaires au Collège de France, Seuil/Imec, 〈Traces écrites〉, 2002.

————, *Le Neutre, cours au Collège de France*(1977-1978), Seuil/Imec, 〈Traces écrites〉, 2002.

Camus(A.), *Le Mythe de Sisyphe*, Gallimard, coll. folio/essais n° 11, 1942.

Chevalier(J.) et Gheerbrant(A.), *Dictionnaire des symboles*, Paris, Robert Laffont/Jupiter, 1982

Chenu(M. D.), *St. Thomas et la théologie*, Seuil, 〈Maîtres spirituels〉, n° 17, 1986.

De Man(P.), 〈une lecture de Rousseau〉, in *Magazine littéraire*, mars 1991 n° 286.

Derrida(J.), *La Dissémination*, minuit, 1972.

Do-Dinh(P.), *Confucius et l'humanisme chinois*, Seuil, 〈Maîtres spirituels〉 14, 1987.

Dumont(L), *Essai sur l'individualisme, une perspective anthropologique sur l'idéologie moderne*, Seuil, 1983.

Eliade(M.), *Le Sacré et le profane*, Gallimard, coll. Idées, n° 76, 1957.

————, M. Eliade, *Aspects du mythe*, idées/Gallimard, n° 32, 1963.

Foucault(M.), *Les mots et les choses*, Gallimard, 1966.

Hamilton(E.), *La Mythologie*, Marabout, 1978.

Jacques(J.-P.), *La Bible*, Hatier, coll. 〈profil littéraire〉, n° 78, 1982.

Lévi-Strauss(C.), *Anthropologie structurale*, Plon, 1974.

Moreau(F.), *L'image littéraire*, Société d'edition d'enseignement supéreur, 1982.

Puech(H.-C.), *En Quête de la gnose*, Tome I, *La Gnose et le temps*, Gallimard, 1978.

Richard(J.-P.), *L'Univers imaginaire de Mallarmé*, Edition du Seuil, 1961.

Sorel(G.), *Réflexions sur la violence*, Edition Marcel Rivière et Cie, 1950.

Stengers(I.) et Bensaude-Vincent(B.), *100 mots pour commencer à penser les sicences*, Les Empêcheurs de penser en rond, 2003.

Encyclopaedia Universalis, vol. 15, 1979.

Dictionnaire des grands musiciens, vol. 2, sous la direction de Marc Vignal, Larousse, 1988.

Dicionnaire des oeuvres de tous les temps et de tous les pays, tome 4, Laffont-Bompiani, Société d'édition de dictionnaires et encyclopédies, 1962.

Dictionnaire de la mythologie grecque et romaine, Larousse, 1965.

Philosophes taoïstes, Gallimard, 〈Bibliothèque de la Pléiade〉, 1967.

그로(F.), 김웅권 역, 《푸코와 광기》, 동문선, 2005.

김기봉, 《프랑스 상징주의와 시인들》, 소나무, '서강인문정신' 총서 002. 2000.

김붕구, 《보들레르. 평전·미학과 시 세계》, 문학과지성사, 1977(1982).

김인환, 〈시적 언어의 형식과 그 해석―J. 크리스테바의 말라르메 〈산문〉 분석을 중 심으로―〉, 《불어불문학연구》 제32집, 한국불어불문학회, 1996.

김형효 지음, 《하이데거와 화엄의 사유》, 청계, 2002.

――, 《사유하는 도덕경》, 소나무, 2004.

――, 《노장 사상의 해체적 독법》, 청계, 1999.

김화영, 〈돌의 시학〉, in 김화영 편, 《카뮈》, 문학과지성사, 작가론 총서 6, 1978(1983).

김희영, 〈프랑스의 문화 예술 정책〉, in 《프랑스학연구》, 제12권, 프랑스학연구회, 1994.

데리다(J.), 김웅권 역, 《그라마톨로지에 대하여》, 동문선, 2004.

도스(F.), 심웅권 역, 《구조주의의 역사 2》, 동문선, 2002.

라쿠뒤르(J.), 김화영 역, 《앙드레 말로, 20세기의 신화적 일생》, 현대문학, 1995.

리쾨르(P.), 김윤성 · 조한범 역, 《해석 이론》, 서광사, 1994.

맥젤(E.), 신현용 · 승영조 역, 《무한의 신비》, 승산, 2002.

바르트(롤랑), 김희영 옮김, 《텍스트의 즐거움》, 롤랑 바르트 전집 12, 동문선, 1997.

――, 《중립》, 동문선, 2004,

박기현, 《낭만주의 상상력 연구―코울리지와 보들레르― 〉, 《불어불문학연구》, 2003년 겨울 제1권.

벌핀치(T.), 이윤기 옮김, 《그리스와 로마의 신화》, 대원사, 1989.

보들레르, 김인환 역, 《악의 꽃》, 자유문학사, 1988.

보이아(L.), 김웅권 역, 《상상력의 세계사》, 동문선 2000.

부르디외(P.), 김웅권 역, 《파스칼적 명상》, 동문선, 2001.

사르트르(장 폴), 정명환 옮김, 《문학이란 무엇인가》, 민음사. 1998.

슈펭글러(오스발트), 박광순 역, 《서양의 몰락》, 범우사, 1995.

아지트 무케르지, 김구산 역, 《탄트라》, 동문선, 1995(1990).

아이스킬로스, 조우현 외 역, 《희랍 비극 1》, 현암사, 1992.

이진경 지음, 《노마디즘》, 휴머니스트, 2002.

장기근 · 이석호 역, 《노자 · 장자》, 삼성출판사, 1992.

질 들뢰즈/펠릭스 가타리, 김재인 옮김, 《천 개의 고원》, 새물결, 2003.

지므네즈(마르크), 김웅권 역, 《미학이란 무엇인가 Qu'est-ce que l'esthétkque?》, 동문선, 2003.

차드윅(찰스), 박희진 역, 《상징주의》, 서울대학교출판부, 1978.

최윤경, 〈말라르메와 유추〉, 《프랑스학 연구》, 2003년 여름.

파스칼, 홍순문 역, 《팡세》, 삼성출판사, 세계사상전집 18, 1976.

《논어》, 이기석 · 한백우 역해, 홍신문화사, 1983.

《법구경》, 석지현 역, 불전간행회편, 불교경전 15, 민족사, 1994.

《명곡 해설》, 세광출판사, 1979.

작가 연보*

1901년 11월 3일. 파리의 몽마르트르 언덕 아래, 당레몽 가(街) 53번
    지에서 조르주 앙드레라는 이름으로 출생. 신분증에 나타난 조르주
    앙드레라는 이 이름 때문에 말로가 43년 후 제2차 세계대전중 레지
    스탕스 운동을 하다 체포되었을 때, 게슈타포는 갈피를 잡지 못하고
    결국 조르주 앙드레가 소설가 앙드레 말로가 아닌 것으로 판단하게
    됨. 이로 인해 말로는 생명을 구했음.

    그의 부친 페르디낭 말로는 프랑스 북부 항구 도시 덩케르크에서
    선박업을 하다 망한 대부르주아(바이킹의 후예)의 5남매 중 둘째아
    들로 태어나 파리에서 미국계 은행 대리점을 운영하였으며, 말로가
    출생할 당시에 22세였음.

    모친 베르트 라미는 아버지가 쥐라 지방 출신이고, 어머니가 이탈
    리아인으로 프랑스-이탈리아계이며 미모와 교양을 겸비함.

1902년 11월 25일. 파리에서 동생 레이몽 페르디낭 말로 출생. 생후
    4개월째가 되던 1903년 3월 18일 사망함.

1905년 부모의 별거. 앙드레는 어머니 · 외할머니 · 외숙모와 함께 파
    리 동쪽 근교의 소도시 봉디(울창한 숲으로 유명함)에서 성장하게 됨.
    그들은 잡화 식료품점을 운영하며 생계를 유지했으나, 말로의 부모
    가 정식으로 이혼한 것은 15년이 지나서임.

1909년 할아버지 알퐁스 말로(68세)의 의문의 자살. 도끼로 자신의 머
    리를 쳐 자살한 것으로 전해지며, 말로의 소설 《왕도》《알튼부르그
    의 호두나무》《반회고록》에 에피소드로 나타남. 동생 레이몽 페르디

---

* 본 연보는 필자가 작가의 전기에 관한 몇몇 자료와 기존의 연보들을 참고하여
개괄적으로 작성한 것임.

낭 말로의 죽음에 이어 두번째 죽음과의 만남으로 기억 속에 새겨짐.

1912년 5월 13일. 아버지 페르디낭과 릴 출신의 처녀 마리 루이즈 고
다르 사이에 이복동생 롤랑 말로 출생. 두 사람은 후에 정식으로 결
혼함.

1914년 제1차 세계대전 발발. 역사 및 죽음과의 만남.

1915년 에콜 프리메르 쉬페리외르(후에 튀르고 고등학교가 됨)에 입
학. 책방 · 극장 · 박물관 등을 자주 드나들기 시작함.

1918년 에콜 프리메르 쉬페리이르를 마치고 콩도르세 고등학교에서
대학입학자격시험을 준비하려 했으나 받아들여지지 않음. 대학 포
기. 독학으로 다양한 독서.

1919년 《라 코네상스 La Connaissance》라는 이름의 독서 살롱 및 출판
사를 경영하는 르네 루이 두아용 밑에서 고서적들을 수집하는 일을
함. 문인들, 예술가들과 교제를 시작함(막스 자코브 · 모리아크 · 갈라
니 등). 기메박물관(동양 예술품이 주종을 이룸)과 루브르박물관에서
강의를 들으며 산스크리트어를 공부함. 동양 문화에 대한 관심을 나
타내기 시작함.

1920년 문학과 사상 잡지 《라 코네상스》에 첫 평론, 〈입체파 시의 기
원 Lesorigines de la poésie cubiste〉을 발표함. 이어서 이 잡지와 《악
시옹》지에 계속해서 다양한 글을 발표하면서 출판일을 함.

1921년 4월에 최초의 '초현실주의적' 작품 《종이달 Lunes en papiers》
을 자신이 호화판 출판 기획을 담당했던 갈르리 시몬사에서 펴냄.
《길들여진 고슴도치 Les Hérissons apprivoisés》와 같은 유사한 경향
의 작품들을 잇달아 발표함. 10월에 클라라 골슈미트와 결혼함. 클
라라와 이탈리아 등 유럽 각지를 여행함.

1922년 문예 잡지 《누벨 르뷔 프랑세즈 Nouvelle revue française
(N.R.F.)》와 《데 Dés》지에 기고 시작. 화가 피카소 · 드랭 · 갈라니 ·
샤갈 · 브라크 등과 교제. 갈라니 전시회의 카탈로그 서문을 씀.

1923년 모라스(Maurras)의 《몽크 아가씨 Mademoiselle Monk》의 서문

을 씀. 10월 중순에 죽마지우 루이 슈바송 및 아내 클라라와 인도차이나로 고고학적 탐사 여행을 떠남. 옛 크메르 왕국의 수도 앙코르와트와 메남 강 하구를 잇는 '왕성의 길'에서 답사, 반테아이 스레이 사원에서 7개의 돌조각 블록을 뜯어냄(이 경험을 소재로 하여 소설 《왕도》를 집필함). 조각 작품 절도 혐의를 받아 프놈펜에서 기소되고 현지 소환 명령을 받음.

1924년 7월에 프놈펜 법원은 말로에게 3년의 징역을 선고함(슈바송은 18개월, 클라라는 면소됨). 클라라가 프랑스로 돌아와 문학계·예술계·언론계에 구명 운동을 호소함. 저명 인사들의 글·편지·탄원서가 잇달아 쏟아짐. 10월에 사이공의 항소 법원은 말로와 슈바송에게 각각 1년과 8개월의 집행유예를 선고함. 11월에 프랑스로 돌아옴.

1925년 클라라와 함께 인도차이나로 다시 떠남. 1월에 사이공에서 변호사 폴 모넹과 신문 《랭도쉰느 L'Indochine》를 창간하여 반식민지 투쟁을 전개함. 8월에 탄압 때문에 신문 발행이 중단됨. 《랭도신 앙세네 L'Indochine enchaînée》라는 이름으로 11월에 다시 나왔으나 이듬해 2월에 결정적으로 폐간됨. 클라라와 함께 프랑스로 귀국함.

1926년 슈바송과 함께 호화판 출판을 전문으로 하는 출판사 《알 라 스페르 A la Sphère》와 《오 잘드 Aux Aldes》 설립. 프랑수아 모리아크의 《뇌우 Orages》와 폴 모랑의 《살아 있는 붓다 Bouddha vivant》 등 출간. 1928년에 폐쇄됨. 《서양의 유혹》의 전신인 〈중국 청년으로부터의 편지〉를 《누벨 르뷔 프랑세즈》에 발표. 그라세 출판사에서 《서양의 유혹》 출간.

1927년 《에크리》지에 〈유럽 청년으로부터〉 발표. 《코메르스 Commerce》지에 《괴상한 왕국》의 전신인 〈행운의 섬에의 초대〉 발표.

1928년 대성공을 거둔 첫 소설 《정복자》를 그라세사에서, 《괴상한 왕국》을 갈리마르사에서 출산. 길리마르사 독서위원회 위원이 됨.

1929년 갈리마르사의 예술부장이 됨. 페르시아를 중심으로 중동 지방 여행.

1930년 중동, 인도 지방 여행. 아버지 페르디낭 말로 자살. 두번째 소
설 《왕도》를 출간하여 엥테랄리에상(Prix intéallié) 수상. 발레리와 만남.

1931년 N.R.F. 화랑 설립. 고딕-불교 예술 전람회 개최. 고딕-불교
예술, 그리스-불교 예술, 중앙아시아 예술 전람회 등, 다양한 동·
서 문화 교류 전람회를 개최하고 보고서를 발표함. 《정복자》에 대해
트로츠키와 논쟁. 세계 일주 여행(페르시아의 이스파한에서 뉴욕까지.
러시아·아프카니스탄·인도·버마·중국·일본·캐나다 경유).

1932년 로렌스의 《채털리 부인의 사랑》 프랑스어 번역판 서문. 페르
시아 벽화 전람회, 극동의 추상 예술 전람회 등 여러 전람회 개최와
N.R.F.에 기고 활동. 어머니 베르트 말로의 사망. 레이몽 아롱·클
로델·하이데거 등과 만남. 여성 잡지 《마리안》에서 일하던 조제트
클로티스와 최초 만남. 말로와 비극적 사랑을 하게 될 조제트는 갈
리마르사에서 처녀 소설 《푸른 시절 Le Temps vert》을 출간함.

1933년 포크너의 《성소 Sanctuaire》 프랑스어 번역판 서문. 혁명 작가
및 예술가 동맹에 참여하여 반파시스트 운동을 최초로 전개함. 딸
플로랑스 출생. 《인간의 조건》을 출간하여 공쿠르상 수상. 말년에
말로의 여인 루이즈 드 빌모랭과 잠깐 동안의 관계. 트로츠키와의
대담. 조제트 클로티스와의 연인 관계 시작.

1934년 디미트로프·포포프·타네프 석방을 위해 앙드레 지드와 함
께 베를린 여행. 타엘만 석방위원회 설립. 코르니글리옹 몰리니에와
사바 여왕의 전설적 수도를 발굴하기 위해 예멘의 다나 사막을 비행
함. 《랭트랑지장 L'Intransigeant》지에 전보를 쳐 자신의 발견을 알
림. 모스크바의 첫 소비에트 작가회의에서 '예술은 정복이다'란 제
목으로 연설. 고리키·파스테르나크·스탈린·에이젠슈타인 등과
만남.

1935년 반파시스트 소설 《모멸의 시대》 출간. 앙드레 비올리의 《앵도
신 에스 오 에스 Indochine S.O.S》에 서문. 지드와 함께 문화 보호를
위한 국제작가회의를 주재하고, '예술 작품'이란 제목으로 연설. 회

의 후 국제연합회 창설. 조세트 클로티와 브뤼즈 여행.

1936년 스페인 내전에 참여해 국제 비행중대 '에스카드리유 에스파냐'('앙드레 말로 비행중대'라고 다시 명명됨)를 조직하고 지휘함. 65회 출격. 반프랑코 전선에서 전투중 부상당함. 스페인에서 네루를 만나고, 파리에서 레옹 불룸과 만남. 아내 클라라와 별거를 시작하고, 조제트 클로티스와 동거 시작.

1937년 스페인 공화국 지원 호소를 위해 클로티와 미국 및 캐나다 방문. 헤밍웨이·에이젠슈테인·오펜하이머 등과 만남. 스페인 참전을 바탕으로 쓴 《희망》 출간. 《베르브 *Verve*》지에 《예술심리학》 연재 시작. 베르나노스와 만남.

1938년 소설 《희망》을 각색 《시에라 드 테루엘》이라는 영화를 촬영 시작. 이듬해 4월 프랑스에서 촬영을 끝냄(1945년 출시될 때 《희망》으로 나옴).

1939년 《시에라 드 테루엘》 사적인 시사회. 9월에 검열에 의해 영화 상영 금지됨. 《프랑스 문학의 조망》에 라클로에 관한 글 게재. 1922년 부적격자로 병역이 면제되었으나 사병으로 전차부대에 지원함.

1940년 전차병으로 프로뱅에 배치됨. 상스 부근에서 포로가 되었다 탈출에 성공. 남부 자유 지역으로 빠져나와 조제트 클로티스와 상봉. 그와 그녀 사이에 태어난 피에르 고티에와 생면. 지중해 연안 니스 근처 로크브륀 캅 마르탱에 있는 라수코 별장에 클로티스와 거처를 정함.

1941년~ 강제된 휴식 속에서 《천사와의 싸움》《절대의 악마》(아라비아의 로렌스 1942년에 관한 전기적 연구) 《예술심리학》 집필. 사르트르·지드·라캉·드리외 등을 맞이함. 42년 가을 레지스탕스와 첫 접촉. 생 샤망으로 거처를 옮김.

1943년 《천사와의 싸움》 제1권인 《알튼부르그의 호두나무》가 전쟁 중 로잔에서 출간됨. 클로티스와 사이에 둘째아들 뱅상 출생. 코레즈와 도르도뉴의 레지스탕 그룹과 관계를 유지함.

1944년 베르제(《알튼부르그의 호두나무》에 나오는 인물의 이름) 대령이 되어 지하 항독 운동 지휘 시작. 코레즈·페리고르·로·도르도뉴 지역의 프랑스 국내군을 지휘함. 부상으로 그라마에서 체포됨. 툴루즈로 옮겨져 심문을 받고 모의 처형의 대상이 됨. 조르주란 이름 때문에 신분이 확인되기 전 독일군이 도시를 버리고 후퇴하여 자유의 몸이 됨. 둘째 이복동생 클로드가 레지스탕스 운동중 체포되어 처형됨. '알자스 로렌 여단'을 조직 베르제 대령으로 지휘. 단 마리·뮐루즈·스트라스부르 등지에서 전투. 레클레르 장군과 만남. 조제트 클로티스의 비극적 사고사(그녀의 어머니를 배웅하러 역에 나갔다고 기차 밑으로 떨어져 두 다리가 절단되어 사망함).

1945년 레지옹 도뇌르 훈장을 받음. 레지스탕스 운동중 체포되어 포로수용소에 수용된 첫째 이복동생 롤랑의 죽음. 드골과의 만남. 영화 《희망》이 루이 들뤽상을 받음. 드골 정부의 기술자문위원에 이어 정보상이 됨(1946년 드골 장군이 물러날 때까지).

1946년 이복동생 롤랑의 미망인 마들렌 말로와 함께 볼로뉴에 거처를 정함. 《영화심리학 개요》《작품 선집》,〈그러니까 그것뿐이었던가?〉(토마스 에드워드 로렌스, 이른바 아라비아의 로렌스에 대한 전기적 연구 《절대의 악마》일부) 출간. 소르본에서 '인간과 문화'라는 제목으로 강연.

1947년 프랑스국민연합 창당에 선전부장으로 활동. 1953년 당이 해체될 때까지 다양한 연설과 기관지 《르 라상블르망 Le Rassemblement》에 사설을 씀. 《프라도 박물관의 고야 데생》의 서문, 《예술심리학》 제1권인 《상상의 박물관》 출간.

1948년 플레옐 홀에서 '지식인들에게 보내는 호소'란 제목으로 강연. 이 글은 이듬해 《정복자》의 후기로 수록됨. 《알튼부르그의 호두나무》가 정식으로 출간됨. 《예술심리학》 제2권 《예술 창조》 출간. 이복동생의 롤랑 말로의 미망인 마들렌 리우와 재혼.

1949년 《예술심리학》 제3권 《절대의 화폐》 출간. 클로드 모리아크를 편집장으로 하는 《정신의 자유》 창간.

1950년 고야에 대한 에세이 《사투르누스》 출간.

1951년 《예술심리학》 세 권을 묶어 《침묵의 소리》로 재출간. 제2부에 〈아폴론의변모〉가 추가됨.

1952년 마네스 스페르베의 〈대양 속의 눈물〉 서문. 《레오나르도 다 빈치와 베르미 르 반 델프트 작품 전집》 출간 기획. 미셸 플로리손의 《반 고흐와 오베르의 화가들》 서문. 《세계 조각의 상상의 박물관》 제1권 《조상(彫像)술 La Statuaire》 출간. 가보 홀에서 '문화와 자유에 대하여' 라는 제목의 강연. 그리스 · 이집트 · 이란 그리고 인도 여행.

1953년 자코 장군의 《망상 혹은 현실》 서문.

1954년 《세계 조각의 상상의 박물관》 제2권 《신성한 동굴의 저부조상》, 제3권《기독교 세계》 출간. 뉴욕에서 연설. 알베르 올리비에의 《생 쥐스트 혹은 사물의 힘》 서문.

1955년 갈리마르사에서 《형태의 세계》 시리즈 간행 기획.

1956년 스톡홀름에서 렘브란트 탄생 350주년을 기념하여 '렘브란트와 우리들' 이란 제목으로 연설.

1957년 《제(諸)신들의 변모》 제1권 출간.

1958년 마르탱 뒤 가르, 모리아크 그리고 사르트르와 함께 대통령에게 보내는 〈엄숙한 건의문〉(고문을 고발하는 건의문임)에 서명. 드골 정권에서 내각 총리실 장관 및 정보상. 언론계 강연. 프랑스 · 서인도제도 · 이란 · 일본 등지에서 강연. 인도의 네루 수상 및 일본 황제 만남.

1959년 문화부장관 취임(1969년 드골이 물러날 때까지). 알제리 · 멕시코 · 남아메리카 등에서 정치 연설. 아테네에서 '그리스에 보내는 경의' 란 제목으로 연설.

1960년 누비아의 유물 보호를 위한 연설. 만국이스라엘연합 100주년 연설. 〈인도 걸작품전〉 카탈로그 서문. 차드 · 가봉 · 콩고 · 중앙아프리카 독립 선언 연설. 슈바이처 박사 만남. 앙드레 파로의 《수메르》

서문.

1961년 〈이란 예술 7천 년 전〉 카탈로그 서문. 조제트 클로티스와의 사이에서 출생한 두 아들이 바캉스에서 돌아오는 중 교통 사고로 사망.

1962년 알제리 독립을 반대하는 비밀 군사 조직 오아에스(O.A.S)로 부터 자택에서 저격을 받았으나 무사함. 미국 여행. 케네디와 만남.

1963년 《모나리자》를 가지고 미국 여행. 브라크 추도 연설. 핀란드 · 캐나다 여행.

1964년 부르주 문화원 개원 연설. 위인의 전당 팡테옹에 유해가 이장 되는 장 물랭 추도 연설. 마들렌과 결별.

1965년 중국 여행(싱가포르 · 인도 · 일본). 마오쩌둥 및 저우언라이 만 남. 르 코르뷔지에 추도 연설.

1966년 루이즈 드 빌모랭과 재회, 베리에르에서 함께 삶을 시작함. 아미앵 문화원 개원 연설. 다카르에서 레오폴 생고르와 함께 제1회 흑인 예술 세계 축제 개막식 연설.

1967년 《반회고록》 출간. 영국 하원 연설. 옥스퍼드 프랑스문화원 개 원 연설.

1968년 그르노블 문화원 개원 연설. 유럽 고딕전(루브르) 개막 연설. 소련 여행. 코시킨 만남.

1969년 드골 정권 퇴진과 함께 문화상에서 물어나 베리에르 르 뷔송 에 은거. 콩롱베에서 드골과 마지막 대담. 루이 드 빌모랭 사망.

1970년 《검은 삼각형》(고야 · 라클로 · 생 쥐스트) 출간. 드골 사망. 루 이즈 드 빌모랭 의 《시집》 서문.

1971년 《추도 연설집》《쓰러지는 떡갈나무》 출간.

1972년 닉슨 대통령으로부터 백악관에 초대받음. 호세 베르가민의 《불타는 못 Le clou brûlant》 서문. 《반회고록》 증보 출간. 라 살페트 리에르 병원에 입원.

1973년 《왕이시여, 나는 그대를 바빌론에서 기다리노라》(살바도르 달리 삽화) 출간. 샤를 드골을 기념하는 《회상집》《앙드레 지드 평론집》 4권, 피에르 보켈의 《웃음의 아이》 서문. 인도 · 방글라데시 · 네팔 여행. 앙드레 말로를 기념하는 전시회 개막 연설. 유언장 작성.

1974년 《흑요석의 머리 *La Tête d'obsidienne*》《라자로 *Lazare*》《제신들의 변모》, 제2권 《비현실의 세계 *L'Irréel*》 출간. 일본 여행. 베르나노스의 《시골 신부의 일기》 서문. 뉴델리에서 네루 평화상 수상.

1975년 《과객(過客) *Hôtes de passage*》 출간. 샤르트르 성당 앞에서 강제수용소 유형수 해방 30주년 기념 연설. 드골 사후 5주년 기념 연설.

1976년 〈생 종 페르스의 새와 작품전〉 카탈로그 서문. 국회에서 마지막 연설. 《교수대와 생쥐들 *Les cordes et les souris*》《혼돈의 거울 *Le Miroir des limbes*》《초시간의 세계 *L'Intemporel*》 출간. 《말로, 존재와 말》에 〈신비평〉이란 제목의 서문. 11월 23일 크레테유의 앙리 몽도르 병원에서 폐전색증으로 사망. 베리에르에서 개인장으로 장례. 루브르에서 국가적 추모 행사. 1977년 1월 23일 앵발리드의 생 루이 교회에서 피에르 보켈 신부 집전 추도 미사.

1977년 《그리고 지상에…》(샤갈의 삽화), 《초자연의 세계 *Le Surnaturel*》(《제신들의 변모》 1권 재출간), 그리고 마지막 저서 《불안정한 인간과 문학》 출간.

1978년 《사투르누스, 운명, 예술과 고야》(1950년에 나온 책과 같은 것으로 밀로가 재검토함) 출간.

1996년 사후 20주년을 맞이해 자크 시라크 대통령이 참여하는 범국가 행사로 말로의 유해가 위인의 전당 팡테옹에 이장됨.

색 인

김웅권
한국외국어대학교 불어과 졸업
프랑스 몽펠리에3대학 불문학 박사
현재 한국외국어대학교 연구교수
학위 논문: 〈앙드레 말로의 소설 세계에 있어서 의미의 탐구와 구조화〉
저서: 《앙드레 말로-소설 세계와 문화의 창조적 정복》
《말로와 소설의 상징시학》
논문: 〈앙드레 말로의 《왕도》에 나타난 신비주의적 에로티시즘〉
(프랑스의 《현대문학지》 앙드레 말로 시리즈 10호),
〈앙드레 말로의 《인간 조건》에서 광인 의식〉
(미국 《앙드레 말로 학술지》 27권) 외 다수
역서: 《천재와 광기》《니체 읽기》《상상력의 세계사》《순진함의 유혹》
《쾌락의 횡포》《영원한 황홀》《파스칼적 명상》《운디네와 지식의 불》
《진정한 모럴은 모럴을 비웃는다》《기식자》《구조주의 역사 Ⅱ · Ⅲ · Ⅳ》
《미학이란 무엇인가》《상상의 박물관》《그라마톨로지에 대하여》
《어떻게 더불어 살 것인가》《과학에서 생각하는 주제 100가지》
《에로티시즘을 즐기기 위한 100가지 기본 용어》《푸코와 광기》
《중립》《실천 이성》《서양의 유혹》 외 다수

문예신서
299

앙드레 말로의 문학 세계

초판발행 : 2005년 5월 25일

東 文 選

제10-64호, 78. 12. 16 등록
110-300 서울 종로구 관훈동 74
전화 : 737-2795

편집설계 : 朴 月 · 李妊旻

ISBN 89-8038-538-2 94800
ISBN 89-8038-000-3 (세트/문예신서)

【東文選 現代新書】
1 21세기를 위한 새로운 엘리트　　　FORESEEN 연구소 / 김경현　　　7,000원
2 의지, 의무, 자유 — 주제별 논술　L. 밀러 / 이대회　　　6,000원
3 사유의 패배　　　　　　　　　A. 핑켈크로트 / 주태환　　　7,000원
4 문학이론　　　　　　　　　　J. 컬러 / 이은경·임옥희　　　7,000원
5 불교란 무엇인가　　　　　　　D. 키언 / 고길환　　　6,000원
6 유대교란 무엇인가　　　　　　N. 솔로몬 / 최창모　　　6,000원
7 20세기 프랑스철학　　　　　　E. 매슈스 / 김종갑　　　8,000원
8 강의에 대한 강의　　　　　　P. 부르디외 / 현택수　　　6,000원
9 텔레비전에 대하여　　　　　　P. 부르디외 / 현택수　　　10,000원
10 고고학이란 무엇인가　　　　　P. 반 / 박범수　　　8,000원
11 우리는 무엇을 아는가　　　　T. 나겔 / 오영미　　　5,000원
12 에쁘롱 — 니체의 문체들　　　J. 데리다 / 김다은　　　7,000원
13 히스테리 사례분석　　　　　　S. 프로이트 / 태혜숙　　　7,000원
14 사랑의 지혜　　　　　　　　A. 핑켈크로트 / 권유현　　　6,000원
15 일반미학　　　　　　　　　　R. 카이유와 / 이경자　　　6,000원
16 본다는 것의 의미　　　　　　J. 버거 / 박범수　　　10,000원
17 일본영화사　　　　　　　　　M. 테시에 / 최은미　　　7,000원
18 청소년을 위한 철학교실　　　A. 자카르 / 장혜영　　　7,000원
19 미술사학 입문　　　　　　　　M. 포인턴 / 박범수　　　8,000원
20 클래식　　　　　　　　　　　M. 비어드·J. 헨더슨 / 박범수　　　6,000원
21 정치란 무엇인가　　　　　　　K. 미노그 / 이정철　　　6,000원
22 이미지의 폭력　　　　　　　　O. 몽젱 / 이은민　　　8,000원
23 청소년을 위한 경제학교실　　J. C. 드루엥 / 조은미　　　6,000원
24 순진함의 유혹 [메디시스賞 수상작]　　P. 브뤼크네르 / 김웅권　　　9,000원
25 청소년을 위한 이야기 경제학　A. 푸르상 / 이은민　　　8,000원
26 부르디외 사회학 입문　　　　P. 보네위츠 / 문경자　　　7,000원
27 돈은 하늘에서 떨어지지 않는다　K. 아른트 / 유영미　　　6,000원
28 상상력의 세계사　　　　　　R. 보이아 / 김웅권　　　9,000원
29 지식을 교환하는 새로운 기술　A. 벵토릴라 外 / 김혜경　　　6,000원
30 니체 읽기　　　　　　　　　R. 비어즈워스 / 김웅권　　　6,000원
31 노동, 교환, 기술 — 주제별 논술　B. 데코사 / 신은영　　　6,000원
32 미국만들기　　　　　　　　　R. 로티 / 임옥희　　　10,000원
33 연극의 이해　　　　　　　　A. 쿠프리 / 장혜영　　　8,000원
34 라틴문학의 이해　　　　　　　J. 가야르 / 김교신　　　8,000원
35 여성적 가치의 선택　　　　　FORESEEN연구소 / 문신원　　　7,000원
36 동양과 서양 사이　　　　　　L. 이리가라이 / 이은민　　　7,000원
37 영화와 문학　　　　　　　　R. 리처드슨 / 이형식　　　8,000원
38 분류하기의 유혹 — 생각하기와 조직하기　G. 비뇨 / 임기대　　　7,000원
39 사실주의 문학의 이해　　　　G. 라루 / 조성애　　　8,000원
40 윤리학 — 악에 대한 의식에 관하여　A. 바디우 / 이종영　　　7,000원
41 흙과 재 [소설]　　　　　　　A. 라히미 / 김주경　　　6,000원

63	박재서희곡선	朴栽緖	10,000원
64	東北民族源流	孫進己 / 林東錫	13,000원
65	朝鮮巫俗의 硏究(상·하)	赤松智城·秋葉隆 / 沈雨晟	28,000원
66	中國文學 속의 孤獨感	斯波六郎 / 尹壽榮	8,000원
67	한국사회주의 연극운동사	李康列	8,000원
68	스포츠인류학	K. 블랑챠드 外 / 박기동 外	12,000원
69	리조복식도감	리팔찬	20,000원
70	娼 婦	A. 꼬르벵 / 李宗旼	22,000원
71	조선민요연구	高晶玉	30,000원
72	楚文化史	張正明 / 南宗鎭	26,000원
73	시간, 욕망, 그리고 공포	A. 코르뱅 / 변기찬	18,000원
74	本國劍	金光錫	40,000원
75	노트와 반노트	E. 이오네스코 / 박형섭	20,000원
76	朝鮮美術史硏究	尹喜淳	7,000원
77	拳法要訣	金光錫	30,000원
78	艸衣選集	艸衣意恂 / 林鍾旭	20,000원
79	漢語音韻學講義	董少文 / 林東錫	10,000원
80	이오네스코 연극미학	C. 위베르 / 박형섭	9,000원
81	중국문자훈고학사전	全廣鎭 편역	23,000원
82	상말속담사전	宋在璇	10,000원
83	書法論叢	沈尹默 / 郭魯鳳	16,000원
84	침실의 문화사	P. 디비 / 편집부	9,000원
85	禮의 精神	柳 肅 / 洪 熹	20,000원
86	조선공예개관	沈雨晟 편역	30,000원
87	性愛의 社會史	J. 솔레 / 李宗旼	18,000원
88	러시아미술사	A. I. 조토프 / 이건수	22,000원
89	中國書藝論文選	郭魯鳳 選譯	25,000원
90	朝鮮美術史	關野貞 / 沈雨晟	30,000원
91	美術版 탄트라	P. 로슨 / 편집부	8,000원
92	쿤달리니	A. 무케르지 / 편집부	9,000원
93	카마수트라	바짜야나 / 鄭泰爀	18,000원
94	중국언어학총론	J. 노먼 / 全廣鎭	28,000원
95	運氣學說	任應秋 / 李宰碩	15,000원
96	동물속담사전	宋在璇	20,000원
97	자본주의의 아비투스	P. 부르디외 / 최종철	10,000원
98	宗敎學入門	F. 막스 뮐러 / 金龜山	10,000원
99	변 화	P. 바츨라빅크 外 / 박인철	10,000원
100	우리나라 민속놀이	沈雨晟	15,000원
101	歌訣(중국역대명언경구집)	李宰碩 편역	20,000원
102	아니마와 아니무스	A. 융 / 박해순	8,000원
103	나, 너, 우리	L. 이리가라이 / 박정오	12,000원
104	베케트연극론	M. 푸크레 / 박형섭	8,000원

3102 《쥘과 짐》 비평 연구	C. 르 베르 / 이은민	18,000원
3103 《시민 케인》 비평 연구	J. 루아 / 이용주	15,000원

【기 타】

모드의 체계	R. 바르트 / 이화여대기호학연구소	18,000원
라신에 관하여	R. 바르트 / 남수인	10,000원
說 苑 (上·下)	林東錫 譯註	각권 30,000원
晏子春秋	林東錫 譯註	30,000원
西京雜記	林東錫 譯註	20,000원
搜神記 (上·下)	林東錫 譯註	각권 30,000원
경제적 공포〔메디치賞 수상작〕	V. 포레스테 / 김주경	7,000원
古陶文字徵	高 明·葛英會	20,000원
그리하여 어느날 사랑이여	이외수 편	4,000원
너무한 당신, 노무현	현택수 칼럼집	9,000원
노력을 대신하는 것은 없다	R. 쉬이 / 유혜련	5,000원
노블레스 오블리주	현택수 사회비평집	7,500원
딸에게 들려 주는 작은 지혜	N. 레호레이트너 / 양영란	6,500원
미래를 원한다	J. D. 로스네 / 문 선·김덕희	8,500원
바람의 자식들—정치시사칼럼집	현택수	8,000원
사랑의 존재	한용운	3,000원
산이 높으면 마땅히 우러러볼 일이다	유 향 / 임동석	5,000원
서기 1000년과 서기 2000년 그 두려움의 흔적들	J. 뒤비 / 양영란	8,000원
서비스는 유행을 타지 않는다	B. 바게트 / 정소영	5,000원
선종이야기	홍 회 편저	8,000원
섬으로 흐르는 역사	김영회	10,000원
세계사상	창간호~3호: 각권 10,000원 / 4호: 14,000원	
십이속상도안집	편집부	8,000원
얀 이야기 ① 얀과 카와카마스	마치다 준 / 김은진·한인숙	8,000원
어린이 수묵화의 첫걸음(전6권)	趙 陽 / 편집부	각권 5,000원
오늘 다 못다한 말은	이외수 편	7,000원
오블라디 오블라다, 인생은 브래지어 위를 흐른다	무라카미 하루키 / 김난주	7,000원
이젠 다시 유혹하지 않으련다	P. 쌍소 / 서민원	9,000원
인생은 앞유리를 통해서 보라	B. 바게트 / 박해순	5,000원
자기를 다스리는 지혜	한인숙 편저	10,000원
천연기념물이 된 바보	최병식	7,800원
原本 武藝圖譜通志	正祖 命撰	60,000원
테오의 여행 (전5권)	C. 클레망 / 양영란	각권 6,000원
한글 설원 (상·중·하)	임동석 옮김	각권 7,000원
한글 안자춘추	임동석 옮김	8,000원
한글 수신기 (상·하)	임동석 옮김	각권 8,000원

東文選 文藝新書 299

폴 리쾨르

프랑수아 도스

이봉지/한택수/선미라/김지혜 옮김

오늘날 세기말의 커다란 문제섬들을 밝히기 위해 철학이 복귀한다. 이 회귀가 표현하는 의미의 탐색은 폴 리쾨르라는 인물과 그의 도정을 피할 수 없다. 30년대부터 그는 항상 자신의 사유를 사회 참여의 한 형태로 생각했다. 금세기에 계속적으로 미친 그의 영향력은 부인될 수 없을 것이다. 대사상가라기보다는 지도적 사상가로서 그의 작업은 가장 다양한 분야에서 영감의 주된 원천이 됐다.

프랑수아 도스는 《구조주의의 역사》를 쓰면서 이러한 생각이 60-70년대에 얼마나 무시되었는지 평가했다. 역사가로서 그는 이 책에서 프랑스의 반성적 전통, 대륙적이라 불리는 철학, 그리고 분석적 철학의 교차점에서 각각의 기여를 유기적으로 결합시키려는 변함없는 관심을 가지고 작업한, 위대한 사상가를 정당하게 평가하려는 지적 전기를 구현한다.

1백70명의 증인을 대상으로 한 폭넓은 조사와 폴 리쾨르의 작업에 대한 철저한 연구 덕택에 저자는 그의 일관된 사상의 도정을 서술하고, 시사성에 대한 관심으로 여러 차례 반복된 사상의 새로운 전개를 회상시킨다. 저서뿐만 아니라 추억의 장소(동포모제의 수용소, 샹봉쉬르리뇽, 스트라스부르, 소르본대학, 하얀 담의 집, 낭테르대학, 시카고…)와 그가 속했던 그룹(가브리엘 마르셀의 서클, 사회그리스도교, 《에스프리》, 현상학연구소…)을 통해 다원적이고 동시에 통일적인 정체성이 그려진다. 계속해서 적응해야 한다는 의미에서 다원적이지만, 항상 학자인 삶을 일관성 있게 지키려 했다는 의미에서 통일적이다.

이러한 시나리오를 자극하는 열정은 새로운 기사상을 세우려는 것을 목적으로 하지 않는다. 저자는 단지 마음을 터놓는 지혜의 원천인 폴 리쾨르의 헌신을 나누고 싶어한다. 이 도정은 회의주의와 견유주의에 굴복하지 말 것과, 언제나 다시 손질된 기억을 통해 희망의 길을 되찾을 것을 권유한다.

東文選 文藝新書 191

그라마톨로지에 대하여

자크 데리다

김웅권 옮김

"언어들은 말하기 위해 만들어지고, 문자 언어는 음성 언어에 대리 보충의 역할만을 한다……. 문자 언어는 음성 언어의 대리 표상에 불과하다. 사람들이 대상보다 이미지를 규정하는 데 더 많은 주의를 기울이는 것은 기이한 일이다." — 루소

따라서 본서는 기이함을 드러낼 수밖에 없는 책이다. 그러나 그 이유는 문자 언어에 모든 주의를 기울임으로써, 이 책이 문자 언어로 하여금 근본적인 재평가를 받게 하기 때문이다. 그런 만큼 총칭적 '논리 자체'로 자처하는 것의 가능성을 사유하기 위해 그것(그러한 논리로 자처하는 것)을 넘어서는 일이 중요할 때, 열려진 길들은 필연적으로 상궤를 벗어난다. 이 논리는 다름 아닌 상식의 분명함에서, '표상'이나 '이미지'의 범주들에서, 안과 밖, 플러스와 마이너스, 본질과 외관, 최초의 것과 파생된 것의 대립에서 안정적 입장을 취하면서 음성 언어와 문자 언어의 관계를 규정하게 되어 있는 논리이다.

우리의 문화가 문자 기호에 부여한 의미들을 분석함으로써, 자크 데리다가 또한 입증하는 것은 그것들의 가장 현실적이면서도 때때로 가장 눈에 띄지 않은 파장들이다. 이런 작업은 개념들의 체계적인 '전치'를 통해서만 가능하다. 실제, 우리는 "문자란 무엇인가?"라는 질문에 야생적이고 즉각적이며 자연발생적인 어떤 경험에 '현상학적' 방식으로 호소함으로써 대답할 수는 없을 것이다. 문자(에크리튀르)에 대한 서구의 해석은 경험·실천·지식의 모든 영역들을 지배하고, 사람들이 그 지배력으로부터 해방시킬 수 있다고 생각하는 질문——"그것은 무엇인가?"——의 궁극적 형태까지 지배한다. 이러한 해석의 역사는 어떤 특정 편견, 위치가 탐지된 어떤 오류, 우발적인 어떤 한계의 역사가 아니다. 그것은 본서에서 '차연'이라는 이름으로 인지되는 운동 속에서 하나의 종결된 필연적 구조를 형성하고 있다.

東文選 文藝新書 239

미학이란 무엇인가

마르크 지므네즈

김웅권 옮김

미학이 다시 한 번 시사성 있는 철학적 주제가 되고 있다. 예술의 선언된 종말과 싸우도록 압박을 받고 있는 우리 시대는 이 학문의 대상이 분명하다고 간주한다. 그런데 미학은 상대적으로 최근에 태어난 것이다. 왜냐하면 예술에 대한 성찰이 합리성의 역사와 나란히 한 역사이기 때문이다. 마르크 지므네즈는 여기서 이 역사의 전개 과정을 재추적하고 있다.

미학이 자율화되고 학문으로서 자격을 획득하는 때는 의미와 진리에의 접근으로서 미의 문제가 초미의 관심사가 되는 계몽주의의 세기이다. 그리하여 다양한 길들이 열린다. 미의 과학은 칸트의 판단력도 아니고, 헤겔이 전통과 근대성 사이에서 상상한 예술철학도 아닌 것이다. 이로부터 20세기에 이루어진 대(大)변화들이 비롯된다. 니체가 시작한 철학의 미학적 전환, 미학의 정치적 전환(특히 루카치·하이데거·벤야민·아도르노), 미학의 문화적 전환(굿맨·당토 등)이 그런 변화들이다.

예술이 철학에 여전히 본질적 문제인 상황에서 과거로부터 오늘날까지 미학에 대해 이 저서만큼 정확하고 유용한 파노라마를 제시한 경우는 드물다.

마르크 지므네즈는 파리I대학 교수로서 조형 예술 및 예술학부에서 미학을 강의하고 있다. 박사과정 책임교수이자 미학연구센터 소장이다.

東文選 文藝新書 252

일반교양강좌

에릭 코바

송대영 옮김

　본 《일반 교양 강좌》는 오늘날 발생하고 있는 시사 문제에 접근하기 위한 **기본 입문서**인 동시에, 대부분의 시험에서 채택하는 '철학 및 교양' 구술시험을 위한 요약 정리 참고서로도 도움이 되도록 하였다. 따라서 시험에 임박해 있거나, 이 과목에 많은 시간을 투자할 수 없는 수험생들이 이용하기에 알맞을 것이다. 이 책의 내용은 사고(思考)의 방향을 제시하기보다는 사고 작용을 돕도록 구성된 것이며, 각 주제들——권위·교외·행복·형벌·계약·문화…… 노동·노령——를 4단계로 나누어 구성하였다.

　먼저 **정의하기** 항목에서는 기존의 개념에 대한 역사적이고 언어학적인 접근을 시도하였다.

　두번째 **내용 구성하기** 항목에서는 문제 제기에 대해 논술 요약 형식으로 간결하게 내용을 전개하고자 한다.

　세번째 **심화하기** 항목에서는 전적으로 주제에 대한 기존 시각에서 소개된 철학 서적에서 주제의 내용과 직접적으로 연관된 세부 내용을 인용하고자 한다.

　마지막으로 **시사화하기** 항목에서는 우리의 연구에 합당한 개념을 담고 있는 '놀랄 만한' 철학적 모티프를 현재 일어나고 있는 시사 문제 속에서 찾고자 할 것이다.

東文選 文藝新書 295

에로티시즘을 즐기기 위한 100가지 기본 용어

장 클레 마르탱
김웅권 옮김

즐기면서 음미해야 할 본서는 각각의 용어가 에로티시즘을 설명하는 대신에 그것을 존재하게 하며, 느끼게 만들고, 떨리게 하는 그런 사랑의 여로를 구현시킨다. 에로티시즘을 이해하는 게 중요한 게 아니라 그것을 즐기고, 도취 · 유혹 · 매력 · 우아함 같은 것들로 구성된 에로티시즘의 미로 속에 들어가는 게 중요하다. 각각의 용어는 그 자체가 영혼의 전율이고, 바스락거림이며, 애무이고, 실천이나 쾌락의 실습이다. 극단적으로 살균된 비아그라보다는 아프로디테를 찬양해야 한다.

이 책은 들뢰즈 철학을 연구한 저자가 100개의 용어를 뽑아 문화적으로 전환된 유동적 리비도, 곧 에로티시즘과 접속시켜 고품격의 단상들을 생산해 내고 있다.

에로티시즘이 각각의 용어와 결합할 때 마법적 연금술이 작동하고, 이로부터 솟아오르는 스냅 사진 같은 정신의 편린들이 격조 높은 유희를 담아내면서 독자에게 다가온다. 한 철학자의 방대한 지적 스펙트럼 속에서 에로스와 사물들이 부딪쳐 일어나는 스파크들이 놀라운 관능적 쾌락을 뿌려내는 이 한 권의 책을 수준 높은 고급 독자에게 권한다. '텍스트의 즐거움'을 함께 나누고자 한다.

장 클레 마르탱은 프랑스의 철학자로서 활발한 저술 활동을 펴고 있으며, 저서로는 《변화들. 질 들뢰즈의 철학》(들뢰즈 서문 수록)과 《반 고흐. 사물들의 눈》 등이 있다.